TERRORISTA

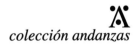

colección andanzas

Libros de John Updike en Tusquets Editores

ANDANZAS

Corre, Conejo
A conciencia
El centauro
Conejo en paz
El regreso de Conejo
Memorias de la Administración Ford
Brasil
Parejas
Lo que queda por vivir
La belleza de los lirios
Hacia el final del tiempo
Gertrudis y Claudio
Conejo es rico
Conejo en el recuerdo
y otras historias
Busca mi rostro
Terrorista

FÁBULA

Corre, Conejo
Brasil
El regreso de Conejo

JOHN UPDIKE
TERRORISTA

Traducción de Jaume Bonfill

TUSQUETS
EDITORES

Título original: *Terrorist*

1.ª edición: junio de 2007

© de la traducción: Jaume Bonfill Salaet, 2007
Diseño de la colección: Guillemot-Navares
Reservados todos los derechos de esta edición para
Tusquets Editores, S.A. - Cesare Cantù, 8 - 08023 Barcelona
www.tusquetseditores.com
ISBN: 978-84-8310-398-2
Depósito legal: B. 23.554-2007
Fotocomposición: Pacmer, S.A. - Alcolea, 106-108, baixos - 08014 Barcelona
Impreso sobre papel Goxua de Papelera del Leizarán, S.A. - Guipúzcoa
Impresión: Liberdúplex, S.L.
Encuadernación: Reinbook
Impreso en España

Índice

Capítulo 1   11
Capítulo 2   59
Capítulo 3   133
Capítulo 4   211
Capítulo 5   273

«Así que ahora, Señor, te ruego que me quites
la vida, porque mejor me es la muerte que la
vida.»

Pero el Señor le respondió: «¿Haces bien
en enojarte tanto?».

Jonás 4, 3-4

La incredulidad resiste más que la fe, porque
se sustenta de los sentidos.

Gabriel García Márquez,
Del amor y otros demonios

«Demonios», piensa Ahmad. «Estos demonios quieren llevarse a mi Dios.» En el Central High School, las chicas se pasan el día contoneándose, hablando con desdén, exhibiendo tiernos cuerpos y tentadoras melenas. Sus vientres desnudos, adornados con flamantes pendientes en el ombligo y tatuajes fatuos que se pierden muy abajo, preguntan: «¿Acaso queda algo más por ver?». Los chicos se pavonean, se arriman a ellas, gastan miradas crueles; con chulescos gestos de crispación y un desaire apático al reír indican que el mundo no es más que esto: un vestíbulo ruidoso y esmaltado, con taquillas metálicas a cada lado, que termina en una pared lisa, profanada por graffiti y repintada con rodillo tantas veces que parece avanzar milímetro a milímetro.

Es un espectáculo ver a los profesores, cristianos débiles y judíos que no cumplen los preceptos de su religión, enseñando la virtud y la templanza moral, pero sus miradas furtivas y voces huecas delatan su falta de convicción. Les pagan para que digan esas cosas, les pagan la ciudad de New Prospect y el estado de New Jersey. Pero carecen de fe verdadera; no están en el Recto Camino, son impuros. Al terminar las clases, Ahmad y los otros dos mil alumnos los ven subirse a los coches en el aparcamiento salpicado de basura y restos crepitantes y escapar a toda prisa como cangrejos pálidos u oscuros de vuelta a sus caparazones; y no son más que hombres y mujeres corrientes, llenos de lujuria y temor, encaprichados de cosas que pueden comprarse. Infieles, creen que la seguridad está en la acumulación de objetos mundanos, en las distracciones corruptoras del televisor. Son esclavos de las imágenes, representaciones falsas de felicidad y opulencia. Pero incluso las imágenes verdaderas son imitaciones pecaminosas de Dios, el único que puede crear. El alivio por escapar indemnes de sus alumnos un día más les hace charlar y despedirse en voz demasiado alta, con el entusiasmo incontenible de los ebrios, en los vestíbulos y el aparcamiento. Fuera de la escuela, se van de juerga. Algunos tienen los párpados rosados, el mal aliento y los cuerpos abotargados de los que beben en exceso. Otros se divorcian, otros viven en concubinato. Su vida fuera de la escuela es desordenada, disipada y consentida. El gobierno del estado en Trenton, y ese otro gobierno satánico de más al sur, el de Washington, les pagan para inculcar la virtud y los valores democráticos, pero los valores en que creen de verdad son impíos: biología, química y física. Sus voces afectadas resuenan en las aulas, apoyándose en las certezas y fórmulas de esas ciencias. Dicen que todo proviene de átomos inclementes y ciegos, responsables de la fría pesadez del hierro, de la transparencia del cristal, de la quietud de la arcilla, de la agitación de la carne. Los electrones corren por los hilos de cobre, por los puertos de computadoras y hasta por el aire mismo cuando con la interacción de unas gotas de agua saltan en un relámpago. Sólo lo que podemos medir y deducir de tales mediciones es cierto. El resto no es más que el sueño pasajero que llamamos identidad.

Ahmad tiene dieciocho años. A principios de abril, el verdor vuelve a asomar, semilla a semilla, por las vulgares grietas de la ciudad gris. Ahmad mira hacia abajo desde su nueva altura y piensa que para los insectos ocultos en la hierba él sería, si tuvieran una conciencia como la suya, Dios. Durante el último año ha crecido ocho centímetros, hasta el metro ochenta y tres, fruto de fuerzas materiales, aún más ocultas, ejercidas sobre él. Ya no crecerá más, piensa, ni en esta vida ni en la otra.

«Si es que la hay», murmura un demonio interior. ¿Qué pruebas tenemos, más allá de las palabras del Profeta, ardientes e inspiradas por la divinidad, de que haya otra por venir? ¿Dónde estaría? ¿Quién avivaría sin descanso el fuego de las calderas del Infierno? ¿Qué fuente infinita de energía sería capaz de mantener el Edén con toda su abundancia, de alimentar a las huríes de negros ojos, de madurar sus frutas colgantes, de renovar los arroyos y las fuentes en que Dios, como está escrito en la novena sura del Corán, disfruta de una satisfacción eterna? ¿Dónde entra aquí la segunda ley de la termodinámica?

Las muertes de insectos y gusanos, cuyos cuerpos son absorbidos con prontitud por la tierra, las hierbas y el alquitrán de las carreteras, se empeñan diabólicamente en decirle a Ahmad que su propia muerte será igual de ínfima y final. De camino al instituto ha percibido un signo, una espiral de luminoso icor en la calzada, baba angelical del cuerpo de alguna criatura inferior, un gusano o un caracol del que sólo queda ese rastro. ¿Adónde se dirigía, girando inútilmente hacia el interior de una espiral? Si quería alejarse del pavimento ardiente que, con la caída a plomo del sol, lo abrasaba, no lo consiguió con ese movimiento en círculos mortales. Pero no había ningún cadáver en el centro de la espiral.

¿Adónde voló el cuerpo? Quizá lo tomó Dios y lo llevó directo al Paraíso. El maestro de Ahmad, el sheij Rachid, el imán de la mezquita del primer piso del 2781½ de West Main Street, le dice que según la sagrada tradición de los hadices tales cosas pueden suceder: el Mensajero, a lomos del alado caballo blanco *Buraq*, se llegó por los siete cielos, con la guía del ángel Gabriel, a cierto lugar donde rezó con Jesús, Moisés y Abraham antes de volver a la Tierra y convertirse en el último profeta, el principal. Prueba de sus aventuras de aquel día es la huella clara y nítida que *Buraq* dejó con el casco en la Roca que hay bajo la Cúpula sagrada en el centro de Al-Quds, que llaman Jerusalén los infieles y los sionistas, cuyos tormentos en los hornos del *Yahannam* se describen en la séptima, la undécima y la quincuagésima sura del Libro de Libros.

El sheij Rachid recita, pronunciando con belleza, la sura ciento cuatro, que versa sobre la *hutama*, el Fuego Triturador:

> Y ¿cómo sabrás qué es la *hutama*?
> Es el fuego de Dios, encendido,
> que llega hasta las entrañas.
> Se cerrará sobre ellos como una bóveda
> en largas columnas.

Cuando Ahmad pretende extraer de las imágenes descritas en el árabe del Corán –las largas columnas, *fī 'amadin mumaddada;* la bóveda de fuego embravecido sobre las entrañas de los pecadores, apiñados y aterrorizados, intentando ver en la altísima niebla incandescente, *nāru 'l-lāhi 'l-mīqada*– algún rastro de apaciguamiento en el Misericordioso, algún reposo en la *hutama*, el imán baja los ojos, de un insospechado gris pálido, tan lechosos y esquivos como los de una *kafir*, una infiel, y dice que esas descripciones visionarias del Profeta son metafóricas. En realidad tratan del desgarro abrasador que implica distanciarse de Dios y del dolor lacerante que conlleva arrepentirnos de los pecados cometidos contra Sus disposiciones. Pero a Ahmad no le gusta la voz del sheij Rachid cuando cuenta esas cosas. Le recuerda a las voces poco convincentes de sus profesores del Central High. Percibe el susurro de las palabras de Satán en ella, una voz que niega dentro de otra que afirma. El Profeta hablaba sin duda de llamas físicas cuando predicaba el fuego implacable; Mahoma no podía revelar muy a menudo la existencia de un fuego eterno.

El sheij Rachid no es mucho mayor que Ahmad –quizá diez años, tal vez veinte–. Tiene pocas arrugas en su tez blanca. Es de movimientos cohibidos pero precisos. En los años que le lleva, el mundo lo ha debilitado. Cuando los murmullos de los demonios que lo carcomen tiñen la voz del imán, en Ahmad surge el deseo de alzarse y aplastarlo, del mismo modo que Dios abrasó a aquel pobre gusano en el centro de la espiral. La fe del estudiante supera la del maestro; al sheij Rachid le asusta cabalgar el blanco corcel alado del islam, teme su desbocamiento irresistible. Procura ablandar las palabras del Profeta, amoldarlas a la razón humana, pero éstas no se pronunciaron para mezclarse: hienden nuestra blandura humana como una espada. Alá es sublime, más allá de todo detalle. No hay Dios sino Él, el Vivo, el que se basta a sí mismo; Él es la luz junto a la que el sol parece oscuro. Él no se amolda a nuestra razón sino que la obliga a postrarse, a que toque el polvo con la frente y que ésta, como Caín, lleve el estigma de ese polvo. Mahoma era mortal pero visitó el Paraíso y cohabitó con aquellas realidades. Nuestros actos y nuestros pensamientos se inscribieron en la conciencia del Profeta en letras de oro, como las candentes palabras de electrones que un ordenador recrea con píxeles cuando tecleamos.

Las salas del instituto huelen a perfume y a emanaciones corporales, a chicle y a la comida impura de la cafetería, a ropa: a algodón y lana, a los materiales sintéticos de las zapatillas deportivas recalentadas por carne joven. Entre clase y clase se produce una alborotada agitación, el ruido se tensa sobre una violencia subyacente, apenas contenida. A veces, cuando llega la calma al final del día, cuando cesa el bullicio jovial y burlón de la salida de clase y sólo quedan en el edificio principal los alumnos que realizan actividades extraescolares, Joryleen Grant se acerca a Ahmad, que está ante su taquilla. Él hace atletismo en primavera, ella canta en el coro de chicas. En comparación con otros estudiantes del Central High, son «buenos». La religión mantiene a Ahmad alejado de la droga y los vicios, aunque también distante de sus compañeros y de las asignaturas del curso. Ella es baja y redondita y habla en clase como es debido, lo cual complace al profesor. Hay algo encantador en la confianza con que sus rotundas curvas color cacao llenan sus ropas, que hoy son unos vaqueros con remiendos y lentejuelas, de fondillos bastante desgastados, y un top magenta de cordoncillo que le queda corto, a la vez más abajo y más arriba de lo que debiera. Es imposible que los pasadores de plástico azul le estiren el pelo brillante aún más hacia atrás; el carnoso borde ondulado de su oreja derecha está cubierto de una hilera de pequeños pendientes de plata. Canta en las reuniones de alumnos canciones sobre Jesús o sobre deseos sexuales, temas ambos que Ahmad aborrece. Aun así le complace que repare en él, que se le acerque de vez en cuando como una lengua que tantea un diente sensible.

—Alégrate, Ahmad —lo provoca—. Las cosas no pueden ir tan mal. —Hace rotar uno de sus omóplatos semidesnudos, como si fuera a encogerse de hombros, para dejar claro que está de broma.

—No van mal. Y no estoy triste —dice él. Su cuerpo largo se estremece aún bajo la ropa, camisa blanca, vaqueros negros de pitillo, por la ducha de después del entreno.

—Pues no estás serio ni nada —dice ella—. Tendrías que aprender a sonreír más.

—¿Por qué? A ver, Joryleen, dime por qué.

—Le caerías mejor a la gente.

—Eso no me importa. No quiero caer bien.

—Sí te importa —dice ella—. A todo el mundo le importa.

—Te importará a ti —afirma él, mirándola con desprecio desde su nueva estatura. Las partes superiores de sus pechos empujan como grandes burbujas el pronunciado escote del indecente top que, bajo el dobladillo inferior, deja al descubierto la curva rellena de su vientre y el contorno de su ombligo hundido. Ahmad imagina su cuerpo suave, más oscuro que el caramelo pero más pálido que el chocolate, abrasándose en la bóveda de llamas, cubriéndose de ampollas que revientan bajo el fuego; lo recorre un escalofrío de compasión: está intentando ser amable con él, al menos según la idea que tiene ella de sí misma–. Miss Simpatía –espeta él con desdén.

La ha herido. Se da la vuelta, apretándose contra los pechos los libros que se lleva a casa y marcando todavía más el canal que deja ver el escote.

–Vete a la mierda, Ahmad –le dice, aún con algo de delicadeza, tímidamente, con el labio inferior caído, un poco a merced de la levedad de su propio peso. La saliva centellea en sus encías al reflejar la luz de los fluorescentes del techo, que mantienen el vestíbulo prudentemente iluminado. Aunque se ha vuelto para dar por zanjada la charla, Joryleen intenta salvar la situación añadiendo–: Si no te importara no te arreglarías tanto cada día, poniéndote una camisa blanca y limpia como si fueras un predicador o algo así. ¿Cómo puede tu madre soportar tanta plancha?

Él no se digna explicar que con ese atuendo quiere transmitir un mensaje de neutralidad, evitando tanto el azul, el color de los Rebels, la banda afroamericana del Central High, como el rojo, el color que siempre llevan, aunque sea en una cinta para la cabeza o en un cinturón, los Diabolos, la banda de hispanos. Tampoco le dice que su madre rara vez plancha, ya que es enfermera auxiliar en el Saint Francis Community Hospital y pintora en sus ratos libres; no suele ver a su hijo más que una hora al día. Las camisas le llegan bien lisas debido al cartón que ponen en la tintorería, cuyas facturas paga de su bolsillo con el dinero que gana despachando en la tienda de la Calle Diez dos tardes por semana, los fines de semana y las festividades cristianas, cuando casi todos los chicos de su edad están en la calle metiéndose en problemas. Pero en su vestimenta también hay vanidad, lo sabe, un acicalamiento que va en contra de la pureza de Aquel que todo lo abarca.

Tiene la sensación de que Joryleen no sólo intenta ser amable: él le resulta interesante. Quiere acercársele para olerlo mejor, a pesar de que ya tiene novio, uno de los más conocidos «malos». Las mujeres son animales fácilmente manejables, el sheij Rachid se lo ha explicado a Ahmad, y él ve por sí mismo que el instituto y el mundo exterior están llenos de animales aborregados, ciegos, que chocan entre sí en el rebaño mientras buscan un olor que los consuele. Pero el Corán dice que únicamente hay consuelo para los que creen en el Paraíso oculto y observan los cinco rezos diarios, que trajo el Profeta a la Tierra después del viaje nocturno a lomos del blanco y deslumbrante *Buraq*.

Joryleen se empeña en quedarse ahí, demasiado cerca de él. Su perfume le empalaga; le molesta su canalillo. Se cambia los libros de brazo. Ahmad lee en el borde del más grueso JORYLEEN GRANT escrito a bolígrafo. Sus labios, pintados de un rosa metálico y luminoso para que parezcan más finos, titubean con cierta vergüenza, cosa que lo inquieta.

–Lo que quería decirte –farfulla ella al fin, tan entrecortadamente que él debe inclinarse para oír mejor– era que si te gustaría venir a la iglesia este domingo. Canto un solo en el coro.

Ahmad se queda asombrado, asqueado.

–No soy de tu confesión –le recuerda con solemnidad.

Ella responde a la ligera:

–Bueno, yo no me lo tomo muy en serio. Lo que pasa es que me gusta cantar.

–Ahora sí que me has puesto triste, Joryleen –dice Ahmad–. Si no te tomas tu religión en serio, no deberías ir.

Cierra de un portazo la taquilla, enfadado sobre todo consigo mismo por haberla regañado y rechazado cuando, al invitarle, ella se había mostrado vulnerable. Le arde la cara, está confuso, se da la vuelta para ver el daño causado, pero ella ya se va y los fondillos rozados de sus vaqueros con lentejuelas se alejan por el vestíbulo, en ufano frufrú. «El mundo es difícil», piensa, «porque los demonios trabajan día y noche, confundiendo las cosas y torciendo lo recto.»

Cuando lo construyeron sobre la suave loma en el siglo pasado –el XX según los cristianos y el XIV tras la hégira del Profeta de La Meca a Medina–, el instituto presidía la ciudad como un castillo, un palacio de ciencia para los hijos de los trabajadores de los talleres y también de sus patronos, con pilares y cornisas ornamentadas y un lema grabado en el granito: EL SABER ES LIBERTAD. Ahora el edificio, rico en grietas y restos de amianto, con la pintura de plomo apelmazada y lustrosa, y las altas ventanas enrejadas, se asienta junto a un extenso mar de escombros de lo que en su día fue un barrio céntrico surcado de raíles de tranvía. Las vías brillan en las fotografías viejas, asomando entre hombres tocados con sombrero de paja y encorbatados, que van en automóviles cuadrados del color de un coche fúnebre. Por encima de las aceras había tantas marquesinas anunciando distintas películas de Hollywood que un hombre podía ir pasando de una a otra un día de tormenta sin apenas mojarse. Había incluso unos aseos públicos subterráneos, en los que unas antiguas letras de porcelana distinguían el de DAMAS y el de CABALLEROS; se accedía a ellos por dos escaleras distintas desde la acera en la esquina de East Main Street con Tilden Avenue; en cada uno había empleados de avanzada edad encargados de mantener limpios retretes y lavamanos. Cerraron las instalaciones en los años sesenta, después de que se convirtieran en guaridas malolientes para trapicheos con droga, contactos homosexuales, prostitución y hasta atracos esporádicos.

La ciudad fue bautizada con el nombre de New Prospect dos siglos atrás, por la espléndida vista desde lo alto de la cascada y también por el magnífico futuro que se le auguraba. El río que discurría por ella, con sus saltos pintorescos y sus rápidos agitados, había de atraer a la industria, o eso pensaban cuando el país era joven, y, en efecto, así fue tras varias quiebras y comienzos en falso: fábricas de tejidos, talleres de tintado de seda, curtidurías, fábricas de locomotoras, de automóviles, y de cables que debían sostener los grandes puentes que se tendían sobre ríos y puertos en la región del Atlántico Medio. En el paso del siglo XIX al XX se produjeron huelgas largas y bañadas en sangre; la economía ya no recuperó el optimismo que había ayudado a los venidos de Europa oriental, del Mediterráneo y de Oriente Próximo a soportar jornadas de trabajo agotador, venenoso, ensordecedor y monótono, en turnos de catorce horas. Las fábricas se desplazaron al sur y al oeste, donde la mano de obra era más barata y fácil de amedrentar, y donde la mena de hierro y el coque no tenían que recorrer distancias tan largas.

En su mayoría, los que viven en el corazón de la ciudad son ahora de tez morena, en todas sus tonalidades. Como vestigios del pasado, algunos comerciantes blancos, aunque muy pocos anglosajones, salen adelante con exiguo provecho vendiendo pizzas y guindillas, comida basura presentada en relucientes envoltorios, cigarrillos y lotería, aunque van cediendo al empuje de los inmigrantes más recientes, indios y coreanos que no se sienten tan obligados a huir, en cuanto cae la noche, a las afueras de la ciudad y las zonas residenciales, donde todavía hay cierta mezcla. En el centro, los rostros pálidos tienen un aspecto huraño y deslucido. Por la noche, después de que unos pocos restaurantes étnicos de calidad hayan despedido a sus clientes de clase media, un coche patrulla para e interroga a los peatones blancos, asumiendo que o bien buscan droga o bien necesitan que los adviertan de los peligros de la zona. En el caso de Ahmad, es el producto de una madre pelirroja estadounidense, de origen irlandés, y de un egipcio estudiante de intercambio cuyos antepasados se habían achicharrado, desde la época de los faraones, cultivando arroz y lino en las volubles riberas del Nilo. La tez de la descendencia de este matrimonio mixto podría describirse como de tono ocre, con un matiz de lustre un poco más claro que el beis; la piel del que había adoptado como sustituto de su padre, el sheij Rachid, es del blanco ceroso que comparten generaciones de embozados guerreros yemeníes. Donde un día se alinearon, en una fachada continua de cristal, ladrillo y granito, los grandes almacenes de seis plantas y los despachos de los explotadores judíos y protestantes hay ahora solares nivelados con excavadoras y escaparates viejos cubiertos con madera contrachapada plagados de graffiti. A ojos de Ahmad, las letras bulbosas de las pintadas con *spray*, sus inflados alardes de pertenencia a una banda, es la manera que tienen sus autores de darse importancia porque, tristemente, no pueden hacerlo de otra manera. Hundidos en el cenagal de la impiedad, estos jóvenes perdidos declaran, al pintarrajear inmuebles, que son alguien. Entre las ruinas se ha erigido alguna que otra nueva caja de aluminio y cristal azul, en un acto de limosna de los señores del capitalismo occidental: sucursales bancarias con sede central en California o Carolina del Norte, puestos avanzados del gobierno federal sometido a los sionistas, que con la asistencia social y el reclutamiento para el ejército intentan impedir que los empobrecidos estallen en revueltas o se dediquen al saqueo.

Aun así las tardes del centro dan una impresión festiva, bulliciosa: la East Main Street, en las manzanas cercanas a Tilden Avenue, es una celebración de la ociosidad, atestada por el desfile ininterrumpido de ciudadanos oscuros con vestidos chillones, un martes de carnaval de disfraces conjuntados con esmero por gentes cuya legítima propiedad alcanza apenas unos centímetros más allá de su propia piel, cuyos miserables bienes se reducen a lo que pueden exhibir. Su alegría equivale a insolencia. Con carcajadas y alaridos se llenan la boca cuando están entre paisanos, se deparan la ampulosa atención mutua de quienes no tienen nada que hacer ni adónde ir.

Después de la guerra de Secesión, una visible ordinariez se impuso en New Prospect con la construcción del recargado ayuntamiento, un conjunto deslabazado de torreones de inspiración morisca, con arcos redondeados y ornamentos de hierro rococós, coronado por una enorme torre con tejado abuhardillado. Las empinadas vertientes del tejado están recubiertas de tablillas multicolores como escamas de pez y sostienen cuatro esferas de reloj blancas que, si las bajaran a la Tierra, serían del tamaño de un estanque. Los anchos canalones y cañerías de cobre, monumentos a los hábiles metalistas de la época, se han vuelto con el tiempo de un color verde menta. A esta mole municipal –cuyos cometidos burocráticos esenciales fueron trasladados en su día a edificios menos nobles y más modernos, menos espectaculares pero con aire acondicionado y calefacción– le han otorgado recientemente, tras muchas presiones, la categoría de monumento arquitectónico nacional. Puede verse desde el Central High School, a una manzana hacia el oeste; más allá de los jardines del instituto, antiguamente extensos, que han sido recortados a mordiscos por ensanches y recalificaciones inmobiliarias toleradas por funcionarios corruptos.

En la orilla oriental del mar de escombros, donde los aparcamientos en calma se intercalan con las marejadillas de los montones de ladrillos de los derribos, una iglesia de gruesos muros recubiertos de mayólica sostiene una pesada aguja y anuncia, en un cartel agrietado, la actuación de su coro, distinguido con varios premios. Las ventanas de la iglesia, que, blasfemas, otorgan a Dios un rostro, manos gesticulantes, pies con sandalias y ropas teñidas –en resumen, un cuerpo humano con todos sus estorbos e impurezas–, están ennegrecidas por décadas de hollín de las industrias y aún más emborronadas por las rejillas de alambre que las protegen. Las imágenes religiosas ahora atraen el odio, como en las guerras de la Reforma. Los días gloriosos de la iglesia, con sus decorosos y píos burgueses blancos acomodados en los bancos asignados jerárquicamente, también pertenecen al pasado. Los feligreses actuales son afroamericanos que traen su religión desaliñada y estridente; su galardonado coro les disuelve el cerebro con un éxtasis rítmico tan ilusorio como –el sheij Rachid es quien trae con sarcasmo la analogía– el trance convulso y mascullante del *candomblé* brasileño. Es aquí donde Joryleen canta.

Al día siguiente de la invitación, el novio de Joryleen, Tylenol Jones, se acerca a Ahmad en el vestíbulo. Su madre, después de dar a luz un niño de cuatro kilos y medio, vio el nombre en televisión, en un anuncio de analgésicos, y le gustó cómo sonaba.

–Eh, árabe –le dice–, me han dicho que te has metido con Joryleen.

Ahmad intenta hablar su mismo idioma:

–Ni de coña, qué me voy a meter con ella. Hablamos un poco. Y fue ella la que vino a buscarme.

Con cuidado, Tylenol agarra a Ahmad, que es más esbelto, por el hombro y le clava el pulgar en la zona sensible que hay bajo la bola del hueso.

–Dice que te has metido con su religión.

El pulgar se hunde más, hasta tocar nervios que han estado en letargo durante toda la vida de Ahmad. Tylenol tiene una cara cuadrada, del color del barniz de nogal recién extendido sobre la madera de un mueble. Es el placador del equipo de fútbol americano del Central High y en invierno hace anillas, de modo que tiene manos fuertes como el hierro. Su pulgar está arrugando la camisa almidonada de Ahmad, quien con un movimiento impaciente intenta librarse del agarrón hostil.

–Su religión está equivocada –informa Ahmad a Tylenol– y en cualquier caso ella dijo que tanto le daba, que lo hacía por cantar en ese estúpido coro. –El pulgar sigue horadando su hombro, pero con una descarga de adrenalina Ahmad se lo quita de encima golpeando la gruesa rama de músculos con el filo de su mano. La cara de Tylenol se ensombrece, con un espasmo se le acerca todavía más.

–No me vengas con gilipolleces, nadie va a mover el culo por ti, gilipollas de árabe.

–Salvo Joryleen. –La respuesta ha saltado ágil, montada en la misma adrenalina. Ahmad se siente débil por dentro y sospecha que en su cara se refleja la vergonzosa tensión del miedo, pero hay algo de dichoso o sagrado en enfrentarse a un enemigo superior, algo que hace que la rabia incremente la masa corporal. Se atreve a continuar–: Y no llamaría exactamente mover el culo a lo que ella hizo por mí. Más bien fue simple simpatía, algo que los tipos como tú no pueden entender.

–¿Los tipos como yo? ¿Con qué me sales ahora? Los que son como yo no aguantamos a gentuza como tú, pringado. Mierdecilla. Mariconazo.

Ahmad tiene su cara tan cerca que puede oler el queso de los macarrones que sirven en el comedor. Empuja el pecho de Tylenol para apartarlo. En el vestíbulo se van congregando otros alumnos del Central High, los obsesos de la informática y las animadoras, los rastas y los góticos, los don nadies y los inútiles, a la espera de que pase algo entretenido. A Tylenol le gusta el público, suelta:

–A los musulmanes negros les tengo respeto, pero tú no eres negro, no eres más que un pobre comemierda. No eres ni moromierda, sólo un comemierda.

Ahmad calcula que si Tylenol le devolviese ahora el empujón, lo aceptaría para dar por finalizada la pelea, porque tampoco falta mucho para que suene el timbre de cambio de clase. Pero Tylenol no quiere treguas; le pega un puñetazo traicionero en el estómago que deja a Ahmad sin aire. La expresión de sorpresa de éste, que boquea, provoca las risas de los presentes, incluidos los góticos paliduchos, que son minoría en el instituto y se jactan de no mostrar emoción alguna, como sus ídolos nihilistas del punk-rock. Por si fuera poco, también se oyen las risitas argentinas de algunas morenazas alegres y tetudas, las «miss simpatías», de quienes Ahmad esperaba más amabilidad. Algún día serán madres. No falta tanto, putitas.

Está quedando mal y no tiene más remedio que arremeter contra las férreas manos de Tylenol e intentar producir alguna magulladura en ese pecho acorazado y en la máscara obtusa tintada de nogal que hay encima. El combate se reduce a un intercambio de empujones, gruñidos y agarrones, ya que una pelea a puñetazo limpio en la zona de taquillas armaría tanto jaleo que enseguida aparecerían los profesores y el personal de seguridad. Durante el minuto que queda hasta que suene el timbre y todos se dispersen por las aulas, Ahmad no culpa a su contrincante –en resumidas cuentas, es un robot de carne, un cuerpo demasiado absorto en sus jugos y reflejos para tener cerebro– sino más bien a Joryleen. ¿Por qué tenía que contarle a su novio cómo fue la conversación? ¿Por qué las chicas andan siempre contándolo todo? Para hacerse las importantes, del mismo modo que los graffiti de letras abultadas sirven para que se consideren alguien quienes las pintan en las paredes indefensas. Fue ella quien habló de religión, la que le invitó con tanto descaro a la iglesia, a sentarse junto a *kafirs* de pelo rizado, esas chicas que llevan encima la ceniza del fuego infernal como la piel marrón de los muslos de pollo a la brasa. La idea de que Alá permita que tantas religiones corruptas, grotescamente equivocadas, atraigan a millones de personas a la eternidad del infierno, cuando con un solo destello de luz el Todopoderoso podría enseñarles el camino, el Recto Camino, hace que sus demonios interiores empiecen a murmurar. Es como si –susurran los demonios mientras Ahmad y Tylenol se empujan y zarandean procurando no armar mucho escándalo– el Clemente, el Misericordioso, no pudiera ser molestado.

Suena el timbre en su caja a prueba de manipulaciones, colgada en lo alto de la pared color natilla. Cerca, en el vestíbulo, una puerta con su gran cristal esmerilado se abre de golpe; sale el señor Levy, el responsable de las tutorías en la escuela. La americana y los pantalones no van a juego, le quedan como un traje arrugado escogido a tientas. El hombre mira con aire ausente y después se fija con recelo en los estudiantes sospechosamente apiñados. La reunión se sume de inmediato en un gélido silencio, y Ahmad y Tylenol se separan, suspendiendo temporalmente su enemistad. El señor Levy, un judío que ha vivido en este sistema escolar desde prácticamente siempre, parece viejo y cansado, tiene ojeras, el pelo ralo y desgreñado en la coronilla, con algún que otro mechón de punta. Su repentina aparición sorprende a Ahmad como un pinchazo en la conciencia: tiene reunión con él esta semana para hablar de lo que hará cuando acabe el instituto. Ahmad sabe que debe labrarse un futuro, pero el tema le parece insustancial, carente del menor interés. «La única guía», dice la tercera sura, «es la guía de Dios.»

Tylenol y su banda estarán ya tramando algo contra él. Después de faltarle al respeto y que todo quedara en punto muerto, el matón de los pulgares de hierro no se contentará con menos que un ojo morado o un diente o un dedo rotos, algo que se vea. Ahmad sabe que es pecado envanecerse de su apariencia: el narcisismo es una manera de competir con Dios, y la competencia es algo que Él no tolera. Pero ¿cómo no va a apreciar el muchacho su recién adquirida virilidad, sus alargados miembros, la íntegra, tupida y ondulada mata de pelo que corona su cabeza, su piel de un pardo inmaculado, más pálida que la de su padre pero no la rosácea, pecosa y con manchas de su pelirroja madre y de las rubias oxigenadas que en la América de plástico se consideran el no va más de la belleza? Pese a que esquiva, por impías e impuras, las persistentes miradas de interés de las morenitas del instituto, Ahmad no quiere echar a perder su cuerpo. Quiere mantenerlo como su Hacedor lo formó. La enemistad de Tylenol se convierte en otro motivo más para abandonar este castillo infernal, donde los chicos abusan de los demás y hieren por puro placer y las infieles llevan pantalones ceñidos de cintura tan baja que casi –por menos de un dedo, según sus propias estimaciones– dejan a la vista el borde superior de su vello púbico. Las chicas muy malas, las que han caído y recaído, tienen tatuajes donde sólo sus novios pueden acceder, y donde los tatuadores tuvieron que introducir la aguja con sumo cuidado. Las contorsiones diabólicas no tienen fin una vez que los seres humanos se sienten capaces de competir con Dios y crearse a sí mismos.

Le quedan sólo dos meses de instituto. La primavera se respira en el aire al otro lado de los muros de ladrillo, de las altas ventanas enrejadas. Los clientes del Shop-a-Sec, la tienda donde trabaja, hacen sus compras patéticas y venenosas con humor y algarabía renovados. Los pies de Ahmad vuelan por la vieja pista de ceniza del instituto como si cada zancada se amortiguara por sí sola. Cuando se detuvo en la acera para mirar consternado el rastro espiral del gusano abrasado y desvanecido, a su alrededor nuevos brotes verdes, ajos, dientes de león y tréboles iluminaban las zonas de hierba exhaustas por el invierno, y los pájaros exploraban en arcos fugaces y nerviosos el medio invisible que los sostenía.

A sus sesenta y tres años, Jack Levy se levanta entre las tres y las cuatro de la madrugada con un regusto de miedo en la boca, seca por el aire que se le ha escapado mientras soñaba. Tiene sueños siniestros, impregnados de las miserias del mundo. Lee el agonizante diario local, casi sin publicidad, el *New Prospect Perspective*, y el *New York Times* o el *Post* cuando alguien se los deja en la sala de profesores, y por si no tuviera suficiente de Bush y de Irak y de asesinatos en hogares de Queens y East Orange –crímenes incluso contra niños de dos, cuatro o seis años, tan pequeños que enfrentarse y gritar a sus asesinos, sus padres, les parecería blasfemo, la misma blasfemia que habría cometido Isaac de resistirse a Abraham–, por la tarde, entre las seis y las siete, mientras su corpulenta esposa no para de pasar por delante de la pequeña pantalla del televisor de la cocina, llevando la cena del congelador al microondas, Levy ve el resumen de las últimas noticias del área metropolitana y también las de los bustos parlantes de la cadena nacional; lo deja encendido hasta que los anuncios, que ha visto infinidad de veces, lo exasperan tanto que apaga el idiotizante aparato. Para colmo, Jack tiene también sus miserias personales, miserias en las que «arrasa», como dice ahora la gente: el peso del día por venir, el día que amanecerá sobre toda esta oscuridad. Mientras yace despierto, el miedo y el asco se revuelven en su interior como los ingredientes de una cena de un mal restaurante: el doble de la comida deseada, las raciones que ahora se estilan. El pavor le cierra de golpe la puerta del sueño, dominado por la certeza cada día más asentada de que lo único que le queda por hacer a su cuerpo en la Tierra es prepararse para la muerte. Ya cumplió con el cortejo y el apareamiento; ya engendró un hijo –el pequeño y sensible Mark de ojos tímidos y turbios, con su nervioso labio inferior–; ya trabajó para alimentarlo, para abastecerlo de todas las necedades que la cultura de la época se empeñó en que poseyera para ser como sus pares. Ahora la única tarea que le queda a Jack Levy es morir y ceder así un mísero espacio, un diminuto lugar respirable, a este planeta abrumado. La tarea está suspendida en el aire justo sobre su cara insomne, como una tela con una araña inmóvil en el centro.

Su esposa, Beth, una ballena cuyas grasas dejan escapar demasiado calor, respira trabajosamente a su lado; el interminable arañazo de sus ronquidos es como una prolongación en la inconsciencia del sueño de sus monólogos diarios, de su pródiga cháchara. Cuando con furia reprimida Levy le da con la rodilla o con el codo, o suavemente acoge en la palma de la mano una nalga que el camisón deja al descubierto, entonces ella se queda dócilmente en silencio y él teme haberla despertado, haber roto el voto tácito entre dos personas que han acordado, da igual hace cuánto, dormir juntas. Sólo quiere ayudarla, con un empujoncito, a llegar al nivel de sueño en que la respiración deje de vibrar en su nariz. Es como afinar el violín que tocaba de joven. Un nuevo Heifetz, un nuevo Isaac Stern: ¿es eso lo que esperaban sus padres? Los decepcionó: un segmento de desdicha que coincide con las del mundo. A sus padres les dolió. Les dijo en tono desafiante que dejaba las clases. Le interesaba más la vida de los libros y las calles. Tenía once años, quizá doce, cuando se plantó; nunca más volvió a coger un violín, aunque a veces, al oír en la radio del coche un fragmento de Beethoven, un concierto de Mozart o la música cíngara de Dvořák que había interpretado en versiones simplificadas, Jack se sorprende al sentir que la digitación intenta revivir en la mano izquierda, contrayéndose en el volante como un pez moribundo.

¿Por qué mortificarse? Ha hecho las cosas bien, más que bien: mención especial en el Central High, promoción del 59, antes de que fuera como una cárcel, cuando todavía era posible estudiar y enorgullecerse de recibir los elogios de los profesores. Se tomó en serio los cursos en el City College de Nueva York, primero desplazándose hasta allí cada día, después compartiendo un apartamento en el Soho con dos chicos y una chica que cambiaba continuamente el objeto de sus afectos. Después de licenciarse, dos años en el ejército cuando aún había servicio militar, antes de que Vietnam se complicara: instrucción en Fort Dix, archivero en Fort Meade, Maryland, un lugar lo bastante al sur de la línea Mason-Dixon como para estar infestado de sureños antisemitas; el segundo año en Fort Bliss, en El Paso, en recursos supuestamente humanos, asignando reclutas a misiones, el principio de su actividad como tutor de adolescentes. A continuación, a la Universidad de Rutgers para un máster, con una de las becas menguantes del ejército. Desde entonces, enseñando historia y ciencias sociales en institutos treinta años antes de ocupar, durante los últimos seis, un puesto de responsable de tutorías a tiempo completo. Los datos pelados sobre su carrera hacen que se sienta atrapado en un *curriculum vitae* tan angosto como un ataúd. El aire negro de la habitación empieza a ser irrespirable y sigilosamente se da la vuelta, de estar de lado pasa a tumbarse boca arriba, como un fiambre expuesto en un velatorio católico.

Es increíble el ruido que pueden hacer unas sábanas: olas que baten junto a tu oreja. No quiere despertar a Beth. La cercanía es asfixiante, tampoco así puede con ella. Pero por unos instantes, como el primer sorbo antes de que los cubitos agüen el whisky, la nueva postura solventa el problema. Boca arriba tiene la calma de un hombre muerto pero sin la tapa del féretro a unos centímetros de la nariz. El mundo está en silencio: el tráfico de los que van a trabajar aún no ha empezado, los noctámbulos con los silenciadores de los tubos de escape rotos por fin se han ido a la cama. Oye un camión solitario cambiar de marcha en el semáforo intermitente de la calle de arriba y, dos habitaciones más allá, los amortiguados pasos apresurados de *Carmela*, la gata esterilizada y sin garras de los Levy. Al carecer de garras no la pueden dejar fuera, por temor a que los gatos que sí tienen la maten. En su cautividad casera, tras pasarse la mayor parte del día dormitando bajo el sofá, tiene alucinaciones por la noche, con la quietud del hogar de fondo imagina las aventuras salvajes, las batallas y las huidas que nunca vivirá, por su propio bien. Es tal la desolación del entorno sensorial en las horas previas al alba que el rugido furtivo de un felino ofuscado y castrado le alivia casi lo suficiente para que su mente, dispensada de la guardia, se adormezca de nuevo.

Pero, atado a la vigilia por una vejiga impaciente, no tiene otra opción que yacer expuesto, del modo en que se somete uno a una dañina ráfaga de radiactividad, a la percepción de su propia vida como una mancha –un borrón, un desatino perpetuo– infligida en la superficie, por lo demás impecable, de estas horas intempestivas. Ha perdido el buen camino en el bosque oscuro del mundo. Pero ¿hubo buen camino alguna vez? ¿No sería el estar vivo el error en sí? En la versión aligerada de la historia que solía enseñar a alumnos a quienes costaba creer que el mundo no empezara con sus nacimientos ni en épocas en que abundaran los juegos de ordenador, incluso los más grandes hombres se perdían en la nada, en una tumba, sin ver cumplidas sus ilusiones: Carlomagno, Carlos V, Napoleón, el detestable pero bastante exitoso –y todavía admirado, al menos en el mundo árabe– Adolf Hitler. La historia es un molino que reduce perpetuamente a polvo a la humanidad. Las tutorías se reproducen una y otra vez en la cabeza de Jack Levy como malentendidos cacofónicos. Se ve a sí mismo como un viejo patético en una orilla, gritándole a la flotilla de jóvenes mientras se deslizan hacia el cenagal funesto del mundo: más recortes de recursos, libertades que desaparecen, publicidad despiadada que vende una ridícula cultura popular de música eterna, de cerveza y de jóvenes hembras esbeltas y sanas hasta lo imposible.

¿O acaso las jóvenes, incluida Beth, habían estado alguna vez tan delgadas como las de los anuncios de cerveza y Coca-cola? Sí, sin duda, Beth había sido esbelta, pero él apenas podía recordarlo, era como intentar ver la pantalla del televisor mientras ella iba de un lado a otro, torpe como un pato, al preparar la cena. Se conocieron durante el año y medio que él pasó en Rutgers. Era una chica de Pennsylvania, del barrio de Mount Airy, al noroeste de Filadelfia. Estudiaba biblioteconomía. Le atrajo su ligereza, su risa cantarina, la pícara rapidez con que de todo, incluso de su noviazgo, hacía una broma. «¿Cómo crees que nos saldrían los niños? ¿Nacerán medio circuncidados?» Era alemana-americana, Elizabeth Fogel, y tenía una hermana mayor más hosca, menos adorable, Hermione. Él era un judío. Pero no un judío orgulloso, de los que llevan la vieja alianza por manto. Su abuelo se había despojado de la religión al llegar al Nuevo Mundo y depositó su fe en una sociedad revolucionaria, un mundo donde los poderosos ya no pudieran gobernar gracias a la superstición, donde la comida en la mesa y una vivienda decente sustituyeran las promesas poco fiables de un Dios invisible.

Tampoco es que el Dios judío se hubiera prodigado en promesas: un vaso roto en la boda, un entierro rápido, envuelto en una mortaja, sin santos, sin más allá; tan sólo una vida de lealtad casi esclava al tirano que ordenó a Abraham que sacrificase en ofrenda a su único hijo. Al pobre Isaac, el confiado imbécil que casi muere a manos de su padre, también lo engañaron siendo un anciano ciego arrancándole la bendición su hijo Jacob y su propia esposa, Rebeca, que le habían traído de Padan-aram cubierta con un velo. Más recientemente, en el país de origen, si uno cumplía todos los preceptos –y los ortodoxos tenían una larga lista– recibía a cambio una estrella amarilla y un billete de ida a la cámara de gas. No, gracias: Jack Levy sintió el placer de la obstinación, ese placer reservado a los que son obstinadamente insumisos al judaísmo. Se había enfrentado a todo para convertir a Jacob en Jack, y se había negado a la circuncisión de su hijo, aunque un hábil médico blanco, anglosajón y protestante del hospital convenció a Beth de que era conveniente, por motivos «puramente higiénicos», argumentando que los estudios demostraban que el riesgo de contraer enfermedades venéreas sería menor para Mark, a la par que reduciría la posibilidad del cáncer de cuello de útero en sus parejas. Un bebé de una semana, cuya verguita no era más que un botón regordete que apenas sobresalía de la almohadilla de sus pelotas, y ya estaban mejorando su vida sexual y acudiendo al rescate de niñas que tal vez ni siquiera habían nacido todavía.

Beth era luterana, una confesión piadosa y vehemente más inclinada a la fe que a las obras, a la cerveza que al vino, y él se imaginó que le ayudaría a mitigar su porfiada virtud judía, la más vieja causa perdida vigente en el mundo occidental. Incluso la fe socialista de su propio abuelo se había agriado y enmohecido al ver el comunismo en la práctica. Para Jack, la boda con Beth –que se celebró en la segunda planta del ridículo ayuntamiento de New Prospect y a la que sólo asistieron la hermana de ella y los padres de él– fue un valiente mal emparejamiento, un simpático «que nos quiten lo bailado» dirigido a la Historia, como muchas de las cosas que pasaban en 1968. Pero, tras treinta y seis años juntos en el norte de New Jersey, sus dispares confesiones y orígenes étnicos han ido aguándose hasta constituir una uniformidad deslucida. Se han convertido en una pareja que los fines de semana va a comprar al ShopRite y al Best Buy, y cuya idea de pasar un buen rato es una partida de bridge duplicado con otras tres parejas del instituto o de la biblioteca pública de Clifton, donde Beth trabaja cuatro días a la semana. Algunas noches de viernes o sábado intentan alegrarse saliendo a cenar; alternan los restaurantes chinos e italianos donde son comensales habituales y el maître los lleva con sonrisa resignada hasta una mesa en un rincón en la que Beth pueda embutirse, nunca a uno de los estrechos reservados. Y si no, van en coche a algún multicine de mala muerte con suelos pegajosos, donde una ración mediana de palomitas cuesta siete dólares, si es que encuentran una película que no sea demasiado violenta ni subida de tono ni descaradamente dirigida a un público de adolescentes varones. Su noviazgo y temprana boda coincidieron con la crisis del sistema de estudios y la aparición de miradas deslumbrantes y subversivas –*Cowboy de medianoche, Easy Rider, Bob, Carol, Ted y Alice, Grupo salvaje, La naranja mecánica, Harry el sucio, Conocimiento carnal, El último tango en París,* el primer *Padrino, La última película, American Graffiti*–, por no hablar del Bergman tardío y de películas francesas e italianas rebosantes aún de angustia, mordacidad y de una reconocible personalidad nacional. Habían sido buenos filmes, que mantenían despiertas las mentes de una pareja moderna. Todavía se respiraban los aires del 68, se tenía la sensación de que los jóvenes aún podían reimaginar el mundo. En recuerdo sentimental de aquellas revelaciones que compartían por primera vez como pareja, la mano de Jack todavía hoy se desliza al asiento contiguo en los cines, toma del regazo la de su esposa y la sostiene, delicada, fofa y caliente, en el suyo, mientras sus caras se bañan en las explosiones de algún reciente thriller para descerebrados, cuyo guión adolescente recargado de sustos efectistas fríamente calculados se burla de su edad.

Con insomnio, desesperado, Jack piensa en buscar la mano de Beth bajo las sábanas, pero sabe que al palpar entre los montículos de su carne adormilada podría perturbarla y despertar su voz caprichosa, incansable, aniñada. Con sigilo casi delictivo desliza los pies por la sábana bajera hasta ponerlos verticales, se quita las mantas de encima y escapa del lecho conyugal. Al pisar fuera de la alfombrilla de cama siente en los pies desnudos el frío de abril. El termostato sigue en modo nocturno. Se queda ante una ventana con las cortinas echadas, amarilleadas por el sol, y contempla el vecindario a la luz gris de las farolas de vapor de mercurio. El naranja del cartel de la Gulf en la gasolinera que abre toda la noche, dos manzanas más arriba, es el único toque enérgico de color en el panorama antes del alba. Aquí y allá, la luz tenue de una lamparilla de poco voltaje da algo de calor a la ventana de la habitación de un niño o a un rellano. En la penumbra, bajo una cúpula lisa y oscura, mitigada por la corrupción que en forma de luz difusa emana la ciudad, se alejan hasta el infinito los ángulos en escorzo de los tejados, los laterales y los revestimientos de las casas.

«La vivienda», piensa Jack Levy. Las casas se han comprimido en viviendas, cada vez más apretujadas por la subida de precio del suelo y la continuada parcelación. Donde en su memoria había patios traseros y laterales con árboles en flor y huertos, tendederos y columpios, ahora unos arbustos raquíticos luchan en busca de dióxido de carbono y suelo húmedo entre caminos de cemento y aparcamientos de asfalto arrebatados a lo que fueron espléndidos parterres de césped. Las necesidades del automóvil han tenido la última palabra. Las robinias plantadas en la acera, los ailantos silvestres que rápidamente arraigaron a lo largo de las cercas y las paredes de las casas, los pocos castaños de Indias que han sobrevivido a la era en que el hielo y el carbón se repartían en carro; todos estos árboles, cuyos nuevos brotes y capullos relucen como una piel plateada a la luz de las farolas, corren peligro de ser arrancados en la próxima embestida de la ampliación de calles. Las líneas sencillas de las casas adosadas de los años treinta y de las de estilo colonial de los cincuenta ya están sepultadas por buhardillas de nueva construcción, soláriums superpuestos, destartaladas escaleras exteriores que dan acceso legal a estudios desgajados de lo que antes se consideraban cuartos de invitados. La vivienda asequible disminuye en tamaño como un papel doblado sucesivamente. Divorciados a los que han echado de casa; técnicos que no se han puesto al día en industrias que subcontratan a otras sus servicios; laboriosos trabajadores de color que tratan de aferrarse al siguiente peldaño en la escala social escapando de los degradados barrios céntricos; todos se instalan en el vecindario y ya no pueden permitirse una mudanza más. Los matrimonios jóvenes se espabilan y remozan casas adosadas en estado ruinoso, dejando su impronta al pintar de colores extravagantes los porches, los adornos de los tejados y los marcos de las ventanas –púrpura de Pascua, verde ácido–; los vecinos más viejos se toman las nuevas manchas de color en la manzana como un insulto, una llamarada de desprecio, una broma de mal gusto. Las pequeñas tiendas del barrio han ido desapareciendo una tras otra, dejando vía libre a franquicias cuyos logos y decoraciones estandarizados son alegremente chillones, como las pantagruélicas imágenes a todo color de la comida rápida con que ceban a sus clientes. Para Jack Levy, Estados Unidos está pavimentado de alquitrán y grasas, una masa viscosa que se extiende de costa a costa a la que estamos todos pegados. Ni siquiera la libertad con que nos llenamos la boca da para enorgullecerse demasiado, ahora que los comunistas han quedado fuera de combate; precisamente les da más libertad de movimiento a los terroristas, que pueden alquilar aviones y camionetas y crear páginas web. Fanáticos religiosos y obsesos de la informática: una combinación rara a ojos de Levy, quien aún piensa en términos de separación radical entre la razón y la fe. Aquellos bestias que estrellaron los aviones contra el World Trade Center tenían buena formación técnica. El cabecilla había estudiado urbanismo en Alemania; debería haber rediseñado New Prospect.

Alguien más positivo y activo que él, cree Jack, estaría aprovechando estas horas, antes de que su esposa despierte, el *Perspective* aterrice en el porche y el cielo que se extiende por encima de los tejados, ahora estrellado, se diluya rápidamente hasta tornarse de un gris sucio. Podría ir a la planta baja a buscar uno de los libros cuyas primeras treinta páginas ha leído, o a hacer café, o a mirar cómo los presentadores del noticiario matinal bromean entre farfullos y carraspeos. Pero prefiere quedarse arriba y dejar que se le empape la cabeza vacía, demasiado cansada para soñar, de las vistas terrenales del vecindario.

Un gato rayado –¿o es un mapache pequeño?– cruza saltando la calle vacía y desaparece bajo un coche aparcado. Jack no puede distinguir de qué marca es. Los coches de ahora se parecen todos; no ocurría así con las grandes aletas y las sonrientes rejillas cromadas de cuando era niño, incluso había portillas de ventilación simuladas en el Buick Riviera, y estaban los Studebaker con morro en forma de bala y los magníficos y largos Cadillacs de los cincuenta: ésos sí que eran aerodinámicos. En nombre de la aerodinámica y el ahorro de combustible, los coches de ahora son todos un tanto achaparrados y de colores neutros para disimular la suciedad de la carretera, desde los Mercedes hasta los Honda. Convierten los grandes aparcamientos en una pesadilla, porque uno nunca podría encontrar su coche de no ser por el llavero que enciende los faros a distancia o, como último recurso, hace sonar el claxon.

Un cuervo que lleva en el pico algo pálido y largo levanta perezosamente el vuelo después de haber hecho un agujero en una bolsa de basura verde que alguien sacó la noche anterior para la recogida de hoy. Un hombre trajeado sale corriendo del porche de la casa de al lado y se mete en un coche, un utilitario todoterreno, chaparro, de los que se tragan la gasolina, y se va con estruendo, sin importarle despertar a los vecinos. Un vuelo temprano que despega de Newark, supone Jack. Ahí está, de pie, mirando a través de los cristales fríos y pensando: «la vida». Esto es la vida, habitar una vivienda, tragar lubricante, afeitarse por la mañana, ducharse para no molestar a los demás en la mesa de reuniones con tus feromonas. Jack Levy tardó una eternidad en darse cuenta de que la gente apesta. Cuando era joven, nunca olió nada en sus propias narices, nunca percibió el olor rancio que ahora desprende aunque se limite a pasar el día sosegadamente, sin siquiera sudar.

Bueno, sigue con vida, y eso que ha visto mucho. Considera que es algo bueno, pero cuesta esfuerzo. ¿Quién era el griego ese del libro de Camus que les entusiasmaba a todos en el City College de Nueva York? O quizá fuera en Rutgers, entre los estudiantes del máster. Sísifo. Arriba con la roca. Y abajo que rodaba. Ahí está, ha dejado de mirar, se limita a utilizar la conciencia para resistirse a la certeza de que todo esto lo ha de abandonar algún día. La pantalla de su cabeza se quedará en blanco y aun así todo seguirá su curso sin él, habrá más amaneceres, coches que arrancan y animales salvajes que se alimentan en terrenos envenenados por el Hombre. *Carmela* ha subido con sigilo la escalera y se restriega contra sus tobillos desnudos, ronronea ruidosamente pensando que pronto le darán de comer. También esto es la vida, vida tocando vida.

Jack siente que los ojos le pesan, como si estuvieran llenos de arena. Piensa que no debería haberse levantado de la cama; a la amplia y cálida vera de su mujer podría haber dormido una hora más. Ahora tiene que arrastrar su fatiga por un largo día repleto de citas, con gente atosigándole a cada minuto. Oye crujir la cama: Beth se mueve y libra al colchón de su peso. La puerta del baño se abre y se cierra, el pestillo hace un ruido seco y, al instante, para su exasperación, se suelta. Tiempo atrás lo habría intentado arreglar, pero desde que Mark vive en Nuevo México y sólo vuelve una vez al año, no hay por qué preocuparse tanto de la intimidad. Las abluciones de Beth hacen que el agua murmure y tiemble por las cañerías de toda la casa.

Una voz de hombre, acelerada y con música de fondo, suena en la mesita de noche; lo primero que hace su esposa al despertar, antes de levantarse, es encender el maldito cacharro. Sigue empeñada en mantenerse al tanto, a través de la electrónica, de un entorno en el que están físicamente cada vez más aislados, porque no son más que una pareja mayor cuyo único hijo ha abandonado el nido, y con ocupaciones cotidianas, además, en las que están asediados por unos jóvenes desatentos. En la biblioteca, Beth se ha visto obligada a aprender nociones básicas de ofimática: cómo buscar información, imprimirla y facilitársela a los chavales demasiado tontos o vagos como para andar con libros, en el caso de que aún los hubiera sobre el tema que les interesa. Jack ha procurado hacer caso omiso de esta revolución, con terquedad sigue garabateando unas notas en sus sesiones de tutoría, como ha hecho durante años, y no «pica» después las conclusiones en la base de datos informatizada sobre los dos mil alumnos del Central High. Por este incumplimiento, o negativa, recibe periódicamente las reprimendas de los otros tutores, un equipo de consejeros que se ha triplicado en treinta años; sobre todo las de Connie Kim, una diminuta coreana americana especializada en chicas de color conflictivas y con historial de absentismo, y de Wesley Ray James, un negro tan formal y solvente como ella cuyas no tan lejanas habilidades atléticas –sigue delgado como un lebrel– le facilitan el acceso a los muchachos. Jack siempre promete dedicar una o dos horas a la actualización de datos, pero las semanas pasan y nunca encuentra el momento. Su sentido de la confidencialidad le hace resistirse a introducir los datos esenciales de una sesión privada en la red electrónica que cubre el instituto entero, accesible a todo el mundo.

Beth está más en contacto con las cosas, tiene mejor disposición para adaptarse y cambiar. Accedió a casarse en el ayuntamiento pese a reconocerle a Jack, ruborizada, que a sus padres se les partiría el corazón si la boda no se celebraba en su iglesia. En ningún momento habló de qué pasaría con su propio corazón, y Jack respondió: «Hagámoslo fácil, sin complicaciones». A él la religión no le decía nada, y en cuanto se fundieron en una entidad familiar también para ella dejó paulatinamente de significar mucho. Ahora él se pregunta si la ha privado de algo, aunque sea un algo grotesco, y si su parloteo sin fin y su tendencia a comer en exceso no serían una compensación. No debía de ser fácil estar casada con un judío obstinado.

Al salir del baño con el cuerpo envuelto en varios metros cuadrados de toalla, lo encuentra de pie, en silencio e inmóvil, frente a la ventana del vestíbulo del piso de arriba y grita, asustada:

–¡Jack! ¿Ocurre algo?

Cierto sadismo provocado por el exceso de celo para con su mujer se encarga de encubrir su melancolía, sólo deja ver la mitad. Quiere que Beth note que está así por su culpa, aunque la razón le diga que no es ella la causa.

–Nada nuevo –dice–. Me he vuelto a despertar demasiado pronto. Y ya no he podido dormirme.

–Es un síntoma de depresión, el otro día lo decían en la tele. Oprah entrevistó a una mujer que había escrito un libro sobre eso. Quizá deberías ver a un... no sé, la palabra «psiquiatra» asusta a los que no son ricos, decía la mujer..., deberías ver a algún especialista si tan mal te sientes.

–A un especialista en *Weltschmerz*. –Jack se vuelve y sonríe a su esposa.

Pese a que Beth también ha pasado de los sesenta –sesenta y uno de ella por los sesenta y tres de él–, no tiene arrugas en la cara. Lo que en una mujer enjuta serían profundos surcos, en su rostro redondo no son más que líneas apenas marcadas; la grasa las suaviza dándoles una delicadeza juvenil, manteniendo su piel tersa.

–No, gracias, cariño –añade él–. Me paso el día dando consejos, pero mi organismo los rechazaría, no podría absorberlos. Demasiados anticuerpos.

Con los años ha descubierto que si elude un tema, ella preferirá saltar rápidamente a otro antes que perder por completo su atención.

–Ya que hablamos de anticuerpos, Herm me dijo ayer cuando hablamos por teléfono... Esto es estrictamente confidencial, Jack, ni siquiera yo debería saberlo, prométeme que no se lo dirás a nadie.

–Prometido.

–Me cuenta estas cosas porque tiene que desahogarse con alguien, y me tiene a mí que estoy alejada de sus círculos. Al parecer su jefe está a punto de subir el nivel de alerta terrorista en esta zona de amarillo a naranja. Pensé que lo dirían en la radio, pero se ve que no. ¿De qué crees que se trata?

El jefe de Hermione es el secretario de Seguridad Nacional en Washington, un cristiano renacido secuaz de la derecha con un apellido alemán, algo así como Haffenreffer.

–Simplemente les interesa que pensemos que hacen algo con el dinero de nuestros impuestos. Quieren que creamos que controlan la situación. Pero no saben.

–¿Es eso lo que te preocupa cuando estás absorto?

–No, cariño. Para serte sincero, es lo último en lo que pensaría. Que vengan, a ver si es verdad. Estaba pensando, al mirar por la ventana, que una buena bomba bastaría para todo el barrio.

–Oh, Jack, no deberías bromear sobre eso. Aquellos pobres hombres de los pisos altos de las torres, llamando a sus esposas por el móvil para decirles que las querían...

–Lo sé, lo sé. Ni siquiera debería permitirme las bromas.

–Markie dice que tendríamos que mudarnos a algún sitio cerca de él, en Albuquerque.

–Lo dice, cariño, pero no en serio. Que nos vayamos a vivir cerca de él es lo último que desea. –Temiendo que esta verdad pueda herir a la madre del chico, bromea de nuevo–: Y no sé por qué. Nunca le pegamos ni lo encerramos en un armario.

–Ellos jamás pondrían una bomba en el desierto –prosigue Beth, como si para ir a Albuquerque sólo quedaran unos cuantos flecos por solucionar.

–Exacto: a «ellos», como siempre dices, «les encanta» el desierto.

A ella le ofende el sarcasmo y lo deja en paz, él se queda mirando con una mezcla de alivio y remordimiento. Beth sacude la cabeza con altivez trasnochada y dice:

–Debe de ser fantástico estar tan tranquilo con lo que a todos los demás nos preocupa.

Vuelve al dormitorio a hacer la cama y, ya puestos a estirar tejidos, a vestirse para ir a la biblioteca.

«¿Qué habré hecho», se pregunta él, «para merecer esta fidelidad, esta confianza conyugal?» Lo ha decepcionado un poco que ella no haya contestado a la grosería de que su hijo, un oftalmólogo acomodado con tres niños tostaditos por el sol y tocados con las gafas de rigor, y su esposa de Short Hills, una rubia de pote, judía pura, superficialmente amable pero en lo básico distante, no los quieran cerca. Él y Beth tienen sus mitos compartidos; uno es que Mark los quiere como ellos lo quieren a él: inevitable al ser su único retoño. En realidad, a Jack Levy no le importaría lo más mínimo irse de ahí. Tras toda una vida en un burgo que tiempo atrás fue industrial y ahora no puede consigo mismo, casi convertido en una jungla tercermundista, no le vendría mal mudarse al sur. Tampoco a Beth. El invierno anterior fue crudo en la región del Atlántico Medio, todavía se ven, en la sombra perpetua que hay entre algunas de las casas del vecindario casi pegadas, montoncitos de nieve ennegrecida por la suciedad.

El despacho de su tutor es uno de los más pequeños del Central High, está en lo que en su día fue un enorme almacén cuyas estanterías metálicas grises han sobrevivido hasta hoy, aguantando el peso de un caos de catálogos universitarios, listines telefónicos, manuales de psicología y números viejos apilados de un sencillo semanario, del mismo formato que el *Nation*, el *Metro Job Market*, especializado en estudios sobre la oferta de trabajo de la zona y sus centros de formación técnica. Cuando construyeron el espléndido edificio ochenta años atrás, no vieron la necesidad de dedicar un espacio específico para las tutorías, de esa tarea se encargaban en todas partes: los abnegados padres en lo más íntimo y una cultura popular moralista en lo más superficial, con montones de consejos añadidos en medio. Los niños recibían más tutela de la que eran capaces de digerir. Ahora, casi de modo sistemático, Jack Levy entrevista a chicos que parecen no tener padres de carne y hueso; las instrucciones que reciben del mundo provienen exclusivamente de fantasmas electrónicos que emiten sus señales a través de salas abarrotadas o rapeando en auriculares de espuma negra o codificados en la compleja programación de muñequitos que se mueven a espasmos entre las explosiones que generan los algoritmos de un videojuego. Los estudiantes desfilan ante su tutor como una sucesión de cedés cuya superficie reluciente, a falta de un equipo en el que reproducirlos, no aporta ninguna pista sobre su contenido.

Este estudiante de último curso, la quinta cita de treinta minutos de una larga y agotadora mañana, es un muchacho alto, de tez parda, que lleva unos vaqueros negros y una camisa blanca extraordinariamente limpia. La blancura de la camisa agrede los ojos de Jack Levy, que está un poco sensible por haberse levantado muy temprano. La carpeta que contiene el expediente escolar del chico va marcada con la etiqueta «Mulloy (Ashmawy), Ahmad».

—Tiene un nombre interesante —le dice Levy al joven. Hay algo en el chico que le gusta: gravedad imperturbable, recelo cortés en el mohín de sus labios suaves y más bien carnosos, y el cuidadoso corte de pelo, peinado en una tupida onda que parece coronar su frente—. ¿Quién es Ashmawy?

—¿Quiere que se lo explique, señor?

—Por favor.

El chico habla con una majestuosidad afligida, a Levy le parece que está imitando a algún adulto que conoce, a un orador pulcro y formal.

—Soy fruto de una madre estadounidense blanca y un estudiante de intercambio egipcio. Se conocieron mientras estudiaban en el campus de New Prospect de la State University of New Jersey. Por aquel entonces, mi madre, que se formó y trabaja como auxiliar de enfermería, cursaba créditos para licenciarse en arte. En su tiempo libre pinta y diseña joyas, con cierto éxito, aunque no el suficiente para mantenernos. Él... —el chico titubea, como si se hubiera topado con un obstáculo en la garganta.

—Su padre —lo interpela Levy.

—Eso es. Él había esperado, así me lo ha explicado mi madre, empaparse de conocimientos sobre la empresa norteamericana y técnicas de márketing. No resultó tan fácil como le habían dicho. Se llamaba... se llama, creo firmemente que sigue vivo, Omar Ashmawy. Y mi madre, Teresa Mulloy. Es de origen irlandés. Se casaron mucho antes de que yo naciera. Soy un hijo legítimo.

—Claro. No lo dudaba. Y tampoco es que importe. No es el hijo el que deja de ser legítimo, no sé si me sigue.

—Sí, señor, gracias. Mi padre sabía muy bien que casándose con una ciudadana americana, por muy dejada e inmoral que fuese, lograría la nacionalidad estadounidense, y así fue, pero lo que no logró fueron ni los conocimientos prácticos ni la red de conocidos que le conducen a uno a la prosperidad en este país. Cuando perdió toda esperanza de conseguir un trabajo que no fuera de baja categoría, yo tenía entonces tres años, batió tiendas. ¿Se dice así? Encontré la expresión en las memorias del gran escritor estadounidense Henry Miller, que la señorita Mackenzie nos hizo leer en clase de inglés avanzado.

–¿Ese libro? Dios mío, Ahmad, cómo cambian los tiempos. Antes sólo se podía comprar bajo mano. ¿Conoce la expresión «bajo mano»?

–Por supuesto. No soy extranjero. Nunca he salido del país.

–Antes me ha preguntado por «batir tiendas». Es un giro anticuado, pero la mayoría de estadounidenses saben qué significa. Originariamente se refería a desmontar las tiendas de un campamento militar.

–El señor Miller la usó, creo, para referirse a una mujer que le dejó.

–Sí. No es de extrañar. Que batiera tiendas, quiero decir. Miller no debía de ser un marido fácil. –Aquellos tríos lubricados con la esposa en *Sexus*. ¿Era *Sexus* lectura obligatoria en inglés? ¿Es que ya no se reserva nada para la edad adulta?

El joven se sale inesperadamente por la tangente tras los torpes comentarios de su tutor:

–Mi madre dice que no puedo acordarme de mi padre –comenta–, pero no es así.

–Bueno, usted tenía tres años. En términos de desarrollo, sería posible que guardara algún recuerdo. –La entrevista no va en la dirección pretendida por Jack Levy.

–Una sombra cálida, oscura –dice Ahmad inclinándose hacia delante de golpe, subrayando su seriedad–. Una buena dentadura, muy blanca. Bigote pequeño, cuidado. Mi pulcritud personal proviene de él, estoy seguro. Entre mis recuerdos hay un olor dulzón, quizá loción para después del afeitado, aunque también con un rastro de especias, a lo mejor un plato de Oriente Medio que acabara de comer. Era de tez oscura, más que la mía, pero de rasgos finos y elegantes. Se peinaba con raya casi en el medio.

Esta digresión intencionada incomoda a Levy. El chico la utiliza para ocultar algo. ¿Qué? Jack apunta, intentando que su interlocutor se desinfle:

—Quizá confunda una fotografía con un recuerdo.

—Sólo tengo una o dos fotos. Puede que mi madre guarde algunas y me las haya escondido. Cuando era pequeño e inocente, se negaba a contestar a muchas de mis preguntas sobre mi padre. Creo que el abandono la enfureció. Algún día me gustaría encontrarle. No es que quiera exigirle nada ni culparle, simplemente quiero hablar con él, como harían dos musulmanes cualesquiera.

—Esto, señor... ¿Cómo quiere que le llame? ¿Mulloy o... —vuelve a mirar en la tapa de la carpeta— Ashmawy?

—Mi madre me impuso su apellido en los documentos de la seguridad social y en el carnet de conducir, y mi dirección de contacto es la de su piso. Pero cuando termine el instituto y sea independiente me llamaré Ahmad Ashmawy.

Levy mantiene la vista en la carpeta.

—¿Y cómo tiene pensado independizarse? Sacaba buenas notas, señor Mulloy, en química, inglés y demás, pero veo que el año pasado se cambió a los módulos de formación profesional. ¿Quién le aconsejó?

El joven baja la vista, dos ojos que parecen solemnes lámparas negras, de pestañas largas, y se rasca la oreja como si tuviera un mosquito.

—Mi profesor —contesta.

—¿Qué profesor? Debería haber consultado conmigo un cambio de orientación así. Podríamos haber hablado, usted y yo, aunque no seamos los dos musulmanes.

—Mi maestro no es del instituto. Está en la mezquita. El sheij Rachid, el imán. Estudiamos juntos el sagrado Corán.

Levy intenta disimular su aversión diciendo:

—Ya. ¿En la mezquita de...? No, supongo que no sé dónde está, sólo conozco la grande, la de Tilden Avenue, que los musulmanes negros levantaron entre las ruinas tras los disturbios de los sesenta. ¿Es a ésa a la que acude? –Se le escapa un tono resentido, y no es lo que quiere. No ha sido este chico quien lo ha despertado a las cuatro, ni quien lo ha agobiado con pensamientos lúgubres, ni el que ha vuelto a Beth agobiantemente gorda.

–West Main Street, señor, unas seis manzanas al sur de Linden Boulevard.

–Reagan Boulevard. El año pasado cambiaron el nombre –dice Levy torciendo el gesto en desaprobación.

El chico no lo capta. Para estos adolescentes la política es una de las secciones oscuras del paraíso de los famosos. Las encuestas dicen que para ellos Kennedy fue el mejor presidente después de Lincoln sólo porque tenía aspecto de ser una celebridad, y desde luego desconocen a los demás, incluso a Ford o a Carter, con la excepción de Clinton y los Bush, si es que saben distinguir al padre del hijo. El joven Mulloy –Levy sufría un bloqueo mental con el otro apellido– dice:

–Está en una calle con tiendas, en el piso de encima de un salón de belleza y de un local donde prestan dinero en efectivo. La primera vez cuesta encontrarla.

–Y el imán de este lugar difícil de encontrar le aconsejó que se pasara a formación profesional.

El chico titubea de nuevo, encubriendo lo que quiera que sea que esconde; después, mirando con atrevimiento desde sus grandes ojos negros en que los iris apenas se distinguen de las pupilas, declara:

–Me dijo que el itinerario preuniversitario me expondría a influencias corruptoras: mala filosofía y mala literatura. La cultura occidental es impía.

Jack Levy se reclina en su anticuada silla giratoria de madera, que cruje, y suspira.

–¡Ojalá! –Pero temeroso de los problemas en que podría meterse con la dirección del instituto y los periódicos si llegaran a saber que le ha dicho algo así a un estudiante, da marcha atrás–: Se me ha escapado. Es que algunos de esos cristianos evangélicos me tienen harto con tanto culpar a Darwin por el trabajo chapucero que hizo Dios al crear el universo.

Pero el joven no escucha, sigue argumentando su afirmación anterior.

–Y como la cultura no tiene Dios, se obsesiona con el sexo y los bienes de lujo. Sólo hay que ver la televisión, señor Levy, para darse cuenta de cómo siempre echa mano del sexo para vender lo que uno no necesita. Fíjese en la historia que se enseña aquí, puro colonialismo. Fíjese en cómo la cristiandad cometió un genocidio contra los nativos americanos y explotó también Asia y África, y ahora va a por el islam, con Washington controlado por los judíos para mantenerse en Palestina.

–Buf –suelta Jack, que se pregunta si el chico sabrá que está hablando con un judío–. No está mal como relación de detalles para justificar el abandono de la formación preuniversitaria. –Ahmad pone los ojos como platos ante semejante comentario injusto, y Jack distingue un matiz verdoso en sus iris, que no son totalmente negros, una pizca del Mulloy que hay en él–. ¿Y el imán nunca insinuó –pregunta, echando la silla atrás y apoyándose con confianza en su lado de la mesa– que un chico listo como usted, en una sociedad tan diversa y tolerante como ésta, necesita confrontarlo todo con varios puntos de vista?

–No –dice Ahmad con sorprendente brusquedad y sus labios dibujan una mueca desafiante–. El sheij Rachid no me recomendó nada por el estilo, señor. Le parece que los enfoques relativistas trivializan la religión, le restan importancia. Usted cree esto, yo creo lo otro, y así vamos tirando. Es el estilo americano.

–Así es. ¿Y a él no le gusta el estilo americano?

–Lo odia.

Jack Levy, inclinado todavía hacia delante, clava los codos en el escritorio y apoya la barbilla, en un gesto pensativo, sobre sus dedos cruzados.

–¿Y usted, señor Mulloy? ¿Lo odia?

El chico vuelve a bajar la vista tímidamente.

–Por supuesto que no odio a todos los estadounidenses. Pero el estilo americano es el de los infieles. Se encamina a una catástrofe terrible.

Lo que no dice es «América quiere llevarse a mi Dios». Protege a su Dios de este viejo judío cansado, despeinado y descreído, y asimismo se guarda para sí la sospecha de que el sheij Rachid es tan vehemente en sus doctrinas porque Dios, en secreto, ha dejado de habitar tras sus pálidos ojos de yemení, del mismo y escurridizo color gris azulado que los de una *kafir*. Ahmad, criado sin padre junto a su despreocupada y descreída madre, ha crecido haciéndose a la idea de que era el único custodio de Dios, el único para quien Él es un compañero invisible pero palpable. Dios siempre está con él. Como se dice en la novena sura: «No tenéis, fuera de Dios, amigo ni defensor». Dios es otra persona que está a su lado, un siamés unido a él por todas partes, por dentro y por fuera, a quien puede dirigirse en plegaria en cualquier momento. Dios es su felicidad. Este viejo diablo judío desea, disimulando bajo unos modales astutos, de quien conoce mundo, fingidamente paternales, trastocar la unión original y arrebatarle al Misericordioso y Dador de vida.

Jack Levy suspira de nuevo y piensa en la siguiente entrevista, otro adolescente necesitado, hosco y desencaminado a punto de zarpar al cenagal del mundo.

–Bien, quizá no debería decir esto, Ahmad, pero en vista de sus notas y pruebas de aptitud, y del aplomo y la seriedad realmente insólitos que demuestra, creo que su... ¿cómo se dice?... imán le ha ayudado a tirar por la borda sus años de instituto. Ojalá hubiera seguido en la formación preuniversitaria.

Ahmad sale en defensa del sheij Rachid:

–Señor, no dispongo de recursos para pagar la universidad. Mi madre se considera una artista, prefirió dejar sus estudios cuando no era más que enfermera auxiliar a dedicar dos años más a su propia formación antes de que yo empezara a ir a la escuela.

Levy se enmaraña el pelo ralo, que ya lleva despeinado.

–Vale, de acuerdo. Es una época difícil, y con los gastos en seguridad y las guerras de Bush apenas quedan excedentes. Pero seamos realistas: aún hay mucho dinero en becas para chicos de color listos y responsables. Podríamos haber conseguido alguna, estoy convencido. No para Princeton, seguramente, ni tampoco para Rutgers, pero una plaza en Bloomfield o Seton Hall, en Farleigh Dickinson o Kean también sería excelente. Con todo, por ahora, eso es agua pasada. Siento no haber podido atender con más antelación a su caso. Termine el instituto y ya veremos cómo ve lo de ir a la universidad dentro de uno o dos años. Sabe dónde encontrarme, haré lo que pueda. Si me lo permite, ¿qué ha pensado hacer después de graduarse? Si no tiene perspectivas laborales, considere la posibilidad del ejército. Ya no es ningún chollo, pero aun así sigue ofreciendo bastante: se aprenden algunas técnicas y después lo apoyarán si quiere educación superior. A mí me sirvió. Si habla algo de árabe, estarían encantados de acogerle.

La expresión de Ahmad se tensa:

–El ejército me enviaría a luchar contra mis hermanos.

–O a luchar por sus hermanos, ¿no? No todos los iraquíes son de la insurgencia, ya sabe. La mayoría no lo son. Sólo quieren salir adelante. La civilización empezó ahí. Era un pequeño país próspero, hasta que llegó Saddam.

El chico frunce el ceño, sus cejas tupidas, gruesas y, aunque de vello fino, viriles, se arrugan. Ahmad se levanta para irse, pero Levy no está todavía dispuesto a dejarlo marchar.

–He preguntado –insiste– si tenía algún trabajo a la vista.

La respuesta llega con reticencia:

–Mi profesor cree que podría conducir camiones.

–¿Conducir... camiones? ¿De qué tipo? Los hay de muchas clases. Sólo tiene dieciocho años. Tengo entendido que no se puede obtener el permiso para un camión articulado o un camión cisterna o ni siquiera para un autobús escolar hasta los veintiuno. El examen para sacarse el carnet de vehículos comerciales es difícil. No podrá conducir fuera del estado hasta que cumpla los veintiuno. Ni podrá transportar materiales peligrosos.

–¿No podré?

–Si no recuerdo mal, no. Antes que usted pasaron por aquí otros jóvenes que estaban interesados; muchos se asustaron, por la parte técnica y la normativa. Hay que afiliarse al sindicato de camioneros. Es una carrera con muchos obstáculos. Y muchos matones.

Ahmad se encoge de hombros; Levy ve que ha agotado el cupo de cooperación y cortesía del joven. El chico no dice ni pío. Muy bien, pues Jack Levy tampoco. Lleva mucho más tiempo en Jersey que este mocoso pretencioso. Como era de esperar, el varón con menos experiencia cede y rompe el silencio.

Ahmad siente la necesidad de justificarse ante este judío infeliz. El señor Levy desprende un aroma de infelicidad, como la madre de Ahmad después de que la deje un novio y antes de que aparezca el siguiente y cuando no ha vendido un cuadro en meses.

–Mi profesor conoce a gente que podría necesitar un conductor. Yo tendría a alguien que me enseñase cómo funciona todo –explica–. La paga es buena –añade.

–Y las horas, muchas –dice el tutor, cerrando de golpe la carpeta del estudiante tras haber garabateado en la primera página «cp» y «sc», sus abreviaturas para «causa perdida» y «sin carrera». Dígame, Mulloy, su religión... ¿es muy importante para usted?

–Sí.

El chico oculta algo, Jack puede olerlo.

–Dios... Alá... es algo muy serio para usted.

Lentamente, como si estuviera en trance o recitara algo de memoria, Ahmad dice:

–Él está en mí, y a mi lado.

–Bien. Bien. Me alegra oír eso. No lo pierda. Yo tuve mis contactos con la religión, mi madre encendía las velas en Pascua, pero a mi padre todo eso le parecían patochadas. Seguí su ejemplo y lo dejé perder también. La verdad, tampoco es que llegara a tener nada. Polvo al polvo, es así como veo yo esas cosas. Lo siento.

El chico parpadea y asiente, un poco asustado por semejante confesión. Sus ojos parecen dos lámparas redondas y negras sobre el blanco austero de la camisa. Quedan grabados a fuego en la memoria de Levy y a ratos vuelven como las imágenes persistentes del sol al ponerse o el flash de una cámara cuando uno posa obediente, intentando resultar natural, y salta el fogonazo antes de lo previsto.

Levy no afloja:

–¿Cuántos años tenía cuando... cuando encontró la fe?

–Once, señor.

–Curioso. A esa edad yo anuncié a mis padres que dejaba el violín. Los desafié. Me impuse. Al diablo con todo–. El chico sigue mirándole fijamente, rechazando el vínculo–. Vale –Levy se da por vencido–, quiero que lo piense un poco más. Quiero volver a verle y darle algunos datos más antes de que se gradúe. –Se levanta y, llevado por un impulso, estrecha la mano del joven alto, esbelto, frágil en apariencia, un gesto que no tiene con todos los chicos después de una entrevista, y menos aún con una chica con los tiempos que corren: el más ligero roce puede terminar en una denuncia. Algunos de estos chochetes tienen demasiada imaginación. Ahmad le ha tendido una mano floja, húmeda; Jack se sorprende: aún es un chaval tímido, todavía no es un hombre–. Y si no nos vemos –concluye el tutor–, que tenga una gran vida, amigo.

El domingo por la mañana, mientras la mayoría de americanos siguen en la cama, aunque unos pocos hayan madrugado para ir a una misa temprana o a jugar a golf con la hierba todavía húmeda por el rocío, el secretario de Seguridad Nacional actualiza el nivel de amenaza terrorista –así lo llaman– de amarillo, que únicamente significa «elevado», a naranja, que significa «muy alto». Ésas son las malas noticias. Las buenas son que este nivel sólo se aplica a áreas específicas de Washington, Nueva York y el norte de New Jersey; el resto del país se queda en amarillo.

El secretario, sin poder esconder del todo su acento de Pennsylvania, anuncia a la nación que recientes informes de los servicios secretos indican que se pueden producir ataques, «con alarmante precisión y nada alejados en el tiempo», así lo dice, en esas zonas metropolitanas de la costa este, que «han sido estudiadas por los enemigos de la libertad con las herramientas de reconocimiento más sofisticadas». Centros financieros, estadios deportivos, puentes, túneles, metros... nada está a salvo.

«Puede que a partir de ahora se encuentren», le cuenta al objetivo de la cámara de televisión, que es como un ojo de buey de color pistola, cubierta con una lente, a cuyo otro lado se apiña un montón de ciudadanos confiados, angustiados, «con zonas de seguridad alrededor de edificios que impidan el acceso a coches y camiones sin autorización; con restricciones en algunos aparcamientos subterráneos; con personal de seguridad que emplee tarjetas identificativas y fotografías digitales para que quede registrado quién entra y sale de los edificios; con más refuerzos policiales; y con registros a fondo de vehículos, embalajes y paquetes.»

Pronuncia con cariño y énfasis la expresión «registros a fondo». Evoca una imagen de hombres fornidos en monos verdes o gris azulados destripando vehículos y paquetes, descargando con vigor la frustración diaria que siente el secretario ante las dificultades del cargo. Su cometido es proteger, a pesar de sí misma, a una nación de casi trescientos millones de almas anárquicas con sus correspondientes millones de impulsos irracionales y actos caprichosos que se salen de los límites de lo potencialmente vigilable. Estas lagunas e irregularidades colectivas de la multitud forman una superficie muy accidentada sobre la cual el enemigo puede plantar uno de sus cultivos tenaces y pandémicos. Destruir, el secretario lo ha pensado a menudo, es mucho más fácil que construir –al igual que alterar el orden social es más fácil que mantenerlo– y los guardianes de la sociedad tienen que ir siempre a la zaga de quienes pretenden destruirla, de la misma manera que –de joven había formado parte del equipo de fútbol americano de la Lehigh University– un receptor veloz siempre le puede sacar unos metros al *cornerback* de la defensa. «Y que Dios bendiga a América», así cierra su intervención pública.

El piloto rojo que hay sobre el ojo de buey se apaga. Ya no está grabando. De repente el hombre se encoge, sólo oirán sus palabras el puñado de técnicos y de fieles funcionarios que pululan a su alrededor en este incómodo estudio radiotelevisivo a prueba de bombas, hundido varias decenas de metros bajo el suelo de Pennsylvania Avenue. A otros miembros del gabinete ministerial les dan edificios federales de mármol y piedra caliza tan largos que cada uno tiene su propio horizonte, mientras que él debe acurrucarse en un despachito sin ventanas en el sótano de la Casa Blanca. Con un hercúleo suspiro de fatiga, el secretario le da la espalda a la cámara. Es un hombre corpulento, con una tajada de músculos en la espalda que supone problemas añadidos a los sastres que confeccionan sus trajes azul oscuro. La boca, en su enorme cabeza, parece agresivamente pequeña. El corte de pelo, en esa misma cabeza, también parece pequeño, como si le hubieran encasquetado el sombrero de otro. Su acento de Pennsylvania no es cerrado ni rezonga, comiéndose las sílabas, como el de Lee Iacocca, ni tampoco es un graznido chirriante como el de Arnold Palmer. Siendo de una generación más joven que éstos, habla un inglés neutro, que queda bien en los medios; sólo la tensa solemnidad y ciertos matices que da a las vocales delatan su origen, un estado famoso por su seriedad, por el esfuerzo honrado y la entrega estoica, por los cuáqueros y los mineros de carbón, por los granjeros amish y los magnates del acero presbiterianos temerosos de Dios.

–¿Qué me dice? –le pregunta a una ayudante, delgada y con los ojos irritados, también de Pennsylvania, de sesenta y cuatro años de edad pero virginal, Hermione Fogel.

La piel transparente de Hermione y su porte nervioso y turbado manifiestan el deseo instintivo del subalterno de volverse invisible. El espíritu bromista y pesado con que el secretario expresa su afecto y confianza le sirvió para traérsela de Harrisburg y darle el cargo informal de subsecretaria de Bolsos de Mujer. El asunto tenía entidad suficiente. Siendo los bolsos de mujer simas que albergaban desorden y tesoros sedimentados, en sus profundidades los terroristas podían esconder gran cantidad de diminutas armas: navajas de bolsillo, bolas explosivas de gas sarín, pistolas paralizantes con forma de pintalabios. Fue Hermione quien ayudó a desarrollar el protocolo de registro para esta crucial área de oscuridad, incluido la sencilla vara de madera con la que los guardias de seguridad de las entradas podían sondear las profundidades de los bolsos y no ofender a nadie hurgando en ellos con las manos desnudas.

La mayoría del personal de seguridad era de alguna minoría, y muchas mujeres, sobre todo las mayores, se espantaban al ver la intrusión de unos dedos negros o morenos en sus bolsos. El adormilado gigante del racismo estadounidense, arrullado por décadas de cantinelas oficiales progresistas, volvía a despertarse en cuanto afroamericanos e hispanos, quienes –la queja se oía a menudo– «ni siquiera hablan inglés como es debido», adquirían autoridad para cachear, preguntar, retrasar, conceder o denegar acceso y permiso para tomar un avión. En un país donde los controles de seguridad se multiplican, los guardianes se multiplican también. Los profesionales bien pagados que surcaban los aires y frecuentaban los recientemente fortificados edificios gubernamentales tenían la sensación de que le habían sido otorgadas potestades tiránicas a una clase inferior de morenos. Las cómodas vidas que apenas hace una década se movían con facilidad por circuitos de privilegio y accesos franqueados a priori se encuentran ahora con escollos a cada paso, mientras guardias celosos hasta la exasperación sopesan permisos de conducir y tarjetas de embarque. El interruptor ha dejado de activarse, las puertas se mantienen cerradas donde antes un proceder seguro de sí mismo, un traje correcto, una corbata, y una tarjeta de visita de cinco centímetros por siete y medio las habían abierto. Con estas inflexibles y tupidas precauciones, ¿cómo va a funcionar el capitalismo, que es un mecanismo fluido, accionado hidráulicamente, por no hablar ya del intercambio intelectual y la vida social de las familias extensas? El enemigo ha cumplido su objetivo: el ocio y los negocios en Occidente se han empantanado de una manera desmesurada.

–Creo que ha ido muy bien, como de costumbre. –Hermione Fogel responde a una pregunta que el secretario ya casi ha olvidado. Está preocupado: las exigencias contradictorias de privacidad y seguridad, de comodidad y medidas de precaución, son su pan de cada día, y aun así la compensación que recibe en términos de popularidad es casi nula, y en términos económicos definitivamente modesta, con unos hijos a punto de ir a la universidad y una esposa que debe mantenerse a la altura en los interminables encuentros sociales del Washington republicano. Con la excepción de una mujer negra, soltera, profesora universitaria políglota y experta pianista que está a cargo del programa estratégico a escala mundial y a largo plazo, los colegas del secretario en la administración nacieron ricos y han amasado fortunas adicionales en el sector privado durante los ocho años de vacaciones que duró la presidencia de Clinton. En esos años de vacas gordas el secretario estaba atareado abriéndose camino por puestos gubernamentales mal pagados en el estado de la Piedra Angular, como llaman a Pennsylvania. Ahora todos los *clintonianos,* incluidos los propios Clinton, se están montando en el dólar con sus memorias sin tapujos, mientras que el secretario, leal e impasible, está desposado con la obligación de mantener la boca bien cerrada, ahora y por los siglos de los siglos.

No es que sepa algo que sus arabistas no le hayan dicho; el mundo que monitorizan, lleno de charlas electrónicas salpicadas por el crepitar de eufemismos poéticos y bravatas patéticas, le es tan ajeno y repugnante como cualquier submundo informático de lerdos insomnes, por mucho que tengan sangre caucásica y educación cristiana. «Cuando el cielo se hienda en el este y se tiña de rojo coriáceo»: la inserción en esta cita coránica de una expresión que no aparece en el Corán («en el este») puede o no, ligada a varias «confesiones» inconexas y extravagantes de activistas detenidos, justificar que eleve el nivel de vigilancia policial y militar concedida a ciertas instituciones financieras del Este, ubicadas siempre en los monumentales rascacielos que parecen resultar atractivos a la mentalidad supersticiosa del enemigo. El enemigo está obsesionado con los lugares sagrados. Y como los antiguos archienemigos comunistas, los actuales están convencidos de que el capitalismo tiene un cuartel general, de que hay una cabeza que se puede cortar, lo que dejaría a los rebaños de fieles desamparados, listos para aceptar como borregos agradecidos una tiranía ascética y dogmática.

El enemigo no puede creer que la democracia y el consumismo sean fiebres que el hombre de la calle lleva en la sangre, una consecuencia del optimismo instintivo de cada individuo y del deseo de libertad. Incluso para un religioso practicante como el secretario, el fatalismo por voluntad de Dios y la creencia sin fisuras en la otra vida ya quedaron atrás, en la Alta Edad Media. Los que todavía mantienen la creencia parten con una ventaja: están ansiosos por morir. «Los que no creen aman la vida perecedera»: ése era otro verso que salía a menudo en los corrillos de Internet.

–Me van a criticar por esto –le confiesa triste el secretario a la que rebautizó como subsecretaria–. Si no pasa nada, seré un alarmista. Y si pasa, seré una sanguijuela perezosa en la nómina pública que permitió la muerte de miles de personas.

–Nadie diría algo así –lo tranquiliza Hermione, comprensiva, ruborizándosele la cetrina piel de solterona–. Todo el mundo, incluso los demócratas, sabe que es usted el responsable de una tarea imposible que sin embargo debe hacerse, por el bien de nuestra supervivencia como nación.

–Con eso queda todo dicho, supongo –concede el objeto de la admiración de Hermione, empequeñeciendo todavía más la boca con ensayada ironía.

El ascensor los devuelve suavemente, junto a dos guardias de seguridad armados –un hombre y una mujer– y un trío de funcionarios en traje gris, al sótano de la Casa Blanca. Fuera, unas campanas de iglesia redoblan bajo el sol, se mezclan los rayos de Virginia y de Maryland. El secretario reflexiona en voz alta:

–Esa gente... ¿Por qué quieren hacer cosas tan horribles? ¿Por qué nos odian? ¿Qué pueden odiar?

–Odian la luz –dice lealmente Hermione–. Como las cucarachas. Como los murciélagos. «La luz resplandeció en las tinieblas» –cita, a sabiendas de que con la devoción típica de Pennsylvania se puede acceder al corazón del secretario–, «y las tinieblas no prevalecieron.»

2

La tiznada iglesia de mayólica que se alza junto al mar de escombros está llena de vestidos de algodón de colores pastel y trajes de poliéster con hombreras. Los ojos de Ahmad han quedado deslumbrados y no hallan bálsamo en las vidrieras que representan a hombres ataviados con parodias de vestimentas de Oriente Próximo, estampas del curso de la breve e ignominiosa vida de su supuesto Señor. Adorar a un Dios que se sabe que ha muerto... la simple idea repugna a Ahmad como un hedor inaprensible, una obstrucción en las cañerías, un roedor muerto entre dos tabiques. Con todo, los feligreses, algunos de los cuales son incluso más pálidos que él pese a su camisa blanca y almidonada, disfrutan de la límpida felicidad pulida con estropajo en su reunión del domingo por la mañana. Las filas de hombres y mujeres sentados juntos; la zona teatral del frente con sus muebles de tiradores engastados y el triple ventanal, alto y mugriento, que presenta a una paloma a punto de posarse sobre la cabeza de un hombre de barba blanca; el atolondrado murmullo de los saludos y el crujir de los bancos de madera bajo las pesadas ancas: todo ello se le antoja a Ahmad como un cine momentos antes de que empiece la proyección. No es así en la sagrada mezquita, con sus mullidas alfombras y la hornacina que señala hacia La Meca, el *mihrab*, vacía, revestida de azulejos, y los cantos líquidos, *lā ilāha ill, Allah*, emitidos por hombres que huelen a sus humildes tareas caseras de viernes, que reverencian a su Dios con ritmo unísono, apiñados y tan

59

juntos como los anillos de un gusano. La mezquita era dominio de hombres; aquí predomina el brillo primaveral de las mujeres, la extensión de sus tiernas carnes.

Había esperado que, llegando justo al sonar las campanas de las diez, podría deslizarse hacia el fondo sin ser visto, pero lo recibe y saluda con firmeza un rollizo descendiente de esclavos en traje color melocotón de solapas anchas y con un tallito de lirio de los valles prendido en una de ellas. El negro entrega a Ahmad una hoja doblada de papel tintado y lo conduce, por el pasillo central, hacia las primeras filas. La iglesia está casi llena y salvo los bancos de delante, aparentemente los menos deseables, el resto están ocupados. Acostumbrado a que los fieles permanezcan en el suelo, en cuclillas o arrodillados, recalcando la altura que Dios ostenta sobre ellos, Ahmad se siente, incluso sentado, tan alto que le parece una blasfemia, lo que le produce cierto mareo. La actitud cristiana de acomodarse perezosamente con la espalda recta, como en un espectáculo, da a entender que Dios es un artista que, cuando deja de entretener, puede ser relevado en el escenario por el siguiente número.

Ahmad cree que no va a compartir el banco, como compensación a lo extraño de su presencia y a su visible agitación, pero otro acomodador ya conduce solícitamente por el pasillo alfombrado a una familia numerosa de negros, cuyas pequeñas hembras mueven excitadas las cabezas peinadas con lazos y trencitas. Ahmad queda relegado a un extremo del banco. Al percatarse del desalojo, el patriarca de la prole le tiende, por encima de los regazos de varias de sus hijitas, una mano grande y marrón y una sonrisa de bienvenida en la que brilla un diente de oro. La madre de esta camada, demasiado alejada para llegar al desconocido, sigue el ejemplo del marido y lo saluda con la mano y la cabeza desde la distancia. Las niñas levantan la mirada, medias lunas en el blanco de los ojos. Demasiada amabilidad *kafir*, Ahmad no sabe cómo librarse de ella ni qué otras servidumbres le deparará el oficio que viene a continuación. Ya odia a Joryleen por haberlo atraído a tan fatídica trampa. Aguanta la respiración, como si quisiera evitar el contagio, y mira al frente, donde las curiosas tallas del púlpito, el equivalente cristiano del *minbar*, se alinean en forma de ángeles alados. Identifica como Gabriel al que hace sonar un largo cuerno y, por lo tanto, la multitudinaria escena es el mismísimo Juicio Final, un concepto que inspiró a Mahoma algunos de sus más extasiados arrebatos poéticos. Qué error, piensa Ahmad, incurrir en la representación por medio de imágenes cuya esencia las rebaja a simple madera, reproducir el trabajo inimitable de Dios el Creador, *al-Khāliq*. La imaginería de las palabras, que, el Profeta lo sabía, poseen sustancia espiritual, sí que captura al alma. «En verdad os digo que, si los hombres y los *yinn* se unieran para producir un Corán como éste, no podrían conseguirlo, aunque se ayudaran mutuamente.»

Finalmente empieza el oficio. Reina un silencio expectante y luego retumba un trueno súbito e imponente; Ahmad, que lo ha oído en las funciones del instituto, reconoce el timbre, como de juguete, del órgano eléctrico, el hermano pobre del órgano de tubos que acumula polvo detrás del *minbar* cristiano. Todos se ponen en pie para cantar. Ahmad se levanta como si estuviera encadenado a los demás. Un grupo con túnicas azules, el coro, inunda el pasillo central y va ocupando sus puestos tras una barandilla baja más allá de la cual, por lo visto, el resto de la congregación no se atreve a pasar. Las letras de los cantos, distorsionadas por el ritmo y el acento lánguido de estos negros, de estos *zanj*, tratan, por lo que puede colegir, de una colina lejana y una vieja y áspera cruz. Desde su deliberado silencio, Ahmad localiza a Joryleen en el coro, compuesto casi en exclusiva de mujeres, mujeres inmensas entre las que Joryleen parece casi una niña y hasta relativamente delgada. Ella a su vez divisa a Ahmad, en uno de los bancos delanteros. Su sonrisa lo decepciona, es vacilante, apresurada, nerviosa. También ella sabe que él no debería estar ahí.

Arriba, abajo, todos los de su banco excepto él y la niña más pequeña se ponen de rodillas y después se sientan. Siguen rezos colectivos, respuestas que no sabe, pese a que el padre con el diente de oro le indica la página del cantoral. Creemos esto y aquello, damos gracias al Señor por esto y por lo otro. Luego el imán cristiano, un hombre de rostro severo, color café, gafas de montura invisible y destellos en su alta calva, entona una larga oración. Su voz rugosa está amplificada electrónicamente, de modo que retumba tanto desde el fondo como desde la parte delantera de la iglesia; y mientras el sacerdote, con los ojos cerrados tras las gafas, va hollando cada vez más profundo en la oscuridad que mentalmente ve, los allí reunidos manifiestan a gritos su acuerdo: «¡Claro que sí!», «¡Dígalo, reverendo!», «¡Alabado sea el Señor!». Como sudor en la piel, surgen murmullos de asentimiento cuando, tras cantar el segundo salmo, que trata del gozo que supone caminar junto a Jesús, el predicador asciende al alto *minbar* decorado con tallas de ángeles. En tono cada vez más convulso, acercando y alejando la cabeza del radio de acción del sistema amplificador de sonido para que su voz crezca y decrezca como los gritos de un hombre apostado en el palo mayor de un barco zarandeado por la tempestad, refiere la historia de Moisés, que libró de la esclavitud al pueblo elegido pero a quien le fue negado el acceso a la Tierra Prometida.

–¿Y por qué? –pregunta–. Moisés había servido al Señor como portavoz, dentro y fuera de Egipto. Portavoz: nuestro presidente, allá en Washington, tiene un portavoz; los presidentes de nuestras compañías, en las alturas de sus despachos en Manhattan y Houston, tienen portavoces, a veces son mujeres, porque el dejar oír su voz es algo innato en ellas, ¿o no, hermanos? –Lo cual propicia carcajadas y risas tontas, invitando a una digresión–: ¿Cómo no va a ser así? Nuestras queridas hermanas sí que saben hablar. Dios no le dio a Eva robustez de brazos y hombros como a nosotros, pero le dio redobladas fuerzas en la lengua. Oigo risas, pero no lo toméis a broma, es la simple evolución, igual que son ellas quienes quieren dar clases a nuestros inocentes hijos en todas las escuelas públicas. Ahora en serio: hoy ya nadie confía en sí mismo ni para hablar en su propio nombre. Es demasiado arriesgado. Hay demasiados abogados observando y anotando lo que dices. Y bien, si yo tuviera portavoz, ahora mismo estaría en casa viendo en la tele el programa de entrevistas del señor William Moyers o el del señor Theodore Koppel y tomándome otra tostada, incluso una tercera, de esas tan deliciosas que algunas mañanas me prepara mi querida Tilly, bien empapadas de sirope, después de haberse comprado algún vestido nuevo, sí, ropa o algún elegante bolso de piel de caimán que la haga sentirse culpable, aunque sea mínimamente.

Por encima de las risas sofocadas que origina esta revelación, el predicador prosigue:

–Si así fuera, estaría reservando mi voz. Si así fuera, no tendría que estar preguntándome en voz alta, delante de todos vosotros, por qué Dios apartó a Moisés de la Tierra Prometida. Si tuviera un portavoz.

Ahmad tiene la impresión de que, de repente, entre la atenta y fascinada multitud de infieles, *kuffar* de piel oscura, el predicador se ha puesto a meditar, como si hubiera olvidado por qué está allí, por qué están todos allí, mientras en el exterior suenan las radios ridículamente altas de los coches que pasan por la calle. Pero los ojos del hombre se abren de golpe tras sus gafas y con revuelo se abalanza sobre la Biblia grande, de cantos dorados, que hay en el atril del *minbar,* y dice:

–He aquí el motivo, Dios nos lo da en el Deuteronomio, capítulo treinta y dos, versículo cincuenta y uno: «Por cuanto pecasteis contra mí en medio de los hijos de Israel, junto a las aguas de Meribá, en Cades, en el desierto de Sin; porque no me santificasteis en medio de los hijos de Israel».

El predicador, enfundado en una túnica azul de anchas mangas por cuyo cuello asoman la camisa y una corbata roja, examina a los feligreses con los ojos abiertos como platos. Ahmad siente como si se fijara sobre todo en él, quizá porque no es un rostro habitual.

–¿Qué significa –pregunta en voz baja– «Pecasteis contra mí»? ¿«No me santificasteis»? ¿Qué hicieron mal esos pobres israelitas, que tanto tiempo habían sufrido, junto a las aguas de Meribá, en Cades, en el desierto de Sin? Que levante la mano aquel de vosotros que lo sepa.

Nadie, los ha pillado por sorpresa. Entonces el predicador se apresura a continuar, vuelve a consultar la Biblia grande, pasa de golpe un buen montón de páginas, las hojas de bordes dorados se abren por un lugar marcado previamente.

–Todo está aquí, amigos míos. Todo lo que necesitáis saber está precisamente aquí. El Buen Libro explica cómo una partida de exploradores se separó de la gente que Moisés guiaba fuera de Egipto y se adentró en el Néguev, subiendo al norte, hacia el Jordán. Y al volver relataron, como se lee en el capítulo trece del Libro de los Números, que en el país que habían recorrido «ciertamente fluye leche y miel», pero que «el pueblo que habita aquella tierra es fuerte, y las ciudades muy grandes y fortificadas», y también, «también» es lo que dijeron, vieron allí «a los hijos de Anac», y que eran gigantes junto a los cuales «nosotros éramos, a nuestro parecer, como langostas, y así les parecíamos a ellos». Lo sabían, y lo sabíamos nosotros, hermanos y hermanas, que a su lado éramos únicamente unas langostas pequeñajas, saltamontes que viven sólo unos pocos días en la hierba, en los pastos, antes de la siega, en el exterior del campo de béisbol, adonde ningún bateador lanza la pelota, y después ya desaparecen, y sus exoesqueletos, tan complejos como cualquier otra obra del Señor, crujen fácilmente en el pico de un cuervo o una golondrina, de una gaviota o un boyero.

Ahora las mangas azules del predicador se revuelven, a la luz del atril centellean perdigones de saliva, y el coro de detrás, con Joryleen, se mece.

64

–Y Caleb dijo: «¡Subamos luego, y tomemos posesión de ella, porque más podremos nosotros que ellos!». –Y el hombre alto de color café lee, con voz vibrante y apresurada, como interpretando a diferentes personas–: «Entonces toda la asamblea se puso a dar gritos; y el pueblo lloró aquella noche. Todos los hijos de Israel murmuraron contra Moisés y contra Aarón, y toda la multitud les dijo: "¡Ojalá hubiéramos muerto en la tierra de Egipto! ¡Ojalá muriéramos en este desierto!"».

El sacerdote observa con gravedad a los presentes, sus gafas, círculos de pura luz ciega, y repite:

–«¡Ojalá hubiéramos muerto en Egipto!» Entonces, ¿por qué Dios nos sacó de la esclavitud y nos dejó en este desierto –consulta el libro– «para morir a espada, y para que nuestras mujeres y nuestros niños se conviertan en botín de guerra»? ¡En botín! ¡Eh, que esto va en serio! Salgamos por patas... bueno, sobre las patas de burros y bueyes... ¡y regresemos a Egipto! –Echa una mirada al libro y lee un versículo en voz bien alta–: «Y se decían unos a otros: "Designemos un jefe y volvamos a Egipto"». El faraón, bien mirado, tampoco era tan malo. Nos daba de comer, aunque no mucho. Nos procuraba cabañas donde dormir, en el pantano, con todos los mosquitos. Nos enviaba cheques de beneficencia, de vez en cuando. Nos ofrecía trabajo sirviendo patatas fritas en McDonald's a cambio del salario mínimo. Era simpático, en comparación con esos gigantes, los superhijos de Anac.

Se queda de pie, bien erguido, por un momento se deja de imitaciones.

–¿Y qué hicieron Moisés y su hermano Aarón al respecto? Sale justo aquí, en Números catorce, cinco: «Moisés y Aarón se postraron hasta tocar el suelo con la frente delante de toda la multitud de los hijos de Israel». Se rindieron. Le dijeron a su pueblo, a la gente que supuestamente guiaban en nombre del Señor Todopoderoso, le dijeron: «Quizá tengáis razón. Ya basta. Llevamos demasiado tiempo vagando fuera de Egipto. Estamos hartos de este desierto».

»Y Josué, seguro que os acordáis de él, el hijo de Nun, de la tribu de Efraín, era uno de los doce que fueron a explorar, junto con Caleb; y Josué se alzó y dijo: "Un momento. Un momento, hermanos. Esos cananeos tienen buenas tierras. No les temáis"; y lo que sigue está escrito: "No temáis al pueblo de esta tierra, pues vosotros los comeréis como pan. Su amparo se ha apartado de ellos y el Señor está con nosotros: no los temáis". ¿Y cómo reaccionaron esos israelitas del montón cuando los dos valientes guerreros dijeron: "Vamos, no tengáis miedo de los cananeos"? Pues respondieron: "Lapidadlos, lapidad a esos bocazas". Y cogieron piedras, en ese desierto las había bien afiladas y duras, dispuestos a aplastar las cabezas y las bocas de Caleb y Josué. Entonces ocurrió algo asombroso. Dejad que os lea qué pasó: "Pero la gloria del Señor se mostró en el tabernáculo de reunión a todos los hijos de Israel. Y el Señor dijo a Moisés: '¿Hasta cuándo me ha de irritar este pueblo? ¿Hasta cuándo no me creerán, con todas las señales que he hecho en medio de ellos?'". El maná caído del cielo había sido una señal. El agua que manó de la peña de Horeb había sido una señal. La voz de la zarza ardiente había sido una señal bien clara. Las columnas de nubes por el día y de fuego por la noche fueron señales. Señales, señales todo el día, las veinticuatro horas del día, los siete días de la semana.

»Aun así, esas gentes no tenían fe. Querían volver a Egipto con el amable faraón. Preferían el malo conocido al Dios por conocer. Todavía sentían debilidad por el becerro de oro. No les importaba volver a ser esclavos. Querían perder sus derechos civiles. Querían ahogar sus penas en la droga y en el comportamiento vergonzoso de las noches de sábado. El buen Dios dijo: "No trago a esta gente". A esta tribu de Israel. Y preguntó a Moisés y a Aarón, sólo por curiosidad: "¿Hasta cuándo soportaré a esta depravada multitud que murmura contra mí?". No espera la respuesta, Él mismo la da. El Señor mata a todos los exploradores excepto a Caleb y Josué. Al resto, a la depravada multitud, le dice: "Vuestros cuerpos caerán en este desierto". Al resto, a todos los que tenían de veinte años para arriba, que habían hablado contra Él, los condena a cuarenta años en el yermo, "y vuestros hijos andarán pastoreando en el desierto cuarenta años, y cargarán con vuestras rebeldías, hasta que vuestros cuerpos sean consumidos en el desierto". Imaginaos. Cuarenta años, sin reducciones por buena conducta. –Y repite–: Sin reducciones por buena conducta, porque habéis sido una congregación depravada.

Una voz de hombre grita entre los asistentes: «¡Eso es, reverendo! ¡Depravada!».

–Sin reducciones, porque –prosigue el imán cristiano– os falta fe. Fe en la fuerza de Dios Todopoderoso. Ésa fue vuestra iniquidad... dejadme pronunciar las cuatro sílabas de esta preciosa y vieja palabra, i-ni-qui-dad: «castigo la iniquidad de los padres sobre los hijos hasta la tercera y cuarta generación de los que me aborrecen». Moisés trata de apaciguarlo, el portavoz habla con su cliente. «Perdona», dice justo en este pasaje del Libro, «perdona ahora la iniquidad de este pueblo según la grandeza de tu misericordia, como has perdonado a este pueblo desde Egipto hasta aquí.» «Ni hablar», responde el Señor. «Estoy cansado de que se suponga que debo perdonar tanto. Quiero, para variar, algo de gloria. Quiero vuestros cuerpos.»

El predicador se desploma sobre el púlpito con cierto desaliento y se apoya sobre los codos, informalmente, en el enorme libro sagrado de cantos dorados.

–Amigos míos –dice en tono de confianza–, ya veis el panorama que se le presentaba a Moisés. ¿Qué había de terrible, qué había de... –esboza una sonrisa y articula– i-ni-cuo en adentrarse en territorio enemigo, en explorar la situación, en volver a casa y presentar un informe honesto, prudente? «La cosa no pinta bien. Estos cananeos y gigantes tienen bien cogidas por el mango la leche y la miel. Será mejor que nos retiremos.» Eso sería actuar con cabeza, ¿verdad? «No me los contrariéis. Tienen acciones y bonos, tienen el látigo y las cadenas, controlan los medios de pro-duc-ción.»

Se alzan varias voces: «Eso es. Que tengan cabeza. Que no los contraríen».

–Y para que quedara clara su opinión, el Señor mandó plagas y pestes, y la gente sufrió y decidió demasiado tarde subir a esas montañas y enfrentarse a los cananeos, que por entonces ya no asustaban tanto, y Moisés, el bueno del portavoz, ese abogado avispado, les aconsejó: «No subáis, pues el Señor no está con vosotros». Sin embargo, esos israelitas obcecados subieron y... ¿qué leemos en el último versículo de Números catorce? «Entonces descendieron los amalecitas y los cananeos que habitaban en aquel monte y los hirieron, los derrotaron y los persiguieron hasta Hormá.» ¡Hasta Hormá! Hasta allí hay un buen trecho.

»Ya lo habéis visto, amigos míos, el Señor sí había estado con ellos, antes. Les había dado la oportunidad de seguir adelante a Su lado, en toda Su gloria, ¿y qué hicieron ellos? Dudar. Lo traicionaron con sus dudas, con sus miramientos, con su co-bar-dí-a, y Moisés y Aarón lo traicionaron al dejarse influir, como hacen los políticos cuando salen las encuestas. Encuestadores y portavoces ya los había incluso entonces, en tiempos bíblicos. Y por eso les fue negada la entrada en la Tierra Prometida, Moisés y Aarón se quedaron allí tirados, en aquella montaña, mirando el país de Canaán como niños con la cara pegada al escaparate de una confitería. No pudieron entrar. Eran impuros. No dieron la talla. No dejaron que el Señor actuara por medio de ellos. Tuvieron buenas intenciones, como todos, pero no confiaron lo suficiente en el Señor. Y el Señor es digno de confianza. Si dice que hará lo imposible, lo hará, no le digáis que no puede.

Ahmad se sorprende entusiasmándose junto al resto de la congregación, que está agitada, murmurando, relajada tras esforzarse en seguir los giros del sermón, incluso las niñas con coletas de su lado inclinan sus cabezas adelante y atrás como queriendo librarse de un dolor en el cuello, una de ellas mira hacia arriba, a Ahmad, como un perro con los ojos saltones que se preguntara si vale la pena pedirle algo a este ser humano. Los ojos le brillan como si reflejaran un tesoro que ha atisbado en él.

–Fe. –El predicador está declamando con una voz enronquecida por la oratoria, arenosa como un café con demasiado azúcar–. No tenían fe. Por eso eran una comunidad depravada. Por eso cayeron sobre los israelitas la peste, la deshonra y la derrota en la batalla. Abraham, el patriarca de la tribu, tuvo fe cuando alzó el cuchillo para sacrificar a su único hijo, Isaac. Jonás conservó la fe en el vientre de la ballena. Daniel tuvo fe en el foso de los leones. Jesús crucificado tuvo fe: preguntó al Señor por qué lo había abandonado pero, en el siguiente suspiro, se volvió hacia el ladrón de la cruz de al lado y le prometió a ese hombre, a ese hombre malvado, a ese «criminal reincidente», como dicen los sociólogos, que ese mismo día estaría con él en el Paraíso. Martin Luther King tuvo fe en Washington, en el National Mall, y en el hotel de Memphis donde James Earl Ray hizo del reverendo King un mártir; había ido allí para apoyar a los trabajadores del servicio de limpieza, que estaban en huelga, los más humildes de entre los humildes, los intocables que recogen nuestra basura. Rosa Parks tuvo fe en aquel autobús en Montgomery, Alabama. –El cuerpo del predicador se asoma por encima del atril, engrandecido, y su voz varía de tono como asaltado por un pensamiento repentino–. Se sentó en la parte delantera del autobús –dice cambiando de registro, como si estuviera de cháchara–. Eso fue lo que los israelitas no hicieron. Les dio miedo sentarse delante en el autobús. El Señor les dijo: «Ahí lo tenéis, justo detrás del conductor, el país de Canaán rebosante de leche y miel, ese asiento es para vosotros». Y ellos contestaron: «No, gracias, Señor, nos gusta sentarnos atrás. Estamos echando una partidita a los dados, nos vamos pasando una botella de Four Roses, tenemos nuestra pipa de crack, nuestra jeringuilla con heroína, nuestras novias menores de edad y drogadictas que paren hijos ilegítimos a los que abandonamos en una caja de zapatos en la planta de desperdicios y reciclaje de las afueras de la ciudad... No nos envíes a esa montaña, Señor. Con esos gigantes llevamos las de perder. Con Bull Connor y sus perros policía llevamos las de perder. Mejor nos quedamos en la parte de atrás del autobús. Es oscuro y acogedor. Se está bien aquí». –Recupera su timbre habitual y dice–: No seáis como ellos, hermanos y hermanas. Decidme qué necesitáis.

–Fe –apuntan tímidamente unas pocas voces, sin convicción.

–A ver si lo oigo otra vez, más alto. ¿Qué necesitamos todos?

–Fe. –Ahora la respuesta es al unísono. Incluso Ahmad pronuncia la palabra, pero de modo que nadie lo oye excepto la niña que está a su lado.

–Eso está mejor, pero no lo suficientemente alto. ¿Qué es lo que tenemos, hermanos y hermanas?

–¡Fe!

–¿Fe en qué? ¡A ver cómo lo decís, que tiemblen esos cananeos en sus grandes botas de piel de cabra!

–¡Fe en el Señor!

–Sí, oh, sí –añaden voces sueltas. Aquí y allá sollozan algunas mujeres. Ahmad ve que a la madre, todavía joven y bonita, con la que comparte banco le relucen las mejillas.

El predicador no está dispuesto a que quede así.

–¿El Señor de quién? –pregunta, y se responde con entusiasmo casi juvenil–: El Señor de Abraham. –Inspira–. El Señor de Josué. –Vuelve a inspirar–. El Señor del rey David.

–El Señor de Jesús –propone alguien desde el fondo de la vieja iglesia.

–El Señor de María –pregona una voz de mujer.

Y otra aventura:

–El Señor de Betsabé.

–El Señor de Séfora –grita una tercera.

El predicador decide dejarlo ahí.

–El Señor de todos nosotros –brama, acercándose al micrófono como hacen las estrellas del rock. Se pasa un pañuelo blanco por la alta calva reluciente. Lo cubre una fina capa de sudor. El cuello de la camisa, antes almidonado, está ahora lacio. A su modo *kafir*, ha estado luchando contra los demonios, incluso contra los de Ahmad–. El Señor de todos nosotros –repite lúgubremente–. Amén.

–Amén –dicen muchos, aliviados, vaciados.

Se hace el silencio y después se oye el sonido circunspecto de pasos amortiguados en la alfombra, cuatro hombres trajeados marchan en dos filas por el pasillo para recoger unos platillos de madera mientras el coro, con un rumor imponente, se levanta y se dispone a cantar. Un tipo pequeño con túnica, que ha compensado su baja estatura hinchando su larga y rizada cabellera hasta convertirla en una enorme pelusa, alza los brazos en señal de que está listo a la vez que los hombres serios, con trajes de poliéster color pastel, toman los recipientes que el predicador les ha ofrecido y se despliegan, dos por el pasillo central y los otros dos por cada lateral. Esperan que el dinero vaya cayendo en los platos, cuyo fondo está forrado con fieltro para atenuar el ruido de las monedas. La inesperada palabra «impuro» vuelve del sermón: en su interior, Ahmad se estremece por haber pecado viniendo a presenciar cómo estos infieles negros oran a su no-Dios, a su ídolo de tres cabezas; es como ver sexo en público, escenas de carnes rosáceas atisbadas por encima de los hombros de chicos que hacen un mal uso de los ordenadores en clase.

Abraham, Noé: estos nombres no le son del todo ajenos a Ahmad. En la tercera sura, el Profeta afirmó: «Creemos en Dios y en lo que se nos ha revelado, en lo que se ha revelado a Abraham, a Ismael, a Isaac, a Jacob y a las tribus, en lo que Moisés, Jesús y los profetas han recibido de su Señor. No hacemos distinción entre ninguno de ellos». Las personas que le rodean también son a su manera Gente del Libro. «¿Por qué no creéis en los signos de Dios? ¿Por qué desviáis del camino de Dios a quien cree?»

El órgano eléctrico, que se ocupa de tocar un hombre cuya nuca asoma en rollitos de carne arrebujada, como formando un segundo rostro, deja ir un hilo de sonido, y después atiza una avalancha que cae como agua helada. El coro, con Joryleen en la primera fila, empieza a cantar. Ahmad sólo tiene ojos para ella, para su manera de abrir la boca tanto que puede verle la rosada lengua detrás de los dientes pequeños y redondos, como perlas semienterradas. «Oh, qué, amigo nos es Cristo», entiende que dicen las primeras palabras, lentamente, como si sacaran a rastras el peso de la canción de algún pozo de dolor. «¡Él sintió nuestra aflicción!» Los feligreses a espaldas de Ahmad responden a las letras con gruñidos de asentimiento y síes: conocen la canción, les gusta. Por el pasillo lateral un *kafir,* uno de los más altos, con un traje amarillo limón, llega con el platillo en una mano enorme, de nudillos colosales; en comparación con la mano, el cepillo parece un platito de café. Lo entrega a la fila donde se sienta Ahmad, éste lo pasa rápido, sin dejar nada; le da la sensación de que el plato intentara levantar el vuelo de su mano, tal es la sorprendente ligereza de la madera, pero él lo baja al nivel de la niña que tiene al lado, la cual alarga sus manos morenas e inquietas, ya no demasiado pequeñas, para tomarlo y seguir pasándolo. Ella, que lo ha estado mirando con brillantes ojos caninos, se le ha acercado un poco, de modo que su enjuto cuerpecito le toca, apoyándose en él tan suavemente que debe de pensar que no la nota. Ahmad, tenso, no hace caso, todavía se siente un intruso, y mira al frente como si quisiera leer los labios de los que cantan con túnicas. «Y nos manda que contemos», cree entender, «todo a Dios en oración.»

A Ahmad también le gusta rezar, la sensación de verter la voz queda de su cabeza en un silencio que aguarda a su lado, de verter una parte invisible de sí mismo en una dimensión más pura que la tridimensionalidad de este mundo. Joryleen le ha dicho que cantaría un solo, pero permanece en su hilera, entre una mujer mayor y gorda y una flaca del color de cuero seco. Todas tremolan levemente en sus lustrosas túnicas azules y mueven las bocas acompasadamente de modo que Ahmad no sabría decir qué voz es la de Joryleen, quien tiene la mirada fija en el director del pelo alborotado y ni por un momento la desvía hacia él, pese a que se ha expuesto al fuego del infierno al aceptar la invitación. Se pregunta si Tylenol estará entre la congregación depravada a sus espaldas; le dolió el hombro un día entero en la zona que Tylenol había apretado. «... Es porque no le ha dicho», canta el coro, «todo a Dios en oración.» Las voces conjuntadas de todas esas mujeres, con las más graves de los hombres de la hilera de arriba, tienen una calidad imponente y majestuosa, como un ejército que avanzara sin temor a los ataques. La diversidad de gargantas se funde en un único sonido orgánico, incontestable, quejumbroso, muy alejado de la voz solitaria del imán entonando la música del Corán, una música que penetra en los espacios de detrás de tus ojos y se hunde en el silencio de tu cerebro.

El organista da paso a un ritmo diferente, supuestamente marchoso, tachonado de golpes: se trata de una percusión originada detrás del coro por un instrumento, un conjunto de varas de madera, que Ahmad no puede ver. Los allí reunidos acogen el cambio de tempo con murmullos de aprobación, y el coro empieza a seguir el ritmo con los pies, con las caderas. El órgano emite un sonido líquido, como de zambullida. La canción se va despojando de la vestidura de sus versos, que cada vez son más difíciles de entender: dicen algo de pruebas, tentaciones y problemas en cualquier parte. La mujer flaca y chupada que está junto a Joryleen da un paso al frente y, con una voz casi masculina, de hombre meloso, pregunta a la congregación: «¿Quién es ese amigo fiel con quien podemos compartir las penas?». Detrás de ella el coro entona una única palabra: «Plegaria, plegaria, plegaria». El organista se prodiga arriba y abajo del teclado, aparentemente a su aire pero sin extraviarse. Ahmad no sabía que el órgano tuviera un registro tan amplio, los acordes van ascendiendo sin límite. «Plegaria, plegaria, plegaria», sigue cantando el coro mientras deja al organista desplegar su solo.

Luego llega el turno de Joryleen; da un paso adelante y la reciben algunos aplausos, sus ojos rozan la cara de Ahmad antes de volver el óvalo, todo labios, de su propio rostro hacia el público que queda detrás de él y después hacia más arriba, a la galería. Toma aire; el corazón de Ahmad se detiene, temeroso por la chica. Pero su voz se desovilla en un filamento luminoso: «¿Somos débiles y vivimos llenos de temores y tentaciones?». Es una voz joven, frágil, pura, con cierto temblor hasta que Joryleen consigue dominar los nervios. «A Jesús, tu amigo eterno», canta. Su voz se sosiega, adquiere un tono metálico, con un matiz áspero, y a continuación escala en repentina libertad hasta un chillido que se asemeja al de un niño que suplica que le abran la puerta. Los fieles aprueban en susurros el atrevimiento. Joryleen grita: «¿Te desprecian tus amih-hih-gos?».

«Eh, ¿en serio lo hacen?», apunta la mujer gorda que tiene al lado, inmiscuyéndose, como si el solo de Joryleen fuera un baño templado demasiado apetecible para no aprovecharlo. Pero se ha sumado no para echar a Joryleen sino para unirse a ella; al oír esta otra voz junto a la suya, la chica prueba algunas notas en otro registro, armónicas, de modo que su joven voz se vuelve más audaz, llevada en volandas casi a la inconsciencia. «En sus brazos», canta, «en sus brazos, en sus brazos cariñosos paz tendrá, oh sí, gloria bendita, tu corazón.»

«Sí, paz, sí, paz tendrá», va reverberando la mujer gorda, quien entra en el canto entre un clamor de reconocimiento, de amor, del público, ya que su voz los sumerge y luego los rescata de golpe del fondo de sus vidas, o eso siente Ahmad. Esa voz ha sido sazonada en un sufrimiento con el que Joryleen todavía tiene que enfrentarse, una simple sombra en su vida aún joven. Con esa autoridad, la mujer gruesa, de cara tan amplia como un ídolo de piedra, vuelve con el «Qué amigo». Se le dibujan hoyuelos no sólo por debajo de las mejillas sino también junto al rabillo de los ojos y a los lados de su dilatada y chata nariz, cuyos orificios se ensanchan de par en par. A estas alturas, el himno palpita con tal fuerza por las venas de los allí reunidos que puede ser retomado en cualquier punto. «Nuestra aflicción, eso es, nuestros pecados y aflicción... ¿lo oyes, Señor?» El coro, con Joryleen, espera sin inmutarse mientras esta obesa en éxtasis oscila los brazos adelante y atrás, los balancea durante un rato imitando con gracia el desembarco triunfal y garboso de alguien que ha cruzado el mar embravecido en una balsa, y señala con la mano a la acuciante galería, de punta a punta, gritando:

–¿Habéis oído bien? ¿Lo habéis oído?

–Lo oímos, hermana –es la voz en respuesta de un hombre.

–¿Y qué oyes, hermano? –Ella misma se contesta–: Él sintió nuestra aflicción, nuestros pecados. Pensad en esos pecados. Pensad en esa aflicción. Son nuestras criaturas, ¿no? Los pecados y la aflicción son nuestras criaturas, nuestros hijos naturales.

El coro sigue arrastrando las notas de la canción, ahora más rápido. El órgano se encarama entre requiebros, las varas de percusión siguen batiendo ocultas a la vista, la mujer gorda cierra los ojos y suelta como una ráfaga la palabra «Jesús» sobre la ciega y persistente base rítmica, hasta reducirla a un «Jes. Jes. Jes» para desembocar, como si afluyera una nueva canción, en un «Gracias, Jesús. Gracias, Señor. Gracias por el amor, cada día, cada noche». Y mientras el coro canta «Desprovisto de consuelo y protección», ella solloza: «¡Si andamos desprovistos de ellos es porque no se lo hemos dicho todo a Dios en oración! ¡Hagámoslo, lo necesitamos!». Y cuando el coro, aún bajo la batuta del hombrecito de pelo alborotado, llega al último verso, ella se une a los demás: «Todo, sí, todo, hasta lo más ínfimo de cada uno de nosotros, todo se lo decimos en oración. Síí, oh, sí».

El coro, en el que Joryleen era quien más abría la boca, su jovencísima boca, deja de cantar. A Ahmad le arden los ojos y siente tal agitación en el estómago que teme que va a vomitar allí mismo, entre esos demonios vocingleros. Los falsos santos de las ventanas altas y oscurecidas por el hollín miran abajo. Un rayo de sol pasajero arde en uno de esos rostros, de barba blanca y con el ceño fruncido. La niña se ha acurrucado junto a Ahmad sin que él se haya dado cuenta; el sopor la invadió de repente, bajo el fragor y la percusión machacona de la música. El resto del banco, la familia al completo, les sonríe, a él, a ella.

No sabe si debería esperar a Joryleen fuera de la iglesia, mientras los fieles, con sus trajes de primavera color pastel, salen al aire de abril, que se va volviendo más fresco y desvaído a medida que las nubes se empañan de tonos oscuros. La indecisión de Ahmad dura mientras, medio escondido tras una de las robinias de la acera que sobrevivieron al derribo que dio origen al mar de escombros, se convence de que Tylenol no estaba entre los asistentes. Entonces, en el instante en que decide escabullirse, ahí aparece ella, acercándose, sirviendo todas sus redondeces como fruta en una bandeja. En una aleta de la nariz lleva una cuenta de plata en la que se refleja minúsculamente el cielo. Bajo la túnica azul viste el mismo tipo de ropa que usa para ir al instituto, nada de ropa formal para ir a misa. Recuerda que le dijo que no se tomaba la religión muy en serio.

–Te he visto –le dice en tono burlón–. Estabas sentado con los Johnson, nada más y nada menos.

–¿Los Johnson?

–La familia de tu banco. Gente muy devota. Son los propietarios de las lavanderías de autoservicio del centro y también de las de Passaic. ¿Has oído hablar de la burguesía negra? Pues son ellos. ¿Qué miras, Ahmad?

–Lo que llevas en la nariz. No me había fijado nunca. Sólo en esos aritos que te pones en el borde de la oreja.

–Es nuevo. ¿No te gusta? A Tylenol sí. Se muere por que me ponga uno en la lengua.

–¿Te van a perforar la lengua? Es horrible, Joryleen.

–Tylenol dice que al Señor le gustan las mujeres vistosas. ¿Qué dice vuestro Mister Mahoma?

Ahmad percibe la burla, pero no obstante, al lado de esta muchacha bajita, impúdica, se siente alto; dirige la mirada más abajo de su cara, reluciente de malicia, a la parte superior de sus pechos, que una escotada blusa primaveral deja al descubierto, aún esmaltados por el nerviosismo y el esfuerzo del canto.

–Él recomienda a las mujeres que cubran su belleza –cuenta–. Dice que las mujeres buenas son para los hombres buenos, y las impuras, para los impuros.

Joryleen abre desmesuradamente los ojos, pestañea, tomando esta adusta solemnidad como una parte de Ahmad con la que quizás ella deba lidiar.

–Bueno, pues no sé dónde me deja eso –dice con buen humor–. Supongo que la noción de impureza era bastante amplia en aquella época –añade, y se seca la humedad de una sien, donde el cabello es velloso como el bigote de un chico antes de que se afeite por primera vez–. ¿Te ha gustado cómo he cantado?

Él se lo piensa mientras los feligreses pasan charlando, cumplida ya su obligación semanal, y el sol veleidoso arroja sombras tenues bajo las recientes hojas de las robinias.

–Tienes una voz bonita –le dice Ahmad–. Es muy pura. Sin embargo, el uso que le das no es puro. El canto, sobre todo el de esa mujer tan gorda...

–Eva-Marie –informa Joryleen–. Es lo más. Le es imposible no darse entera.

–Su canto me ha parecido muy sensual. Y no he entendido todas las letras. ¿De qué modo Cristo os es amigo?

–Amigo, amigo –deja ir Joryleen en un suave jadeo, imitando el modo en que el coro sincopó los versos del himno sugiriendo los movimientos repetitivos (así lo interpretó él) de las relaciones sexuales–. Simplemente lo es, y ya está –insiste ella–. La gente se siente mejor si piensa que está siempre con ellos. Si no los cuida él, quién los va a cuidar, ¿no? Pasa lo mismo, sospecho, con vuestro Mahoma.

–El Profeta es muchas cosas para sus seguidores, pero no lo llamamos amigo. No somos tan acogedores, como ha dicho vuestro clérigo.

–Vamos –propone ella–, no hablemos de estas cosas. Gracias por venir, Ahmad. No creía que te atrevieras.

–Fuiste amable conmigo, y tenía curiosidad. Hasta cierto punto ayuda conocer al enemigo.

–¿Enemigo? Vaya. Ahí no tenías ni un enemigo.

–Mi profesor en la mezquita dice que todos los infieles son nuestros enemigos. El Profeta advirtió que llegará el día en que todos los que no creen serán destruidos.

–Anda, tío. ¿Cómo te has vuelto así? Tu madre es la típica irlandesa con pecas, ¿no? Es lo que Tylenol dice.

–Tylenol, Tylenol. ¿Hasta qué punto es estrecha tu relación con esa fuente de sabiduría? ¿Te considera su mujer?

–Bueno, el chaval sólo está probando. Es demasiado joven para comprometerse con alguna amiga. Demos un paseo. Nos están mirando mucho.

Andan por el perímetro al norte de las hectáreas vacías que esperan a ser urbanizadas. Una valla pintada anuncia la construcción de un aparcamiento de cuatro plantas que devolverá a los compradores al barrio, pero en dos años no se ha construido nada, únicamente está el anuncio, cada vez más pintarrajeado. Cuando el sol, que se inclina desde el sur por encima de los nuevos edificios de cristal del centro, traspasa las nubes, se puede ver cómo los escombros desprenden un polvo fino, y cuando el cielo se encapota de nuevo el astro se vuelve un círculo blanco, como si hubiera quemado en las nubes un orificio perfecto, del tamaño exacto de la luna. Al sentir el sol en un costado, Ahmad percibe la calidez que le llega por el otro, la calidez del cuerpo de Joryleen mientras caminan, un organismo formado por circunferencias superpuestas y partes blandas. La cuenta en la aleta de su nariz lanza un destello cálido y nítido; la luz del sol lame con lengua fúlgida la cavidad que se abre en el centro del escote de barca de su blusa. Ahmad le dice:

–Soy un buen musulmán en un mundo que se burla de la fe.

–En lugar de ser bueno, de portarte bien, ¿no te apetece nunca sentirte bien? –pregunta Joryleen. Ahmad cree que su interés es sincero; al pertenecer a una confesión tan rígida, él debe de resultarle un enigma, un espécimen curioso.

–Puede que ambas cosas vayan juntas –expone–. El ser y el sentir.

–Has venido a mi iglesia –dice ella–. Yo podría ir contigo a tu mezquita.

–No serviría de nada. No podríamos sentarnos juntos, y no podrías participar del rito sin un curso previo, y sin una demostración de sinceridad.

–Uau. Podría llevarme más tiempo del que dispongo. Dime, Ahmad, ¿qué haces cuando quieres divertirte?

–Algunas de las mismas cosas que tú, aunque «divertirse», como dices, no es la meta en la vida de un buen musulmán. Dos veces por semana voy a clases de lengua e interpretación del Corán. También voy al Central High. En otoño juego con el equipo de fútbol: la temporada pasada no lo hice mal, marqué cinco goles, uno de penalti. Y en primavera hago atletismo. Para mis gastos, y para ayudar a mi madre... la típica irlandesa con pecas, como tú la llamas...

–Como Tylenol la llama.

–... como queda claro que vosotros dos la llamáis, trabajo en el Shop-a-Sec entre doce y dieciocho horas por semana. Tiene algo de «divertido»: observar a los clientes y lo variado de los vestuarios y de las locuras individuales que fomenta la permisividad americana. No hay nada en el islam que prohíba ver la televisión o ir al cine, pero de hecho todo está tan saturado de desesperanza e impiedad que me repugna y deja de interesarme. Y tampoco va contra el islam relacionarse con miembros del sexo opuesto, siempre que se acaten algunas estrictas prohibiciones.

–Tan estrictas que al final no pasa nada, ¿es eso? Ahora a la izquierda, si es que quieres acompañarme a casa. No estás obligado, ya sabes. Entramos en malos barrios. No querrás meterte en líos.

–Lo que quiero es que llegues bien a casa. –Y prosigue–: Las prohibiciones se establecen en interés no tanto del varón como de la hembra. La virginidad y la pureza son valores importantísimos.

–¡Venga ya! –dice Joryleen–. ¿A ojos de quién? O sea, ¿quién es el que impone esos valores?

Lo está llevando, Ahmad se da cuenta, a un punto en que tendrá que traicionar sus creencias si responde a las preguntas que le plantea. En clase, lo ha visto en el instituto, ella es de las que saben hablar, encandilan a los profesores y no se percatan de que está apartándolos de la materia y haciéndoles perder tiempo docente. Tiene un punto pícaro.

–A ojos de Dios –responde Ahmad–, como reveló el Profeta: «Di a las creyentes que bajen la vista con recato, que sean castas». Es de la misma sura que aconseja a las mujeres que no muestren sus adornos, que cubran su escote con el velo y que ni siquiera batan con los pies para que no tintineen sus ajorcas, los brazaletes de tobillo.

–Tú crees que enseño demasiado las tetas... La mirada te delata.

Con sólo oír la palabra «tetas» pronunciada por sus labios, Ahmad se estremece de manera indecente. Mirando al frente, contesta:

80

–La pureza es un fin en sí mismo. Como te decía, portarse bien y sentirse bien ha sido todo uno.

–¿Y qué es de las vírgenes del otro mundo? ¿Qué pasa con la pureza de los jóvenes mártires que llegan allí, rebosantes de semen?

–Su virtud recibe recompensa a la vez que conservan la pureza en el contexto creado por Dios. Mi profesor en la mezquita cree que las huríes de oscuros ojos rasgados simbolizan una dicha que no se podría concebir sin imágenes concretas. Centrarse en esa imagen y ridiculizar al islam por ella es típico del Occidente obsesionado con el sexo.

Siguen en la dirección que Joryleen ha indicado. El vecindario es cada vez más destartalado; los arbustos están sin cuidar, las casas sin pintar, hay partes en que las losas de la acera o bien están sueltas o bien rotas por la presión de las raíces de los árboles; se ve basura esparcida en los reducidos patios delanteros. Las hileras de casas no siempre están completas, son como bocas con algún diente arrancado, y los solares se han cercado; sin embargo, las gruesas cadenas que cierran las vallas están cortadas y retorcidas, han cedido al empuje invisible de gente a quien no le gustan las cercas, que quiere llegar rápido a algún sitio. En algunas manzanas, las hileras de casas se han convertido en un único edificio alargado con muchas puertas descascarilladas y gradas de cuatro escalones, tanto las viejas casas de madera como las nuevas de hormigón. Arriba, las ramas más altas de los árboles se entrelazan con el tendido eléctrico que transporta la energía por la ciudad, un arpa destensada que se precipita en oquedades nacidas tras la poda. Salpican el paisaje flores y brotes abriéndose, de un color entre amarillo y verde; tienen apariencia luminosa, en contraste con el cielo manchado de nubes.

–Ahmad –dice Joryleen con súbita exasperación–, supongamos que nada de eso es verdad, supón que mueres y no hay nada en el otro lado, nada de nada. ¿Qué sentido tiene entonces toda esa pureza?

–Si nada de eso es cierto –manifiesta Ahmad, con el estómago encogido sólo de pensarlo–, entonces es que el mundo es demasiado horrible como para sentir ningún afecto por él, y no lamentaría dejarlo.

–¡Tío! Eres único, no va en broma. En esa mezquita deben de quererte a muerte.

–Allí hay muchos como yo –confiesa, a la vez con frialdad y delicadeza, casi como un reproche–. Algunos son –no quiere decir «negros» ya que, aunque sea una denominación políticamente correcta, no suena amable– lo que llamáis «vuestros hermanos». La mezquita y sus profesores les dan lo que el Estados Unidos cristiano les niega: respeto; y les plantean desafíos que les exigen poner algo de su parte. El islam exige austeridad. Exige templanza. Lo único que Estados Unidos pide a sus ciudadanos, lo ha dicho vuestro presidente, es que compremos: gastar un dinero que no podemos permitirnos y así impulsar la economía en beneficio de él y otros hombres ricos.

–No es mi presidente. Si este año pudiera votar, yo votaría para echarle, apoyaría a Al Sharpton.

–Tanto da qué presidente haya. Todos quieren que los americanos sean egoístas y materialistas, que desempeñen su papel en el consumismo. Pero el espíritu humano pide abnegación. Desea decirle «no» al mundo físico.

–Cuando hablas así me asustas. Suena como si odiaras la vida. –Y no lo deja ahí, desvelándose con la misma libertad que cuando canta–. Para mí, el espíritu es lo que sale del cuerpo, como salen las flores de la tierra. Odiar tu cuerpo es odiarte a ti mismo, los huesos, la sangre, la piel y la mierda que hacen que tú seas tú.

Como cuando estaba ante el rastro irisado de un gusano o una babosa desaparecida, Ahmad se siente alto, lo bastante alto como para sentir vértigo al mirar a esta chica bajita y redonda cuya indignación ante sus anhelos de pureza da vivacidad a su voz y a sus labios. En el punto donde sus labios se funden con la piel de la cara hay un filo, una fina línea parecida al poso que deja el cacao en las tazas. Las cavilaciones de Ahmad se centran en sumirse en el cuerpo de ella, y sabe por la suntuosidad y ligereza de los mismos que son malos pensamientos.

–No hablo de odiar tu cuerpo –la corrige–, sino de no convertirse en su esclavo. Miro a mi alrededor y veo esclavos: esclavos de las drogas, esclavos de las modas, esclavos de la televisión, esclavos de ídolos deportivos que ni siquiera saben que sus admiradores son seres humanos, esclavos de las opiniones profanas y absurdas de los demás. Tienes buen corazón, Joryleen, pero con esa actitud tan indolente te encaminas derecha al infierno.

Ella se ha parado en la acera, en una calle desolada, sin árboles, y Ahmad piensa que se ha detenido por rabia hacia él, víctima de una desilusión que casi le hace saltar las lágrimas, pero entonces se da cuenta de que esa portería anodina es la suya, con sus cuatro escalones de madera moteada de gris como por una lluvia interminable. Al menos el apartamento donde él vive está en un edificio de ladrillo, en la parte norte del bulevar. La decepción de Joryleen lo hace sentirse culpable ya que, al invitarlo a pasear, ella seguramente había esperado algo más de él.

–Eres tú, Ahmad –dice, volviéndose para entrar, poniendo un pie en el primer peldaño gris–, quien no sabe adónde va. Eres tú el que no sabe qué puto final te espera.

Sentado a la vieja y pesada mesa marrón circular que él y su madre llaman «la mesa de comer», aunque nunca coman en ella, Ahmad estudia los manuales para el permiso de conducción comercial; son cuatro folletos grapados. El sheij Rachid le ayudó a pedirlos por correo a Michigan y cargó los ochenta y nueve dólares con cincuenta a cuenta de la mezquita. Ahmad siempre había pensado que conducir camiones era algo para mentecatos como Tylenol y los de su banda del instituto, pero la verdad es que requiere muchos conocimientos, como la lista de materiales peligrosos que se deben indicar y diferenciar visiblemente con cuatro señales de veintisiete centímetros en forma de rombo. Hay gases inflamables como el hidrógeno y gases tóxicos como el flúor comprimido; hay materiales inflamables como el ácido pícrico diluido en agua y otros susceptibles de sufrir combustión espontánea como el fósforo blanco, así como algunos que también pueden prender al entrar en contacto con el agua, como el sodio. Después están los venenos como el cianuro de potasio, las sustancias infecciosas como el virus del ántrax, las sustancias radiactivas como el uranio y los corrosivos como el líquido de los acumuladores eléctricos. Todo ello debe ser transportado en camión, y cualquier derrame de cierta cantidad, dependiendo de la toxicidad, la volatilidad y la durabilidad química, debe ser informado al DOT (Departamento de Transportes) y a la EPA (Agencia de Protección Ambiental).

A Ahmad le hastía pensar en todo el papeleo, en los documentos de transporte colmados de números, códigos y prohibiciones. Las cargas de sustancias tóxicas son incompatibles con el transporte de comida o de piensos; los materiales peligrosos, incluso en bombonas selladas, nunca deben ir en la cabina del conductor; hay que tener cuidado con el calor, las filtraciones y los cambios repentinos de velocidad. Aparte de las sustancias peligrosas, están las regulaciones para otros materiales (ORM) que puedan causar reacciones anestésicas, irritantes o nocivas en conductor y pasajeros, como la monocloroacetona o la difenilcloroarsina, y para sustancias que pueden ser perjudiciales para el vehículo en caso de filtración, a saber: los corrosivos líquidos como el bromo, la cal sodada, el ácido clorhídrico, las soluciones de hidróxido sódico y el ácido sulfúrico de las baterías. Ahmad se da cuenta de que a lo largo y ancho del país se desplazan a gran velocidad materiales peligrosos, vertiéndose, abrasando y mordiendo carreteras y suelos de camión: una conjura de demonios químicos que pone de relieve la ponzoña espiritual del materialismo.

Además, le explican los folletos, en relación con el transporte de líquidos en camiones cisterna hay que tener en cuenta la merma, también llamada atestamiento, que es el espacio que se deja vacío entre la carga y el techo del tanque, de modo que éste no explote si el contenido se dilata durante el transporte, por ejemplo, si la temperatura ambiente asciende hasta cincuenta y cuatro grados. Asimismo, si el conductor lleva líquidos en la cisterna, debe atender al oleaje producido por la inercia, más pronunciado y peligroso en el caso de los tanques de interior liso que en los que tienen deflectores o compuertas. Incluso en estos últimos, pese a todo, el oleaje que se produce hacia los lados puede provocar que el vehículo vuelque si se toma una curva con brusquedad. El oleaje hacia delante puede impulsar al camión hasta un cruce si no se frena adecuadamente en un semáforo en rojo o ante una señal de stop. Sin embargo, las regulaciones sanitarias prohíben el uso de tanques con deflectores para trasladar leche o zumo de fruta, ya que es difícil limpiar a fondo los deflectores, lo cual aumenta las probabilidades de contaminación en el producto. El transporte comercial está lleno de riesgos que Ahmad jamás había imaginado. No obstante, le entusiasma la idea de verse –como el piloto de un 727 o el capitán de un superpetrolero o el minúsculo cerebro de un brontosaurio– al mando de un gran vehículo y llevarlo a buen puerto a través de un laberinto de aciagos peligros. Le satisface encontrar, en los códigos de tráfico de los camiones, una preocupación de calidad casi religiosa por la pureza.

Llaman a la puerta, a las ocho y cuarto de la noche. Los golpes, que suenan no muy lejos de la mesa donde Ahmad estudia a la luz de una destartalada lámpara de pie, lo desconcentran de la merma y el tonelaje, del oleaje y la circulación. Su madre sale rápido del dormitorio, que también es su estudio de pintura, y acude –se precipita, incluso– a contestar, esponjándose el cabello, pelirrojo claro, largo hasta la nuca, teñido con henna. Afronta las intromisiones misteriosas con más optimismo que Ahmad. Diez días después de haber acudido al oficio en la iglesia de los infieles, sigue nervioso por haber violado el territorio de Tylenol; no es imposible que el matón y su banda lo acosen durante una temporada, incluso por la noche, haciéndolo salir de su propio apartamento.

Tampoco es imposible, aunque sí improbable, que sea un emisario del sheij Rachid quien llame. Su maestro tiene varios discípulos. Últimamente parece crispado, como si algo le abrumara; para Ahmad, es como un elemento muy afilado en una estructura que soporta demasiada presión. La semana anterior el imán tuvo un pequeño arrebato con su alumno mientras discutían sobre un verso de la tercera sura: «Que no piensen los infieles que el que les concedamos una prórroga supone un bien para ellos. El concedérsela es para que aumente su pecado. Tendrán un castigo humillante». Ahmad tuvo la osadía de preguntar a su mentor si no había algo sádico en semejante desprecio, y en muchos otros versos como ése. Lo formuló así:

–¿El propósito de Dios no debería ser, como enunció el Profeta, la conversión de los infieles? ¿No debería, en cualquier caso, mostrarse misericordioso y no recrearse en su dolor?

El imán mostraba sólo media cara, la otra media, la parte inferior, quedaba oculta por una barba cuidada y moteada de gris. Su nariz era delgada y aguileña, y la piel de sus mejillas, pálida, no a la manera de los anglosajones o los irlandeses, con pecas y fácil de ruborizar, como la de la madre de Ahmad –una propensión que el chico, lamentablemente, ha heredado–, sino con la factura cerosa, uniforme, impávida de los yemeníes. Bajo la barba, en sus labios violeta, se dibujó un mohín. Inquirió:

–Las cucarachas que salen de los rodapiés y de debajo del fregadero, ¿acaso te dan lástima? Las moscas que zumban alrededor de la comida servida, andando sobre ella con sus sucias patas que justo antes han bailado en heces y carroña, ¿acaso te dan lástima?

A decir verdad, Ahmad sí sentía lástima por ellas, fascinación por la vasta población de insectos que pulula a los pies de los hombres, como si fueran éstos dioses. Pero, sabiendo que cualquier salvedad o la menor insinuación de querer polemizar sólo serviría para irritar a su profesor, contestó que no.

–No –convino el sheij Rachid con satisfacción mientras se tiraba suavemente de la barba con su delicada mano–. Tú quieres destruirlas. Te irritan con su suciedad. Invadirían tu mesa, tu cocina; si no las aniquilaras, serían capaces de meterse en tu comida mientras te la llevas a la boca. No tienen sentimientos. Son manifestaciones de Satán, y Dios las destruirá sin piedad el día del ajuste de cuentas final. Dios se regocijará con sus sufrimientos. Procede tú del mismo modo, Ahmad. Concebir que las cucarachas son merecedoras de clemencia es situarte por encima de *ar-Raḥīm*, es suponer que eres más misericordioso que el Misericordioso.

A Ahmad le pareció, al igual que con los detalles del Paraíso, que su profesor se escudaba de la realidad con metáforas. Joryleen, pese a no ser una creyente, sí tenía sentimientos; estaban en cómo cantaba, y en cómo los otros infieles reaccionaban a los cantos. Pero no figuraba entre las funciones de Ahmad la de discutir, a él le tocaba aprender, ocupar su lugar en la vasta estructura, visible e invisible, del islam.

Su madre podría haberse apresurado a abrir porque esperaba a alguno de sus amigos masculinos, pero su voz, a oídos de Ahmad, suena sorprendida, perpleja pero no inquieta, respetuosa. La otra voz, cortés, cansada, que Ahmad reconoce vagamente, se presenta como el señor Levy, responsable de tutorías en el Central High. Ahmad se relaja, no es Tylenol ni nadie de la mezquita. Pero ¿por qué el señor Levy? El encuentro había dejado a Ahmad intranquilo, el tutor había expresado su disconformidad con los planes de futuro de Ahmad y, peor aún, su voluntad de entrometerse.

¿Cómo ha llegado tan lejos, hasta su puerta? El edificio de apartamentos es uno de los tres que se construyeron hacía veinticinco años para reemplazar unas viviendas adosadas, tan en decadencia e infestadas de droga que los administradores de New Prospect pensaron que levantar bloques de diez pisos para inquilinos de renta media supondría una mejora. Además, calcularon, en los terrenos expropiados podían instalar un parque con zonas de recreo y, por si fuera poco, un paseo de circunvalación con árboles que debería reavivar las relaciones con ciudades donde imperasen «mejores factores». Pero, como sucede al drenar terrenos para erradicar la malaria, los problemas volvieron: los hijos de los anteriores camellos retomaron el negocio, y los drogadictos empezaron a usar los bancos, los arbustos y las escaleras de los bloques, y se pasaban las noches rondando por los portales. El plan original preveía guardias de seguridad en cada portería, pero el ayuntamiento tuvo que asumir recortes presupuestarios y las garitas con monitores proyectando imágenes de vestíbulos y pasillos fueron dotadas de personal de forma irregular. «Vuelvo en 15 minutos», podía leerse durante horas seguidas en carteles escritos a mano. A esta hora de la noche, inquilinos y visitas solían entrar sin más. El señor Levy debía de haber accedido al edificio, mirado los buzones, tomado el ascensor y llamado a su puerta. Ahí estaba, dentro de casa, junto a la cocina, diciendo quién era con un tono más alto y formal que el que había utilizado con Ahmad en la sesión de tutoría. Entonces le había parecido perezoso, con segundas intenciones, aquejado de dolor de huesos. La madre de Ahmad se ha ruborizado y su voz suena más aguda, atropellada. Está exaltada por esta visita de un delegado de la burocracia distante que planea sobre sus vidas solitarias.

El señor Levy percibe los nervios e intenta relajar la tensión.

–Disculpen que invada su intimidad –dice mirando a un lugar intermedio entre la madre, que está de pie, y el hijo, sentado y que no se levanta de la mesa marrón–. Pero cuando llamé al número de teléfono que figura en el expediente escolar de Ahmad, salió una grabación diciendo que habían dado de baja la línea.

—Tuvimos que hacerlo, después del 11-S —explica ella, aún sin mucho aliento—. Recibíamos llamadas insultantes, de odio. Contra los musulmanes. Cambié el número y pedí que lo quitaran del listín, aunque cueste un par de dólares más al mes. Vale la pena, se lo aseguro.

—No sabe cómo lo siento, señora Ahmw..., señora Mulloy —dice el tutor, y parece lamentarlo de veras, como trasluce su expresión más triste de lo habitual.

—No fueron más que un par de llamadas —interviene Ahmad—. No es para tanto. Casi todo el mundo se portó bien. Yo sólo tenía quince años cuando pasó. ¿Quién podía culparme de nada?

Su madre, con esa manera exasperante que tiene de hacer de cualquier nimiedad un problema, dice:

—Fueron más de un par, créame, señor Levine.

—Levy. —Aún quiere explicar por qué se ha presentado así—. Podría haber pedido a Ahmad que fuera a mi despacho del instituto, pero es con usted con quien me gustaría hablar, señora Mulloy.

—Teresa, por favor.

—Teresa. —Se acerca a la mesa y mira por encima del hombro de Ahmad—. Veo que ya se ha puesto. A estudiar para el permiso comercial, me refiero. Como ya sabrá, no lo pongo en duda, hasta que cumpla los veintiuno no conseguirá más que una categoría C. Ni camiones articulados ni materiales peligrosos.

—Sí, lo sé —responde Ahmad sin apartar la vista, intencionadamente, de la página que trataba de estudiar—. Pero resulta interesante. Quiero aprenderlo todo, ya que me pongo.

—Mejor para usted. Para un joven tan listo, debería ser bastante fácil.

A Ahmad no le da miedo discutir con el señor Levy.

–Es más complejo de lo que cree. Hay un montón de normas estrictas, aparte de todas las partes del camión y qué mantenimiento requieren. No puedes permitirte averías, sería peligroso.

–Muy bien, siga con ello, hijo. Pero no deje que esto interfiera en sus estudios, aún queda un mes de curso, y muchos exámenes. Quiere graduarse, ¿no?

–Sí, claro. –Tampoco quiere discutirlo todo, aunque en verdad le molesta la amenaza indirecta. Se mueren por que se gradúe, por librarse de él. Pero ¿y tras la graduación? Un sistema económico imperialista manipulado en favor de los cristianos ricos.

El señor Levy, al oír ese tono malhumorado, pregunta:

–¿Le importa si hablo un minuto con su madre?

–No. ¿Debería? ¿Serviría de algo que me importara?

–¿Quería verme a mí? –interviene la mujer para encubrir la falta de educación de su hijo.

–Será sólo un momento. Se lo vuelvo a decir, señora... seño... ¡bueno, Teresa! Siento molestarla, pero soy de esas personas que, cuando se les mete algo en la cabeza, no paran hasta tomar cartas en el asunto.

–¿Quiere una taza de café, señor...?

–Jack. Mi madre me llamaba Jacob, pero la gente prefiere Jack. –La mira a la cara, con su rubor, sus pecas y sus ojos saltones, excesivamente solícitos. Parece ansiosa por quedar bien. El personal del instituto ya no recibe como antes el respeto de los padres, para algunos de ellos eres un enemigo más, como la policía, sólo que un tanto ridículo porque no llevas pistola. Pero esta mujer, pese a ser una generación más joven que él, es suficientemente mayor, intuye, para haber recibido educación religiosa y que las monjas le hayan inculcado respeto–. No, gracias –responde–. Duermo fatal.

–Le puedo preparar uno descafeinado –promete ella, demasiado entusiasta–. ¿Le gusta el instantáneo? –Sus ojos son de un verde claro, como el de las botellas de cristal en que venía antes la Coca-Cola.

–Me está tentando –se permite decir él–. Bueno, pero sólo si es rápido. ¿Adónde podemos ir, y así dejamos de molestar a Ahmad? ¿A la cocina?

–Está muy desordenada. Aún no he recogido los platos. Esperaba centrarme en mi cuadro mientras me quedasen energías. Vayamos a mi estudio, allí tengo un hornillo eléctrico.

–¿Estudio?

–Yo lo llamo así. También es mi dormitorio. Haga como si no viera la cama. Me veo obligada al multiuso, para que a Ahmad no le falte privacidad en su habitación. Compartimos cuarto durante años, quizá demasiado tiempo. Estos apartamentos baratos, ya sabe, las paredes son como de papel.

Abre la puerta por la que había salido diez minutos antes.

–¡Vaya! –dice Jack Levy al entrar–. Creo que Ahmad me dijo que pintaba, pero...

–Intento trabajar con formatos grandes, más luminosos. La vida es muy corta, me dije un día de repente, ¿por qué preocuparme tanto de los detalles? La perspectiva, las sombras, las uñas... la gente no se fija, y tus colegas, los otros pintores, te acusan de hacer mero figurativismo. Algunos de mis clientes habituales, como los de la tienda de regalos de Ridgewood, que venden mi material desde hace años, están un poco desconcertados por el nuevo rumbo que he tomado, pero yo les digo: «No puedo evitarlo, es la dirección que debo seguir». Si no creces, estás muerto, ¿no?

Rodeando la cama, hecha con descuido, la manta arrebujada, Levy contempla las paredes entornando los ojos, con respeto.

–¿Y dice que los vende?

Se arrepiente de cómo lo ha expresado; ella salta a la defensiva.

–Algunos, no todos. Ni Rembrandt ni Picasso vendieron toda su obra de buenas a primeras.

–Oh, no, no quería decir... –masculla–. Son muy llamativos; es que no te lo esperas, al entrar.

–Estoy experimentando –dice ella más tranquila; todavía quiere hablar de pintura–, uso los colores tal como salen del tubo. De ese modo, el observador los mezcla en el ojo.

–Estupendo –comenta Jack Levy, deseando que concluya esta parte de la conversación. No está en su elemento.

Teresa ha puesto el hervidor con agua en el hornillo de espiral que hay sobre la cómoda, que está recubierta de óleo seco, salpicaduras o manchas mal borradas de color. A él, los cuadros le parecen bastante disparatados, pero le gusta la atmósfera que se respira ahí, el desorden y los fluorescentes que dan a la estancia un toque gélido y límpido. El olor a pintura, como la fragancia de las virutas de madera, le trae a la memoria una época pasada, cuando la gente hacía las cosas a mano, con la espalda encorvada en un taller.

–A lo mejor prefiere alguna infusión –dice ella–. Yo con la manzanilla duermo como un bebé. –Lo mira, examinándolo–. Salvo que me levanto al cabo de cuatro horas. –«Porque tengo que ir a hacer pis», le falta decir.

–Sí –contesta Jack–. Es un incordio.

El comentario, ella se ha dado cuenta, es como un punto final, se sonroja y va a comprobar el agua, que ya desprende un hilo de vapor por el pitorro del hervidor.

–He olvidado qué infusión quería. ¿Era manzanilla?

Él se resiste al lado *new age* de esta mujer. Si se descuida, lo próximo que ella hará será sacar sus cristales y los palitos del *I Ching*.

–Pensaba que habíamos quedado en café descafeinado de sobre, aunque siempre sabe a escaldado –dice él.

El rubor permanece bajo su tamiz de pecas.

–Entonces quizá prefiera no tomar nada.

–No, no, señorita... señora... –Renuncia a dirigirse a ella por su nombre–. Lo que sea, líquido y caliente, ya me está bien. Lo que usted prefiera. Está siendo muy amable. Yo no esperaba...

–Voy a buscar el café y de paso echo un vistazo a Ahmad. Odia estudiar si no me ve entrando y saliendo del salón, cree que si no lo veo no reconozco su esfuerzo, ¿entiende?

Teresa desaparece, y cuando vuelve trae en la mano –de uñas cortas y carne firme, una mano que hace cosas– un achatado tarro de cristal con polvos marrones; Jack ha apagado el hornillo para que el agua no hierva demasiado. Sus labores de madre le han llevado unos minutos; la ha oído bromear en el cuarto contiguo con voz ligera, penetrante, femenina, y también ha oído la de su hijo, sólo un poco más grave, quejándose y refunfuñando en los imprecisos términos de estudiante de instituto que él conoce demasiado bien: como si la simple existencia de los adultos fuera una prueba cruel e innecesaria a la que están sometidos. Jack intenta aprovechar la circunstancia:

–Dígame, ¿considera usted a su hijo como un típico chico de dieciocho años?

–¿No lo es?

Tiene una vertiente maternal sensible. Sus ojos de color verde berilo lo miran desorbitados, entre pestañas incoloras que debe de pintarse con rímel de vez en cuando, pero no hoy ni ayer. En las raíces del cabello luce un tinte más suave que el rojo metálico del resto. La mueca de sus labios, el superior más relleno, un poco levantado, como cuando se presta mucha atención, le revela que ya ha agotado el caudal de simpatía del principio. Se ha puesto firme, luego impaciente; así lo ve él.

–Tal vez –dice Levy–. Pero hay algo que lo está alejando de la normalidad. –Ahora va al grano–. Escuche, él no quiere ser camionero.

–¿No? Él cree que sí, señor...

–Levy, Teresa. Terminado en «y». Como cuando dice «ayer le vi». Alguien está presionando a Ahmad, por la razón que sea. Él puede aspirar a algo más que a conducir camiones. Es un chaval listo, bien parecido, con ideas propias. A lo que voy, me gustaría que tuviera algunos catálogos de universidades de la zona en las que todavía pueden admitirlo. Para Princeton y la Universidad de Pennsylvania ya es tarde, pero en cambio podría entrar en el New Prospect Community College, supongo que sabe dónde está, pasados los saltos de agua, o en la Fairleigh Dickinson o el Bloomfield College, y podría ir y volver cada día si no le alcanza para el alojamiento y la manutención. La cosa sería empezar a estudiar en alguna parte y, en función de cómo le vaya, ver si puede ir a alguna universidad mejor. Hoy en día todos los centros, tal y como van sus políticas, quieren diversidad, y su chico, ya por la filiación religiosa que él mismo ha elegido, o ya, y discúlpeme por decir esto, por su origen mestizo, es una especie de minoría entre las minorías... se lo quedarían seguro.

–¿Y qué estudiaría?

–Lo que todos: ciencia, arte, historia. Que si el origen de la humanidad, de la civilización. Cómo hemos llegado aquí. Esas cosas. Sociología, economía, incluso antropología... lo que más le motive. Que sea él quien decida. En la actualidad hay pocos estudiantes universitarios que al principio ya sepan qué quieren estudiar, y aun éstos luego cambian de opinión. Ése es el objetivo de la formación superior, dejar que cambies de opinión para que puedas enfrentarte al siglo veintiuno. Yo no puedo. Cuando estaba en la universidad, ¿quién sabía qué era la informática? ¿Quién había oído hablar del genoma y de cómo se puede reconstruir la evolución? Usted, usted es mucho más joven que yo, quizás usted pueda. Estos cuadros modernos que pinta... son el principio de algo.

–En realidad son muy conservadores –dice ella–. Nuestra vieja amiga la abstracción. –Ahora ya no abre los labios, los tiene apretados, el comentario sobre pintura ha sido estúpido.

Levy se apresura a terminar su discurso:

–En fin, Ahmad...

—Señor Levy. Jack.

Ahora es una persona distinta, sentada con sus dos descafeinados en un taburete de cocina de madera que nunca ha llegado a barnizar. Enciende un cigarrillo, apoya en el peldaño un pie enfundado en un zapato de lona azul y suela de crepé, y cruza las piernas. Los pantalones, unos vaqueros blancos ajustados, le dejan al descubierto los tobillos. Su piel blanca, de palidez irlandesa, está recorrida por venas azules; los tobillos son huesudos y flacos, sobre todo en comparación con el resto de su blando cuerpo. El peso de Beth ha tenido veinte años más que el de esta mujer para asentarse, desbordando los zapatos y borrando cualquier resto de forma anatómica de su culo. Pese a que Jack fumaba dos cajetillas de Old Gold, ya no está acostumbrado a que la gente fume, ni siquiera en la sala de profesores del instituto; el olor a tabaco le es muy familiar pero raya en lo escandaloso. Los gestos estilizados para encender, inhalar y expulsar violentamente el humo por sus fruncidos labios le dan a Terry —así firma los cuadros, en letras grandes y legibles, sin apellido— cierto atractivo.

—Jack, agradezco su interés por Ahmad y aún me hubiera parecido mejor si en el instituto se hubieran preocupado antes por mi hijo y no sólo a un mes de su graduación.

—Estamos desbordados —la interrumpe—. Dos mil alumnos, para la mitad de los cuales la denominación de disfuncionales aún sería benévola. Las ruedas que más chirrían son las que se llevan la atención. Su hijo nunca ha dado problemas, ése fue su error.

—Aun así, en esta etapa de su desarrollo él considera que lo que la universidad ofrece, esas materias que usted menciona, forma parte de la impía cultura occidental, y de ella sólo quiere saber lo imprescindible. Usted dice que nunca ha causado problemas, pero se trata de otra cosa: para él los alborotadores son los profesores, mundanos, cínicos y comprometidos tan sólo con la paga a final de mes, las jornadas reducidas y las vacaciones de verano. Él cree que dan un pobre ejemplo. ¿Conoce usted la expresión «estar muy por encima»?

Levy asiente con levedad, deja que esta mujer, ahora envalentonada, siga hablando. Todo lo que le diga sobre Ahmad podría ser de ayuda.

—Mi hijo está muy por encima —declara—. Cree en el Dios del islam, y en lo que le dice el Corán. Yo no, por supuesto, pero nunca he intentado cuestionar su fe. A alguien que no tiene mucha, que a los dieciséis se apartó del catolicismo, su fe le parece bastante bella.

La belleza, pues, es su punto de referencia: en la pared cuelgan algunos intentos de alcanzarla, toda esa pintura secándose, de olor dulzón; y dejar que su hijo pierda el tiempo secándose también con supersticiones grotescas, violentas. Levy pregunta:

—¿Cómo ha terminado siendo tan... tan bueno? ¿Se propuso usted criarlo como musulmán?

—No, por Dios —dice ella, dando una calada profunda, haciéndose la dura, de modo que sus ojos alerta parecen consumirse igual que la punta del cigarrillo. Se ríe, consciente de lo que ha dicho—. ¿Qué le parece? Menudo lapsus, ¿qué diría Freud? «No, *in nomine Domini*.» El islam nunca me dijo nada, menos que nada, para ser precisos: lo valoraba negativamente. Y tampoco significaba mucho más para su padre. Omar nunca fue a la mezquita, que yo sepa, y si alguna vez sacaba el tema él se cerraba en banda y me miraba resentido, como si me metiera donde no me llamaban. «Una mujer debería servir al hombre y no intentar poseerlo», decía entonces, como repitiendo alguna cita sagrada. Se lo inventaba. Menudo gilipollas engreído y machista estaba hecho, de verdad. Pero yo era joven y estaba enamorada... el amor que sentía por él se debía, ya sabe, a que era exótico, del Tercer Mundo, una víctima, y casarme fue una manera de mostrar lo liberal y liberada que era y estaba yo.

—Sé de qué me habla. Soy judío, y mi esposa era luterana.

—¿Era? ¿Se convirtió, como Elizabeth Taylor?

Jack Levy deja escapar una risotada y, sosteniendo todavía sus catálogos universitarios no deseados, concede:

—No debería haber dicho «era». No, no se convirtió, simplemente es que no va a la iglesia. En cambio, su hermana trabaja para el gobierno en Washington y es muy devota, como todos esos tipos que se han reencontrado a sí mismos al cabo del tiempo y que ahora mandan. Debe de ser que por aquí la única iglesia luterana es la de los lituanos, y Elizabeth no se ve muy lituana.

—Elizabeth es un nombre bonito. Da mucho juego. Liz, Lizzie, Beth, Betsy. Con Teresa, todo lo que se puede hacer es Terry, que suena más bien a chico.

—O a pintor.

—Se ha fijado. Ya ve, firmo así porque las artistas siempre han parecido menores que los artistas, sin reparar en si su arte era grande o no. De este modo, tienen que adivinarlo.

—Terry también da juego. Terrina. Terrible. Aterrizar. Y están los Terrytoons.

—¿Qué son? —pregunta sorprendida. Por mucho que quiera parecer relajada, es una mujer inestable, que se casó con alguien a quien su padre y hermanos irlandeses no habrían dudado en llamar «un morenito»; no es una madre que dé consejos firmes a su hijo sino una que deja que sea él quien se responsabilice.

—Ah, hace mucho de eso: unos dibujos animados que daban en el cine. Es usted demasiado joven para acordarse. Es lo que tiene hacerse viejo, que te acuerdas de cosas que nadie más sabe.

—No es usted viejo —replica automáticamente; su cabeza realiza un cambio de vía—. A lo mejor los he visto en televisión, cuando la veía con Ahmad de pequeño. —Su mente vuelve a cambiar de vía—. Omar Ashmawy era guapo. Me recordaba a Omar Sharif. ¿Lo vio en *Doctor Zhivago*?

—Sólo lo vi en *Funny Girl*. Y fui por la Streisand.

—Claro. —Sonríe, su corto labio superior deja ver sus imperfectos dientes irlandeses, los colmillos salidos. Ella y Jack han llegado al punto en que cualquier cosa que se digan será grata, están acercando posturas. Sentada con las piernas cruzadas en el alto taburete sin pintar, se despereza estirando el cuello y arqueando lentamente la espalda, como si se librara de un agarrotamiento por haber pasado un buen rato de pie frente al caballete. ¿Cómo de serio es su trabajo con los cuadros? Jack conjetura que, si se lo propusiera, podría despachar tres al día.

–Guapo, ¿eh? Y su hijo...

–Y es un buenísimo jugador de bridge –dice ella, que no quiere cambiar de tema.

–¿Quién? ¿El señor Ashmawy? –apunta Levy, aunque por supuesto sabe a quién se refiere.

–No, hombre no, el otro. Sharif.

–Su hijo, intenté preguntárselo, ¿tiene una foto de su padre en la habitación?

–Qué pregunta más rara, señor...

–Vamos... Levy. Como en «ayer le vi». Como en «levita», ya sabe, esas chaquetas antiguas. Asócielo a una idea, es lo que hago yo con los nombres. Puede hacerlo, Terrytoons.

–Lo que iba a decirle, señor «ayer le vi», es que creo que puede adivinar los pensamientos. Este mismo año Ahmad sacó las fotografías de su padre que tenía en el cuarto y las guardó en cajones, boca abajo. Declaró que era blasfemo duplicar la imagen de una persona creada por Dios, que era una especie de falsificación, eso es lo que me dijo. Una imitación, como los bolsos de Prada que venden los nigerianos en la calle. Algo me dice que ese profesor terrible de la mezquita se lo sugirió.

–Hablando de terri-ble –suelta Levy. Hace cuarenta años se tenía por un tipo ingenioso, siempre con el gatillo a punto para un juego de palabras. Incluso había fantaseado con formar parte del equipo de guionistas de alguno de los humoristas judíos de televisión. En la universidad era el listillo del grupo, un tipo parlanchín–. ¿Cómo de terrible? –inquiere–. ¿Por qué terrible?

Ella indica con manos y ojos la otra habitación, donde Ahmad podría escucharlos mientras finge que estudia, y baja la voz, de modo que Jack tiene que acercarse un paso.

–A menudo Ahmad vuelve alterado de las lecciones. Me parece que ese hombre, lo conozco, pero muy por encima, no muestra la convicción que Ahmad desearía. Sé que mi hijo tiene dieciocho años y no debería ser tan ingenuo, pero aún espera de los adultos que sean totalmente sinceros y estén seguros de todo. Incluso de lo sobrenatural.

A Levy le gusta cómo dice «mi hijo». En esa casa se respira un ambiente más hogareño de lo que le había hecho suponer su entrevista con Ahmad. Puede que Teresa sea una de esas mujeres solteras de rompe y rasga, pero no una malcriadora.

–Le he preguntado por la foto de su padre –reconoce en voz baja, con confianza– porque me preguntaba si su... si su fe tendría que ver con el clásico exceso de estima. Ya sabe. No, no me refiero a que haya hecho usted algo mal. Se ve mucho en –¿por qué volvía a meterse en esos berenjenales?–... en las familias negras, los muchachos idealizan al padre ausente y centran toda su rabia en la pobre mamá, que se deja la piel luchando por darles un techo.

Pero Teresa Mulloy sí se ofende; se envara tanto en el taburete que hasta él nota el duro círculo de madera clavándose en sus nalgas tensas.

–¿Así nos ve a las mamás solteras, señor Levy? ¿Tan extremadamente subestimadas y pisoteadas?

«Mamás solteras», piensa él. Vaya expresión cursi, sentimentaloide, casi militante. Qué fastidio es hablar con la gente hoy en día; todos los grupos, salvo los varones blancos, están a la que salta.

–No, para nada. –Da marcha atrás–. Para mí las mamás solteras son terriblemente fantásticas, Terry. Son quienes mantienen unida a nuestra sociedad.

–Ahmad –dice ella, tranquilizándose un poco casi de inmediato, como corresponde a una mujer sensible– no se hace la menor ilusión respecto a su padre. Siempre le he dejado muy claro que era un perdedor. Un perdedor oportunista, un tipo que no tenía idea de nada, que en quince años no nos ha enviado ni una postal, excepto una vez que mandó un jodido cheque.

A Jack le gusta el «jodido»: ella ya se ha tranquilizado del todo. En lugar de una bata de pintor lleva una camisa de trabajo de hombre, azul, por fuera de los vaqueros, sus pechos se marcan a la altura de los bolsillos.

–Fuimos un desastre –confiesa, todavía en voz baja para que Ahmad no la oiga. Como si se desperezara en el espacio que deja libre esta revelación, arquea la espalda felinamente, encaramada en el taburete alto y sin barnizar, marcando el pecho un poco más–. Estábamos muy locos, los dos, mira que pensar que teníamos que casarnos. Ambos creíamos que el otro sabía las respuestas, cuando ni siquiera hablábamos el mismo idioma, literalmente. Aunque tampoco hablaba mal el inglés, hay que ser justos. Lo había aprendido en Alejandría. Ésa es otra de las cosas que me enamoró, su leve acento, casi ceceaba, a lo británico. Sonaba muy refinado. Y era muy aseado, siempre estaba lustrando los zapatos, peinándose. Cabellos negro azabache, tupidos, como no se ven en los americanos, un poco rizado detrás de las orejas y en la nuca. Y por supuesto su piel, tan lisa y uniforme, más oscura que la de Ahmad pero totalmente mate, como la ropa mojada, olivácea con un toque ahumado, pero no dejaba rastro en las manos...

«Dios mío», piensa Levy, «se está dejando llevar, va a describirme su morada polla tercermundista.»

A ella no se le escapa el rechazo, se contiene y dice:

–Yo no me preocuparía por un exceso de estima por parte de Ahmad. Desprecia a su padre, como toca.

–Dígame, Terry. Si su padre estuviera presente, ¿cree que Ahmad se propondría encontrar trabajo de camionero tras la graduación, con los resultados que ha obtenido en las pruebas preuniversitarias?

–No sé. Omar no habría llegado ni a eso. Se habría dedicado a soñar despierto hasta salirse algún día de la carretera. Era un desastre como conductor; incluso entonces, siendo la joven y sumisa esposa que él suponía, era yo quien se ponía al volante si íbamos juntos. Le decía: «Yo también debo cuidar de mi vida». Y le preguntaba: «¿Cómo pretendes ser un americano si no sabes conducir un coche?».

¿Cómo se había convertido Omar en el tema de conversación? ¿Acaso es Jack Levy la única persona en el mundo que se preocupa por el futuro del chico?

–Tiene que ayudarme –le propone a la madre muy seriamente– a darle a Ahmad un futuro más acorde con su potencial.

–Oh, Jack –dice ella; con un ademán despreocupado agita el cigarrillo y se balancea ligeramente en el taburete, una sibila en su trípode, lanzando una proclama–. ¿No cree que la gente termina por encontrar su potencial, del mismo modo que el agua acaba nivelándose? Nunca he creído que las personas fueran vasijas de barro, moldeables. El molde está dentro, desde el principio. He tratado a Ahmad de igual a igual desde que tenía once años, cuando empezó a ser tan religioso. Lo animé. Durante el invierno iba a la mezquita a recogerlo, después de clase. También debo decir que ese imán casi nunca salía a saludar. Incluso me atrevería a afirmar que le repugnaba estrecharme la mano. Jamás mostró el mínimo interés en convertirme a mí. Si Ahmad hubiera hecho todo lo contrario, si le hubiera venido en gana rebelarse contra todo ese latazo de Dios, como hice yo, también habría dejado que pasara. Para mí la religión es simplemente una manera de posicionarse. Es decir sí a la vida. Tienes que confiar en que hay un motivo, si no te hundirás. Cuando pinto, estoy obligada a creer que la belleza surgirá. Con la pintura abstracta no tienes un bonito paisaje o un cuenco de naranjas en el que apoyarte; tiene que salir puramente de ti. Debes cerrar los ojos, por así decirlo, y dar el salto. Tienes que decir sí. –Una vez satisfecha con su proclama, se inclina estirándose hacia el banco de trabajo y aplasta el cigarrillo en una tapa de tarro con cenizas. La camisa se le ciñe a causa del esfuerzo, abre mucho los ojos. Vuelve esos mismos ojos, de un pálido verde cristal, hacia el invitado y añade, por si acaso–: Si Ahmad cree tanto en Dios, dejemos que Dios cuide de él. –Suaviza la aparente crueldad y frivolidad de esta frase adoptando un tono de súplica–: La vida no es algo que uno pueda controlar. No controlamos la respiración, ni la digestión, ni el latir del corazón. La vida es algo que se vive. Dejemos que discurra.

Todo se ha enrarecido. Ella ha percibido sus preocupaciones, la desolación de las cuatro de la mañana, y lo está atendiendo, lo masajea con la voz. A él le gusta, hasta cierto punto, cuando las mujeres empiezan a desnudar sus mentes frente a él. Pero ya lleva demasiado tiempo allí. Beth estará preocupada; le dijo que tenía que pasar por el Central High a por algunos materiales universitarios. No era mentira, ahora ya los ha distribuido.

–Gracias por el descafeinado –dice–. Tengo un poco de sueño.

–Yo también. Y a las seis tengo que estar en el trabajo.

–¿A las seis?

–El primer turno en el Saint Francis. Soy auxiliar de enfermería. De hecho, no quise ser enfermera: demasiada química y también demasiado ajetreo administrativo; acaban siendo tan pretenciosas como los médicos. Las auxiliares hacen lo que antes solían hacer las enfermeras. Me gusta la parte práctica: tratar con las personas precisamente ahí, al nivel de sus necesidades. Poner cuñas. ¿No creerá que me gano la vida con esto? –y señala, con esas manos que hacen cosas, de uñas cortas, las paredes estridentes.

–No –reconoce.

Ella sigue como si nada.

–Es un pasatiempo, un capricho que me permito. Es mi dicha, como decía aquel hombre en televisión hace unos años. Algunos los vendo, sí, pero no me importa mucho. Pintar es mi pasión. ¿Usted no tiene una pasión, Jack?

Él se echa atrás; su interlocutora está empezando a parecer poseída, una sacerdotisa en un trípode con serpientes en el pelo.

–La verdad es que no. –Cuando se levanta por la mañana tiene que apartar la manta como si fuera de plomo, arremeter sin miramientos contra el día que le espera: decir adiós a chicos que caerán al cenagal del mundo–. ¿Nunca ha pensado –no puede evitar añadir–, trabajando de enfermera, en alentar a Ahmad para que sea médico? Tiene solemnidad, presencia. Si estuviera enfermo, yo pondría mi vida en sus manos.

Teresa entorna los ojos, se vuelven sutiles y –es una palabra que solía usar la madre de Levy, sobre todo para referirse a otras mujeres– ordinarios.

–Es una carrera larga y cara, Jack. Y los médicos que conozco no hacen más que quejarse del papeleo y del asedio de las compañías de seguros. Antes era una profesión respetada en la que se podía ganar mucho dinero. Pero la medicina ya no es lo que era. De un modo u otro terminará siendo algo tan vulgar que los doctores tendrán sueldos de maestros de escuela.

Él se ríe con la pulla, tiene golpes rápidos.

–Claro, eso no sería bueno –reconoce.

–Que espere a ver cuál es su pasión –aconseja ella al asesor–. Por el momento son los camiones, ponerse en marcha. Me dice: «Mamá, necesito ver mundo».

–Tal y como creo que funciona el permiso de conducción comercial, hasta que cumpla los veintiuno lo único que verá es New Jersey.

–Por alguna parte se empieza –dice ella, y ágilmente se baja del taburete. Tiene desabrochados los dos botones de arriba de su camisa de hombre manchada de pintura, de modo que él ve cómo sube y baja la parte superior de sus pechos. Esta mujer tiene muchos síes.

Pero la entrevista ha terminado; son las ocho y media. Levy carga con los tres catálogos universitarios no deseados hasta la habitación donde el chico sigue estudiando y se detiene frente a la mesa oscura y redonda, vieja y sólida; debe de ser alguna herencia, le recuerda a los muebles tristes que sus padres y abuelos tenían en la casa donde creció, en Totowa Road. Desde detrás, el cuello de Ahmad parece vulnerable y fino, y en las puntas de sus orejas pulcras, con muchos repliegues, se ven algunas pecas robadas a su madre. Con cautela, Levy deja los catálogos en el borde de la mesa y casi con confianza toca el hombro del muchacho, a través de la camisa blanca, para reclamar su atención.

–Ahmad, échales un vistazo cuando tengas un momento y mira si hay algo que despierte tu interés como para que tengamos otra charla. Aún no es tarde para que cambies de opinión, todavía puedes pedir plaza.

El chico nota el contacto y replica:

–Aquí hay algo interesante, señor Levy.

–¿Qué? –Tras conocer a su madre, se siente más cerca de Ahmad, más cómodo.

–Es una de las típicas preguntas que me harán.

Levy lee por encima de su hombro:

«55. Usted conduce un camión cisterna y las ruedas delanteras empiezan a derrapar. ¿Cuál de las opciones siguientes es más probable que ocurra?

»a. Girará usted el volante en sentido contrario lo necesario para mantener el control.

»b. El oleaje de la carga enderezará el remolque.

»c. El oleaje de la carga enderezará el camión tractor.

»d. Usted continuará en línea recta y seguirá adelante independientemente de cómo haga girar el volante».

–Parece una situación preocupante –admite Levy.

–¿Cuál cree usted que es la respuesta?

Ahmad ha notado cómo el hombre se acercaba, y luego el contacto osado, ponzoñoso, en el hombro. Ahora también percibe, demasiado cerca de su cabeza, el estómago del tipo, cuyo calor se desprende acompañado de un olor, de varios olores: un extracto compuesto de sudor y alcohol, judaísmo e impiedad, un perfume impuro agitado con la consulta a su madre, esa madre de la que se avergüenza y a la que trata de esconder, de guardar sólo para sí. Las dos voces adultas se han entrelazado de manera coqueta, repugnante, dos animales infieles y envejecidos simpatizando en el cuarto contiguo. El señor Levy, tras bañarse en la cháchara de ella, en su deseo insaciable de agobiar al mundo con la visión sentimental que tiene de sí misma, se siente ahora autorizado a desempeñar con su hijo un papel paternal, amistoso. La lástima y el atrevimiento han espoleado esta cercanía indecorosa, olorosa. Pero el Corán exige que sus fieles sean corteses; y este judío, pese a haberse autoinvitado, es un huésped en la tienda de Ahmad.

Perezosamente, el intruso contesta:

–No sé, amigo. El oleaje de cargas líquidas no es algo con lo que trate a menudo. Déjame que elija la «a», el volantazo en sentido contrario.

En una voz baja que esconde el tímido oleaje de su satisfacción por el triunfo, Ahmad dice:

–No, la respuesta es «d». Lo he buscado en la clave de soluciones que viene con los folletos.

La barriga junto a su oreja deja oír un rumor de inquietud, y la invisible cara de encima musita:

–Vaya. No hay que preocuparse por maniobrar. Algo así es lo que me ha dicho tu madre. Relajarse. Perseguir la dicha.

–Al cabo de un rato –explica Ahmad– el camión perderá velocidad por sí solo.

–La voluntad de Alá –dice el señor Levy, intentando ser gracioso, o amable: intentando meterse en el interior de Ahmad, que está cerrado, repleto de Aquel que todo lo abarca.

La relación espacial del Central High y sus antiguos y amplios terrenos con las zonas de propiedad privada de la ciudad se ha ido complicando con los años, lejos ya los tiempos en que las instalaciones deportivas de la parte posterior del instituto se prolongaban, sin vallas, hasta una calle de casas victorianas lo bastante variadas y espaciadas como para ser residenciales. Esta zona, al noroeste del espectacular ayuntamiento, era un dominio de la clase media que se ganaba la vida con las fábricas de tejidos a lo largo del río, a poca distancia de los alojamientos de la clase trabajadora en la por entonces bulliciosa parte baja del centro. Pero las casas casi residenciales se convirtieron, al decir de Jack Levy, en viviendas. Contratistas que querían recortar costes las dividieron en apartamentos, parcelaron sus amplios jardines o las echaron abajo para dejar paso a manzanas compactas de hileras de casas de alquiler bajo. Los terrenos herbosos propiedad del instituto se vieron afectados por la presión demográfica y los zarpazos del vandalismo, e incluso el campo de fútbol americano –que en primavera hacía las veces de pista de atletismo– y los campos de béisbol –cuya parte exterior se convertía, durante la temporada de fútbol, en el terreno de juego de los equipos universitarios de penúltimo año– fueron trasladados, en lo que pareció a varios gobiernos municipales una reubicación sagaz y lucrativa, a unas parcelas a sólo quince minutos en autobús, adquiridas a la Whelan & Sons, una vieja granja de productos lácteos cuya leche había aportado calcio a los huesos de generaciones de jóvenes de New Prospect. Los espacios abiertos del interior de la ciudad se transformaron en barrios bajos superpoblados.

Luego fueron cercados el edificio central del instituto y sus varias dependencias con un muro levantado por albañiles italianos que, a la postre, se coronó con centelleante alambre de espino. El proceso de amurallado fue poco sistemático, la respuesta apresurada a varias quejas, incidentes con desperfectos y estallidos de graffiti. Las fortificaciones llenas de pintadas y herrumbre crearon algunas zonas de intimidad imprevistas, como por ejemplo unos cuantos metros cuadrados de hormigón agrietado al lado del edificio semienterrado, de ladrillo amarillo, que alberga las calderas gigantes, originariamente de carbón, cuyo humo se cuela de manera pertinaz en todas las aulas. En una tapia también de ladrillo amarillo está fijado un tablero de baloncesto cuyo aro han doblado casi en vertical chicos que imitaban los mates, quedándose colgados tras machacar, de los profesionales de la NBA. A veinte pasos, en el edificio principal, hay unas puertas de doble hoja, de apertura con barra horizontal, que cuando hace calor se dejan de par en par; dan a unas escaleras de acero que conducen a los sótanos, donde se encuentran los vestuarios de los chicos y las chicas, uno en cada punta, y en medio, el comedor y los talleres de carpintería y mecánica para los alumnos de los módulos de formación profesional. Bajo los pies, en las grietas del hormigón, crecen digitarias, flores de gordolobo y dientes de león, y se ven hileras de diminutas partículas, brillantes como posos de café, que pertenecen a la tierra del subsuelo y que las hormigas han sacado a la superficie. Donde el hormigón ha sido repetidamente socavado y reducido a polvo, han arraigado hierbas más altas –verdolaga, sanícula, cuajaleche y un tipo de margarita–, que extienden sus delgados tallos a la luz del día, que es cada vez más largo.

En esta zona arenosa y sin vigilancia, con su aro de baloncesto inutilizado, donde poco se puede hacer salvo ir a escondidas para echar un pitillo, una rayita o un trago, o concertar un duelo entre chicos en pie de guerra, Tylenol sale al encuentro de Ahmad, que todavía va en pantalón corto. Una lanzadera del instituto lo ha traído al aparcamiento desde el entreno, en la antigua fábrica de lácteos, que está a un cuarto de hora. Hoy tiene diez minutos para ducharse, cambiarse y correr las siete manzanas de distancia hasta la mezquita para su lección coránica bisemanal; esperaba atajar yendo por las puertas dobles, que deberían estar abiertas. Tras las clases, a esta hora, el lugar suele estar vacío salvo por unos cuantos estudiantes de primer curso a quienes no importa tirar a canasta pese a su desbaratado ángulo. Pero hoy un grupo de negros y latinos, señalada la pertenencia a las bandas por el azul y el rojo de las gomas de sus calzoncillos desbordantes, voluminosos, están promiscuamente mezclados, como si el buen tiempo hubiera declarado una tregua.

–Eh, oye, árabe. –Tylenol se planta frente a él, flanqueado por otros que llevan camisetas de tirantes ceñidas y azules. Ahmad se siente vulnerable, casi desnudo con sus pantalones cortos de atletismo, calcetines de rayas, zapatillas ligeras como plumas y una camiseta sin mangas con manchas de sudor delante y detrás en forma de mariposa; tiene una percepción de sí bella, sus largos miembros al descubierto, como si su belleza fuera una afrenta para los brutos del mundo.

–Ahmad –le corrige, y se queda quieto; por sus poros destila el calor del esfuerzo, de los esprints y saltos que reventarían cualquier otro corazón. Se siente luminoso, y los ojillos hundidos de Tylenol se estremecen al mirarle.

–Dicen que fuiste a la iglesia a oír cantar a Joryleen. ¿Por qué?

–Me lo pidió.

–Y una mierda. Eres un árabe. Tú no vas a esos sitios.

–Pues fui. La gente fue amable. Una familia me dio la mano, me dedicaron amplias sonrisas.

–No sabían quién eres. Estabas ahí fingiendo.

Ahmad, en ligera tensión, mantiene el equilibrio separando los pies en sus ingrávidas zapatillas, preparado para el ataque en ciernes de Tylenol.

Pero su mirada de reproche dibuja una mueca de satisfacción.

–Os vieron pasear, después.

–Después de salir de la iglesia, sí. ¿Pasa algo?

Ahora, seguro, vendrá la acometida. Ahmad piensa cómo fintará a la izquierda con la cabeza y luego hundirá su mano derecha en el blando estómago de Tylenol, para acabar rematando rápidamente con la rodilla. Pero la mueca de su enemigo se convierte en una sonrisa de oreja a oreja.

–No pasa nada, según ella. Quiere que te diga algo.

–¿Ah, sí?

Los demás chicos, los secuaces de camiseta azul, están escuchando. El plan de Ahmad es que, tras dejar a Tylenol boqueando y doblado en el hormigón, sorteará a los otros, sumidos en el desconcierto, hasta llegar a la seguridad relativa del instituto.

–Dice que te odia. Joryleen dice que no le importas un puto carajo. ¿Sabes lo que es un puto carajo, árabe?

–He oído la frase. –Nota cómo la cara se le pone rígida, como si algo caliente la estuviera recubriendo poco a poco.

–O sea que tu rollo con Joryleen ya no me preocupa –concluye Tylenol, inclinándose hacia él, en un gesto casi de cortejo–. Nos reímos de ti, los dos. Sobre todo cuando me la tiro. Últimamente follamos mucho. El puto carajo es lo que tú te meneas a solas, como hacéis todos los árabes. Sois una panda de maricas, tío.

El reducido público de alrededor ríe, y Ahmad sabe por el calor de su cara que se está ruborizando. Eso lo enfurece hasta el punto de que, cuando se abre paso a empujones entre los cuerpos musculados hacia las puertas del vestuario –llega tarde a ducharse, tarde a clase–, nadie se mueve para detenerle. En lugar de eso, se oyen silbidos y guasas, como si fuera una chica blanca de piernas bonitas.

La mezquita, la más humilde de las varias que hay en New Prospect, ocupa el segundo piso sobre un salón de manicura y una oficina donde se pueden cobrar cheques en efectivo; entre los comercios de esa acera hay también una casa de empeños con el escaparate lleno de polvo, una librería de segunda mano, un zapatero remendón y fabricante de sandalias, una lavandería china a la que se accede bajando unos escalones, un garito donde hacen pizzas y una tienda especializada en comida de Oriente Medio: lentejas y habas secas, hummus y halva, falafel, cuscús y taboulé, pudriéndose en envases sencillos en los que sólo hay palabras, que a los ojos americanos de Ahmad tienen un aspecto extraño, sin fotografías ni letras en negrita. Unas cuatro manzanas al oeste se extiende el sector árabe, así lo llaman, que empezaron los turcos y los sirios empleados como curtidores y tintoreros en las viejas fábricas textiles, pero Ahmad nunca se adentra en esa zona de Main Street; su exploración de la identidad islámica termina en la mezquita. Ahí lo acogieron cuando era un niño de once años, ahí pudo volver a nacer.

Abre una puerta verde desconchada, la del número 2781½, entre el salón de manicura y el establecimiento, cuyo escaparate está velado con largas persianas amarillas, que anuncia SE CAMBIAN CHEQUES: COMISIÓN MÍNIMA. Unas escaleras estrechas suben hasta *al-masjid al-jāmi'*, el lugar de la postración. La puerta verde y el largo tramo de escaleras sin ventanas lo asustaron las primeras veces que acudió en busca de algo que había oído mencionar a sus compañeros de clase negros, algo acerca de las mezquitas, de sus predicadores que «no venían con los típicos rollos». Otros chicos de su edad se apuntaban a una coral o a los *boy scouts*. Él pensó que podría encontrar en esa religión algún rastro del apuesto padre que se había alejado de él en el momento en que comenzaban sus recuerdos. Su frívola madre, que nunca iba a misa y criticaba las restricciones de su propia confesión, consintió en llevarlo en coche, aquellos primeros días y aun después cuando los horarios se lo permitían, hasta que entró en la adolescencia y podía moverse con relativa seguridad por aquellas calles hasta la mezquita del segundo piso. La amplia sala convertida en lugar de oración había sido antes un estudio de danza, y el despacho del imán ha sustituido al vestíbulo donde los alumnos, con atuendos de bailes de salón y de claqué, acompañados de los padres si eran todavía niños, esperaban para las lecciones. El contrato de arrendamiento y la transformación databan de la última década del siglo pasado, pero el aire cargado aún conserva, imagina Ahmad, ecos de piano aporreado y un tufo a esfuerzos torpes, impíos. El suelo de madera, gastado y combado en algunas partes, donde un día se ensayaron pasos enrevesados, está ahora cubierto por extensas alfombras orientales, una junto a otra, que a su vez ya dan muestras de desgaste.

El cuidador, un libanés arrugado y viejo que anda encorvado y cojea, aspira las alfombras y limpia el despacho del imán y la guardería creada para satisfacer las costumbres occidentales en el cuidado de niños, pero las ventanas, lo bastante altas para desalentar a los curiosos que quisieran espiar tanto a bailarines como a devotos, quedan fuera del alcance del tullido conserje, y la mugre acumulada las ha vuelto medio opacas. Lo único que puede verse a través de ellas son las nubes, y ni siquiera con claridad. Incluso en el *ṣalāt al-Jum'a* de los viernes, cuando se dice el sermón desde el *minbar*, la sala de postración queda infrautilizada, mientras que las florecientes mezquitas más modernas de Harlem y Jersey City engordan con los nuevos emigrantes de Egipto, Jordania, Malasia y Filipinas. Los musulmanes negros de New Prospect, y los partidarios apóstatas de la Nación del Islam, no salen de sus áticos y sus santuarios de escaparate. La ilusión del sheij Rachid de inaugurar, en uno de los espacios que tiene en el tercer piso, una escuela coránica, un *kuttab*, para enseñar el Corán a rebaños de niños de primaria está lejos de poder realizarse. Las lecciones que empezó Ahmad hace siete años en compañía de más o menos otros ocho niños, de edades comprendidas entre los nueve y los trece, ahora ya sólo las sigue él. Está solo con el profesor, cuya suave voz, en cualquier caso, llega mejor a un público reducido. Ahmad no se siente cómodo del todo con su maestro; no obstante, como exigen el Corán y los hadices, lo venera.

Ha ido durante siete años dos veces por semana, hora y media, para instruirse en el Corán, pero en el resto de su tiempo no tiene oportunidad de usar el árabe clásico. El elocuente idioma, *al-lugha al-fuṣḥā,* todavía se asienta torpemente en la boca de Ahmad, con todas sus sílabas guturales y sus consonantes enfáticas; y resulta desconcertante para sus ojos: las letras en cursiva, con sus correspondientes salpicaduras de signos diacríticos, le parecen pequeñas, y leerlas de derecha a izquierda aún precisa de un cambio de marcha en su cabeza. En cuanto las enseñanzas, tras haber avanzado poco a poco por el texto sagrado, se someten a revisión, recapitulación y perfeccionamiento, el sheij Rachid muestra su preferencia por las suras cortas más antiguas, las mequíes, poéticas, intensas y crípticas en comparación con los fragmentos prosaicos de la primera parte del Libro, en la que el Profeta se proponía gobernar Medina con leyes pormenorizadas y consejos mundanos.

Hoy el profesor dice:

–Empecemos por «El elefante». Es la sura ciento cinco.

Como el sheij Rachid no quiere contaminar el árabe clásico, concienzudamente aprendido por su alumno, con los sonidos de una variedad coloquial moderna, *al-lugha al-ʿāmmiyya* –así lo dice en apresurado dialecto yemení–, da las clases en un inglés fluido pero algo solemne, hablando con cierta repugnancia, acomodando sus labios de color violeta, enmarcados entre su cuidada barba y su bigote, como si quisiera mantener una distancia irónica.

–Lee en voz alta –le indica a Ahmad–, que se note el ritmo, por favor. –Y cierra los ojos para escuchar mejor; en sus párpados bajados asoman capilares púrpura, vívidos sobre su ceroso rostro.

Ahmad recita la fórmula invocatoria:

–*bi-smi llāhi r-raḥ-māni r-raḥīm.* –Con tensión por la demanda de ritmo de su maestro, emprende alzando la voz la primera aleya de la sura–: *a-lam tara kayfa faʿala rabbuka bi-aṣḥāˉbi ˈl-fīl.* Con los ojos todavía cerrados, recostado en los cojines de su espaciosa butaca de orejas, de color gris plata y respaldo alto, en la que recibe sentado al escritorio a su pupilo, el cual toma lugar junto a una esquina de la mesa en una espartana silla de plástico moldeado como las que se encuentran en los bares de aeropuerto de las ciudades pequeñas, el sheij lo previene:

–*Ṣ* y *ḥ:* son dos sonidos separados, no digas *sh.* Pronúncialos como en..., esto... *asshole.** Tendrás que perdonarme, es la única palabra de la lengua de los demonios que me viene a la cabeza. No te excedas en la oclusión glótica, el árabe clásico no es una de esas lenguas africanas que funcionan con chasquidos. Que fluya con facilidad, como si fuera instintivo; que lo es, por cierto, para los hablantes nativos y los estudiantes lo bastante diligentes. Mantén el ritmo a pesar de la dificultad de los sonidos. Pon el acento en la última sílaba, la que rima. ¿Recuerdas la regla? El acento cae en las vocales largas entre dos consonantes o en las consonantes seguidas primero de una vocal corta y luego de dos consonantes. Continúa, por favor, Ahmad.

–Incluso la pronunciación de su nombre por parte del maestro tiene el suave filo cortante, el espíritu, de la fricativa faríngea.

–... *a-lam yajʿal kaydahum fī taḍlīl...*

–Pon el énfasis en ese «*līl*» –dice el sheij Rachid, con los párpados aún bajados, trémolos, como cediendo al empuje de una masa de gelatina–. Es audible incluso en la peculiar traducción del siglo diecinueve del reverendo Rodwell: «¿Acaso Él no dio al traste con sus artimañas?». –Entreabre los ojos mientras explica–: Las artimañas de los dueños del elefante. La sura supues-

---

* *Asshole,* en inglés, es una denominación vulgar para el ano, y por extensión se usa comúnmente como insulto; el equivalente español es «gilipollas» o «capullo». *(N. del T.)*

113

tamente se refiere a un hecho verídico, el ataque a La Meca de Abraha al-ḥabashī, a la sazón gobernador del Yemen, la tierra de espliego de mis antepasados guerreros. Los ejércitos, en aquel entonces, claro está, debían tener elefantes: eran los tanques Sherman M1, los *humvees* blindados de la época. Esperemos que tuvieran la piel más gruesa que la de los desafortunados *humvees* de que disponen las valientes tropas de Bush en Irak. Se cree que el suceso histórico aconteció alrededor del año en que el Profeta nació, el 570 de la era cristiana. Habría oído a sus parientes, no de boca de sus padres, puesto que el padre murió antes de que naciera su hijo y su madre cuando el Profeta tenía seis años, quizá fueran su abuelo, 'Abd al-Muṭṭalib, y su tío, Abū Ṭālib; le habrían hablado éstos, pues, de esa legendaria batalla a la luz de una hoguera en los campamentos de los hachemíes. Durante un tiempo, el niño estuvo al cuidado de una niñera beduina, y quizá de ella, como se ha propuesto, bebió la pureza sagrada de su árabe.

–Señor, ha dicho usted «supuestamente», pese a que en el primer versículo de la sura se pregunta «¿No has visto?», como si el Profeta y sus oyentes lo hubieran visto.

–Mentalmente –deja ir el profesor en un suspiro–. Mentalmente, el Profeta vio muchas cosas. Y en cuanto a si el ataque de Abraha aconteció de verdad, los eruditos, todos devotos e igualmente convencidos de que el Corán fue inspirado por Dios, discrepan. Léeme las tres últimas aleyas, que son especial y profundamente arrebatadas. Deja fluir la respiración. Usa los conductos nasales. Quiero oír el viento del desierto.

–*wa arsala 'alayhim ṭayran abābīl* –salmodia Ahmad, intentando hundir la voz hasta un lugar de gravedad y belleza, muy abajo en la garganta, para sentir la sagrada vibración en los senos del cráneo–. *tarmīhim b-ḥijāratin min sijjīl* –prosigue, en una envolvente resonancia, al menos en sus propios oídos– *faja'alahum ka-'aṣfin ma'kūl*.

–Eso está mejor –concede indolente el sheij Rachid, indicando que ya basta con un ademán de su blanda y blanca mano, cuyos dedos parecen sinuosamente largos a pesar de que su cuerpo, tomado entero, arropado en un caftán bordado con exquisitez, es menudo y de poca estatura. Debajo lleva unos calzones blancos, el llamado *sirwāl*, y sobre su pulcra cabeza, el blanco gorro sin alas de encaje, el *'amāma*, que lo distingue como imán. Sus zapatos negros, menudos y rígidos como los de un niño, asoman bajo el dobladillo del caftán cuando los levanta y acomoda en el reposapiés acolchado con el mismo tapizado lujoso, en el que destellan miles de hilos plateados, que forra el sillón parecido a un trono desde el que imparte sus enseñanzas–. ¿Y qué nos dicen estos magníficos versículos?

–Nos dicen... –aventura Ahmad, presa del rubor por arriesgarse a mancillar el texto sagrado con una paráfrasis torpe que, además, no depende tanto de improvisar sobre su lectura del árabe antiguo como del cotejo subrepticio con alguna traducción inglesa–... nos dicen que Dios les envió bandadas de aves que los arrojaron contra piedras de arcilla, redujo a los hombres del elefante a un estado similar al de las briznas de hierba que han sido comidas. Devoradas.

–Sí, más o menos –dijo el sheij Rachid–. Las «piedras de arcilla», como tú las has llamado, seguramente formaron un muro que luego cayó, bajo el aluvión de aves, lo cual a nosotros nos parece algo misterioso pero es de suponer que está tan claro como el agua en el prototipo del Corán que permanece esculpido en el Paraíso. Ah, el Paraíso, apenas puede esperar uno.

El sonrojo de Ahmad se desvanece lentamente, dejando en su cara una corteza de inquietud. El sheij ha cerrado de nuevo los ojos, ensimismado. Cuando el silencio se alarga dolorosamente, Ahmad pregunta:

–Señor, ¿está usted sugiriendo que la versión de que disponemos, fijada por los primeros califas a los veinte años de la muerte del Profeta, es en el fondo imperfecta si la comparamos con la versión que es eterna?

El profesor declara:

–Las imperfecciones residen sin duda en nuestro interior, en nuestra ignorancia, y en las anotaciones que los primeros discípulos y escribas hicieron de las palabras del Profeta. El mismo título de esta sura, por ejemplo, podría ser un error en la transcripción del nombre del monarca de Abraha, Alfilas, que una omisión de las últimas letras habría dejado en *al-Fīl:* el elefante. Puede conjeturarse que las bandadas de aves son una metáfora de algún tipo de proyectil lanzado por una catapulta, y si no, queda la visión tosca de que se tratara de criaturas aladas, menos impresionantes que el Roc de *Las mil y una noches* pero presumiblemente más numerosas, clavando sus picos en los ladrillos de arcilla, los *bi-ḥijāratin.* Verás que si tomamos esta aleya, la cuarta, hay algunas vocales largas que no están a final de versículo. Pese a que desdeñaba el título de poeta, el Profeta, sobre todo en estos primigenios versos mequíes, logró algunos efectos exquisitos. Pero sí, la versión que nos ha llegado, aunque sería blasfemo tacharla de imperfecta, está necesitada, a causa de nuestra ignorancia de mortales, de interpretación, y las interpretaciones, a lo largo de catorce siglos, han diferido. El significado exacto de la palabra *abābīl,* por ejemplo, sigue siendo tras tanto tiempo una conjetura, pues no aparece en ningún lugar más. Hay una locución griega, querido Ahmad, para designar una palabra tan única y por tanto indeterminable: *hapax legomenon.* En la misma sura, *sijjīl* es otra palabra enigma, aunque se repite tres veces a lo largo del Libro Sagrado. El propio Profeta previó las dificultades y, en el séptimo versículo de la tercera sura, «La familia de Imrán», admite que algunas expresiones son unívocas, *muḥkamāt,* pero que otras son sólo asequibles a Dios. Quienes siguen estos pasajes poco claros, llamados *mutashābihāt,* son los enemigos de la fe verdadera, «los de corazón extraviado», en palabras del Profeta, mientras que los sabios y los fieles dicen: «Creemos en ello; todo procede de nuestro Señor». ¿Te estoy aburriendo, querido pupilo?

-Oh, no -contesta Ahmad con sinceridad, pues mientras el profesor prosigue con su murmullo informal, el alumno siente que un abismo se abre en su interior, la sima de lo antiguo, por definición problemático e inaccesible.

El sheij, inclinándose hacia delante en su gran sillón, retoma con enérgica vehemencia su discurso, gesticulando indignado con sus manos de largos dedos.

-Los estudiosos ateos de Occidente alegan, en su ciega vileza, que el Libro Sagrado es una mezcolanza de fragmentos y adulteraciones reunidas aprisa y dispuestas en el orden más infantil posible, a bulto, las suras más largas al principio. Afirman encontrar interminables puntos oscuros y entresijos. Recientemente, por ejemplo, ha habido una controversia bastante curiosa acerca de los dictámenes académicos de un especialista alemán en lenguas del Oriente Medio, un tal Christoph Luxenberg, quien mantiene que muchas de las oscuridades del Corán desaparecen si en lugar de leer las palabras en árabe lo hacemos como si fueran homónimos siríacos. Incluso tiene la osadía de afirmar que, en las magníficas suras «El humo» y «El monte», las palabras que tradicionalmente se han leído como «huríes vírgenes de grandes ojos oscuros» significan en realidad «pasas blancas» de «claridad cristalina». De manera similar, los donceles inmortales que son comparados con perlas desgranadas, citados en la sura llamada «Hombre», deberían interpretarse como «pasas enfriadas», en referencia a una bebida refrescante hecha de pasas que sería servida con extrema cortesía en el Paraíso, mientras que los condenados beben metal fundido en el Infierno. Me temo que esta particular relectura haría del Paraíso un lugar considerablemente menos atractivo para muchos hombres jóvenes. ¿Qué dices tú al respecto, como bello joven que eres?

-Con una vivacidad casi cómica, el profesor acentúa su inclinación hacia delante, apoyando los pies en el suelo de modo que sus zapatos negros desaparecen de la vista; queda a la espera, los labios y los párpados abiertos.

–Oh, no. Yo tengo sed de Paraíso –dice, sorprendido, Ahmad, pese a que su abismo interior continúa ensanchándose.

–Y no es atractivo sin más –insiste el sheij Rachid–, un lugar agradable de visitar, como Hawai, sino que es algo que anhelamos, algo por lo que suspiramos ardientemente, ¿no es así?

–Sí.

–¿Hasta el punto de ser impacientes con este mundo, sombra remota y tenue del que viene después?

–Sí, exacto.

–E incluso si las huríes de ojos negros son simplemente pasas blancas, ¿te hace eso perder apetito por el Paraíso?

–Oh, no, señor, qué va –responde Ahmad, mientras en su cabeza se arremolinan estas otras imágenes ultramundanas.

Si bien algunos podrían tomar como satíricas estas chanzas provocadoras del sheij Rachid, e incluso como un peligroso flirteo con el fuego eterno, Ahmad siempre las ha entendido en un sentido mayéutico, como el señuelo con que hacer pasar al alumno por algunas oscuridades y complicaciones necesarias para así enriquecer una fe superficial y completamente inocente. Pero hoy los roces de la ironía mayéutica son más lacerantes, irritan el estómago del muchacho, que quiere que la lección termine ya.

–Bien –pronuncia el profesor cerrando sus labios en un terso brote de carne–. Siempre he sido del parecer que las huríes son metáforas de una dicha más allá de la imaginación, una dicha casta e interminable, y no se refieren a la copulación literal con mujeres físicas, con mujeres cálidas, rellenas, serviles. Sin duda, la copulación común es la misma esencia de lo terrenal pasajero, del goce vano.

–Pero... –balbucea Ahmad, sonrojándose de nuevo.

–¿Pero?

–Pero el Paraíso tiene que existir, ser un lugar de verdad.

–Por supuesto, estimado muchacho. ¿Qué otra cosa iba a ser?

Con todo, para avanzar un poco en este asunto de la perfección textual, incluso en las declaraciones más dóciles que se encuentran en las suras atribuidas al gobierno de Medina por parte del Profeta, los estudiosos infieles dicen haber encontrado desaciertos. ¿Podrías leerme...? Lo sé, las sombras se alargan, el día de primavera está muriendo tristemente al otro lado de la ventana. Lee, por favor, la aleya catorce de la sura sesenta y cuatro, «El engaño mutuo».

Ahmad hojea su manoseado ejemplar del Corán hasta encontrar la página y despacha en voz alta:

–*yā ayyuhā 'lladhīna āmanū inna min azwājikum wa awlādikum 'aduw-wan lakum fa 'ḥdharūhum, wa in ta'fū wa tasfaḥū wa taghfirū fa-inna 'llāha ghafūrun raḥīm.*

–Bien. Bastante bien, quiero decir. Tenemos que trabajar más, por supuesto, en tu acento. ¿Podrías decirme, Ahmad, en dos palabras, cuál es su significado?

–Pues... dice que en vuestras esposas e hijos tenéis un enemigo. Cuidado con ellos. Pero si, esto..., sabéis disculpar y ser tolerantes y perdonar, Dios será indulgente y misericordioso.

–¡Esposas e hijos! ¿Qué hay de enemigo en ellos? ¿Qué causaría su necesidad de perdón?

–Bueno, quizás es porque te pueden distraer de la *yihad*, de la lucha consagrada a acercarse a Dios.

–¡Perfecto! ¡Eres un bellísimo pupilo, Ahmad! Yo no lo podría haber dicho mejor. «*taʾfū wa tasfaḥū wa taghfirū*»: '*afā* y *ṣafaḥa*, ¡absteneos y apartaos! ¡Alejaos de estas mujeres de carnes no celestiales, de este equipaje terrenal, de estas impuras prisioneras de la fortuna! ¡Viajad ligeros, directos al Paraíso! Dime, querido Ahmad, ¿te da miedo entrar en el Paraíso?

–Oh, no, señor. ¿Por qué iba a darme miedo? Lo deseo, como todos los buenos musulmanes.

–Sí, está claro que lo desean. Lo deseamos. Me llenas de alegría. Para la siguiente sesión, ten la bondad de preparar «El compasivo» y «El acontecimiento». En números, son las suras cincuenta y cinco y cincuenta y seis. Convenientemente correlativas. Ah, y Ahmad...

—¿Sí?

El día de primavera, más allá de las ventanas orientadas hacia arriba, ha dado paso a la noche; en el cielo añil, demasiado cargado por las luces de vapor de mercurio del centro de New Prospect, apenas se ve un puñado de estrellas. Ahmad intenta recordar si su madre, tras la jornada en el hospital, estará ya en casa. De lo contrario, quizás haya un yogur en la nevera; y si no, tendrá que arriesgarse a la dudosa pureza de los snacks del Shop-a-Sec.

—Confío en que no vuelvas a la iglesia de los *kafir* del centro. —El sheij titubea, y después habla como si citara un texto sagrado—: Los impuros pueden adoptar una apariencia brillante, y los demonios saben imitar bien a los ángeles. Mantente en el Recto Camino: *ihdin, 'ṣ-ṣirāṭa 'l-mustaqīm*. Guárdate de cualquiera, por muy agradable que sea, que te distraiga de la pureza de ser de Alá.

—Pero si el mundo entero —confiesa Ahmad— es una distracción.

—No tiene por qué serlo. El mismo Profeta era un hombre de mundo: mercader, esposo, padre de hijas. Y aun así se convirtió, cumplidos los cuarenta, en el vehículo escogido por Dios para comunicar Su palabra última y culminante.

De repente suena como una súplica gorjeante, semimusical, el teléfono móvil que habita en las profundidades de los ropajes superpuestos del sheij, y Ahmad aprovecha el momento para escapar a la noche, salir al mundo con sus ráfagas de faros de camino a casa, con sus aceras que emanan fragancias de frituras y de ramas pálidas con flores y amentos cargados en lo alto.

Con lo sensibleras que son, y aunque ha participado en ellas multitud de veces, las ceremonias de graduación en el Central

High siguen poniendo a Jack Levy al borde del llanto. Todas empiezan con *Pompa y circunstancia*, y la majestuosa procesión de los estudiantes de último curso, con sus ondulantes togas negras y los birretes cuadrados peligrosamente posados en sus cabezas, y terminan con el desfile ya más brioso, repleto de sonrisas, con saludos a los padres y entrechocar de palmas, por el mismo pasillo que habían recorrido antes, ahora al son de *Colonel Bogey's March* y *When the Saints Go Marchin' In*. Hasta el alumno más rebelde y recalcitrante, incluso los que han adherido a sus birretes una cinta con las palabras AL FIN LIBRE o han prendido del cordón de su borla un atrevido ramillete de flores de papel, se amansa por la naturaleza terminal de la ceremonia y las afectaciones gastadas de los discursos. Servid a Estados Unidos, les dicen. Ocupad vuestros lugares en los ejércitos pacíficos de la empresa democrática. Incluso cuando os esforcéis por triunfar, debéis ser amables con vuestros compañeros. Pensad, a pesar de todos los escándalos de prevaricación corporativista, pese a la corrupción política con que los medios nos desalientan y ponen enfermos a diario, en el bien común. Ahora empieza la vida real, los informan; el Edén de la educación pública ya ha cerrado sus verjas de hierro. Un jardín, reflexiona Levy, en el que, por mucho empeño que ponga uno en repetirlo todo una y otra vez, a la enseñanza se le hacen oídos sordos, en el que los más agresivos e ignorantes dominan a los tímidos y obedientes, pero un jardín al fin y al cabo, una herbosa parcela de esperanzas, el semillero tosco y mal cuidado de lo que esta nación pretende ser. Haced caso omiso de los guardias armados apostados aquí y allá en el fondo del auditorio, de los detectores de metal en cada una de las entradas que no está cerrada y con la cadena echada. En lugar de eso mirad a los estudiantes de último año que se gradúan, a la sonriente gravedad con que ejecutan, bajo los leales aplausos que a nadie se niegan, ni siquiera a los más tontos ni a los más delincuentes, su paseo momentáneo a través del estrado, bajo el recargado proscenio de estilo similar al de las añejas salas de cine, por entre hileras de flores y palmas metidas en macetas, para recibir sus diplomas de manos del hábil Nat Jefferson, concejal de Educación de New Prospect, mientras la menuda Irene Tsoutsouras, directora interina del instituto, va consignando sus nombres en el micrófono. La diversidad de éstos es respondida por el eco de los calzados que asoman bajo el vaivén de los bordes de sus togas: trancos dados por Nikes destrozadas, contoneos sobre tacones de aguja o pasos arrastrados de sandalias sueltas.

Jack Levy empieza a emocionarse. La docilidad de los seres humanos, su buena disposición para agradar. Los judíos de Europa poniéndose sus mejores galas para desfilar hacia la muerte de los campos de exterminio. Los alumnos y las alumnas, de repente hombres y mujeres, estrechando la mano experta de Nat Jefferson, algo que nunca han hecho ni jamás volverán a hacer. El político, un tipo negro de espaldas anchas, un surfista que sobresale en el arte de sortear las olas políticas municipales desde que la fuerza de los votos pasó de los blancos a los negros, y ahora a los hispanos, renueva su sonrisa ante cada una de las caras de los graduados, mostrando una gentileza especial, a ojos de Jack Levy, con los estudiantes blancos, que son aquí clara minoría. «Gracias por estar con nosotros», dicen sus apretones de manos calurosamente prolongados. «Vamos a hacer que Estados Unidos / New Prospect / el Central High funcione.» En mitad de la aparentemente interminable lista, Irene proclama: «Ahmad Ashmawy Mulloy». El muchacho se mueve de manera elegante, alto pero no desgarbado, interpreta su papel pero no sobreactúa, demasiado solemne para hacer concesiones, no como otros, a sus partidarios entre el público con saludos y risitas. Él tiene pocos adeptos, la irrupción de aplausos es dispersa. Levy, que está en primera fila entre otros dos profesores, ataja con un nudillo furtivo las lágrimas incipientes que le cosquillean a ambos lados de la nariz.

Ofrecen la bendición un sacerdote católico y, para no herir a la comunidad musulmana, un imán. Las invocaciones habían ido a cargo de un rabino y un presbiteriano: ambos, para el gusto de Jack Levy, se alargaron en exceso. El imán, que lleva un caftán y un ceñido turbante de inmaculada blancura eléctrica, está de pie tras el atril y deja ir con cierto gangueo una retahíla en árabe, como si clavara una daga al silencioso público. Luego, quizá traduciéndolo, pasa a orar en inglés:

–¡Conocedor de lo Oculto y de lo Manifiesto! ¡El Grande! ¡El Altísimo! ¡Dios es el creador de todas las cosas! ¡Es el Único, el Conquistador! Él envía la lluvia desde el cielo: luego hace fluir los torrentes en correcta mesura, y las aguas arrastran consigo una creciente espuma. Y de los metales que al fuego se funden para fabricar ornamentos o utensilios, una escoria similar se alza también. En cuanto a la espuma, desaparece rápidamente, y respecto a lo que es útil al hombre, eso permanece en la Tierra. A aquellos que hoy se gradúan les decimos: alzaos por encima de la espuma, de la escoria, y no hagáis sino residir de manera provechosa en la Tierra. A aquellos a quienes el Recto Camino conduce al peligro, les repetimos las palabras del Profeta: «¡Y no digáis de quienes han caído por Alá que han muerto! No, sino que viven».

Levy examina al imán: un hombre pequeño, impecable, que encarna un sistema de creencias que no hace tantos años causó las muertes de, entre otros, cientos de habitantes del norte de New Jersey que se desplazaban a diario a trabajar a Manhattan. El gentío se agrupó en los puntos más altos de New Prospect para ver el humo que subía de las dos torres del World Trade Center y se alejaba por encima de Brooklyn, la única nube de aquel día claro. Cuando Levy piensa en Israel en pie de guerra y en las pocas sinagogas que patéticamente sobreviven en Europa precisando de vigilancia policial día y noche, su buena voluntad inicial hacia el islam se disipa: el tipo del atuendo blanco se clava como una espina en la garganta de la ocasión. Levy no se siente molesto por la triple señal de la cruz del padre Corcoran en el cierre de la larga ceremonia; los judíos y los irlandeses han compartido las ciudades estadounidenses durante generaciones, y fueron las generaciones del padre y del abuelo de Jack, no la suya, las que hubieron de soportar el insulto de «asesino de Cristo».

–Bueno, hombre, ya está –dice el profesor de su derecha. Es Adam Bronson, un emigrante de Barbados que daba matemáticas empresariales a los alumnos de segundo y tercer curso en el instituto–. Siempre doy gracias a Dios cuando el año académico termina sin muertes.

–Ves demasiado las noticias –le dice Jack–. Esto no es Columbine; aquello fue en Colorado, el salvaje oeste. El Central es ahora más seguro que cuando yo era niño. Las bandas de negros tenían armas de fuego de fabricación casera, y no había arcos ni personal de seguridad. Se suponía que de eso se encargaban los supervisores, y éstos tenían suerte si no los tiraban escaleras abajo.

–Al poco de llegar, no podía creer –le confiesa Adam con su cerrado acento, música de una isla mansa, un *steel-drum* sonando en la distancia– que hubiera policías en los vestíbulos y el comedor. En Barbados teníamos que compartir libros que se caían a trozos y usábamos las dos caras de las hojas de los cuadernos, cualquier trozo de papel; la educación era muy valiosa para nosotros. Ni se nos pasaba por la cabeza hacer gamberradas. Aquí, en este edificio enorme, necesitas guardias como si estuvieras en la cárcel, y los estudiantes se las apañan para destrozarlo todo. No entiendo el odio estadounidense hacia el orden.

–Piénsalo en términos de amor por la libertad. La libertad es saber.

–Mis alumnos ni siquiera creen que las matemáticas empresariales vayan a servirles de nada. Imaginan que el ordenador lo hará todo en su lugar. Piensan que el cerebro humano está de vacaciones perpetuas, que a partir de ahora no tiene más ocupación que absorber diversiones.

El profesorado se une en fila de a dos a la procesión, y Adam, emparejado con un maestro del otro lado del pasillo, marcha delante de Levy pero se vuelve y continúa la conversación.

–Jack, dime. Hay algo que me da apuro preguntar, no sé a quién recurrir. ¿Quién es ese J-Lo? Mis alumnos no dejan de hablar de él.

–De ella. Cantante. Actriz –apunta Jack–. Hispana. Muy bien parecida. Un gran culo, según dicen. No sé más. Llega un momento en la vida –explica, para que el barbadense no crea que ha sido seco– en que los famosos no hacen por ti lo que solían.

La profesora con la que se ha emparejado él en este fin de oficio es la señorita Mackenzie, da inglés en el último curso, nombre de pila Caroline. Enjuta, mandíbula prominente, una fanática del *fitness,* cabello canoso, lleva un peinado a lo paje pasado de moda, el flequillo le llega hasta las cejas.

–Carrie –dice Jack afectuosamente–, ¿qué es eso de que das a leer *Sexus* a tus chicos? –Ella vive con otra mujer más al norte, en Paramus, y a Levy le parece que puede bromear como haría con un hombre.

–No seas malpensado, Jack –comenta ella, sin sonreírle siquiera–. Era uno de sus escritos autobiográficos, el de Big Sur. Lo incluí en la lista de lecturas optativas, nadie estaba obligado a leerlo.

–Ya, pero ¿y qué pensaron los que sí lo hicieron?

–Oh –responde en tono neutro, incipientemente hostil, entre el bullicio y el griterío y la música de recesión–, se lo toman con calma. De hecho, en sus casas ya han visto de todo.

La aglomeración humana de la gala al completo –graduados, profesores, padres, abuelos, tíos y tías, sobrinas y sobrinos– sale a empujones del auditorio hacia el vestíbulo frontal, donde los trofeos deportivos hacen guardia en largas vitrinas, como el tesoro de un faraón difunto, sellados, el pasado mágico, y luego hacia las amplias puertas delanteras, abiertas de par en par al sol de principios de junio y a la polvorienta vista del mar de escombros, hasta los enormes peldaños de la entrada, cotorreando y dando silbidos triunfales. Antaño, esta monumental escalinata de granito daba a un generoso regazo de césped y arbustos dispuestos simétricamente; pero las exigencias del automóvil fueron mordisqueando la parcela y terminaron por recortarla del lado del instituto a causa del ensanchamiento de Tilden Avenue –rebautizada con este desafiante nombre por un ayuntamiento mayoritariamente demócrata tras el pucherazo que cometió después de las presidenciales, en 1877, la comisión electoral dominada por los republicanos en confabulación con un Sur ansioso por que se levantara toda la protección militar del Norte sobre su población negra–, de modo que ahora las últimas losas de granito caen directamente sobre la acera, una acera separada de la calzada de asfalto por unos estrechos parterres que sólo reverdecen durante unas semanas, antes del asfixiante calor del verano y de que un montón de pisadas negligentes aplaste los indicios de exuberancia primaveral hasta reducirlos a una esterilla plana de hierba seca. Bajando del bordillo, la avenida de asfalto, tan arrugado como una cama hecha apresuradamente, con sus baches rebozados una y otra vez y sus roderas marcadas en alquitrán por el paso continuo de coches y camiones, ha sido cortada al tráfico a esta hora para dejar a los asistentes al acto un espacio en que disfrutar del sol y las felicitaciones, mientras esperan a que los recién graduados devuelvan sus togas en el interior del edificio y salgan para las últimas despedidas.

Jack Levy, perdido en la multitud, sin prisa por volver a casa y afrontar el inicio de un verano en compañía de su esposa, y taciturno tras el alegre intercambio de opiniones con Carrie Mackenzie, sintiéndose excluido de esta sociedad del todo vale, se topa con Teresa Mulloy, pecosa y sofocada. Lleva una orquídea ya marchita prendida en la arrugada chaqueta de un traje de lino claro. La saluda con seriedad:

–Enhorabuena, señora Mulloy.

–¡Hola! –responde ella. El acontecimiento le parece digno de exclamaciones, y toca ligeramente el antebrazo de Jack, como para restablecer la floreciente intimidad de su último encuentro. Sin aliento, soltando las primeras palabras que le vienen a la cabeza, le dice–: ¡Debe de esperarte un verano maravilloso!

El comentario lo desconcierta.

–Oh, lo mismo de siempre. No hacemos gran cosa. Beth sólo libra unas semanas de la biblioteca. Yo intento ganar algún dinerillo dando clases particulares. Tenemos un hijo en Nuevo México y vamos a visitarlo unos días, normalmente en agosto; hace calor pero no el bochorno de aquí. Beth tiene una hermana en Washington, pero allí aún hace más bochorno, así que solía venir a visitarnos e íbamos juntos a algún lugar de montaña durante una semana, a una u otra orilla del cañón del río Delaware. Pero ahora está de trabajo hasta el cuello, siempre surge alguna emergencia, y este verano... –«Cállate, Levy. No lo digas ni aunque te maten.» Quizás ha sido acertado hablar en la primera persona del plural, recordarle a esta mujer que tiene una esposa. De hecho, piensa en las dos como si fueran parte de un mismo continuo, por la blancura de sus pieles y la tendencia a engordar, pero en el caso de Beth, con veinte años de ventaja–. ¿Y tú? Tú y Ahmad.

El traje chaqueta es suficientemente sobrio –color cáscara de huevo sobre una blusa camisera blanca–, aunque algunos toques de color delatan un espíritu libre, una artista además de madre. Sus manos, esas manos de uñas cortas y carne firme, están cargadas de macizos anillos de turquesa, y sus brazos, que a contraluz revelan halos de vello refulgente, soportan una horda de tintineantes brazaletes de oro y coral. Resulta desconcertante que lleve un amplio pañuelo de seda, estampado con formas abstractas rectilíneas y círculos simples, anudado bajo la barbilla y cubriéndole el cabello salvo por la línea borrosa, con algunos rebeldes filamentos rojizos, que empieza en la curva de su blanca frente irlandesa. Al verse con los ojos de Levy, fijos en el desenfadado recato de su pañuelo, ríe y se explica:

–Él quería que me lo pusiera. Ha dicho que lo único que pedía por su graduación era que su madre no pareciera una puta.

–Cielo santo. En cualquier caso, y aunque suene raro, te favorece. ¿La orquídea también ha sido idea de tu hijo?

–No del todo. El resto de muchachos se la ponen a sus madres, y él se habría sentido avergonzado si no la hubiera llevado. Tiene una vena conformista.

Su rostro enmarcado en tela, con sus saltones ojos verdes, pálido como un cristal encontrado en la playa, parece mirarle a hurtadillas; el cubrimiento encierra cierta provocación, implica una deslumbrante desnudez ulterior. El pañuelo habla de sumisión, lo cual excita a Jack, que se le arrima a causa de las presiones del gentío, como tomándola bajo su protección. Ella dice:

–He visto algunas madres con la cabeza cubierta, musulmanas negras, bastante espectaculares tan de blanco, y también algunas estudiantes que se graduaban, hijas de turcos... De niños llamábamos «turcos» a los hombres de tez oscura de las fábricas textiles, pero está claro que no todos lo eran. Estaba pensando: «Apostaría a que soy la que tiene el pelo más rojo debajo». Las monjas estarían contentísimas. Decían que hacía ostentación de mis encantos. En esa época no sabía ni qué eran los encantos ni cómo se podía alardear de ellos. Simplemente, allí estaban, parece ser. Mis supuestos encantos.

Tienen en común cierta tendencia a la cháchara, aquí en medio de tanta gente entusiasmada. Él dice en voz baja, con sinceridad:

–Has sido una buena madre complaciendo a Ahmad.

La cara de Teresa pierde su chispa traviesa.

–La verdad, nunca me ha pedido mucho, y ahora se va. Siempre parecía estar muy solo. Así se metió en todo esto de Alá, sin mi ayuda. Con menos que mi ayuda, diría yo: me amargaba que se preocupara tanto por un padre que jamás movió un dedo por él. Por nosotros. Pero supongo que un chico necesita un padre, y si no lo tiene se lo inventará. ¿Qué tal este freudismo de pacotilla?

¿Es consciente de lo que le está haciendo, empujarlo a desearla? A Beth nunca se le ocurriría sacar a Freud a colación. Levy dice:

–Ahmad estaba muy apuesto allá arriba, con la toga. Me temo que empecé a conocer a tu hijo demasiado tarde. Le tengo aprecio aunque sospecho que no es recíproco.

–Te equivocas, Jack. Él valora que quieras darle expectativas más elevadas. Dentro de un tiempo, quizá sea él mismo quien las busque. Por ahora sigue enfrascado con el permiso de conducir camiones. Ha aprobado el examen escrito y dentro de dos semanas se presenta a las pruebas físicas. Los del condado de Passaic tienen que ir a Wayne. Comprueban que no eres daltónico y que tienes suficiente visión periférica. Siempre he pensado que los ojos de Ahmad son bonitos. De un negro profundo. Su padre los tenía más claros, cosa rara, de un color como el pan de jengibre. Digo «cosa rara» porque podrías pensar que Omar los tenía más oscuros, siendo los míos tan claros.

–En los ojos de Ahmad he percibido un rastro de tu verde.

Ella pasa por alto el flirteo y prosigue:

–Pero su agudeza visual no es perfecta, tiene astigmatismo. Aunque siempre ha sido demasiado vanidoso para llevar gafas. Podría pensarse que con tanta devoción no sería presumido, pero lo es. Quizá no sea vanidad, sino el convencimiento de que si Alá hubiera querido ponerle gafas a alguien, pues se las habría dado. Le costaba ver la pelota en el béisbol, ése fue uno de los motivos por los que se apuntó a atletismo.

Este torrente de inesperados detalles sobre un chico no tan

diferente, a juicio de Jack Levy, de los cientos con los que trata cada año, agudiza su sospecha de que esta mujer quiere volver a verle. Dice:

—Supongo que no va a necesitar aquellos catálogos de universidades que le dejé hace un mes.

—Espero que los pueda encontrar: su habitación es un desastre, excepto el rincón donde reza. Tendría que habértelos devuelto, Jack.

—*No problema, señora.** —Se ha percatado de que a su alrededor, en medio del alborozo y los empujones del gentío, que ya empieza a menguar, hay gente que los mira y les deja un poco de espacio, intuyendo que ahí se está cociendo algo. Se siente incriminado por la sobreexaltación de Terry mientras tenazmente intenta corresponder a la sonrisa de la cara redonda, radiante, rociada de pecas, que tiene delante.

La sombra de una nube grande, con el centro oscuro, barre la luz del sol y arroja un aire lúgubre al escenario: el mar de escombros, la calle cortada al tráfico, la muchedumbre de padres y parientes con atuendos coloristas, la fachada oficial del Central High, con la columnata de su portal, sus ventanas con barrotes, tan alta que hace las veces de telón de fondo en un montaje operístico que empequeñece a los cantantes de un dúo.

—Ahmad ha sido desconsiderado —dice su madre— al no devolvértelos en el instituto. Ahora es demasiado tarde.

—Como he dicho, no hay problema. Podría pasarme a recogerlos —propone—. Llamaré antes para asegurarme de que estás en casa.

De niño, cuando vivía en Totowa Road, que aún era bastante rural salvo por las recientes casas al estilo rancho, cuando en invierno iba a pie a la escuela, Jack a veces se aventuraba a andar, para ponerse a prueba, por un estanque helado —ya hace tiempo que edificaron encima— que le pillaba de camino.

* En español en el original. *(N. del T.)*

El agua no era suficientemente profunda para ahogarse –las aneas y algunos montecillos con hierbas delataban su poca hondura–, pero si la capa de hielo cedía bajo sus pies, sus queridos zapatos escolares de cuero quedarían empapados y embarrados e incluso se echarían a perder, y en una familia con las estrecheces económicas de la suya, eso habría sido una catástrofe. El contorno plateado de la nube cede bajo el peso del sol, que centellea sobre el pañuelo de seda que Terry lleva en la cabeza, y él aguarda, turbado, a oír el crujido del hielo.

3

Suena el teléfono. Beth Levy forcejea para levantarse de su butaca preferida, una mecedora reclinable modelo La-Z-Boy, tapizada de vinilo marrón mate imitando las arrugas del cuero vacuno y equipada con un reposapiés acolchado y su resorte de palancas; estaba sentada en ella comiendo galletas de avena y pasas –bajas en calorías en comparación con las que tienen trocitos de chocolate o las dobles con relleno de nata– mientras veía *All My Children* en la WABC antes de cambiar de canal a las dos para ver otro serial, *As the World Turns*. A menudo ha sopesado la posibilidad de poner un alargador en el teléfono para así tenerlo junto a su butaca, en el suelo, durante esta parte de la jornada, en los días en que no va a trabajar a la biblioteca de Clifton, pero nunca se acuerda de pedirle a Jack que compre el cable en la tienda de telefonía, que queda bastante alejada, en el centro comercial de la Ruta 23. Cuando era joven, sólo había que llamar a la AT&T y enviaban a un hombre con un uniforme gris (¿o iba de verde?) y zapatos negros que lo arreglaba todo por unos pocos dólares. Era un monopolio, y es consciente de que no se trataba de un buen sistema –por las llamadas de larga distancia había que pagar todos y cada uno de los minutos, y actualmente puede hablar con Markie o Herm durante horas por casi nada–, pero en cambio ahora no hay quien arregle los teléfonos. Hay que tirarlos, igual que los ordenadores viejos y el periódico del día anterior.

Y, en cierta medida, tampoco quiere tener la vida más fácil

en lo físico, más aún de lo que ya la tiene; necesita hacer ejercicio en cualquiera de sus formas, por penoso e ínfimo que sea. De más joven, ya casada, se pasaba la mañana entera de un lado a otro haciendo las camas, pasando el aspirador y recogiendo los platos, y alcanzó tanta pericia que casi lo puede hacer con los ojos cerrados; en un estado prácticamente sonámbulo recorre las habitaciones haciendo las camas y ordenando, aunque la verdad es que ya no pasa el aspirador como antes: las nuevas máquinas son más ligeras y deberían ser, lo sabe, más eficientes, pero nunca encuentra el cepillo correspondiente para el extremo del tubo flexible, y le cuesta abrir el pequeño compartimento de almacenaje que va incorporado en la parte del motor; encajar todas las piezas es casi como resolver un rompecabezas, nada que ver con los de antes, los verticales, que solamente había que enchufar para empezar a dejar un ancho rastro de aspirado en la moqueta, igual que un cortacésped, con su pilotito encendido en la parte delantera, como las máquinas quitanieves por la noche. Apenas notaba el esfuerzo cuando hacía las tareas de la casa. Pero por entonces también tenía menos peso que cargar: es su cruz, su mortificación, como solían decir los devotos.

Muchos de sus colegas en la biblioteca de Clifton y todos los jóvenes que entran y salen llevan teléfonos móviles en los bolsos o colgados del cinturón, pero Jack dice que es una estafa, las tarifas se disparan, como ocurrió con la televisión por cable, de la que se encaprichó ella, no él. La supuesta revolución electrónica, en palabras de Jack, no es más que una sucesión de ardides para sacarnos dinero cada mes, sin que nos demos cuenta, por la cara, por servicios que no necesitamos. Pero con el cable la imagen es realmente más nítida –ni sombras ni temblores ni saltos– y la oferta es tan variada que no hay color. El propio Jack se pone algunas noches el History Channel. Pese a que afirma que los libros son mejores y profundizan más, casi nunca termina ninguno. Sobre los teléfonos móviles textualmente le dijo, sin tapujos, que no quería estar disponible a todas horas, sobre todo si estaba en alguna sesión de tutoría; si había alguna urgencia, que llamara al 911, no a él. No estuvo muy fino. En cierto sentido, ella lo sabe, a Jack no le importaría verla muerta. Serían ciento diez kilos menos sobre sus hombros. Pero también sabe que nunca la dejará: por su sentido judío de la responsabilidad y una lealtad sentimental que también debe de ser judía. Si te han perseguido e injuriado durante dos mil años, ser fiel a tus seres queridos es simplemente una buena táctica de supervivencia.

Realmente son especiales, la Biblia no andaba equivocada en eso. En el trabajo, en la biblioteca, son los que hacen todas las bromas y vienen con las ideas. Hasta que conoció a Jack en Rutgers, era como si nunca la hubiera tocado la electricidad humana. Las otras mujeres con quien él había tratado, incluida su madre, debían de haber sido muy listas. Muy intelectuales, al estilo judío. A él, ella le pareció divertida, muy relajada, desenfadada y, aunque nunca llegó a confesarlo, ingenua. Le dijo que ella había crecido en el seno del Dios papá oso luterano. Supo quitarle el envoltorio a sus nervios y pegarse a ella: se le metió bien adentro, la ocupó por completo; por entonces él era más delgado, y también más pagado de sí mismo, un profesor nato, al parecer, con mucha labia, siempre con una réplica a punto, creía que llegaría a escribir los chistes a Jack Benny, ¿o en esa época era a Milton Berle?

Quién sabe por dónde andará ahora, en este día de verano increíblemente bochornoso en que ella apenas puede moverse. Preferiría estar trabajando, al menos ahí disponen de un aire acondicionado que funciona bien; el que tienen encajonado en la ventana del dormitorio apenas logra hacer más que ruido, y Jack siempre ha mantenido que le dolería en el bolsillo la factura de la luz si pusieran uno en el piso de abajo. Hombres: siempre fuera, participando en la sociedad. Ella tiene un carácter más tranquilo, sobre todo al lado de Hermione, cuya verborrea sobre sus teorías e ideales nunca cesa. Sus padres la volvían loca, decía, aceptando siempre lo que les echaban en el plato los sindicatos y los demócratas y el *Saturday Evening Post,* mientras que Elizabeth encontraba consuelo en la indigesta pasividad de los progenitores. Siempre se había sentido atraída por los lugares tranquilos, parques, cementerios y bibliotecas antes de que los invadiera el bullicio, le gusta incluso que tengan hilo musical, como los restaurantes; la mitad de lo que la gente sacaba en préstamo eran cintas de vídeo, ahora DVD. De niña le había encantado vivir en Pleasant Street, a sólo un paseo de Awbury Park, con tanto verde, y un poco más allá, el jardín botánico, el Arboretum, dejando atrás la Chew Avenue; con el sauce llorón que la rodeaba como un enorme iglú de hojas, y su noción del Paraíso que colgaba atrapada, de algún modo, en las copas balanceantes de esos árboles altos, altísimos, los álamos que mostraban, mientras corría un soplo de brisa, sus blancas partes inferiores, como si en su interior habitaran espíritus..., era comprensible que en tiempos remotos los pueblos primitivos adoraran a los árboles. En la otra dirección, en el tranvía que iba por Germantown Avenue, justo a una manzana de su casa, se llegaba a Fairmont Park, que en verdad era interminable, atravesado por el río Wissahickon. La parada estaba ante el seminario luterano, con sus encantadores edificios antiguos de piedra y sus seminaristas, tan jóvenes y guapos, y entregados; podías verlos en los paseos, a la sombra. Por entonces no existía todavía todo eso de la música con guitarras ni la ordenación de mujeres ni el debate sobre los matrimonios entre personas del mismo sexo. En la biblioteca, los muchachos hablan tan alto como si estuvieran en las salas de estar de sus casas, y lo mismo en los cines, se han perdido los modales, la televisión ha echado a perder la buena educación. Cuando Jack y ella vuelan a Nuevo México para visitar a Markie en Albuquerque, no hay más que ver la irrespetuosa forma de vestir del resto de los pasajeros, con pantalones cortos y lo que parecían pijamas: la televisión ha hecho que la gente se sienta en casa en todas partes, sin importarles su aspecto, había hasta mujeres tan gordas como ella en pantalón corto; no deben de mirarse nunca al espejo.

Al trabajar cuatro días a la semana en la biblioteca, no puede ver con la frecuencia necesaria los seriales de mediodía para estar al tanto de todos los giros de las tramas, pero éstas, hasta tres o cuatro entrelazadas, como se hace ahora, se desarrollan lo bastante lentas como para que tampoco sienta que ha perdido el hilo. Se ha convertido en una costumbre a la hora del almuerzo. Se prepara un bocadillo o una ensalada o las sobras de hace un par de noches recalentadas en el microondas –parece que Jack ya es incapaz de terminarse lo que hay en el plato– y de postre un poco de tarta de queso o unas cuantas galletas, de avena y pasas si le da por controlarse, se acomoda en la butaca y se deja llevar por las imágenes: actores y actrices jóvenes, generalmente dos o tres a la vez en alguno de esos platós que parecen demasiado grandes, y con todo recién comprado como para ser una habitación de verdad, con cierto eco escénico en el aire y esa especie de zumbidos que ponen en todos los programas, no la música de órgano de los seriales radiofónicos sino unas notas sintetizadas –ésa es la palabra, deduce– que en ocasiones suenan casi como un arpa y en otras como un xilófono con acompañamiento de violines, todo como de puntillas para dar sensación de suspense. La música subraya las confesiones dramáticas o las frases de las discusiones que dejan a los actores mirándose fijamente los unos a los otros en primeros planos, aturdidos, con globos oculares que brillan por la pena o el rencor, cruzando constantemente pequeños puentes en la rejilla interminable de sus relaciones: «No me importa para nada el bienestar de Kendal...», «Seguramente sabías que Ryan nunca quiso tener hijos, lo aterraba la maldición familiar...», «Tengo la impresión de que toda mi vida se me ha escapado de las manos. Ya no sé quién soy ni qué pienso...», «Lo veo en tus ojos, todo el mundo quiere a los ganadores...», «Tienes que respetarte más y alejarte de ese hombre. Deja que tu madre se quede con él si eso es lo que quiere: están hechos el uno para el otro...», «En serio, me odio con todas mis fuerzas...», «Es como si estuviera perdida en el desierto...», «Jamás he pagado por sexo, y no voy a empezar ahora». Y a continuación una voz, menos furiosa y asustada, hablándole al espectador: «Las curvas femeninas a veces causan rozaduras. Los fabricantes de Monistat entienden este problema íntimo, y por eso presentan ahora un producto insólito. Nunca antes ha visto nada parecido».

A Beth le parece que las actrices jóvenes tienen una manera nueva de hablar, rizando los finales de las frases en el velo del paladar como si fueran a hacer gárgaras, y también un aspecto más natural, o menos postizo y plastificado que el de los jóvenes que salen, cuya apariencia es la de simples actores; a diferencia de las actrices, que no recuerdan tanto a una Barbie, éstos son más como Ken, el compañero de la muñeca. Cuando hay tres personajes en pantalla, por lo general son dos mujeres rebajándose por un pimpollo que queda al margen, con gesto sufrido y mandíbula pétrea; si son cuatro, uno de los hombres es un tipo mayor, de precioso cabello entrecano, como el busto del «Antes» en los anuncios de Grecian 2000, y los torbellinos cruzados que flotan en el aire se van volviendo más tupidos hasta que una música ascendente y estremecedora los rescata momentáneamente para dar paso a otro racimo de «consejos». A Beth le fascina pensar que así es la vida: competencias, azuzadas por la codicia, el sexo y los celos que llegan al extremo del asesinato, y todo ello supuestamente entre gente corriente de Pine Valley, una típica comunidad de Pennsylvania. Ella es de ese estado y nunca vio un lugar igual. ¿Qué es lo que se ha perdido en su vida? «Tengo la impresión de que toda mi vida se me ha escapado de las manos», dijo una vez un personaje de *All My Children*, quizás Erin. O Krystal. La frase atravesó a Beth como una flecha. Unos padres que la querían, un matrimonio feliz aunque no del todo convencional, un maravilloso hijo único, un trabajo que la estimulaba intelectualmente, no sujeto a esfuerzos físicos, prestando libros y buscando información en Internet: el mundo se ha conjurado para volverla blanda y obesa, aislada de las pasiones y los peligros que crepitan allí donde las personas entran verdaderamente en fricción con sus semejantes. «Ryan, créeme, quiero ayudarte, de verdad, haría lo que fuera; envenenaría a tu madre por ti si me lo pidieras.» Nadie le dice cosas así a Beth. Lo más extravagante que le ha pasado fue que sus padres se negaron a asistir a su boda por lo civil con un judío.

Los pimpollos a quienes van dirigidos estos ardientes juramentos suelen ser lentos a la hora de responder. Hay algo espeluznante, rotundo, en el silencio que se abre en los huecos del diálogo. A menudo, Beth teme que se les haya olvidado el guión, pero al cabo de un rato sueltan la siguiente frase, después de una pausa larguísima. Los culebrones que se emiten durante el día tienen algo que no se ve en los programas de la noche –*realities* de policías, series cómicas, los telediarios con sus bromitas entre los cuatro presentadores (un hombre y una mujer que hacen de locutores, el dicharachero encargado de la sección de deportes y, finalmente, el blanco de sus pullas y amables reproches, el hombre del tiempo un tanto bobalicón)–: se desarrollan en un ambiente con silencio de fondo, un silencio grueso y rebosante que ni todas las declaraciones de amor, confesiones tensas, falsas aseveraciones y rabiosas animadversiones pueden borrar, como tampoco pueden las estridentes músicas sobrenaturales ni la intervención súbita de la débil canción pop que sirve de cierre al capítulo. Un silencio aterrador es el firme que lo sujeta todo, como imanes en la puerta de una nevera: al reparto en sus habitaciones de tres tabiques con eco y a Beth en su butaca extra ancha, enfadada consigo misma porque no se ha puesto en el plato suficientes galletas de avena y el teléfono no para de sonar, así que tendrá que abandonar su La-Z-Boy, esa isla de perfecta comodidad acolchada, justo ahora que David, el cardiólogo increíblemente guapo, le dedica unas palabras de alto voltaje a Maria, la bella cirujana cerebral cuyo marido Edmund, el periodista ganador de un Pulitzer, fue asesinado en un episodio anterior que Beth, por desgracia, se perdió.

Se levanta por etapas. Primero estira la palanca para bajar el reposapiés, luego, tras luchar contra la oscilación de la mecedora, apoya los pies en el suelo, se aferra al brazo izquierdo de la butaca con ambas manos para ponerse casi derecha y finalmente, con una exclamación perceptible, carga todo su peso sobre las rodillas, expectantes, que se van enderezando lenta y dolorosamente mientras Beth recupera el aliento. Al principio del proceso había cambiado de lugar el plato vacío, del reposabrazos a la mesilla auxiliar, pero se dejó el mando a distancia en el regazo y ahora se ha caído al suelo. Ahí lo ve, los botones numerados del pequeño panel rectangular junto con las manchas de café y restos de comida que con el tiempo se han ido acumulando en la moqueta verde pálido. Jack la avisó de que la suciedad se vería mucho en una moqueta así, pero los colores claros se llevaban mucho ese año, es lo que dijo el vendedor. «Le da un toque fresco, actual», había asegurado. «El espacio parecerá más amplio.» Todo el mundo sabe que las alfombras orientales disimulan mejor las manchas, pero ¿llegaría el día en que Jack y ella podrían permitirse una? Hay una tienda en Reagan Boulevard donde las venden de segunda mano y a precio de ganga, pero ni Jack ni ella van nunca juntos por esas calles, que es donde mayoritariamente compran los negros. Y en cualquier caso, estando usada sabe Dios qué habrán derramado encima los antiguos propietarios, qué seguirá escondido en las fibras. La sola idea es desagradable, como sucede con las moquetas de los hoteles. Beth no quiere ni pensar en darse la vuelta y agacharse para recoger el mando, su sentido del equilibrio ha empeorado con la edad, y debe de haber algún motivo urgente por el que la persona que está llamando no cuelga.

Tuvieron contestador automático una época, pero llegaron tantas llamadas de padres cascarrabias cuyos hijos no lograban entrar en las universidades que Jack les recomendaba que hubo que desconectarlo. «Y si me encuentran en casa ya me las apañaré», dijo. «La gente no es tan maleducada cuando quien descuelga es una persona.»

Beth da otro paso, deja a la gente de la televisión cociéndose en sus propios jugos, va tambaleándose hasta la mesa que hay junto a la pared y de un manotazo levanta el auricular. Este nuevo tipo de teléfono es de los que quedan de pie en el soporte, y en una pantallita, justo debajo de los orificios a través de los que supuestamente se escucha, aparecen el nombre y el número de quien llama. Dice que es una LLAMADA NO LOCAL, de modo que o se trata de Markie o de su hermana en Washington o de algún vendedor telefónico llamando desde dondequiera que llamen, a veces lo hacen desde incluso la India.

–¿Diga? –Los orificios del otro extremo del auricular no le llegan a la altura de la boca como con los teléfonos antiguos, los sencillos y macizos de baquelita negra que al colgarse quedaban boca abajo, y Beth tiende a alzar la voz porque no termina de fiarse.

–Beth, soy Hermione. –La voz de Herm siempre suena ostentosamente enérgica, ocupada, como para avergonzar a su indolente y consentida hermana menor–. ¿Por qué has tardado tanto? Estaba a punto de colgar.

–Bueno, pues ojalá lo hubieras hecho.

–No es un comentario muy amable.

–Yo no soy como tú, Herm. No puedo andar tan rápido.

–¿De quién es esa voz que oigo de fondo? ¿Estás con alguien? –Sus palabras van rebotando de un tema a otro. Pero esa franqueza, que roza la grosería, no es más que un vestigio agradable de cuando eran niñas, de la forma de ser de los alemanes de Pennsylvania. A Beth le recuerda al hogar, al noroeste de Filadelfia y su follaje húmedo, sus tranvías y sus pequeñas tiendas de comida con montones de pan Meier's y Freihofer's en los estantes.

–Es la televisión. Estaba buscando el mando para apagarla –no quiere reconocer que le ha dado mucha pereza agacharse y recogerlo– y no he podido encontrar el maldito chisme.

–Bueno, pues ve y encuéntralo. No debe de estar lejos. Puedo esperar. Con tanto ruido es imposible hablar. Dime, ¿qué estabas viendo a estas horas?

Beth deja el auricular sin responder. «Es igual que nuestra madre», piensa mientras se arrastra hasta la parte de la moqueta verde claro –el vendedor lo definió como celedón– donde está caído boca arriba el mando a distancia, que a la vista y al tacto tiene un curioso parecido con el teléfono, negro mate y atestado de circuitos electrónicos: un par de hermanos que no pegan mucho. El esfuerzo va acompañado de un gemido, se agarra al brazo de la butaca con una mano y alarga trabajosamente la otra; con ese gesto vuelve a despertarse en sus poco usados músculos la sensación de un ejercicio, un *arabesque penchée,* aprendido en clases de ballet a los ocho o nueve años, en el estudio de Miss Dimitrova, encima de una cafetería en Broad Street; recupera el chisme y apunta con él a la pantalla del televisor, donde *All My Children* está llegando a su fin en el séptimo canal bajo un nubarrón de música escalofriante, siniestra. Beth divisa a Craig y Jennifer, en una charla acalorada, y se pregunta qué estarán diciéndose incluso al despedirlos con un clic. Se convierten en una estrellita que dura menos de un segundo.

En ballet había sido más ágil y prometedora que su hermana; a Hermione, solía afirmar Miss Dimitrova con su deje bielorruso, le faltaba *ballon.* «Ligera, ¡ligera!», gritaba mientras los ligamentos se marcaban en su cuello descarnado. «*Vous avez besoin de légèreté!* ¡Imaginad que sois *des oiseaux!* ¡Sois criaturas del aire!» Hermione, demasiado alta y desgarbada para su edad, y destinada, ya se veía, a ser una chica del montón, era entonces la lenta y patosa, y Beth la que parecía, *en faisant des pointes,* un pajarillo, dando vueltas con sus escuálidos brazos extendidos.

–Estás jadeando –la acusa su hermana cuando vuelve al aparato y se desploma con un gruñido en la silla pequeña y rígida que apartaron de la mesa de la cocina cuando, al irse, Mark dejó de comer con sus padres. La silla es una copia en madera de arce del estilo de los muebles Shaker y tiene un asiento tan estrecho que Beth tiene que apuntar el culo al dejarse caer; hace unos años no atinó a sentarse bien, la silla se ladeó y ella cayó al suelo. Se habría roto la pelvis de no haber estado tan rellenita, dijo Jack. Pero en el primer momento él no lo encontró tan divertido. Corrió hacia ella horrorizado y, cuando quedó claro que su esposa no se había hecho daño, pareció decepcionado. Bruscamente, Hermione pregunta–: No estarías viendo ningún avance informativo, ¿verdad?

–¿En la tele? No. ¿Lo hay?

–No, pero... –se nota tensión en su titubeo, como en los silencios de los culebrones– a veces se filtra algo. Las cosas salen a la luz antes de lo que debieran.

–¿Qué es lo que tiene que salir a la luz? –pregunta Beth, a sabiendas de que hacerse la ignorante es la mejor manera de sonsacarle información a Hermione, que tiende a ser mandona con su hermana.

–Nada, cariño. Por supuesto que yo no puedo decirte nada. –Pero, incapaz de soportar el silencio de Beth, prosigue–: Hay rumores en Internet. Creemos que se está preparando algo.

–Cielos –exclama dócil Beth–. ¿Y cómo se lo está tomando el secretario?

–El pobre. Es tan concienzudo en su trabajo, con todo el peso del país encima, que, la verdad, a veces temo que pueda con él. Tiene la tensión alta, ya sabes.

–En la tele parece que está bien de salud. De todos modos, creo que debería cambiar de peinado. Le da un aspecto beligerante. Hace que los árabes y los progresistas se pongan a la defensiva.

Beth no puede quitarse de la cabeza que le apetece otra galleta de avena y pasas, imagina cómo crujiría en su boca, con la saliva apartaría las pasas y juguetearía con ellas en la lengua hasta el momento de engullir. Antes solía sentarse a charlar por teléfono con un cigarrillo, pero cuando el jefe del servicio federal de sanidad empezó a repetirle que era perjudicial, lo dejó y ganó trece kilos el primer año. ¿Por qué le iba a importar al gobierno que la gente se muriese? No es que fuera su amo. Con menos individuos a quienes mandar, pensaba, irían más aliviados. Pero, claro, el cáncer de pulmón era un lastre para la seguridad social, y a la economía le suponía un coste extra en productividad de millones de horas de trabajo.

–Me da la impresión –apunta Beth, queriendo ayudar– que muchos de estos rumores son simples gamberradas de chavales de instituto y universitarios. Algunos, lo sé, se dicen mahometanos sólo para molestar a sus padres. Ahí tienes, por ejemplo, al chico con el que Jack ha hecho algunas tutorías. Se cree que es musulmán porque el haragán de su padre lo era, y encima no le hace ni caso a su madre, una irlandesa católica y muy trabajadora. Ponte por un momento en la piel de nuestros padres, ¿qué habrían dicho si hubiéramos aparecido en casa del brazo de un musulmán diciendo que nos queríamos casar?

–Bueno, tú casi lo hiciste –replica Hermione, como revancha por la crítica al peinado.

–Pobre Jack –prosigue Beth, recuperándose de la calumnia–, se ha esforzado muchísimo por arrancar a ese chico de las zarpas de su mezquita. Son como los fundamentalistas baptistas pero en peor, porque no les importa morir. –Conciliadora nata, quizá todas las hermanas pequeñas lo sean, vuelve al tema favorito de Hermione–: A ver, ¿qué es lo que le preocupa tanto estos días? Al secretario, vaya.

–Los puertos –la respuesta llega rápida–. Cada día entran y

144

salen de los puertos de Estados Unidos cientos de buques portacontenedores, y en al menos el diez por ciento de ellos no se sabe qué hay. Podrían estar introduciendo armamento atómico bajo la etiqueta de cuero argentino o cosas así. El café de Brasil. ¿Quién sabe si es café? O piensa en esos inmensos buques cisterna, no sólo los petroleros, pongamos también los que llevan propano líquido. Así lo transportan, licuado. ¿Qué crees que podría pasar en Jersey City o en el puente de Bayonne si pudieran meter ahí unos cuantos kilos de Semtex o de TNT? Beth, sería una conflagración: miles de muertos. O en los metros de Nueva York, mira en Madrid. O lo que pasó en Tokio hace unos años. El capitalismo ha sido tan abierto... y así tiene que ser, para que funcione. Piénsalo, un puñado de hombres con rifles de asalto en un centro comercial, en cualquier parte del país. O en Saks o Bloomingdale's. ¿Te acuerdas de los viejos almacenes Wanamaker? ¿Y de lo contentas que íbamos allí cuando éramos niñas? Nos parecía un paraíso, sobre todo las escaleras mecánicas y la sección de juguetes del último piso. Todo eso terminó. Los estadounidenses ya no podemos volver a ser felices.

A Beth le sabe mal por Hermione, que se lo tome todo tan a pecho, y dice:

–Oh, la mayoría de las personas todavía va tirando, ¿no? Siempre hay algún peligro en la vida. Epidemias, guerras. Tornados en Kansas. Y la gente sale adelante. Sigues viviendo hasta que te ves obligada a parar, y al rato ya estás inconsciente.

–Eso, eso es, Betty, nos quieren obligar a parar. En todas partes, en cualquier parte. Lo único que se necesita es una bomba, unas cuantas armas. Una sociedad abierta está muy indefensa. Todos los logros del mundo moderno y libre son tan frágiles...

Hermione es la única que no dejó de llamarla Betty, y sólo cuando se sentía ofendida. Jack y los compañeros de universidad la llamaban Beth, y después de casarse incluso sus padres intentaron cambiar la costumbre. Para arreglar el pequeño desliz, Hermione la corteja intentando hacerla partícipe de su propio encaprichamiento con el secretario.

–Él y los expertos, todos tenemos que pensar día y noche en las posibilidades más terribles. Por ejemplo, Beth, en los ordenadores. Los hemos integrado tanto en el sistema que ahora no hay quien no dependa de ellos, no sólo las bibliotecas sino la industria, y también los bancos, las bolsas, las compañías aéreas, las centrales nucleares... y podría seguir un buen rato.

–No lo dudo.

Hermione no capta el sarcasmo y prosigue:

–Podría producirse lo que llaman un ciberataque. Tienen esos gusanos que eluden los cortafuegos y ponen unos *applets*, así los llaman, que envían mensajes encubiertos con la descripción de la red en que han penetrado y lo paralizan todo, poniendo patas arriba lo que denominan tablas de encaminamiento, y alcanzando las pasarelas de protocolo para que no se cuelguen sólo las transacciones bursátiles y los semáforos sino todo: las redes energéticas, los hospitales, el propio Internet, ¿puedes creértelo? Los gusanos se programarían entonces para multiplicarse y multiplicarse hasta el punto de que incluso la televisión que estabas viendo se quede a la virulé, o que en todos los canales no saliera otra cosa que Osama Ben Laden.

–Herm, querida, no había oído a nadie decir «a la virulé» desde que estaba en Filadelfia. ¿Y no es cierto que esos gusanos y virus se envían a todas horas y que luego resulta que han salido de la habitación mugrienta de algún quinceañero infeliz e inadaptado de Bangkok o del Bronx? Causan algún estropicio pero no se cargan el mundo. Los pillan y a veces los meten en la cárcel. Además, te olvidas de todos los hombres listos, y también de las mujeres, que diseñan esos cortafuegos o como se llamen. Seguro que son capaces de ir por delante de unos cuantos árabes fanáticos, porque, la verdad, no es que ellos inventaran el ordenador, más bien fuimos nosotros.

–No, pero inventaron el cero, como puede que no sepas. No les hace falta descubrir el ordenador para eliminarnos. El secretario lo llama ciberguerra. En eso andamos metidos, nos guste o no, en la ciberguerra. Los gusanos ya están ahí fuera, sueltos; cada día el secretario tiene que examinar cuidadosamente cientos de informes que lo ponen sobre aviso de posibles ataques.

–Los ciberataques.

–Exacto. A ti te parece divertido, lo noto en tu voz, pero no lo es. Es serio, pero que muy serio, Betty.

La silla Shaker empieza a hacerle daño. En aquella época debían de tener otros tipos de cuerpo, los cuáqueros y los puritanos: filosofías diferentes sobre el bienestar y las comodidades.

–No me parece divertido, Herm. Desde luego que pueden suceder cosas muy malas, algunas de hecho ya han ocurrido, pero... –Ha olvidado a qué precedía el «pero». Se le ocurre ir hasta la cocina estirando al máximo el cordón telefónico y buscar en el cajón de las galletas. Le encanta la textura de éstas en concreto, que sólo venden en la tienda anticuada, en la Calle Once a mano izquierda. Jack va a comprarlas ahí por ella. Beth se pregunta cuándo volverá su marido; parece que las tutorías cada vez duran más–. Pero últimamente no tengo noticia de muchos ciberataques.

–Bien, pues es gracias al secretario. Los informes le llegan incluso en plena noche. Lo va acusando, envejece rápido, en serio. Le están saliendo canas en las sienes, y ojeras. Me siento impotente.

–Hermione, ¿no está casado? ¿Y no tiene tropecientos hijos? Los vi en el periódico, iban a misa por Pascua.

–Sí, por supuesto. Lo sé. Y sé cuál es mi sitio. Nuestra relación es puramente laboral. Déjame que te diga, ya que estás tan provocadora, y esto es muy confidencial, que una de las zonas de las que llegan más informes es el norte de New Jersey. De Tucson, del área de Buffalo y del norte de New Jersey. Él no suelta prenda, así tiene que ser, pero algunos imanes, creo que así se llaman, están siendo vigilados. Todos predican cosas horribles contra Estados Unidos, pero los hay que incluso van más allá. Me refiero a que abogan por la violencia contra el Estado.

–Bueno, al menos son los imanes. Si los rabinos se pusieran manos a la obra, Jack tendría que sumárseles. Aunque nunca va a la sinagoga. Sería más feliz si fuera.

Hermione no puede contenerse más:

–De verdad, a veces me pregunto qué piensa Jack de ti. No te tomas nada en serio.

–Eso ayudó a que se fijara en mí –cuenta Beth–. Es un tipo depresivo, y le gustó que yo fuese tan ligerita.

Sigue un silencio en el que siente a su hermana resistiéndose a la réplica obvia: ahora no es nada ligerita.

–Pues bueno –dice Hermione soltando un suspiro desde Washington–, te dejo que vuelvas a tu culebrón. Me llaman por el otro teléfono, debe de querer algo.

–Me alegro de que me hayas llamado –miente Beth.

Su hermana mayor ha ocupado el lugar de su madre para impedirle que olvide todo lo que hace mal. Beth, como suele decirse, «se ha ido dejando». Hasta la nariz sube un olor de los profundos pliegues de sus grasas, donde se acumulan oscuras bolitas de sudor; en la bañera, las carnes flotan a su alrededor como burbujas gigantescas, la flojedad de su boyante vaivén les da un aspecto semilíquido. ¿Cómo ha acabado así? De niña podía comer lo que le apeteciera, nunca creyó que comiera más que los demás, y tampoco ahora se lo parece: simplemente, retiene la comida más que antes. Ha leído que hay gente cuyas células son más grandes de lo normal. Metabolismos diferentes. Quizás haya sido por estar abandonada en esta casa, y en la casa de antes, la de la Calle Dieciocho, y en la casa anterior, que estaba casi un kilómetro más cerca del centro, antes de que el barrio se pusiera tan mal. Abandonada por un hombre que se iba, sin dar la apariencia de que la dejaba sola, para ganarse el pan cada día en el instituto. ¿Quién iba a culparlo por eso? Cuando era una esposa joven solía entenderle, pero al volverse mayor empezó a ver claro que él exageraba, saliendo cuando todavía era de noche en invierno y sin regresar hasta mucho después de que oscureciera: deberes extraescolares, alumnos problemáticos, reuniones de emergencia con padres delincuentes. Volvía a casa deprimido por todos los problemas que no podía resolver, por las vidas miserables que discurrían por New Prospect y cuya inanidad acababa por traspasarse a los hijos: «Beth, no les importa una mierda. Nunca han sabido lo que era una vida con cierto orden. Su horizonte no va más allá de la siguiente dosis, de la próxima borrachera, del inmediato lío con los polis o el banco o el departamento de inmigración. Esos pobres chavales nunca han tenido el lujo de ser chavales. Los ves llegar al instituto aún con algún resquicio de esperanza, conservan un rastro del entusiasmo que suelen tener los alumnos de secundaria, creen que si aprendes las normas y haces lo que te mandan tendrás recompensa; y cuando finalmente se gradúan, si es que llegan a hacerlo, nosotros ya se lo hemos robado todo. ¿Que quiénes son esos "nosotros"? Estados Unidos, supongo, aunque es difícil señalar con el dedo exactamente lo que no funciona. Mi abuelo pensaba que el capitalismo estaba condenado, destinado a ser cada vez más opresor hasta que el proletariado asaltara las barricadas y estableciera el paraíso de los obreros. Pero no ocurrió; o los capitalistas fueron demasiado listos o los proletarios demasiado tontos. Para seguir pisando terreno seguro, cambiaron la etiqueta "capitalismo" por la de "libre empresa", pero el resultado fue el mismo sálvese quien pueda de siempre. Muchísimos perdedores, y los ganadores haciéndose con casi todo. Pero si la gente no tiene que salvarse como pueda cada día, entonces se quedan en casa durmiendo. El problema básico, tal y como yo lo veo, es que la sociedad intenta ser decente, y la decencia no importa ni un pimiento en el estado de naturaleza. Ni un pimiento ni medio. Todos deberíamos volver a ser cazadores-recolectores, con una tasa de ocupación total y un saludable porcentaje de hambre».

Y más adelante Jack volvía a casa deprimido porque los problemas sin solución lo estaban hastiando, y su disposición para resolverlos se había vuelto una mera rutina, simple maña para un trabajo en que se siente un timador. «Lo que me fastidia de verdad», decía, «es que se niegan a ver lo mal que están. Se creen que se las apañan bastante bien, con sus flamantes indumentarias chillonas y baratas que han comprado a mitad de precio, o con el último videojuego hiperviolento o con un cedé recién salido que todo el mundo ha de tener, o con una ridícula religión nueva cuando han atontado sus cerebros hasta retroceder a la Edad de Piedra. Uno se llega a plantear seriamente si la gente merece vivir, si los que idean las masacres de Ruanda, Sudán e Irak no andarán en lo cierto.»

Al haberse dejado hasta ese grado de obesidad, ella ha perdido el derecho de animarle como tenía por costumbre. Pero él nunca lo diría. Nunca sería grosero. Beth se pregunta si es por el judío que lleva dentro: la sensibilidad, el peso de la responsabilidad, cierto sentido de superioridad, en el fondo, con el que trata de sobrellevar la pena él solo, levantándose temprano y acercándose a la ventana en vez de quedarse en la cama y despertarla con sus pesares. Han compartido una buena vida, decide Beth, y se levanta a pulso de la diminuta y rígida silla Shaker de madera, agarrando el respaldo para no volcarla con su peso. Vaya imagen, despatarrada en el suelo con la pelvis fracturada, incapaz siquiera de taparse un poco con el albornoz para cuando llegaran los de la ambulancia.

Tiene que vestirse y salir a hacer compras. Se les están acabando los productos básicos: jabón, detergente, servilletas de papel, rollos de papel higiénico, mayonesa. Galletas y cosas para picar. No puede pedirle a Jack que vaya a por todo, él ya se encarga de ir a buscar los platos precocinados del ShopRite o la comida para llevar del chino cuando ella se queda en la biblioteca hasta las seis. Y comida para gatos. ¿Dónde está *Carmela*? No la acarician lo suficiente, se pasa el día entero durmiendo bajo el sofá, deprimida, y por la noche corretea como una posesa. En cierto modo, se equivocaron al castrarla, pero de lo contrario ahora les saldrían gatitos hasta por las orejas.

Jack y ella, se dice Beth, han compartido una buena vida, saliendo adelante con la ayuda de un lápiz –ahora, con la de un teclado de ordenador– y siendo amables y útiles a los demás. Era más de lo que los estadounidenses de antaño pudieron hacer, matándose a trabajar en una fábrica textil cuando en las ciudades aún se hacían cosas; la gente les tiene miedo a los árabes, pero son los japoneses, los chinos, los mexicanos y los guatemaltecos, y todos los que vienen detrás con sus talleres y sus salarios bajos, los que nos están arruinando, los que nos están dejando en el paro. Llegamos a este país y encerramos a los indios en las reservas, construimos rascacielos y autopistas y luego todo el mundo quiere un pedazo de nuestro mercado interior, como la ballena que destripan los tiburones en aquel cuento de Hemingway; no, aquello era un marlín. Pero la idea es la misma. Y Hermione ha tenido suerte también al aterrizar en Washington con un trabajo importante para los que dirigen el cotarro en la administración; sin embargo, es ridículo cómo habla de su jefe, nuestro salvador, si hay que darle crédito. De tanto hacinar hormonas se te queda mentalidad de solterona, como las monjas y los curas que luego resultan ser crueles y lascivos, descreídos de lo que tanto han predicado, a juzgar por sus acciones, sus abusos a esos pobres niños confiados que intentan ser buenos católicos. Al menos, casarse y descubrir lo que desean los hombres, cómo huelen y se comportan, es normal: sirve para abrir la puerta a las frustraciones y sofocar cualquier ridículo ideal romántico. De camino a las escaleras, a la habitación, para ponerse ropa de calle –pero ¿cuál?, ése es el problema, nada podrá ocultar un sobrepeso de casi cincuenta kilos, nada la hará parecer elegante–, Beth piensa que no estaría de más pasar antes por la cocina a ver si queda algo que picar en la nevera, aunque haya almorzado hace poco. Como para reprimir ese impulso, vuelve a dejarse caer en su La-Z-Boy y ajusta el reposapiés con la palanca para descargar la presión de los tobillos. Hidrópicos, diagnosticó el médico; antes, Jack los podía rodear con el pulgar y el corazón. Tan pronto como se abandona al abrazo de la butaca, se da cuenta de que tiene que ir a hacer pis. Bueno, no le hagas caso y se te pasará, se lo dicta la experiencia.

Pero ¿dónde se ha metido el mando a distancia? Lo recogió y apagó la tele, y ya no se acuerda de qué pasó después. La asusta lo a menudo que se queda en blanco. Mira en ambos reposabrazos y con un esfuerzo busca más allá, en la moqueta celedón que le vendió aquel tipo, y piensa por segunda vez en Miss Dimitrova y sus ejercicios de estiramiento. Debe de haberse quedado en equilibrio en el brazo de la butaca y luego se ha deslizado entre las hendiduras del cojín cuando le ha dado por desplomarse en ella en lugar de subir las escaleras para vestirse. Con los dedos de la mano derecha explora la ceñida grieta, el vinilo imitación del cuero de los viejos tiempos del Oeste americano, que, seguramente, si te tocó vivirlos, no eran tan maravillosos; y a continuación con los dedos de la mano izquierda en el lado contrario, da con él: la forma alargada mate y fría del aparato que cambia de canal. Sería mucho más fácil si su cuerpo no se interpusiera en el camino, con el cojín tan apretado contra el reposabrazos de la butaca que ha de andarse con cuidado de no engancharse una uña en una costura o en cualquier cosa metálica. Las horquillas y las monedas, incluso los alfileres y los imperdibles, suelen acumularse en estas ranuras. Para aprovechar la luz que entraba en la casa, su madre siempre estaba cosiendo o remendando algo en la vieja butaca a cuadros y con faldones al lado de la ventana, junto al amplio alféizar de madera con sus cortinas de organdí suizo bordado de topos y sus macetas con geranios y sus vistas a una vegetación tan exuberante que mantenía húmedas, hasta mediodía, las partes donde no tocaba el sol. Apunta con el mando al aparato y pone el segundo canal, la CBS, y los electrones convocados se van reuniendo lentamente, produciendo sonidos y una imagen. La música de fondo de *As the World Turns* tiene un aire más sutilmente orquestal, menos tenue y pop, que la de *All My Children:* los instrumentos de viento de madera y los graves de los de cuerda se mezclan con sonidos más espectrales, golpeteos como de cascos de caballo perdiéndose en la distancia. Beth deduce por la música exaltada y las expresiones faciales del joven actor y la actriz que acaban de hablar –muecas de enfado, con el ceño fruncido, incluso de miedo– que lo que se han dicho hace un momento era trascendente, fundamental, acaban de acordar una separación o un asesinato. Se lo ha perdido, se ha perdido cómo giraba el mundo. Casi para echarse a llorar.

Pero la vida tiene sus cosas, es raro cómo a veces sale al rescate. *Carmela,* surgida de la nada, llega y salta sobre su regazo. «¿Dónde ha estado mi bebé?», pregunta Beth en voz alta y eufórica. «¡Mami te ha echado de menos!» Al minuto, no obstante, se quita impacientemente de encima a la gata, que tras acomodarse en la vasta superficie de carne caliente había empezado a ronronear, y forcejea para levantarse de nuevo de la butaca La-Z-Boy. De repente hay mucho que hacer.

Dos semanas después del día de graduación en el Central High, Ahmad aprobó el examen de conducción de vehículos comerciales en las instalaciones de tráfico de Wayne. Su madre, que le había permitido educarse a sí mismo en tantos aspectos, lo llevó con su abollada furgoneta, una Subaru granate que usa para ir al hospital y para entregar los cuadros en la tienda de regalos de Ridgewood y en cualquier otro lugar donde se los expongan, incluidas varias muestras de arte *amateur* en iglesias y salas de actos de escuelas. La sal del invierno ha corroído las partes bajas del chasis, del mismo modo que en los laterales y los guardabarros han hecho mella su manera de conducir despistada y los golpes producidos por las puertas de otros coches, abiertas sin cuidado en aparcamientos y garajes con rampas en espiral. El de la parte delantera a la derecha, víctima de un malentendido en una señal de stop que había en una intersección de cuatro direcciones, lo recompuso con masilla de relleno uno de sus novios, un tipo bastante más joven que ella que dedicaba sus ratos libres a hacer esculturas con desechos y que se mudó a Tubac, Arizona, antes de que el parche pudiera pulirse y pintarse. De modo que ha quedado de un crudo color masilla, y en otros lugares, sobre todo en el capó y el techo, la pintura, que ha pasado mucho tiempo a la intemperie, a merced de los elementos, se ha desteñido hasta quedarse en un tono melocotón. A Ahmad le parece que su madre alardea de pobreza, de su incapacidad cotidiana para entrar en la clase media, como si fuera un rasgo intrínseco de la vida artística y de la libertad personal tan apreciada por los infieles de América. Con su bohemia profusión de brazaletes y ropa rara, como los vaqueros estampados y el chaleco de piel teñida de púrpura que se puso aquel día, logra avergonzarlo allá dondequiera que aparezcan juntos.

Ese día, en Wayne, coqueteó con el viejo, un secuaz miserable del Estado, que controlaba el examen. Dijo: «No sé por qué cree que quiere conducir camiones. Se ve que se le ocurrió a su imán. A su imán, no a su mamá. Mi querido chico dice que es musulmán».

El hombre del mostrador del centro regional de la Comisión de Vehículos a Motor se mostró perplejo ante ese chorro de confianza materna. «Sin duda supondrá unos ingresos fijos», replicó tras pensar unos segundos.

Ahmad notó que al funcionario le costaba hilvanar las palabras, que con ello gastaba unos recursos interiores que intuyó escasos y demasiado valiosos. Su cara, que percibió de escorzo por estar cabizbajo en el mostrador, bajo los parpadeantes tubos fluorescentes, estaba levemente deformada, como si alguna vez se hubiera contraído por una fuerte emoción y se hubiera quedado petrificada. Aquélla era la clase de criatura perdida con que su madre se complacía en flirtear, a costa de la dignidad de su hijo. El tipo estaba tan entumecido en su telaraña de reglamentaciones que fue incapaz de ver cómo Ahmad, pese a tener la edad para poder examinarse del permiso C, no era lo bastante hombre para repudiar a su madre. Consciente de la falta de decoro de la mujer y de la posible burla, le quitó al aspirante el impreso del examen físico debidamente rellenado e hizo que Ahmad metiera la cara en un aparato para leer, cada vez con un ojo distinto, letras de diversos colores, distinguiendo el rojo del verde y a éstos del ámbar. La máquina medía su capacidad para la conducción de otra máquina, y el responsable de la prueba estaba anquilosado por una especie de ira porque el hacer ese trabajo día tras día lo había transformado en otra máquina, un elemento de fácil recambio en los engranajes del Occidente despiadado y materialista. Fue el islam, es algo que le gusta explicar al sheij Rachid, el que conservó la ciencia y los mecanismos simples legados por los griegos cuando toda la Europa cristiana, sumida en la barbarie, los había olvidado. En el mundo actual, los héroes de la resistencia islámica frente al Gran Satán habían sido antes doctores e ingenieros, expertos en el uso de máquinas como ordenadores, aviones y bombas colocadas en los márgenes de las carreteras. El islam, a diferencia del cristianismo, no teme a la verdad científica. Alá había dado forma al mundo físico, y todos sus aparatos eran sagrados si se ponían al servicio de lo sagrado. De esta manera consiguió Ahmad, entre tales reflexiones, su carnet de camionero. Para la categoría C no hacía falta un examen práctico.

El sheij Rachid está satisfecho. Le dice a Ahmad:

–Las apariencias engañan. Aunque sé que nuestra mezquita parece, a los ojos de un joven, descuidada y frágil en su ornamentación, está tejida con firmes mimbres y construida sobre verdades que han anclado en el corazón de los hombres. La mezquita tiene amigos, amigos tan poderosos como piadosos. El cabeza de la familia Chehab me contó el otro día que su próspero negocio precisa de un joven conductor de camiones, alguien de costumbres puras y fe firme.

–Yo sólo tengo el permiso C –contesta Ahmad, dando un paso atrás ante lo que le parece una entrada demasiado fácil y rápida al mundo de los adultos–. No puedo llevar ningún vehículo fuera del estado ni transportar materiales peligrosos.

Las semanas transcurridas desde la graduación ha vivido con su madre, en plena ociosidad, pasando horas desganadas en el pobremente iluminado Shop-a-Sec, cumpliendo fielmente con el rezo de sus oraciones, el *salat* diario, saliendo a ver una o dos películas y asombrándose con el derroche de munición hollywoodiense y la belleza de las explosiones, y también corriendo por las calles con sus viejos pantalones cortos; a veces se ha aventurado hasta la zona de casas adosadas por donde paseó aquel mediodía de domingo con Joryleen. No la ha encontrado, sólo ha visto a chicas de color similar contoneándose de la misma forma que ella, conscientes de que las observaban. Mientras pasa volando por las manzanas en decadencia, recuerda la vaga charla con el señor Levy y su vago pero ambicioso tema central, «ciencia, arte, historia». De hecho, el responsable de tutorías ha pasado por su apartamento una o dos veces, y aunque se mostraba bastante amable con Ahmad tenía luego prisa por irse, como si hubiera olvidado para qué había acudido. Sin prestar mucha atención a las respuestas, le preguntaba cómo iban sus planes y si tenía intención de quedarse por la ciudad o salir a ver mundo, como debería un hombre joven. Sonaba ridículo viniendo del señor Levy, quien ha vivido en New Prospect toda su vida, salvo cuando fue a la universidad y durante la breve temporada en el ejército que todos los varones estadounidenses solían estar obligados a pasar. Pese a que la funesta guerra contra la autodeterminación vietnamita estaba en marcha en aquella época, el señor Levy nunca recibió la orden de abandonar el país, y se quedó desempeñando trabajos de despacho, algo por lo que se siente culpable, pues si bien la guerra era una equivocación, le habría brindado la posibilidad de demostrar su valor y su amor por la patria. Ahmad lo sabe porque su madre siempre tiene en la boca al señor Levy: que si parece un hombre muy simpático pero no muy feliz, que si está infravalorado por los responsables de Educación o que si su esposa y su hijo no le prestan mucha atención. Últimamente, su madre está habladora, cosa rara, e inquisitiva; se interesa más por Ahmad de lo que él hubiera esperado, le pregunta cuándo va a salir, cuándo volverá, y a veces se molesta si responde «Pues más tarde».

–¿Y cuándo es eso exactamente?

–¡Madre! ¡Déjame en paz! Será pronto. Puede que me quede un rato en la biblioteca.

–¿Quieres dinero para ir al cine?

–Tengo dinero, y además ya he ido dos veces, a ver una de Tom Cruise y otra de Matt Damon. Las dos iban de asesinos profesionales. El sheij Rachid no se equivoca: las películas son inmorales y estúpidas. Son el anticipo del Infierno.

–¡Oh, vaya! ¡Pues qué santos nos estamos poniendo! ¿No tienes amigos? ¿A tu edad no van los chicos ya con alguna novia?

–Mamá. No soy gay, si es lo que estás insinuando.

–¿Cómo estás tan seguro?

Se quedó pasmado.

–Lo sé.

–Bueno, pues lo que yo sé –dijo ella, echándose hacia atrás el pelo que le caía sobre la frente con los dedos de la mano izquierda en un gesto resuelto, como dando a entender que la conversación había descarrilado y que quería darla por zanjada– es que nunca sé cuándo vas a volver a casa.

Ahora, con un tono que suena igual de irritado, el sheij Rachid contesta:

–No quieren que salgas del estado. Ni quieren que transportes sustancias peligrosas. Lo que quieren es que lleves muebles. La empresa de los Chehab se llama Excellency Home Furnishings, está en Reagan Boulevard. Seguro que la habrás visto, o me habrás oído hablar alguna vez de la familia Chehab.

–¿Los Chehab? –A veces Ahmad sospecha que, de tan envuelto como está en el sentimiento de que Dios lo acompaña, tan cerca de él está que podrían componer una sola y única identidad sagrada, «más cerca de él que su vena yugular», como dice el Corán, se da menos cuenta de detalles mundanos que el resto de la gente, que los impíos.

–Habib y Maurice –aclara el imán con una impaciencia que desgarra las palabras con la misma precisión con que está recortada su barba–. Son libaneses, ni maronitas ni drusos. Llegaron a este país de jóvenes, en los sesenta, cuando parecía que el Líbano podía convertirse en un satélite del ente sionista. Trajeron algo de capital consigo y lo invirtieron en Excellency. Muebles baratos, nuevos y usados, para los negros, ésa era la idea. Y ha tenido éxito. El hijo de Habib, al que informalmente llaman Charlie, se encargaba de vender la mercancía y del transporte de los pedidos, pero quieren que desempeñe un papel más importante en las oficinas, ahora que Maurice se ha jubilado y vive en Florida, salvo unos meses en verano, y que la diabetes le está minando las fuerzas a Habib. Charlie se encargará... ¿Cómo se dice? Sí, de ponerte al día de todo. Te caerá bien, Ahmad. Es muy americano.

Los ojos grises y femeninos del yemení se entornan, animados. Para él, Ahmad es estadounidense. Por mucho entusiasmo y dedicación al Corán que le ponga, nada cambiará la raza de su madre y la ausencia del padre. No tener padres, el fracaso que supone para un hombre engendrar y no mantenerse fiel al hogar, es una de las señas de identidad de esta sociedad decadente y desarraigada. El sheij Rachid –un hombre menudo y delgado como una daga, que tiene un aire taimado y peligroso, capaz de insinuar en ocasiones que el Corán bien podría no haber preexistido eternamente en el Paraíso, allí donde fue el Profeta en un viaje de una noche a lomos del caballo *Buraq*– no se ofrece a ocupar el lugar del padre; le presta a Ahmad una atención un tanto fraternal y burlona, con un pellizco de hostilidad.

Pero tiene razón, a Ahmad le cae bien Charlie Chehab, un tipo robusto de metro ochenta, treintañero, tez morena surcada de arrugas, con una boca ancha y flexible que siempre está en movimiento.

–Ahmad –lo llama, dándole a todas las sílabas la misma longitud, nadie suele pronunciar su nombre así, alargando la segunda «a» como en «Bagdad», como en «amad». Le pregunta–: ¿O sea que eres un campeón de los amores, que vas por ahí mandando a la gente que ame? –Sin aguardar a la respuesta, prosigue–: Bienvenido a Excellency, menudo nombre. Mi padre y mi tío no sabían mucho inglés cuando lo pusieron, no tenían idea de que fuera un tratamiento de cortesía para nobles, más bien creían que servía para designar algo excelente. –Mientras habla, su rostro parece transido de complejos flujos mentales, como desdén, sentimiento de inferioridad, sospecha y (enarcando las cejas) el buen humor con que se percata de que tanto él como su interlocutor han llegado a una situación embarazosa.

–Sí que sabíamos inglés –dice su padre, que está junto a él–. Lo aprendimos en la American School de Beirut. «Excellency» quiere decir que algo tiene clase. Como el «new» de New Prospect. No significa que Prospect sea nuevo ahora, pero sí entonces. Si le ponemos «Chehab Furnishings», la gente pregunta: «¿Qué quiere decir eso de Chehab?» –Pronuncia la «ch» con un leve carraspeo, con un sonido que Ahmad asocia a sus lecciones coránicas.

Charlie le saca más de un palmo a su padre, y rodea suavemente con el brazo la cabeza del hombre, de tez más clara, hasta darle un cariñoso abrazo, imitando inofensivamente una llave de lucha libre. Acunada de este modo, la cabeza del viejo señor Chehab parece un huevo gigante, sin un solo pelo y con la piel más fina que el caucho que recubre la cara de su hijo. La del padre es algo traslúcida e hinchada, quizá por la diabetes que mencionó el sheij Rachid. La palidez del señor Chehab es vidriosa, pero no tiene el aire de un enfermo; pese a ser mayor que, por ejemplo, el señor Levy, tiene un aspecto más joven, relleno, nervioso y abierto a las bromas, incluso a las de su hijo. Se sincera con Ahmad:

–Estados Unidos. No entiendo todo este odio. Llegué aquí de joven, casado, aunque mi esposa no pudo acompañarme, vinimos sólo mi hermano y yo, y no encontramos ni rastro del odio y los tiros que había en mi país, dividido en tribus. Los cristianos, los judíos, los árabes, da igual que fueran blancos o negros o una mezcla: todos se llevaban bien. Si tienes buen género que vender, la gente compra. Si tienes trabajo que ofrecer, la gente trabaja. Todo está claro, no hay más de lo que se ve. Es bueno para el negocio. Desde el principio, ni un problema. Primero pensamos en montarlo como en el Viejo Mundo: poner los precios altos y después regatear. Pero nadie lo entendía, incluso los *zanj* pobres venían a comprar un sofá o un sillón y pagaban lo que ponía en la etiqueta, como en las otras tiendas. Pocos clientes. Lo entendimos, y marcamos los muebles con los precios que en el fondo esperábamos cobrar, más bajos, y entonces vinieron más. Le dije a Maurice: «Éste es un país amable y honesto. No tendremos problemas».

Charlie lo libera de su abrazo, mira a Ahmad frente a frente, pues el nuevo empleado es igual de alto que él aunque pesa unos quince kilos menos, y le guiña el ojo.

–Papá –dice con un gruñido de resignación–, sí hay problemas. Los *zanj* no tenían derechos, les tocó luchar por ellos. Los linchaban, no les dejaban entrar en los restaurantes, ni siquiera les permitían beber de las mismas fuentes; tuvieron que ir al Tribunal Supremo para que les considerasen seres humanos. En Estados Unidos nada es gratis, hay que pelear por todo. No hay guardianes de la sabiduría ni leyes justas, no hay *umma* ni *sharia*. Que te lo diga este joven, acaba de salir del instituto. Siempre en guerra, ¿no? Mira lo que hace Estados Unidos en el extranjero: la guerra. Impuso por la fuerza un Estado judío en Palestina, justo en la garganta de Oriente Medio, y ahora se ha metido en Irak para convertirlo en un Estados Unidos en miniatura, y quedarse el petróleo.

–No le creas –le pide Habib Chehab a Ahmad–. Viene con esta propaganda pero en el fondo sabe que aquí lo tiene fácil. Es un buen chico. Mira cómo sonríe.

Y Charlie no sólo sonríe, suelta una carcajada, echando la cabeza atrás hasta que se hacen visibles el arco de herradura de su mandíbula superior y la textura granulosa de su lengua, como la de un gusano gordo. Sus flexibles labios se cierran en una sonrisa de satisfacción y se queda pensativo. Bajo sus tupidas cejas, los ojos, despiertos, examinan a Ahmad.

–¿Y tú qué piensas de todo esto? El imán dice que eres muy devoto.

–Intento ir por el Recto Camino –admite Ahmad–. No es fácil en este país. Hay demasiados caminos, se venden demasiadas cosas inútiles. Se jactan de su libertad, pero la libertad sin fin concreto se convierte en una especie de cárcel.

El padre lo interrumpe, sube la voz:

–Tú nunca has visto una cárcel. En este país, la gente no les tiene miedo. No es como en el Viejo Mundo. No es como con los saudíes, o como Irak en el pasado.

Charlie interviene, conciliador:

–Papá, Estados Unidos es el país con más población penitenciaria.

–No más que en Rusia. Ni que en China, si lo pudiéramos saber.

–Bueno, pero hay muchísimos presos, casi dos millones.

Las negras jóvenes no tienen con quién salir. Están todos entre rejas, por Dios.

–Son para los criminales. Las cárceles, quiero decir. Tres y cuatro veces al año nos entran a robar. Si no encuentran dinero destrozan los muebles y se cagan por todas partes. ¡Qué asco!

–Papá, son los desfavorecidos. Para ellos, nosotros somos ricos.

–Tu amigo Saddam Hussein, ése sí que sabe de cárceles. Los comunistas también. En este país, el hombre de a pie no tiene ni idea de cómo son. El ciudadano medio no tiene miedo. Hace su trabajo. Acata las leyes. Son leyes fáciles: no robes, no mates, no te folles a la mujer de otro.

Unos cuantos compañeros de Ahmad, del Central High, quebrantaron la ley y fueron condenados por un tribunal de menores, por posesión de droga, allanamiento de morada y conducción bajo los efectos del alcohol. Para los peores de todos ellos, los juicios y la cárcel formaban parte de su vida diaria, nada los asustaba; simplemente se resignaban a vivir así. Pero antes de que Ahmad pueda intervenir en el debate, como desea, con estas informaciones, Charlie se lo impide con una frase hábil que quiere poner paz y a la vez dejar claro su irrebatible punto de vista:

–Papá, ¿y qué dices de nuestro pequeño campo de concentración en la bahía de Guantánamo? Esos pobres diablos no tienen ni abogado. Ni siquiera tienen imanes que no sean unos soplones.

–Son soldados enemigos –apunta enfurruñado Habib Chehab, deseando que la discusión termine ya pero sin dar su brazo a torcer–. Son hombres peligrosos. Quieren destruir este país. Es lo que dicen a los reporteros, a pesar de que les damos mejor de comer que los talibanes. Creen que el 11-S fue una broma genial. Para ellos es como estar en guerra. Es la *yihad*. Así lo ven. ¿Qué esperan, que los estadounidenses se dejen pisotear sin defenderse? Incluso Ben Laden espera resistencia.

–La *yihad* no tiene por qué ser una guerra –interviene Ahmad, la voz rasgada por su timidez–. Significa el esfuerzo por mantenerse en la senda de Dios. También puede tratarse de una lucha interior.

El viejo Chehab lo mira con renovado interés. Sus iris no son de un marrón tan oscuro como los de su hijo; son dos canicas de oro enmarcadas en un blanco acuoso.

–Eres un buen chico –declara con solemnidad.

Charlie agarra a Ahmad por el hombro con un brazo fuerte, como para expresar la solidaridad establecida entre los tres.

–No se lo dice a cualquiera –le reconoce al nuevo recluta.

Esta entrevista tiene lugar en la parte trasera del establecimiento, donde tras un mostrador quedan separados unos pupitres de acero y, más allá, un par de puertas de oficina de cristal esmerilado que delimitan la zona de los despachos. El resto del espacio sirve de expositor, un recinto de pesadilla que contiene sillas, mesas auxiliares, mesitas, lámparas de mesa, lámparas de pie, sofás, sillones, mesas de comedor con su juego de sillas, taburetes, aparadores, arañas de luces colgando como enredaderas de la jungla, candelabros de pared con varios acabados en esmalte o metal, y espejos grandes y pequeños, tanto austeros como ornamentados, con marcos dorados y plateados en forma de hojas y flores planas y cintas talladas y águilas de perfil, con las alas extendidas y las garras cerradas; las águilas de América miran por encima del reflejo turbado de Ahmad, un muchacho esbelto de origen mestizo con una camisa blanca y unos vaqueros negros.

–Abajo –dice el padre, bajito, rechoncho; tiene un brillo en la nariz aquilina y cansancio en las oscuras bolsas de piel bajo los ojos dorados– están los muebles de exterior, de jardín y de porche, plegables y de mimbre, y también plafones de aluminio para montar una galería en el patio trasero por si la familia quiere cambiar de aires, con mosquiteras para mantener a raya a los bichitos. En el piso de arriba tenemos los muebles de dormitorio, las camas, las mesillas de noche y las cómodas, los tocadores de señora, aparadores para cuando no hay suficientes armarios, *chaise longues* para que las damas puedan descansar los pies, taburetes mullidos con la misma utilidad, lamparitas de mesa de poca luz, ya sabes, que vayan a juego con lo que se hace en los dormitorios.

Charlie, quizás al ver sonrojarse a Ahmad, añade con voz algo ronca:

–Nuevos, usados, no nos centramos demasiado en eso. El precio de la etiqueta ya explica la historia del mueble y su estado. El mobiliario no es como los coches, no tiene tantos secretos. Lo que ves es lo que hay. Donde tú y yo entramos es en lo siguiente: las compras de más de cien dólares tienen el transporte gratis a cualquier parte del estado. A la gente le encanta. Tampoco es que vengan muchos clientes de la otra punta de New Jersey, no sé, de Cape May, pero la cuestión es que a todos les gusta oír la palabra gratis.

–Y alfombras –dice Habib Chehab–. Quieren alfombras orientales, ni que los libaneses fueran de Armenia o de Irán. Bueno, pues tenemos un muestrario en el piso de abajo, y se pueden llevar cualquiera de las que están en el suelo, nosotros la limpiamos. Hay tiendas especializadas en alfombras en Reagan Avenue, pero la gente confía en nuestras gangas.

–Confían en nosotros, papá –observa Charlie–. Nos hemos hecho un nombre.

Ahmad puede oler cómo se desprende, de todo este equipamiento amontonado para los vivos, el aura mortal –impregnada en los cojines y en las alfombras y en las pantallas de tela de las lámparas– de la humanidad orgánica, sus, digamos, seis posiciones de reposo repetidas en una variedad desesperada de estilos y texturas, entre paredes atestadas de espejos, pero que en el fondo se resumen en la misma sordidez cotidiana, el desgaste y el hastío que conlleva, los lugares cerrados, la finitud constante de suelos y techos, la pesadez y la desesperanza silenciosas que albergan las vidas que no tienen a Dios como más cercano compañero. El espectáculo reaviva una sensación enterrada en los pliegues de su infancia: el ilusorio placer de ir de compras, la suntuosidad tentadora y falsificada de la abundancia creada por el hombre. Subía con su madre las escaleras mecánicas, recorría con ella los pasillos perfumados de los últimos grandes almacenes del centro, poco antes del cierre final, o intentaba mantener el mismo paso enérgico que ella, avergonzado por la falta de armonía entre las pecas ajenas y su propia tez morena, mientras atravesaban aparcamientos alquitranados camino de naves industriales, de hangares de chapa montados en poco tiempo, donde el género se exponía, embalado, en grandes pilas que llegaban hasta las vigas, dejadas a la vista. En esas excursiones –restringidas a buscar recambio para algún electrodoméstico ya imposible de reparar, o a comprar alguna pieza de ropa que los rápidos estirones del chico exigían, o bien, antes de que el islam lo hiciera inmune, a adquirir algún videojuego largamente deseado y que a la temporada siguiente quedaba obsoleto– madre e hijo eran acechados desde todos los flancos por objetos atractivos e ingeniosos que no necesitaban para nada ni podían tampoco permitirse, posesiones potenciales que otros estadounidenses se procuraban sin esfuerzo aparente pero que para ellos eran imposibles de exprimir del salario de una auxiliar de enfermería sin marido. De la abundancia de América, Ahmad sólo pudo probar un par de mordiscos. Demonios, eso es lo que parecían los embalajes chillones, las perchas interminables de la moda inconsistente de hoy, las estanterías donde el poder del chip se manifestaba en dibujos animados homicidas que azuzaban a las masas a comprar, a consumir mientras el mundo tuviera recursos que agotar, a darse atracones antes de que la muerte cerrara las ávidas bocas por siempre jamás. En todo este desfile de los necesitados hacia el endeudamiento, la muerte era la meta final, el mostrador donde resonaban al caer los dólares, en su carrera decreciente. Apresuraos, comprad ahora, porque los placeres simples y puros de la otra vida son una fábula vacua.

En el Shop-a-Sec, evidentemente, había productos a la venta, pero se reducían a bolsas y cajitas de comida salada, azucarada, poco sana, a matamoscas de plástico y a lápices fabricados en China, con gomas inútiles; pero aquí, en esta inmensa sala de muestras, Ahmad se siente a punto de ser llamado a las filas del ejército del comercio y, pese a la cercana presencia del Dios para quien las cosas materiales no son más que vanas sombras, está exaltado. El mismo Profeta era un mercader. «No se cansa el hombre de pedir cosas buenas», dice la sura cuarenta y uno. Y en las buenas deben de estar incluidas las cosas que en el mundo se fabrican. Ahmad es joven; tiene todavía mucho tiempo, razona, para que le sea perdonado el materialismo, si es que precisa de perdón. Tiene a Dios más cerca que su vena yugular, y Él sabe qué es desear las comodidades, de lo contrario no habría llenado la otra vida con ellas: en el Paraíso hay alfombras y divanes, lo afirma el Corán.

Llevan a Ahmad a ver el camión, su futuro camión. Charlie lo guía por detrás de las mesas y el mostrador, por un corredor que ilumina tenuemente un tragaluz velado por ramitas caídas, hojas y semillas con alas. En el pasillo hay una fuente de agua refrigerada, un calendario cuyas casillas están llenas de garabatos con las fechas de entrega, lo que Ahmad termina por reconocer como un deslustrado reloj de fichar y, al lado, una rejilla para las tarjetas de registro de cada uno de los empleados, repetidamente perforadas.

Charlie abre otra puerta y ahí les espera el camión, que alguien ha aparcado junto a un andén de carga cuyo suelo está hecho de gruesos tablones, bajo un saliente del tejado. El camión, un receptáculo alto de color naranja con todos los cantos reforzados con tiras de metal remachado, sorprende a Ahmad, que se topa con él por vez primera; desde la plataforma, se le aparece como un animal gigante de cabeza achatada que se acerca demasiado, arrimado a la dársena como si quisiera que lo alimentaran. En el lateral naranja, un poco oscurecido por la arenilla de las carreteras, está estampada en cursiva, en color añil y con rebordes dorados, la palabra *Excellency*, debajo, en mayúsculas, HOME FURNISHINGS, y en letra más pequeña, la dirección y el número de teléfono de la tienda. El camión tiene juegos dobles de ruedas en el eje trasero. Los retrovisores laterales, dos moles cromadas, sobresalen considerablemente. La cabina está enganchada al remolque sin casi espacio en medio. Es imponente pero agradable.

–Es una bestia vieja y fiel –dice Charlie–. Ciento cincuenta mil kilómetros y no ha dado muchas molestias. Baja y familiarízate con él. No saltes, usa los escalones de más allá. Sólo faltaba que te rompieras un tobillo el primer día de trabajo.

A Ahmad esta zona ya le resulta un poco familiar. En el futuro la va a conocer mucho mejor: la plataforma de carga, el aparcamiento con el pavimento de hormigón agrietado cociéndose al reluciente sol de verano, los edificios adyacentes, de ladrillo, bajos, el caos de galerías de las casas adosadas, un contenedor oxidado en una esquina, propiedad de alguna empresa cerrada hace mucho, el lejano ruido oceánico de las oleadas de tráfico, rompiendo por los cuatro carriles del Reagan Boulevard. Este espacio siempre tendrá algo mágico, algo pacífico cuyo origen no es de este mundo, la extraña cualidad de quedar magnificado por una posición ventajosa. Es un lugar que ha recibido el hálito de Dios.

Ahmad desciende el tramo de cuatro peldaños, también de gruesos tablones, y queda al mismo nivel del camión. En el distintivo en la puerta del conductor, lee: Ford Triton E-350 Super Duty. Charlie abre esa puerta y dice:

–Venga, campeón. Arriba.

En el calor de la cabina flota un hedor a cuerpos masculinos, humo rancio de cigarrillos, cuero, café frío y al fiambre de los bocadillos que en él se han consumido. Ahmad se sorprende, tras las horas dedicadas a los folletos del permiso de conducción comercial, con todo su rollo sobre el doble embrague y la reducción de marcha en las pendientes peligrosas, de que en el suelo no haya una palanca de cambio.

–¿Cómo se cambia de marcha?

–No se cambia –le explica Charlie, arrugando el ceño pero manteniendo un tono neutro de voz–. Es automático. Como en tu querido coche familiar.

El vergonzoso Subaru de su madre. Su nuevo amigo percibe cierto rubor y añade, tranquilizándolo:

–Cambiar de marcha es sólo una preocupación extra. El antepenúltimo chaval que contratamos se cargó la caja de cambios al meter marcha atrás cuesta abajo.

–Pero en las pendientes inclinadas, ¿no hay que reducir? Para no abusar del freno y gastar las pastillas.

–Sí, puedes reducir con la palanca que hay en el volante. Pero en esta parte de Jersey no hay tantos desniveles. No es que estemos en Virginia Occidental.

Charlie conoce los estados, es un hombre de mundo. Rodea la cabina y con un salto ágil, estirando los brazos como un mono, se sube al asiento del copiloto. Para Ahmad es como si alguien se hubiera metido en la cama con él. Charlie saca una cajetilla de cigarrillos medio roja del bolsillo de la camisa –de un tejido áspero y duro, parecido a la tela vaquera pero de color verde militar en vez de azul– y le da un diestro toquecito para que varios pitillos de filtro marrón asomen un par de centímetros. Le pregunta:

–¿Para templar los nervios?

–Gracias, señor, pero no. No fumo.

–¿De verdad? Sabia elección. Vivirás eternamente, campeón. Y déjate de señor, ni me trates de usted. Con «Charlie» basta. Bueno, vamos a ver cómo conduces este trasto.

–¿Ahora mismo?

Charlie da un bufido, propiciando una detonación de humo en un extremo del ángulo de visión de Ahmad.

–No, la semana que viene. ¿Para qué has venido? No estés tan nervioso. Está chupado. Hay retrasados que lo hacen cada día, créeme. Esto no es ingeniería aeronáutica.

Son las ocho y media de la mañana. Demasiado temprano, siente Ahmad, para iniciarse. Pero si el Profeta confió su cuerpo al temible caballo *Buraq*, Ahmad puede también ascender al alto asiento negro, rajado, manchado y partido por los ocupantes anteriores, y conducir esta altísima caja naranja sobre ruedas. El motor, cuando la llave lo hace arrancar, ruge en un tono muy bajo, como si el combustible fuera una sustancia más espesa y grumosa que la gasolina.

–¿Es diésel? –pregunta Ahmad.

Con un farfullo, a Charlie se le escapa más humo, que sigue brotando de lo más hondo de sus pulmones.

–¿Estás de broma, chaval? ¿Alguna vez has conducido un diésel? Lo deja todo apestado y el motor tarda una eternidad en calentarse. Es imposible arrancar y pisar a fondo. A ver, debes tener en cuenta que no hay retrovisor sobre el salpicadero. Que no te entre el pánico si, mientras aún te estás acostumbrando, echas una mirada y no lo ves. Utiliza los retrovisores laterales. Otra cosa, recuerda que aquí todo tarda más: cuesta más rato frenar y aún más reanudar la marcha. Los semáforos no están para ganar carreras. Vaya, ni lo intentes. Es como una viejecita: no le pidas demasiado pero tampoco la subestimes. Aparta la vista por un momento de la carretera y te aseguro que puede matar. Bueno, no te asusto más. Vamos, dale. Espera: asegúrate de que pones marcha atrás. Hemos chocado más de una vez con la plataforma. El mismo conductor del que te he hablado antes. ¿Sabes lo que he aprendido con los años? No existe nada, por estúpido que parezca, que nadie no haya hecho alguna vez. Marcha atrás, tres maniobras y fuera. Estarás en la Calle Trece, luego sales a Reagan. No puedes girar a la izquierda. Hay una mediana de cemento pero, como te he dicho, hay cosas que por estúpidas que parezcan siempre hay alguien que las ha hecho, así que te aviso.

Charlie aún está hablando cuando Ahmad saca el camión lentamente hacia atrás, traza un semicírculo perfecto y, ya con la marcha correcta, abandona el solar. Descubre que, a esta altura del suelo, va flotando por encima de los techos de los coches. Cuando llega al cruce con el bulevar toma la curva demasiado cerrada, de modo que sube las ruedas traseras a la acera, pero apenas lo nota. Se siente transportado a otra escala, a otro plano. Charlie, atareado en apagar el cigarrillo en el cenicero del salpicadero, no dice nada de la sacudida.

Tras unas cuantas manzanas, los ojos de Ahmad se habitúan a saltar del retrovisor de la izquierda, el que tiene mayor ángulo de visión, al de la derecha. El reflejo naranja que entreví del rótulo con ribetes brillantes de ambos lados del vehículo ya ha dejado de alarmarlo y se convierte en una parte más de sí mismo, como los hombros y los brazos que entran en su visión periférica cuando va andando por la calle. En sueños, desde la niñez, a veces volaba por pasillos, descendía casi a ras de tierra por las aceras, y a veces despertaba con una erección o, aún más vergonzoso, con una mancha húmeda en la entrepierna del pijama. En vano consultó el Corán para recibir consejos sexuales. Hablaba de la impureza, pero sólo en referencia a las mujeres: la menstruación y el amamantamiento de los bebés. En la segunda sura halló estas misteriosas palabras: «Vuestras mujeres son campo labrado para vosotros. ¡Id, pues, a vuestro campo como queráis, pero antes haced algo por el bien de vuestras almas! ¡Temed a Dios y sabed que Le encontraréis!». En la aleya previa, leyó que las mujeres son un mal. «¡Manteneos, pues, apartados de las mujeres durante la menstruación y no os acerquéis a ellas hasta que se hayan purificado! Y cuando se hayan purificado, id a ellas como Dios os ha ordenado. Dios ama a quienes se arrepienten. Y ama a quienes se purifican.» Ahmad se siente puro en el camión, desligado de las bajezas del mundo, de sus calles repletas de excrementos de perro y de trozos de plástico y papel barridos por el viento;

se siente limpio y libre, haciendo volar como una cometa la caja naranja que aparece detrás, en los retrovisores.

–No adelantes si estás en la derecha –lo reprende de golpe Charlie, con voz aguda de alarma. Ahmad aminora, no se había dado cuenta de que estaba rebasando a los coches que tenía a su izquierda, en el carril de al lado de la mediana, compuesta de una ristra de pilones de seguridad, firmes, sucios, los postes de Jersey, como los llaman en este estado.

–¿Por qué se llaman así? –inquiere–. ¿Qué nombre les han puesto en Maryland?

–No cambies de tema, campeón. Cuando llevas un camión no puedes estar ahí sentado y soñar despierto. En tus manos están la vida y la muerte, por no hablar de las reparaciones, que subirán las primas del seguro si haces el tonto. Nada de comer perritos calientes ni hacer el gilipollas con el teléfono móvil, como si esto fuera un coche. Eres más grande, por lo tanto tienes que ser mejor.

–¿En serio? –Ahmad intenta pinchar al tipo, mayor que él, su hermano libanés americano, para que deje de estar serio–. Pero ¿no deberían apartarse los coches?

Charlie no se da cuenta de que Ahmad está de broma. Mantiene la vista fija en la carretera, a través del parabrisas, y dice:

–No seas idiota, chaval. ¿Cómo van a apartarse? Es como con los animales. ¿Verdad que no metes en el mismo saco a las ratas y los conejos que a los leones y los elefantes? ¿Verdad que no se puede comparar a Irak con Estados Unidos? Si eres más grande, más vale que seas mejor.

Esta nota política le suena a Ahmad extraña, ligeramente desafinada. Pero está de parte de Charlie, y sumisamente se deja llevar.

–Dios mío –dice Jack Levy–. De esto iba la vida. Ya lo había olvidado, y no esperaba que me lo volvieran a recordar.

Con esta cautela, en estas circunstancias, sin nombrarla, rinde cierto homenaje a su esposa, quien hace mucho tiempo tuvo su oportunidad de enseñarle de qué trataba la vida. Teresa Mulloy, que yace desnuda junto a él, está de acuerdo:

–Así es –pero entonces añade, guardándose las espaldas–: pero no dura mucho. –Su cara, con su forma redonda y sus ojos ligeramente saltones, está tan sonrojada que las pecas quedan camufladas, marrón claro sobre rosa.

–¿Acaso hay algo que dure? –pregunta Jack.

En realidad, no es que ella pretendiera que él coincidiese con su salida un tanto brusca. Su rosácea soflama se intensifica hasta el color que viene después de un amago de rechazo, de la confrontación con lo indefensa que está en esta aventura sin porvenir, de lo que sucede tras otro novio casado. Él nunca dejará a su gorda Beth, y tampoco pretende que lo haga. Es veintitrés años mayor, y lo que ella necesita es un hombre que le dure para el resto de la vida.

El verano en New Jersey ha alcanzado el bochorno permanente de julio, pero aun así, sintiendo el frescor del aire en contraste con sus pieles sofocadas por la pasión, los amantes se han tapado con la sábana, arrugada y húmeda por haber estado bajo sus cuerpos. Jack se incorpora apoyándose en la almohada, dejando a la vista los flojos músculos y la pelusa gris de su torso, y Terry, con encantadora impudicia bohemia, no ha subido demasiado su parte de sábana, de modo que sus pechos, blancos como el jabón allá donde el sol nunca los toca, quedan descubiertos para que él los admire y vuelva, si lo desea, a palpar su peso. Le gustan llenitas, aunque no siempre se mantienen entre ciertos límites. Las fragancias de disolvente y aceite de linaza sosiegan a Jack, ahí en la cama de su amante. Como dijo Terry, está trabajando con formatos grandes, más luminosos. Cuando al follar se sienta a horcajadas sobre él, empalándose en su erección, Jack tiene la impresión de que los colores que recubren las paredes se reflejan en sus costados, la tintura va bajando conforme él los acaricia, tensos, llenos de costillas, ostentosos, de blancura irlandesa. No puede imaginar el peso de Beth sobre su pelvis, ni que sea capaz de abrirse suficientemente de piernas. Se han quedado sin posturas, salvo la de la cuchara; e incluso así, su enorme culo lo aparta, como si tuvieran un niño celoso en la cama.

–El asunto es que –reanuda Jack, que ha percibido en el silencio de Terry un alejamiento debido a alguna falta de tacto por su parte– mientras todo sigue no importa que no vaya a durar... La madre naturaleza dice: «¿Y qué más da?». Parece que vaya a ser para siempre. Me encantan tus tetas, hace un rato que no lo decía, ¿no?

–Empiezan a caerse. Deberías haberlas visto cuando tenía dieciocho años. Eran hasta más grandes, y bien respingonas.

–Terry, por favor. No me vuelvas a excitar. Tengo que irme.

–Las de Beth también, recuerda, habían sido como dos cuencos del revés, del tamaño de los de tomar cereales por la mañana, con unos pezones duros, en la boca le parecían arándanos.

–¿Adónde, Jack? –Hay preocupación en la voz de Terry. Una amante sabe cuándo miente el hombre, mientras que la esposa sólo lo supone.

–Una tutoría. Ésta es de verdad, al otro lado de la ciudad. Yo tengo el coche; ella lo va a necesitar dentro de una hora y media para ir a la biblioteca. –Está inseguro, por los vacíos que le deja la modorra poscoital en la cabeza, de cuánta verdad hay en lo que dice. Pero Beth sí tendrá que usar el coche, de eso está seguro.

Terry, al captar su incertidumbre, se queja:

–Jack, siempre estás con las prisas. ¿Huelo mal o qué?

Eso duele, porque Beth sí; por la noche su olor corporal invade la cama, una emanación cáustica de sus profundos pliegues que se suma a la inquietud y el pavor nocturnos de Jack.

–Ni de coña –dice él, ha aprendido estas expresiones de los alumnos–. Ni siquiera... –Se detiene, a punto de sobrepasarse.

–Mi coño. Dilo.

–Ni siquiera ahí –admite él–. Ahí en especial... eres dulce. Eres mi confite de ciruela. –Aunque a decir verdad le da reparo tener la cara metida demasiado rato entre sus piernas, por miedo a que Beth pueda oler a la otra mujer cuando se den el beso de buenas noches: un roce rápido, pero que ha sido una costumbre arraigada durante treinta y seis años de matrimonio.

–Háblame de mi coño, Jack. Quiero oírlo. Suéltate.

–Por favor, Terry. Es grotesco.

–¿Por qué, pichilla cursi? Anda, un judío con remilgos. ¿Qué tiene de grotesco mi coño?

–Nada, nada –reconoce, vencido–. Es perfecto, precioso. Es...

–¿Es? ¿El qué? ¿Qué es todas esas cosas bonitas, perfecto y precioso?

–Tu coño.

–Bien. Sigue. –Quizá pretenda resaltar que él usa su coño, como la usa a ella, sin prestar la atención suficiente, sin ver todo lo que lo rodea: el aroma, los aledaños, que la soledad le duela a Terry cuando él se la saca, su conciencia de ser utilizada, y de ser utilizada, precisamente en eso, con aprensión.

–Está mojado –continúa él– y rizado, y por dentro es suave como una flor, y elástico...

–Oh –dice ella–, elástico. Esto se pone interesante. Y le gusta... dime qué es lo que le gusta.

–Le gusta que lo bese y lo lama, que juegue con él y lo penetre... No me hagas seguir, Terry. Así mato la pasión. Estoy loco por ti, tú lo sabes. Eres la mujer más...

–No me lo digas –lo corta, enfadada. Retira la sábana y de un salto sale de la cama; le tremolan las nalgas, que empiezan, como ha dicho antes de otras partes, a colgar. Le está saliendo piel de naranja. Como si hubiera notado los ojos de Jack mirándole el trasero, se da la vuelta ante la puerta del baño, ofreciéndole su pequeño tapiz de color cedro; expone desafiante toda su pastosa blandura (pan blanco sin corteza, le parece a

Jack), una invitación amable que él no ha sabido aceptar con suficiente entusiasmo. Verla tan desnuda y femenina, tan susceptible y grumosa, le deja la boca seca, robándole el aire a su vida habitual, vestida y concienzuda. Terry acaba la frase por él–: Eres la mujer más bella desde que Beth se puso gorda como una foca. Te gusta bastante follar conmigo, pero no quieres decir «follar» por miedo a que ella, de algún modo, pueda oírlo. Antes echabas un polvo y te largabas porque te daba miedo que Ahmad pudiera aparecer en cualquier momento, pero ahora que tiene trabajo y se pasa el día fuera, siempre encuentras alguna excusa para no quedarte ni un minuto más de lo preciso. Que simplemente disfrutes de mí, eso es todo lo que te he pedido, pero no, los judíos tienen que sentir culpa, es su manera de mostrar lo especiales que son, lo muy por encima que están de los demás, Dios sólo se cabrea con ellos, por su pútrida y valiosa alianza. ¡Me das asco, Jack Levy!

Da un portazo en el baño, pero queda pillada una punta de la tupida alfombrilla y la puerta sólo se cierra a regañadientes, no antes de que a Jack le dé tiempo a ver, por la ranura, cómo Terry enciende la luz de mala gana y los tremores de sus nalgas irlandesas, nunca besadas por el sol del desierto.

Se queda tumbado, afligido, quiere vestirse pero sabe que así no haría más que darle la razón a ella. Cuando Terry sale finalmente del baño, tras haberse olvidado de él con una ducha, recoge su ropa interior y se la pone con gestos comedidos. Sus pechos se balancean al agacharse, y son lo primero que se cubre, encajándolos en las copas de gasa del sostén y cerrándolo, con una mueca, por detrás. Luego se pone las bragas por los pies, manteniendo el equilibrio con un brazo alargado, apoyándose con mano firme en el tocador, que está oculto bajo una capa de tubos de pintura al óleo. Con la otra mano da un primer tirón y después se ayuda de las dos para terminar de subirse la prenda de nailon; el ensortijado tapiz de color cedro asoma, tras la rápida captura, por encima de la tira elástica de la cintura, como la espuma en una cerveza mal tirada. El sujetador es negro, pero el tanga, lila. Le queda bien abajo de las caderas, deja descubierta la turgencia nacarada de su vientre, como en los pantalones adolescentes más osados, aunque después se pone encima unos vaqueros ordinarios y viejos, de cintura alta, con un brochazo o dos de pintura en la parte delantera. Un jersey de cordoncillo y un par de sandalias de lona y ya tendrá la armadura completa, estará preparada para enfrentarse a la calle y sus oportunidades. Otro hombre podría robársela. Jack teme que cada vez que la ve desnuda pueda ser la última. El desconsuelo lo abate con fuerza suficiente para hacerle gritar:

–¡No te pongas todo eso! Vuelve a la cama, Terry. Por favor.

–No tienes tiempo.

–Sí que tengo. Acabo de recordar que la tutoría no es hasta las tres. Y en cualquier caso, ese chaval es un perdedor, vive en Fair Lawn, y sus padres son unos ilusos que creen que con mi ayuda entrará en Princeton. Evidentemente, no está en mis manos. ¿No te quedas?

–Bueno... un ratito. Sólo me acurrucaré. Odio que discutamos. No deberíamos tener nada por lo que pelear.

–Nos peleamos –aclara él– porque nos importamos el uno al otro. Si no, no discutiríamos.

Desabrocha el cierre de los tejanos escondiendo barriga, lo que le da un aspecto momentáneamente cómico con los ojos más saltones, y se desliza rápido bajo la sábana arrugada, en su ropa interior negra y lila. El atuendo tiene un cierto desenfado de furcia, como en la imagen de zorra adolescente que adoptan algunas de las chicas más descaradas del Central High, que le estremece furtivamente el pene. Trata de no darle importancia, le pasa un brazo alrededor de los hombros –el vello de la nuca todavía está húmedo tras la ducha– y la acerca con casto compañerismo.

–¿Qué tal le va a Ahmad?

Terry contesta con recelo, consciente de la abrupta transición de puta a madre.

–Parece que bien. Está contento con la gente para la que trabaja, un padre y un hijo libaneses que se han repartido los papeles de poli bueno y poli malo. Parece que el hijo es todo un personaje. A Ahmad le encanta el camión.

–¿El camión?

–Podría ser un camión cualquiera, pero éste es su camión, como si fuera suyo. Ya sabes cómo son estos enamoramientos. Cada mañana comprueba la presión de los neumáticos, los frenos, todos los líquidos. Suele explicármelo: el aceite del motor, el refrigerante, el líquido del limpiaparabrisas, el ácido de la batería, el líquido de la dirección asistida, el de la transmisión automática... Y ya está, creo. También verifica que las correas del ventilador estén tensas y no sé cuántas cosas más. Dice que los mecánicos de las estaciones de servicio, en las revisiones programadas, van demasiado apurados y resacosos para hacerlo como es debido. El camión también tiene nombre: *Excellency*. Excellency Home Furnishings. Creían que era la palabra para «excelente».

–Bueno –admite Jack–, casi. Qué ingeniosos.

La erección vuelve mientras intenta pensar en Terry como madre y profesional, auxiliar de enfermería y pintora abstracta, una persona inteligente y polifacética a quien le gustaría conocer aunque no fuera del sexo contrario. Pero sus pensamientos se han despegado de la ropa interior de seda, lila y negra, y de la facilidad, el descuido casi, con que lo trata sexualmente: tanta experiencia, tantos novios acumulados desde que el padre de Ahmad fracasó en su intento de resolver el acertijo americano y se largó. Incluso entonces ella era una muchacha educada en el catolicismo a quien no le importaba irse a vivir con un amante de los turbantes, con un musulmán. Era una chica alocada, le gustaba saltarse las normas. Terri-ble. Un sagrado Terr-or. Se interesa:

–¿Quién te ha hablado de los judíos y la alianza?

–No sé. Un tío que conocí.

–¿Lo conociste en qué sentido?

–Lo conocí, Jack. Oye, ¿no hicimos un pacto? Tú no preguntas y yo no tengo que explicarte nada. En los mejores años que se supone que tiene una mujer, yo he estado abandonada y soltera. Y ya he cumplido los cuarenta. No receles porque tenga un pasado.

–No, no es que lo piense, está claro. Pero, como decíamos, cuando te importa alguien, te vuelves posesivo.

–¿Es eso lo que estábamos diciendo? Yo no he oído eso. Lo único que he oído es que pensabas en Beth. En la patética de Beth.

–En la biblioteca no es tan patética. Se sienta tras el mostrador de consultas y con Internet se desenvuelve mucho mejor que yo.

–Suena fantástico.

–No, pero es una persona.

–Genial. ¿Y quién no? ¿Estás diciendo que yo no?

El genio de los irlandeses te hace apreciar a los luteranos. Su polla percibe el cambio de humor de Teresa, y la erección vuelve a remitir.

–Todos lo somos –la calma–. Tú en especial. En cuanto a lo de la alianza, ahí va un judío que nunca se sintió incluido en ese grupo: mi padre odiaba la religión, y los únicos pactos de que tuve noticia se hacían en barrios en los que no dejaban entrar a los judíos. ¿Cómo está Ahmad de religioso estos días?

Ella se relaja un poco, se recuesta en su almohada. Jack mueve la mirada unos centímetros más abajo, al sujetador negro. La piel pecosa de la zona del esternón parece un poco una tela de crespón, expuesta a los efectos dañinos del sol año tras año, en contraste con la tira de blancura jabonosa que asoma por el costado del sujetador. Jack piensa: «Conque antes que yo ha habido otro judío». ¿Y los demás? Egipcios, chinos, quién sabe.

Muchos de los pintores que Terry conoce son tipos a los que dobla en edad. Les debe de parecer una madre con un buen polvo. Quizá sea ése el motivo por el que su hijo es marica, vaya, si es que lo es.

–No te sabría decir –responde–. Nunca me ha hablado mucho de ello. El pobre, qué pinta más frágil y asustada tenía cuando lo dejaba en la mezquita, y subía solo esas escaleras. Después, si le preguntaba cómo le había ido, decía «Muy bien», y luego ni pío. Incluso se sonrojaba. Era algo que no podía compartir. Ahora, con el trabajo, me dijo que no siempre puede llegar a tiempo a la mezquita los viernes, y ese tal Charlie que va con él no parece que sea muy practicante. Pero mira, la verdad es que el chico parece más tranquilo, en general. Por ejemplo, en cómo me habla: tiene más el aire de un hombre, me mira a los ojos. Está satisfecho consigo mismo, por ganar dinero, y no sé, puede que sean imaginaciones mías, pero quizás está también más abierto a ideas nuevas, no tan encerrado en ese sistema de creencias, en opinión mía, tan limitado e intolerante. Se está renovando.

–¿Tiene novia? –inquiere Jack Levy, agradecido a Terry por haberse decidido a pasar a otro tema que no sean los defectos que ve en él.

–No que yo sepa –dice. A Jack le encanta esa boca irlandesa, sobre todo cuando se pone meditabunda y se olvida de cerrar los labios, el superior un poco tieso, con su pequeño pliegue de carne en medio–. Creo que lo sabría. Llega a casa cansado, deja que le ponga la comida, lee el Corán o, últimamente, el periódico, sobre esta guerra idiota contra el terrorismo, para luego poder hablar con ese tal Charlie, y después se va a la cama. En sus sábanas –se arrepiente de sacar el tema, pero sigue adelante– no hay manchas. –Y añade–: No siempre fue así.

–¿Cómo vas a saber si sale con alguna chica? –Jack la presiona.

–Oh, pues me lo contaría, aunque sólo fuera para fastidiarme. Nunca ha soportado que yo tuviera amigos varones. Y querría salir por la noche, cosa que no hace.

–No me cuadra. Es un muchacho apuesto. ¿No será gay?

La pregunta no la desconcierta, ya lo había pensado antes.

–Podría equivocarme, pero creo que en ese caso también lo sabría. Su profesor en la mezquita, ese sheij Rachid, da un poco de repelús, aunque Ahmad lo sabe. Lo venera pero no confía en él.

–¿Dices que conoces al tipo?

–De una o dos veces, cuando iba a recoger a Ahmad o a dejarlo. Conmigo era muy correcto y educado. Pero percibí odio. Para él, yo era un trozo de carne, de carne impura.

«Carne impura.» La erección de Jack ha vuelto. Se obliga a centrarse al menos un minuto más antes de revelar este suceso posiblemente inoportuno. Es algo que había olvidado, el que en el simple hecho de tenerla reside cierto placer: un mango firme, recio, pertinaz, lo que se ha dado en llamar, con ligero descaro y petulancia, el centro de tu ser, y que trae consigo la sensación de que por momentos existes en algo más.

–El trabajo –Jack reanuda la conversación–, ¿le ocupa muchas horas?

–Depende –dice Terry. Su cuerpo despide, quizás en respuesta a una emanación de él, una hormigueante mezcla de esencias, la más notable la de jabón en la nuca. El tema de su hijo está dejando de interesarla–. Termina cuando ha repartido todos los muebles. Hay días que es temprano, pero generalmente acaba tarde. A veces tienen que transportarlos hasta muy lejos, Camden o incluso Atlantic City.

–Es un buen trecho, para entregar un mueble.

–No son sólo entregas, también hacen recogida. Mucho de lo que venden es de segunda mano. Hacen ofertas por mobiliarios heredados y luego se los llevan con el camión. Tienen una especie de red de trabajo; no sé qué importancia tiene el islam en todo ello. La mayoría de sus clientes en New Prospect son familias negras. Algunas de sus casas, me ha dicho Ahmad, son sorprendentemente bonitas. Le encanta ir por los diferentes barrios, ver los distintos estilos de vida.

–Ver mundo –suelta Jack en un suspiro–. Y primero ver New Jersey. Eso es lo que yo hice, sólo que me salté la parte del mundo. Bueno, señorita –se aclara la garganta–, tú y yo tenemos un problema.

Los ojos saltones, de color verde berilo claro, de Teresa Mulloy se abren de par en par, levemente alarmados.

–¿Un problema?

Jack levanta la sábana y enseña lo que le ha ocurrido de cintura para abajo. Espera haber compartido bastante vida en general con ella para que ella comparta esto con él.

Terry se queda mirándole, y curvando la punta de la lengua se toca el carnoso centro de su labio superior.

–Eso no es ningún problema –dice convencida–. *No problema, señor.**

Charlie Chebab a menudo acompaña en el camión a Ahmad, incluso cuando éste podría apañárselas solo para cargar y descargar. El muchacho se está poniendo fuerte con tanto levantar y acarrear peso. Ha pedido que los cheques de la paga –unos quinientos dólares a la semana, cobrando por hora casi el doble de lo que ganaba en el Shop-a-Sec– vayan a nombre de Ahmad Ashmawy, pese a que todavía vive con su madre. Como en su tarjeta de la seguridad social y en el permiso de conducir aún figura el apellido Mulloy, Teresa ha ido con él al banco para explicarlo, a uno de los nuevos edificios de cristal del centro, y a rellenar formularios para una cuenta separada. Así está su madre estos días, no le opone resistencia; sin em-

---

* En español en el original. *(N. del T.)*

bargo, tampoco es que antes le pusiera muchas objeciones. Su madre es, él lo ve ahora, volviendo la vista atrás, una estadounidense típica sin fuertes convicciones y sin el valor y el consuelo que éstas aportan. Es víctima de la religión estadounidense de la libertad, la libertad por encima de todas las cosas, a pesar de que la sustancia y el fin de la misma es algo que queda en el aire. «Bombas estallando en el aire»: la vacuidad del aire simboliza perfectamente la libertad estadounidense. Aquí no hay *umma*, en eso coinciden Charlie y el sheij Rachid; no hay una estructura divina que lo abarque todo, que haga postrarse, hombro con hombro, a ricos y pobres, no hay ningún código de sacrificio del individuo, ninguna sumisión exaltada como la que reside en el corazón del islam, en su mismísimo nombre. Lo que hay es una discordante diversidad de búsquedas personales, cuyos reclamos son «Aprovecha las oportunidades» y «Sálvese quien pueda» y «Dios ayuda a los que se ayudan a sí mismos», que se traducen en «No hay Dios ni Juicio Final: sírvete». El doble sentido de «sírvete» –«asístete tú mismo» y «toma lo que quieras»– tiene fascinado al sheij, quien tras veinte años de convivencia entre estos infieles se enorgullece del dominio de su idioma. Ahmad a veces tiene que reprimir la sospecha de que su maestro habita un mundo semirreal de palabras puras y que ama el Corán sobre todo por la pureza de su lenguaje, un caparazón de taquigrafías atropelladas cuyo contenido está en sus sílabas, en su extático fluir de «eles» y «aes» y sonidos guturales entrecortados, que se regala en los llantos y la valentía de aguerridos jinetes envueltos en túnicas bajo el cielo sin nubes de Arabia Deserta.

Ahmad considera a su madre como una mujer mayor que, de corazón, sigue siendo una chiquilla que juega con el arte y el amor; últimamente ha detectado que le preocupa que su hijo intuya que hay un nuevo amante, pese a que éste, a diferencia de la larga lista anterior, no aparece por el apartamento ni se disputa con Ahmad el dominio del territorio. «Puede que sea tu madre pero yo me la tiro», decían sus conductas, y esto también era muy estadounidense, el valorar las relaciones sexuales por encima de cualquier lazo familiar. La costumbre americana es odiar a tu familia y huir de ella. Incluso los padres conspiran para que ocurra, saludando con agrado los signos de independencia del hijo y riéndose de la desobediencia. No hay en ello nada del amor afín que el Profeta declaró por su hija Fátima: «Fátima es parte de mí; quien la agravie me agraviará a mí, y quien me ofende, ofende a Dios». Ahmad no odia a su madre, es demasiado dispersa para odiarla, está demasiado distraída con su búsqueda de la felicidad. A pesar de que siguen viviendo juntos en ese apartamento perfumado con los olores dulzones y acres de los óleos, ella tiene tan poco que ver con el yo que él despliega al mundo diurno como el pijama, grasiento de sudor, con el que Ahmad duerme por la noche y del que se libra antes de la ducha, su primer y apresurado paso hacia la pureza matutina del día laborable, y del buen trecho a pie que tiene hasta el trabajo. Durante algunos años, el que sus cuerpos compartieran el limitado espacio de la vivienda ha sido violento. La noción de actitud sana que tiene su madre incluye presentarse ante su hijo en ropa interior o con un camisón que trasluce las sombras de sus partes pudendas. En verano, lleva camisetas sin mangas, minifaldas, blusas desabrochadas y escotadas y vaqueros de cintura baja, apretados allá donde más rellena está. Cuando él manifiesta rechazo por sus atuendos, indecorosos y provocativos, ella se burla y le toma el pelo comportándose como si hubiera sido objeto de una galantería. Es únicamente en el hospital, con su uniforme verde claro, debidamente holgado sobre su indiscreta ropa de calle, donde cumple las prescripciones del Profeta hacia las mujeres, en la sura veinticuatro; ahí detalla que deben cubrirse el escote con el velo y no exhibir sus gracias más que a sus esposos, padres, hijos, hermanos, esclavos, eunucos y, recalca el Libro, a las «criaturas que desconocen las vergüenzas de las mujeres». De niño, con diez años o menos, en más de una ocasión esperaba a su madre, a falta de canguro, en el Saint Francis y se alegraba de verla atareada y sofocada bajo sus amplios ropajes sanitarios y con sus deportivas de suela gruesa, sin brazaletes que rompieran el silencio. Con quince años la situación se volvió más tensa, cuando él rebasó la altura de su madre y le apareció una pelusilla sobre el labio superior: ella aún no había cumplido los cuarenta, e ingenuamente deseaba todavía cazar a un hombre, arrancar a un doctor rico de su harén de lindas y jóvenes ayudantes, pero su hijo adolescente la delataba como una mujer de mediana edad.

Desde la perspectiva de Ahmad, ella se daba un aspecto juvenil y como tal se comportaba, al contrario de lo que debería hacer una madre. En los países del Mediterráneo y Oriente Medio, las mujeres se cubrían de arrugas y perdían la silueta con orgullo; la confusión indecente entre madre y hembra no era posible. Gracias a Alá, Ahmad nunca soñó con dormir con su madre, nunca la desnudó en esas zonas del cerebro propensas al exceso de imaginación o de ensoñaciones y en las que Satán introduce la vileza. En realidad, hasta el límite en que el chico se permite relacionar semejantes pensamientos con la imagen de su madre, ella no es su tipo. Sus carnes, manchadas de rosa y moteadas de pecas, tienen una apariencia antinaturalmente pálida, como de leprosa; su gusto, desarrollado en los cursos que ha pasado en el Central High, prefiere las pieles más oscuras, color cacao, caramelo y chocolate, y el seductor misterio que se esconde tras los ojos cuya negrura, opaca a primera vista, se intensifica hasta llegar al morado de las ciruelas o al marrón con destellos de sirope; lo que el Corán describe como «huríes de oscuros ojos rasgados, enclaustradas en pabellones». El Libro vaticina: «Y para ellos habrá huríes de grandes ojos, semejantes a perlas ocultas, como retribución a sus obras». Ahmad piensa que su madre es un error que su padre cometió, pero en el cual él nunca caería.

Charlie está casado con una libanesa que Ahmad apenas ve, sólo cuando se presenta en la tienda hacia la hora de cierre, al final de su propia jornada laboral, que desarrolla en una gestoría donde cumplimentan los impresos legales de la gente que no lo sabe hacer y donde se tramita el papeleo con gobiernos locales, estatales y nacionales que reclaman sus impuestos a los ciudadanos. Hay algo varonil en sus vestidos occidentales y trajes pantalón, y sólo su piel olivácea y sus pobladas cejas sin depilar la distinguen de una *kafir*. Lleva el pelo cardado, pero en la fotografía que Charlie tiene en su escritorio va tocada con un pañuelo amplio que esconde sus cabellos al completo y posa sonriente por encima de las caras de dos niños pequeños. Charlie nunca cuenta nada sobre ella, pese a que a menudo habla de mujeres, sobre todo de las que aparecen en los anuncios de televisión.

–¿Has visto la que sale en el anuncio de Levitra, para tíos a los que no se les levanta?

–No veo mucho la televisión –contesta Ahmad–. Ahora que he dejado de ser un niño, ya no me interesa.

–Pues debería. ¿Cómo vas a enterarte, si no, de qué nos hacen las empresas que gobiernan este país? La del anuncio de Levitra es mi ideal de tía buenorra, hablando en susurros de su «chico» y de cómo le gusta tener erecciones de «calidad», no dice «erecciones» pero eso es de lo que va el anuncio, de pollas empalmando, la disfunción eréctil es el mayor acierto de las farmacéuticas desde el Valium; y la manera que tiene de mirar a media distancia y cómo se le ponen un poco húmedos los ojos, casi puedes ver, en los ojos de esa mujer, el pollón tieso del tío, duro como una piedra, y entonces ella, que tiene una boca estupenda, hace algo curioso, como si se estremeciera, mueve los diminutos músculos de los labios, para que sepas lo que está imaginando, que está pensando en hacerle una mamada, con esa boca perfecta para chupar pollas. Y luego, aún con ese aspecto voluptuoso y altivo y de satisfacción sexual,

185

se vuelve hacia el tipo, que debe de ser algún modelo, seguramente gay en la vida real, y casi sin que te des cuenta dice «¡Caray!», y le toca en la mejilla, donde el tío, que estaba escuchando embobado cómo ella decía lo genial que es, tiene un hoyuelo. Te hace preguntarte cómo demonios se les ocurrió, cuántas tomas de vídeo hicieron antes de caer en esta idea, o si el guionista lo había pensado y lo escribió desde un principio. Pero es muy espontáneo, casi que no cuadra con que la tía sea tan sensual. Realmente tiene esa pinta de las mujeres bien folladas, ¿no? Y no es sólo que la imagen esté un poco desenfocada.

Esto, Ahmad se dice para sí un tanto triste, es una charla de hombres, algo que él, con su seria camisa blanca y sus vaqueros negros, esquivó en el instituto y que su padre podría haber expresado de manera más mesurada y menos obscena, eso si Omar Ashmawy hubiera esperado a desempeñar el papel de padre. Ahmad le está agradecido a Charlie por haberlo incluido en su club de amigos hombres. Charlie, que como mínimo le saca quince años y está casado aunque a tenor de lo que dice nadie lo diría, parece dar por sentado que Ahmad sabe tanto como él, o que, si no es así, le interesa aprenderlo. Al muchacho le resulta más fácil hablar con Charlie de soslayo, sin apartar la mirada del parabrisas y con las manos en el volante, que cara a cara. Declara, sonrojándose por manifestar su devoción:

–No me parece que la televisión fomente pensamientos puros.

–Coño, claro que no. Despierta: no la han inventado para eso. La mayor parte de lo que dan es basura para rellenar el tiempo que queda entre los anuncios. Me gustaría dedicarme a eso, si no tuviera que mantener a flote el negocio de papá. Su hermano le ayudó a montarlo y ahora está en Florida tan tranquilo desangrándonos porque, claro, él mantiene su tajada. Me encantaría hacer anuncios. Planificar, unir los elementos: director, reparto, estudios, guión... porque tiene que haber un guión.

Y después aporrear con ellos a todo hijo de vecino, en toda la jeta, para que nunca más vuelva a pensar. Dejándole bien clarito qué necesita, las cosas sin las que no podrá vivir. ¿Qué más nos dan estos magnates de los medios? Las noticias son para lloricas, fíjate en Diane Sawyer, la que sale en la ABC, que si pobres niños afganos, ay, ay, ay. Y si no, pura propaganda. Bush se queja de que Putin se está convirtiendo en un nuevo Stalin, pero nosotros somos peores de lo que el viejo Kremlin jamás fue, ni en sus mejores tiempos. Los comunistas sólo querían lavarte el cerebro. Los nuevos poderes fácticos, las corporaciones internacionales, directamente quieren quitártelo. Quieren volvernos máquinas consumistas: la sociedad del gallinero. Todo el entretenimiento, campeón, es basura, la misma basura que tuvo a las masas como zombis durante la Gran Depresión, sólo que entonces te ponías a la cola y pagabas un cuarto de dólar por ver una peli, mientras que hoy te la dan gratis, porque los anunciantes pagan millones por minuto para tener la oportunidad de meterse en nuestras cabezas.

Ahmad, que va conduciendo, intenta mostrar su acuerdo:

—No están en el Recto Camino.

—¿Estás de broma? Están en el camino de baldosas amarillas, un empedrado de intenciones insidiosas. —«In-si-dio-sas», piensa Ahmad, recordando la última vez que lo sermonearon. En un lado de su campo de visión ve los perdigones de saliva que va soltando Charlie en su hablar apresurado—. Los deportes —escupe—. Pagan millones por los derechos televisivos. Es la realidad sin ser real. El dinero ha arruinado las ligas profesionales; ya nadie se mantiene fiel a su equipo, abandonan el barco si les pagan quince millones más cuando de hecho no pueden ni contar lo que han amasado. Antes estaba la lealtad a los colores y cierta identificación regional, los imbéciles de tribuna no saben lo que se pierden. Creen que siempre ha sido así, jugadores codiciosos y récords batidos cada año. Barry Bonds: ése es mejor que Ruth y que DiMaggio, pero ¿quién puede querer a ese cabrón lleno de esteroides? Los aficionados de ahora no saben nada del amor. No les importa. Los deportes son como los videojuegos; y los jugadores, hologramas. Escuchas las tertulias de radio y quieres gritarles a esos fans de los Green Bay Packers o de quien sea, que no paran de soltar chorradas: «¡Por favor, sé una persona normal!». Dios, los pobres idiotas se saben todas las estadísticas de memoria, ni que les fueran a pagar el sueldo de Alex Rodriguez. ¿Y qué me dices de las comedias que las cadenas nos meten en casa? Joder, ¿a quién le hacen gracia? Bazofia. ¿Y Leno y Letterman? Más bazofia. Pero los anuncios son fantásticos. Son como los huevos de Fabergé. Cuando alguien de este país quiere venderte algo, realmente se lo toma muy en serio. Y no para. Ves el mismo anuncio veinte veces, ves cómo cada segundo vale su peso en oro. Están llenos de lo que los físicos llaman «información». Si no vieras los anuncios, ¿podrías llegar a saber, por ejemplo, que los estadounidenses están bien jodidos, con tanta indigestión e impotencia y calvicie, siempre teniendo pérdidas y los ojetes escaldados? Sé que has dicho que nunca los ves, pero realmente no puedes perderte el anuncio de Ex-Lax. Sale una monada de tía, con la melena lisa y dientes de blanquita rica, que mira a cámara y te cuenta a ti, a ti, que estás tirado en el sofá con tu bolsa de Fritos, te cuenta que le chifla la comida basura. Está más delgada que un palillo y se supone que le gusta la comida basura, ¡toma! Dice que a veces tiene problemas de estreñimiento. Pero ¿cuántos años tiene? No llega ni a veinticinco, está más maciza que Lance Armstrong y te jugarías lo que fuera a que no hay día en su vida que haya dejado de echar un recadito en el váter, pero el presidente de Ex-Lax no quiere que las señoras se avergüencen de tener el colon embozado. «Mirad», les está diciendo él, el presidente de Ex-Lax, «incluso una blanquita rica como ésta no siempre puede cagar, ni evitar que se le escape una gotita de pis en el campo de golf, o que las hemorroides le arruinen la tarde en las gradas. Así que, ¡abuela!, no estás aún para el arrastre, sino en el mismo saco que estas churris jóvenes y glamourosas.»

–A esta sociedad le da miedo envejecer –añade Ahmad, frenando suavemente con anticipación: tiene algo lejos un semáforo en verde que se pondrá rojo antes de que el camión llegue hasta allí–. Los infieles no saben morir.

–No –dice Charlie, su imparable voz ha hecho una pausa, suena cautelosa–. ¿Y quién sí? –pregunta.

–Los verdaderos creyentes –explica Ahmad, sólo porque le ha preguntado–. Ellos saben que el Paraíso aguarda a los justos.

–Y mirando, a través del alto y sucio parabrisas del *Excellency*, el pavimento manchado de aceite, las luces de freno y el clamor de los reflejos del sol que componen un día de verano en una ruta de camión en New Jersey, cita el Corán–: «Dios os da la vida y, después, os hará morir. Luego, os reunirá para el día indubitable de la Resurrección».

–Desde luego –dice Charlie–. Buena cosa, «indubitable». Yo, por un buen motivo, estaría dispuesto a ir al otro barrio. Tú... tú eres demasiado joven. Tienes toda una vida por delante.

–No creas –opina Ahmad. No ha percibido, en la brusca respuesta de Charlie, el temblor de la duda, el brillo sedoso de la ironía, que sí detecta en la voz del sheij Rachid. Charlie es un hombre de mundo, pero el islam es una parte firme de ese mundo. Los libaneses no son gente tan tajante, con dos filos, como los yemeníes, ni tan guapos ni esquivos como los egipcios. Con timidez, apunta–: Ya he vivido más que muchos de los mártires de Irán e Irak.

Pero Charlie aún no ha terminado con las mujeres que salen en los anuncios de televisión.

–Y ahora –prosigue– que los cárteles farmacéuticos han hecho su agosto con la Viagra y demás, empiezan a vender potenciadores sexuales, así los llaman, para mujeres. Hay un anuncio, puede que no lo hayas visto, no lo dan muy a menudo, en que sale una mujer, del tipo sensato, como del montón, una maestra de escuela, imaginas, o una gerente de alguna empresa tecnológica de nivel medio, no de las punteras, y la ves que habla frunciendo un poco el ceño, así que piensas que le falta algo en la vida, con la música, que parece que va en clave menor, le dan un trasfondo de inquietud, y lo próximo que aparece, ya ves, es ella flotando envuelta en unas sustancias vaporosas, descalza. Es mejor que vaya descalza, porque al poco te das cuenta de que está andando por el agua, dejando ondas en la superficie, en una playa, por donde sólo cubre un palmo. Pero aun así no se hunde, y lleva un nuevo peinado, y va mejor maquillada, y otra vez un brillo en los ojos, como la fantástica chupapollas de antes; creo que les echan algún dilatador en los ojos, para que tengan ese aspecto; y luego meten el objeto de todo eso, el logo de este nuevo «potenciador hormonal», vaya nombrecito. El mensaje es que le han echado un polvo. Se ha vuelto loca con tanto orgasmo múltiple. Nunca se habrían atrevido a decir algo así en un anuncio hace diez o quince años, que a las mujeres les mola, que les va la marcha: que se te cepillen es relajante y realza tu belleza. ¿Y tú, campeón? ¿Le das al tema o qué?

–¿A qué tema? –quizás Ahmad ha perdido un poco el hilo. Han dejado atrás el peaje de Bayway y están en el centro de algún pueblo con un montón de coches aparcados en doble fila que no dejan mucho espacio para pasar al *Excellency*.

–A los chirris –dice Charlie exasperado, conteniendo la respiración cuando el camión naranja pasa rozando un viejo autobús escolar repleto de caritas mirando–. Que si ves muchos coños –aclara. Al ver que Ahmad, ruborizado, no responde, Charlie declara resolutivo, en voz baja–: Te vamos a llevar a echar un polvo.

Las ciudades del norte de New Jersey se parecen lo bastante entre sí –escaparates, aceras, parquímetros, luces de neón y fugaces zonas ajardinadas– como para crear, en un vehículo en movimiento, la sensación de estar parado. Los territorios por los que él y Charlie conducen, con sus olores estivales de alquitrán ablandado y de aceite de motor derramado, de cebolla y queso salidos de las casas de comidas que dan a la calle, son casi iguales hasta que llegan al sur de South Amboy o a la salida de Sayreville, en la autopista de peaje de New Jersey. Pero mientras cada pequeña ciudad va dando paso a la siguiente, Ahmad cae en la cuenta de que no hay dos iguales, y de que en cada una se da su propia diversidad social. En algunas zonas hay grandes casas que se extienden a la sombra, apartadas de la carretera, sobre lozanos tapices de césped poblados de setos chaparros como guardias de seguridad. El *Excellency* hace pocas entregas en este tipo de casas, pero pasa por delante de camino hacia las viviendas adosadas de los barrios céntricos pobres, donde los escalones de la entrada nacen en la acera, sin el mínimo asomo de un patio delantero. Es ahí donde suelen vivir quienes esperan los muebles: familias de piel oscura de cuyas habitaciones interiores, que no están a la vista, surgen voces y los ruidos del televisor, como si desde el recibidor se desplegaran telescópicamente cuartos y más cuartos de varios miembros de la misma familia. A veces hay signos de observancia musulmana: alfombras de rezo, mujeres con *hiyab* e imágenes enmarcadas de los doce imanes, incluido el imán oculto, que aparece sin rasgos faciales, los cuales identifican al hogar como chií. Estos domicilios intranquilizan a Ahmad, al igual que los barrios donde los rótulos de las tiendas están en inglés y árabe y se han creado mezquitas sustituyendo la cruz por una medialuna en iglesias protestantes desacralizadas. No le gusta quedarse a charlar un rato, a diferencia de Charlie, quien se defiende en cualquier dialecto árabe, con risas y gestos para superar los vacíos de comprensión. Ahmad siente que el aislamiento altivo y la identidad que se ha forjado se ven amenazados por esas masas de hombres ordinarios y agobiados, de mujeres prácticas que se enrolan en el islam por simple pereza, por cuestiones étnicas. Pese a que no era el único creyente musulmán en el Central High,

191

tampoco es que hubiera otros como él: origen interracial y aun así de firmes creencias, una fe escogida y no simplemente heredada de un padre presente que quisiera apuntalar su lealtad. Ahmad nació en este país, y en sus viajes por New Jersey se interesa menos por las diluidas bolsas de población de Oriente Medio que por la realidad estadounidense que lo rodea, un fermento de crecimiento rápido por el que siente la atenuada compasión que le inspiran los experimentos fallidos.

Esta nación frágil y bastarda tenía una historia apenas plasmada en el grandioso ayuntamiento de New Prospect y en el mar de escombros de los promotores inmobiliarios, en cuya orilla contraria se erguían, con sus ventanas enrejadas, el instituto y la tiznada iglesia de los negros. Cada ciudad conserva en su centro reliquias del siglo XIX, edificios municipales de granulosa piedra marrón o de blando ladrillo rojo, con cornisas salientes y pórticos de arco de medio punto, edificios orgullosamente ornados que han sobrevivido a las construcciones del siglo XX, más endebles. Estos bastiones antiguos y rojizos certifican una prosperidad industrial pretérita, una riqueza en que las manufacturas, las maquinarias y las vías férreas iban enjaezadas a las vidas de una nación trabajadora, una era de consolidación interna y de acogida a los inmigrantes del mundo. Luego está el siglo previo, subyacente, que hizo posibles los que le siguieron, más prósperos. El camión naranja pasa con estruendo al lado de pequeñas señales de hierro y monumentos en los que no se suele reparar, conmemoraciones de una insurgencia que se volvió revolución; sus batallas se libraron desde Fort Lee hasta Red Bank, dejando a miles de muchachos en reposo eterno bajo la hierba.

Charlie Chehab, un hombre compuesto de piezas dispares, conoce una sorprendente cantidad de datos acerca de ese viejo conflicto.

–En New Jersey es donde la Revolución dio el vuelco. Long Island había sido un desastre; la ciudad de Nueva York, más o

192

menos lo mismo. Retirada tras retirada. Enfermedades y deserciones. Justo antes del invierno del setenta y seis al setenta y siete, los británicos avanzaron desde Fort Lee hasta Newark, y después hasta Brunswick, Princeton y Trenton, con la misma facilidad con que se corta la mantequilla. Washington quedó rezagado, a la otra orilla del río Delaware, con un ejército harapiento. Muchos de sus hombres, lo creas o no, iban descalzos. Descalzos, y el invierno acechando. Estábamos en las últimas. En Filadelfia, todo el mundo intentaba huir excepto los Tories, leales a la metrópoli, que sólo hacían que esperar a que sus colegas, los casacas rojas, entraran. Arriba, en Nueva Inglaterra, una flota británica tomó Newport y Rhode Island sin disparar un solo tiro. Todo había terminado.

–¿Y cómo es que no fue así? –pregunta Ahmad, que no acierta a entender por qué Charlie le está contando este cuento patriótico con tanto entusiasmo.

–Bueno –dice–, por varios factores. Algunas cosas buenas estaban ocurriendo. El Congreso Continental despertó y ya no intentó seguir dirigiendo la guerra; dijeron «Vale, que se ocupe George».

–¿De ahí viene esa expresión?

–Buena pregunta; no lo creo. El otro general al mando, un imbécil llamado Charles Lee... el pueblo de Fort Lee se llama así en su honor, gracias, hombre. Bueno, a ése lo capturaron en una taberna en Basking Ridge, de modo que Washington quedó al cargo de todo. Llegado a este punto, Washington aún podía estar agradecido de contar con un ejército. Después de Long Island, mira por dónde, los británicos habían bajado el ritmo. Dejaron que el Ejército Continental se retirase y cruzara el Delaware. Más tarde se vio que fue un error, ya que, como te habrán dicho en clase... ¿qué coño os enseñan en la escuela, campeón?... Washington y una panda de valerosos y andrajosos guerrilleros atravesaron el Delaware el día de Navidad, aplastaron a las guarniciones de mercenarios alemanes que había en

Trenton e hicieron un montón de prisioneros. Además, cuando Cornwallis sacó a una parte considerable de sus tropas de Nueva York porque creía que tenía a los rebeldes atrapados al sur de Trenton, Washington penetró por el bosque, alrededor de los Barrens y el Pantano del Gran Oso, y ¡marchó al norte hacia Princeton! ¡Y todo con unos soldados vestidos con harapos que llevaban días sin dormir! Antes la gente era más dura. No les daba miedo morir. Cuando se topó con tropas británicas al sur de Princeton, uno de los generales de Washington que se llamaba Mercer fue capturado, y lo acusaron de ser un maldito rebelde y le dijeron que suplicara clemencia, pero él replicó que no era ningún rebelde y se negó a implorar, así que lo mataron a bayonetazos. Esos británicos no eran tan majos como los pintan en los episodios de *Masterpiece Theatre*. Cuando en Princeton la cosa empezaba a pintar negro, Washington, montado en un caballo blanco... es la pura verdad, iba en un caballo blanco... condujo a sus hombres hasta el centro del fuego británico, y se volvieron las tornas. Después persiguió a los casacas rojas en retirada gritando: «¡Buena caza del zorro, chicos!».

–Qué cruel –intervino Ahmad.

Charlie hizo ese sonido de negación tan estadounidense con la nariz, «humpf», en señal de rechazo, y dijo:

–No creas. La guerra es cruel, pero no necesariamente los hombres que la llevan a cabo. Washington era un caballero. Cuando la batalla de Princeton terminó, se detuvo ante un soldado británico herido y lo felicitó por la noble batalla que habían presentado. En Filadelfia, salvó a los mercenarios alemanes, de Hesse, de las multitudes cabreadas, que los habrían matado. Mira, a esos alemanes, como a muchos de los soldados a sueldo de Europa, los habían entrenado para conceder clemencia sólo en ciertas situaciones, de lo contrario no se quedaban a ningún prisionero; eso es lo que nos hicieron en Long Island, nos masacraron, y quedaron tan sorprendidos con el trato humano que les dispensó Washington que una cuarta parte permaneció aquí una vez terminada la guerra. Se casaron con las alemanas de Pennsylvania, que descendían de colonos alemanes y suizos. Se convirtieron en estadounidenses.

—Parece que estás prendado de George Washington.

—¿Y por qué no? —dice pensativo Charlie, como si Ahmad le hubiera tendido una trampa—. Tienes que estarlo, si te importa New Jersey. Aquí es donde mostró su valía. Lo grande de él es que aprendía rápido. Aprendió, que no es poco, a llevarse bien con los habitantes de Nueva Inglaterra. Desde el punto de vista de un hacendado de Virginia, los de Nueva Inglaterra eran un hatajo de anarquistas desaliñados; entre sus filas tenían a negros y a pieles rojas como si esa gente fueran blancos, y también los empleaban en los barcos balleneros. La verdad es que, de hecho, el propio Washington tenía a un negraco siempre a su lado, también se llamaba Lee; no, no tenía parentesco alguno con el Robert E. Lee de la guerra de Secesión. Cuando terminó la guerra, Washington le otorgó la libertad por los servicios prestados a la Revolución. Había aprendido a considerar la esclavitud como algo malo. Acabó siendo un fiel partidario del alistamiento de los negros, después de haberse resistido en un principio. ¿Conoces la palabra «pragmático»?

—Por supuesto.

—Pues Georgie lo era. Sabía sacarle provecho a cualquier circunstancia. Aprendió a luchar como las guerrillas: atacar y esconderse, atacar y esconderse. Se replegaba pero nunca se rendía. Era el Ho Chi Minh de su época. Éramos como Hamás. Éramos Al-Qaeda. El asunto es que los británicos querían que New Jersey —se apresura a añadir Charlie, cuando Ahmad toma aire como para interrumpirle— fuera un modelo de pacificación; querían ganarse los corazones y las conciencias, habrás oído hablar de eso. Vieron que lo que habían hecho en Long Island había sido contraproducente, habían provocado más resistencia, y aquí intentaban hacerse los amables, cortejar a los colonos para que se reconciliaran con la madre patria. En Trenton, lo que Washington dijo a los británicos fue: «Aquí tratamos con la realidad, es algo que va más allá de la amabilidad».

–Más allá de la amabilidad –repite Ahmad–. Podría ser el título de una serie televisiva, la podrías dirigir.

Charlie no contesta a la broma. Le está vendiendo algo. Y sigue:

–Le mostró al mundo cómo vencer las circunstancias adversas, qué hacer contra las superpotencias. Demostró, y aquí es donde entran Vietnam e Irak, que en una guerra entre un ocupante imperialista y el pueblo que realmente vive ahí, el pueblo será quien finalmente gane. Conocen el terreno. Se juegan mucho más. No tienen ningún otro lugar adonde ir. No fue sólo el Ejército Continental en New Jersey, sino también las milicias locales, las escurridizas bandas de vecinos que actuaban por su cuenta en todo New Jersey, cargándose a los soldados británicos uno a uno y después desapareciendo, de vuelta al campo... en otras palabras, sin jugar limpio, sin ceñirse a las reglas del enemigo. El ataque contra los mercenarios de Hesse también fue furtivo: en mitad de una tormenta, con ventisca, y durante una fiesta, cuando se suponía que ni siquiera los soldados debían trabajar. El mensaje de Washington era: «Eh, ésta es nuestra guerra». Mira, la batalla de Valley Forge se llevó toda la atención, pero los inviernos posteriores se los pasó al raso en New Jersey: en Middlebrook, en las montañas de Watchung, y luego en Morristown. El primer invierno en Morristown fue el más frío de los últimos cien años. Talaron doscientas cuarenta hectáreas de robles y castaños para construir cabañas y tener leña. Había tanta nieve que las provisiones no llegaron y casi mueren de hambre.

–Pues tal y como está el mundo ahora –opina Ahmad, que quiere ponerse a la altura de Charlie– habría sido mejor que murieran. Estados Unidos se habría convertido en una especie de Canadá, un país pacífico y prudente, aunque infiel.

La risotada sorprendida de Charlie termina con un resoplido por la nariz.

-Sigue soñando, campeón. Aquí hay demasiada energía como para ir con paz y prudencia. Energías en conflicto: eso es lo que observa la Constitución. -Se remueve en su asiento y saca un Marlboro. El humo envuelve su cara mientras mira de reojo por el parabrisas y parece meditar sobre lo que le ha dicho a su joven conductor-. La próxima vez que vengamos hacia el sur por la Ruta 10 deberíamos salir en Monmouth Battlefield. Los estadounidenses tuvieron que replegarse, pero hicieron frente a los británicos con suficiente entereza como para demostrar a los franceses que valía la pena apoyarlos. Y a los españoles y a los holandeses. Toda Europa estaba dispuesta a bajarle los humos a Inglaterra. Como ahora a Estados Unidos. Qué irónico: Luis XVI gastó tanto en ayudarnos que a causa de las subidas de impuestos los franceses se sublevaron y lo decapitaron. Una revolución llevó a otra. Son cosas que pasan. -Charlie espira pesadamente y, con voz más grave y subrepticia, como si no estuviera seguro de que Ahmad tenga que oír estas palabras, declara-: La Historia no es algo que esté cerrado y terminado, ya sabes. También es el ahora. La Revolución no se detiene nunca. Le cortas una cabeza y le crecen dos.

-La Hidra -dice Ahmad para señalar que no es un completo ignorante. La imagen es recurrente en los sermones del sheij Rachid, para ilustrar la futilidad de la cruzada estadounidense contra el islam, y Ahmad la vio por primera vez, de niño, en los dibujos animados de los sábados por la mañana, cuando su madre dormía hasta tarde. En la sala de estar, sólo él y el televisor: una caja electrónica frenética y presuntuosa con los hipos, golpes, estallidos y voces chillonas de sus aventuras animadas, y el público, el pequeño espectador, extremadamente callado y quieto, con el volumen bajo para dejar que su madre descansara de la cita de la noche anterior. La Hidra era una criatura cómica, con todas esas cabezas, sobre ondulantes cuellos, hablando entre sí.

-Las viejas revoluciones -continúa Charlie en tono de confidencia- tienen mucho que enseñar a nuestra *yihad*. -A falta de réplica por parte de Ahmad, se ve obligado a preguntar con voz decidida, como si lo sondease–: ¿Estás con la *yihad*?

–¿Cómo no iba a estarlo? El Profeta lo ordena en el Libro. –Y cita–: «Mahoma es el Enviado de Dios. Quienes están con él son severos con los infieles y compasivos entre sí».

Con todo, la *yihad* parece muy lejana. Entregando muebles modernos y recogiendo muebles que lo habían sido para sus difuntos propietarios, él y Charlie conducen el *Excellency* por una abrasadora ciénaga de pizzerías y salones de manicura, tiendas de segunda mano y gasolineras, hamburgueserías White Castle y cadenas Blimpy, Krispy Kreme y Lovely Laundry, Midas y 877-TEETH-14, Moteles Starlite y Oficinas de Lujo, de sucursales del Bank of America y negocios donde trituran documentos, de delegaciones de los Testigos de Jehová y del Nuevo Tabernáculo Cristiano: los letreros vocean, en vertiginosa multitud, sus mejoras potenciales para todas esas vidas que se apretujan donde antaño hubo pastos y factorías hidráulicas. Los edificios de uso municipal, de paredes gruesas, concebidos para la eternidad, siguen en pie conservados como museos o apartamentos o dependencias para asociaciones vecinales. Las banderas estadounidenses ondean por doquier, algunas tan descoloridas o hechas jirones que obviamente han sido olvidadas en sus astas. Las esperanzas del mundo se centraron aquí algún día, pero ese día ha pasado. Ahmad ve a través del amplio parabrisas del *Excellency* a coágulos de varones y hembras de su misma edad reunidos en cacareante ociosidad, una ociosidad que raya en la amenaza: las pieles morenas de las hembras quedan al descubierto gracias a sucintos pantalones y a tops elásticos y apretados, y los machos se lucen en camisetas de tirantes y pantalones cortos grotescamente holgados, pendientes y gorros de lana, riéndose de sus propias payasadas.

La luz incide cegadora en el polvoriento parabrisas, y a Ahmad le asalta una especie de terror ante la rémora de tener por delante una vida que vivir. Pese a todo, esos animales condenados, a los que el olfato –apareamiento y gamberradas– ha atraído hasta ahí, tienen el consuelo de su naturaleza gregaria, y cada uno de ellos alberga alguna esperanza o plan para el futuro, un empleo, un destino, una aspiración, como mínimo escalar posiciones haciendo de camellos o de chulos. Y frente a ello, Ahmad, que tiene capacidades de sobra, según el señor Levy, no tiene proyectos: el Dios que se le ha vinculado como un gemelo invisible, su otro yo, no es un Dios de la iniciativa sino de la sumisión. Pese a que procura rezar cinco veces al día, aunque sea en la cueva rectangular del remolque, con sus mantas apiladas y sus almohadillas de embalaje, o en un pequeño espacio en la grava, detrás de un merendero de carretera donde pueda extender la esterilla durante cinco purificadores minutos, el Clemente y Misericordioso no le ha iluminado camino recto alguno hacia una vocación. Es como si en el delicioso sueño de su devoción por Alá su futuro hubiera sido amputado. Cuando, en las largas pausas que realizan durante sus atracones de kilómetros, le confiesa esta inquietud a Charlie, éste, que suele hablar por los codos y dar mil informaciones, se muestra evasivo y desconcertado.

–Bueno, en menos de tres años tendrás el permiso de conducción comercial A, y podrás llevar cualquier tipo de carga, materiales peligrosos, remolques articulados... fuera del estado. Vas a ganar un montón de dinero.

–¿Con qué fin? ¿Para, como dices, consumir como un consumista? ¿Para alimentar y vestir a mi cuerpo, al que finalmente espera la decrepitud y que no valdrá nada?

–Es una manera de verlo. «La vida apesta, y luego te mueres.» Pero ¿acaso no hay otras muchas opciones?

–¿Qué? ¿«Mujer e hijos», como dice la gente?

–Bueno, con esposa e hijos a bordo, es cierto, muchas de esas grandes preguntas trascendentales quedan en un segundo plano.

–Tú estás casado y tienes niños, y ni aun así me hablas de ellos muy a menudo.

–¿Qué te voy a contar? Los quiero. ¿Y qué me dices del amor, campeón? ¿No lo sientes por nadie? Como te he dicho, tenemos que hacer que eches un polvo.

–Es amable por tu parte que desees eso para mí, pero sin matrimonio iría contra mis creencias.

–Venga ya. Ni siquiera el mismísimo Profeta era un monje. Dijo que un hombre podía tener cuatro esposas. La chica que te conseguiríamos no sería una buena musulmana; sería una puta. A ella no le importaría y a ti tampoco debería. Seguiría siendo una asquerosa infiel con o sin tu intervención.

–No deseo la impureza.

–Y bien, ¿qué es entonces lo que deseas, Ahmad? Olvídate de la jodienda, siento haber sacado el tema. ¿Qué tal simplemente vivir? ¿Respirar el aire, mirar las nubes? ¿No es, de largo, mejor que estar muerto?

Una repentina lluvia de verano –las nubes son indistinguibles del cielo, está de un gris peltre uniforme por el que se ciernen sofocados rayos de sol– salpica el parabrisas; con un toque, Ahmad activa el aparatoso aleteo de los limpiaparabrisas. El del lado del conductor deja un arco iris de humedad sin barrer, hay una muesca en el filo de goma: toma nota mental de que debe cambiar la escobilla defectuosa.

–Depende –le dice a Charlie–. Sólo los no creyentes le temen totalmente a la muerte.

–¿Y qué me dices de los placeres cotidianos? Tú amas la vida, campeón, no lo niegues. Se ve en cómo vienes a trabajar cada mañana, impaciente por descubrir qué tocará hacer. Hemos tenido a otros chavales conduciendo que no se fijaban en nada, a los que nada les importaba un carajo, que tenían la cabeza hueca. Lo único que les preocupaba era parar en las franquicias de comida basura para llenar el buche y echar una meada y, cuando terminaban la jornada, salir y colocarse con sus colegas. Pero tú... tú tienes potencial.

–Ya me lo han dicho antes. Pero si amo la vida, como dices, es porque es un don de Dios que Él ha elegido concederme, y también puede elegir quitarme.

—De acuerdo. Que Dios disponga. Mientras tanto, disfruta del viaje.

—Lo hago.

—Buen chico.

Un día de julio, de vuelta a la tienda, Charlie le pide que tome la salida de Jersey City, por un polígono industrial donde abundan las vallas de tela metálica, los ensortijados alambres de espino y los ramales abandonados para vagones de mercancías. Pasan por delante de edificios de apartamentos nuevos y altos, revestidos de cristal, construidos en solares donde antes había viejos almacenes, y aparcan en un lugar desde donde es visible la Estatua de la Libertad y el sur de Manhattan. Los dos hombres —Ahmad con vaqueros negros, Charlie con un holgado mono color oliva y botas de trabajo amarillas— atraen las miradas suspicaces de los turistas mayores, cristianos, que están con ellos en el mirador de hormigón. Por la zona corretean niños que acaban de salir del Liberty Science Center, subiéndose una y otra vez a la baja barandilla de hierro que bordea el río. Sopla una brisa, centellean enjambres de chispas, como mosquitos brillantes, provenientes de la Upper Bay, la bahía exterior de Nueva York. La estatua mundialmente famosa, de verde cobrizo, presenta en medio del agua un tamaño algo menguado desde este punto, pero la parte sur de Manhattan se abre paso como un hocico de bigotes tupidos.

—Es bonito —comenta Charlie— sin las torres. —Ahmad está demasiado ocupado empapándose del panorama para responder; Charlie aclara—: Eran feas, extremadamente desproporcionadas. No quedaban bien.

—Se podían ver incluso desde New Prospect —señala Ahmad—, desde la colina que hay sobre la cascada.

—Medio New Jersey podía ver aquellas malditas cosas. Mucha de la gente que murió vivía en New Jersey.

–Me dieron lástima. Sobre todo los que saltaron. Qué horrible, estar tan atrapado en un calor asfixiante que arrojarse a una muerte segura parezca mejor. Piensa en qué vértigo, mirar abajo antes de tirarse.

De manera apresurada, como si recitara, Charlie dice:

–Esa gente trabajaba en finanzas, expandía los intereses del imperio americano, el imperio que mantiene a Israel y causa muertes cada día entre los palestinos y los chechenos, los afganos y los iraquíes. En la guerra, la lástima debe dejarse a un lado.

–Muchos eran simples guardias o camareras.

–Que a su modo servían al imperio.

–Algunos eran musulmanes.

–Ahmad, debes pensarlo en términos bélicos. La guerra no es limpia. Hay daños colaterales. Esos mercenarios de Hesse a los que George Washington despertó en mitad de la noche y mató a tiros sin duda eran buenos mozos alemanes que enviaban su paga a mamá. Un imperio chupa la sangre de sus súbditos con tanta habilidad que éstos no saben por qué mueren, por qué les fallan las fuerzas. Los enemigos que nos rodean, los niños y los obesos en pantalón corto que nos miran mal... ¿te has dado cuenta?... no se ven como opresores o asesinos. Se tienen por gente inocente, centrada en sus vidas privadas. Todo el mundo es inocente: la gente que saltaba de las torres era inocente, George W. Bush es inocente, un borracho rehabilitado y simple de Texas que ama a su adorable esposa y a sus disolutas hijas. Aun así, el mal se las arregla para surgir de toda esta inocencia. Las potencias occidentales nos roban el petróleo, ocupan nuestras tierras...

–Nos quitan a nuestro Dios –dice Ahmad con seriedad, interrumpiendo a su mentor.

La mirada de Charlie se pierde por unos segundos, luego manifiesta lentamente su acuerdo, como si no se le hubiera ocurrido antes:

–Sí, supongo que sí. A los musulmanes les quitan las tradiciones, un cierto sentimiento de identidad, el orgullo de sí mismos a que todos los hombres tienen derecho.

No es exactamente lo que Ahmad ha dicho, y suena un poco falso, un poco forzado y alejado del Dios concreto que está vivo en Ahmad y lo acompaña, que lo toca como el sol que calienta la piel de su cuello. Tiene a Charlie enfrente, de pie, enarcando sus espesas cejas y en la boca un rictus como de terquedad herida; ha adoptado la rigidez de un soldado, que anula la cordialidad del compañero de viaje que habitualmente se sienta a un lado del campo de visión de Ahmad. Visto de frente, Charlie, que esta mañana no se ha afeitado y cuyo ceño queda unido en las arrugas del caballete de la nariz, no armoniza con la belleza expansiva del día: un cielo despejado salvo por una lejana nube suelta sobre Long Island; el ozono en su cenit, tan intenso que parece una cuba de paredes lisas, un foso infernal de fuego azul; los altos edificios del sur de Manhattan unificados en el fulgor de una sola mole; las motoras ronroneando y los veleros meciéndose en la bahía; los gritos y las conversaciones de la masa de turistas emitiendo una simple mota de ruido inofensivo en los alrededores. «Esta belleza», piensa Amad, «debe de tener un significado», una señal de Alá, un presagio del Paraíso.

Charlie le está haciendo una pregunta:

–¿Te enfrentarías a ellos, entonces?

Ahmad se ha perdido a qué «ellos» se refiere, pero dice «sí» como respondía cuando pasaban lista.

Charlie parece repetirse:

–¿Pondrías tu vida a disposición de la lucha?

–¿Qué quieres decir?

Charlie insiste, con cierto apremio en las cejas.

–¿Estarías dispuesto a dar tu vida?

El sol incide en el cuello de Ahmad.

–Por supuesto –contesta, intentando iluminar este intercambio con un ademán de la mano derecha–. Si Dios quiere.

El Charlie ligeramente falso y amenazador se resquebraja, y reaparece con una sonrisa el charlatán jovial, el sucedáneo de hermano mayor, que ya quiere dejar atrás la conversación, darla por cerrada.

–Lo que imaginaba –dice–. Campeón, eres un chaval muy valiente.

A veces, a medida que el verano avanza, con un agosto en que amanece más tarde y oscurece más temprano, a Ahmad lo ven como a un miembro de confianza del equipo de Excellency, le presuponen suficiente competencia para encargarse él solo de las entregas algunos días, con la ayuda de una carretilla. Él y dos negros que cobran el salario mínimo –«los músculos», los llama Charlie– cargan el camión y Ahmad se va, con una lista de direcciones, un manojo de albaranes y sus mapas Hagstrom a todo color del condado de Sussex hasta la otra punta del estado, Cape May. Un día debe llevar, entre otras entregas, una pieza pasada de moda, un escabel de cuero, estilo turco, relleno de crin de caballo, a un pueblo de la costa, al sur de Asbury Park; será el recorrido más largo del día y la última parada. Después de la Ruta 18, toma la ronda del Garden State, que bordea por el este el Depósito Nacional de Munición de la Marina, y la deja en la salida 195 Este, dirección Camp Evans. Recorriendo carreteras secundarias, por un terreno bajo y cubierto de neblina, llega con el camión casi hasta el mar; el olor agreste y salado se intensifica, e incluso percibe, ajustadamente espaciado, el rumor del oleaje.

La costa es una zona de rarezas arquitectónicas, de edificios en forma de elefantes o tarros de galletas, de molinos de viento y faros de yeso. En los cementerios de este estado de antiguas raíces –se ha jactado Charlie más de una vez– se conservan lápidas esculpidas en forma de zapato gigante o de bombilla o del preciado Mercedes de algún hombre; en los pinares y junto a la carretera hay un buen número de mansiones supuestamente encantadas y manicomios, que acuden a la mente de Ahmad mientras el sol se esconde. Los faros del *Excellency* van descubriendo bungalows en tupidas filas, con descuidados patios delanteros de arena salpicada de vegetación. Moteles y centros nocturnos se bautizan a sí mismos con luces de neón cuyos destartalados circuitos chisporrotean en el ocaso. Las casas con ornamentos de madera, erigidas en su día como residencias de verano para pudientes familias numerosas con una larga nómina de criados, se han visto obligadas a plantar carteles donde se ofrecen HABITACIONES Y BED & BREAKFAST. Ni siquiera en agosto es un enclave turístico muy animado. A lo largo de lo que parece ser la calle principal, uno o dos restaurantes tienen sus puertas y ventanas tapadas con madera barata; siguen anunciando sus ostras, almejas, langostas y cangrejos, pero han dejado de servirlos recién sacados de su baño de vapor.

Desde los entablados desvaídos que hacían las veces de aceras y paseos marítimos, la gente observa su enorme y rectangular camión naranja, como si la aparición fuera en sí un acontecimiento; en su miscelánea de trajes de baño, toallas de playa, raídos bermudas y camisetas estampadas con lemas hedonistas y chascarrillos, parecen refugiados que no tuvieron tiempo de recoger sus efectos personales antes de huir. Entre ellos hay niños que llevan sombreros altísimos de gomaespuma, y los que deben de ser sus abuelos, habiendo renunciado a toda dignidad, quedan en ridículo vistiendo ceñidos trajes multicolores. Quemados por el sol y sobrealimentados, algunos se tapan la cabeza, en complaciente burla de sí mismos, con sombreros de carnaval iguales que los de sus nietos, altos y a rayas como los de los libros del Dr. Seuss, o se ponen por montera trastos en forma de tiburón con las fauces abiertas o de langostas que alargan una tenaza enfundada en un enorme guante de béisbol rojo. «Demonios.» Las tripas de esos tipos cuelgan exageradamente y las nalgas monstruosas de las mujeres se bambolean mientras andan por el entarimado con zapatillas deportivas que han dado de sí. A bien pocos pasos de la muerte, estos viejos de Estados Unidos desafían el decoro y se visten como niños pequeños. Mientras busca la dirección en el último albarán del día, Ahmad se aleja de la playa conduciendo el camión por una parrilla de calles. No hay bordillos ni aceras. Los extremos del firme se desmoronan en rodales de hierba requemada por el sol. Las casas son pequeñas, se solapan, dan la impresión de que el mantenimiento es mínimo, sólo para el alquiler estacional; en el interior de más o menos la mitad se ven signos de vida: luces, el parpadeo de una pantalla de televisor. En algunos jardines están esparcidos los juguetes coloridos de los niños: tablas de surf y *Nessies* inflables esperan en galerías con mosquitera el revolcón oceánico del día siguiente.

Wilson Way, número 292. La casita de campo no da la impresión de estar habitada y las ventanas delanteras están cegadas por persianas, de modo que Ahmad se sobresalta cuando la puerta se abre a los pocos segundos de haber llamado al timbre, que suena como una campanada. Un hombre alto, de cabeza delgada, que parece aún más delgada por lo juntos que tiene los ojos, y de cabello oscuro cortado al rape, aparece tras la mosquitera. A diferencia de las multitudes que andaban cerca de la playa, va vestido con ropa poco apropiada para sol: pantalones grises y una camisa de manga larga, del color indefinido de una mancha de aceite, con los puños y el cuello abotonados. No tiene una mirada amigable. Hay una tensión áspera en todo su cuerpo; su barriga es admirablemente plana.

–¿Señor –Ahmad consulta el albarán– Karini? Traigo un pedido de Excellency Home Furnishings, de New Prospect. –Consulta el papel de nuevo–: Una banqueta de cuero teñido en varios colores.

–De New Prospect –repite el hombre de vientre plano–. ¿No Charlie?

Ahmad tarda en captarlo.

–Oh... ahora conduzco yo el camión. Charlie está liado en el despacho, aprendiendo el negocio. Su padre está enfermo, tiene diabetes. –A Ahmad le da la sensación de que estas frases superfluas no van a ser entendidas y, en la oscuridad, se sonroja.

El hombre alto se vuelve y repite las palabras «New Prospect» a los otros que están en la habitación. Ahmad ve que hay tres más, todos hombres. Uno es bajito, fornido y mayor que los otros dos, que no le sacan muchos años a Ahmad. Nadie viste ropa playera sino de trabajo, es como si llevaran largo rato sentados en esos muebles alquilados esperando a que llegara el trabajo. Responden con murmullos de asentimiento, en los que Ahmad cree oír, enterradas bajo las inflexiones, las palabras *fulūs* y *kāfir;* el tipo alto advierte que está escuchando y le pregunta con hosquedad:

–*Enta bteḥki ʿarabī?*

Ahmad se sonroja y contesta:

–*La'... ana aasif. Inglizi.*

Satisfecho, y un poco menos tenso, el hombre dice:

–Traer, por favor. Todo el día esperamos.

En Excellency Home Furnishings no venden muchos escabeles; éstos pertenecen, como el ayuntamiento de New Prospect, a una época más recargada. El artículo, que va envuelto en grueso plástico transparente para proteger su delicada piel de parches de cuero tintados y cosidos en abstractos diseños de seis lados, está usado pero en buen estado; es un cilindro acolchado y con la firmeza necesaria para soportar el peso de un hombre sentado, pero suficientemente mullido para acomodar los pies enfundados en zapatillas de alguien que se haya echado a descansar en una butaca. Es un peso ligero, Ahmad lo levanta de una brazada, cruje ligeramente mientras lo lleva, del camión y por el patio lleno de digitarias, hasta el salón principal, donde los cuatro hombres están sentados a la débil luz de una lámpara de mesa. Nadie se ofrece a descargar el bulto de sus brazos.

—En suelo está bien –le ordenan.

Ahmad lo deja.

—Aquí quedará muy bonito –dice, para romper el silencio que reina en la habitación, y tras incorporarse añade–: ¿Me podría firmar, señor Karini?

—Karini no aquí. Yo firmar para Karini.

—¿Ninguno de ustedes es el señor Karini? –Los tres hombres esbozan las sonrisas rápidas y esperanzadas de quien no ha entendido qué le preguntan.

—Yo firmar para Karini –insiste el líder del grupo–. Soy colega de Karini.

Sin más resistencia, Ahmad deja el recibo de entrega en la mesa supletoria donde está la lámpara y señala con el bolígrafo dónde va la rúbrica. El hombre enjuto y sin nombre firma; el garabato es completamente ilegible, observa Ahmad, y se apercibe por primera vez de que uno de los Chehab –padre o hijo– ha garabateado «SP» en el papel: sin portes, aunque sea una pieza considerablemente más barata que el mínimo de cien dólares necesarios para el transporte gratuito.

Mientras cierra tras de sí la puerta mosquitera, se encienden más luces en la sala de estar de la casa, y según va andando por el césped arenoso hacia el camión oye un torrente de palabras ininteligibles en árabe, y algunas risas. Ahmad sube al asiento del conductor y da gas para asegurarse de que lo oyen marchar. Avanza por Wilson Way hasta la primera intersección y gira a la derecha; aparca delante de una cabaña que parece desocupada. Rápido, en silencio, casi conteniendo el aliento, Ahmad vuelve a pie por un sendero marcado en la hierba que hace las veces de acera. No hay coches ni personas por esta callejuela olvidada. Se acerca a la ventana lateral de la sala de estar del 292, donde un resistente matorral de hortensias y flores de espliego resecas ofrece cierto resguardo, y con cuidado espía el interior.

Han desenvuelto el escabel turco y lo han colocado sobre una mesita de café decorada con azulejos, enfrente de un gastado sofá a cuadros. Con un cúter redondo, del tamaño de un dólar de plata, el cabecilla ha cortado, en la parte circular que hace de asiento, las puntadas de uno de los parches triangulares que forman las estrellas de seis lados, copos de nieve rojos y verdes. Cuando el triángulo es suficientemente grande como para abrirlo a modo de solapa, el líder introduce su mano enjuta en el interior y extrae, pellizcándolos con dos largos dedos, unos cuantos billetes estadounidenses. Ahmad no acierta a distinguir su valor, pero a juzgar por la reverencia con que los hombres los ordenan y cuentan en la mesita de azulejos, no parece ser bajo.

4

El tío de Charlie y hermano de Habib Chehab, Maurice, no suele dejar Florida, pero el calor y la humedad de Miami en julio y agosto lo llevan al norte durante esos meses. Entra y sale a sus anchas de la casa de Habib, en Pompton Lakes, y eventualmente se pasa por Excellency Home Furnishings, donde Ahmad coincide con él: un hombre muy parecido a su hermano, sólo que abulta más y viste también con más seriedad: trajes de rayas, zapatos blancos de piel, camisas y corbatas un tanto obviamente a juego. Le da un formal apretón de manos a Ahmad cuando se conocen, y el muchacho tiene la desagradable sensación de que lo están evaluando unos ojos más circunspectos, y con más oro incluso, que los de Habib, menos prestos a conceder un brillo risueño. Resulta ser el hermano menor, aunque por su comportamiento altivo parece el mayor. A Ahmad, que es hijo único, le fascina la fraternidad: sus ventajas y desventajas, la percepción de tener, en cierto sentido, un duplicado. Si hubiera recibido la bendición de contar con un hermano, Ahmad se habría sentido menos solo, quizás, y no habría dependido tanto del Dios que lleva en su interior, en su pulso y sus pensamientos. Siempre que Maurice y él se ven en la tienda, el corpulento perro viejo, envuelto en ropas claras, lo saluda con la cabeza, sonriendo levemente, implicando un «Te conozco, jovencito. Te tengo calado».

Los dólares que Ahmad alcanzó a ver, camuflados en la entrega que hizo a los cuatro hombres del bungalow de la costa,

211

se le han quedado grabados como algo que participara de lo sobrenatural, esa inmensidad sin rasgos distintivos que aun así se digna, por Su propia e insondable voluntad, interferir en nuestras vidas. No sabe si confesar el descubrimiento a Charlie. ¿Estaba él al tanto de lo que había en la banqueta? ¿Cuántos muebles más de los que han repartido y recogido contenían botines semejantes escondidos en pliegues e interiores huecos? ¿Y con qué fin? El misterio tiene el mismo sabor de las noticias del periódico, de los titulares que él apenas lee, que tratan de la violencia por causas políticas en el extranjero y la violencia doméstica en su propio país, el sabor de lo que cuentan los telediarios nocturnos con los que topa mientras zapea en el anticuado televisor Admiral de su madre.

Se ha aficionado a buscar por televisión los rastros de Dios en esta sociedad de infieles. Mira certámenes de belleza en que chicas de piel luminosa y dientes blancos, junto con el cupo de una o dos aspirantes negras, compiten por seducir al maestro de ceremonias desplegando su talento en el canto o el baile y también a la hora de dar las gracias –tan a menudo que son casi precipitadas– al Señor por los dones con que las ha bendecido, los cuales quieren consagrar, cuando sus días de cantar en traje de baño hayan pasado, a sus semejantes, en forma de tan elevadas ocupaciones como la de doctora, educadora, perita agrónoma o, la más santa de todas las vocaciones, ama de casa. Ahmad descubre un canal específicamente cristiano donde salen hombres de voz grave y mediana edad, vestidos con trajes de colores poco corrientes, de solapas anchas y lustrosas, que suspenden su apasionada retórica («¿Estáis listos para Jesús?», preguntan, y también: «¿Habéis recibido a Jesús en vuestros corazones?») para pasar de golpe a flirtear pícaramente con las mujeres de mediana edad de entre el público o para ponerse, chasqueando los dedos, a cantar. Las canciones cristianas interesan a Ahmad, sobre todo los coros de gospel ataviados con túnicas irisadas, formados por negras gordas que saltan y se contonean

212

con una intensidad que en ocasiones parece inducida artificialmente pero que en otras, mientras alargan el estribillo, parece ser genuinamente sentida. Las mujeres alzan bien altas las manos, a la par que sus voces, y empiezan a dar palmadas y a balancearse hasta que contagian incluso a los pocos blancos que están presentes: éste es un ámbito de la vida estadounidense donde sin duda predomina, como en los deportes y la criminalidad, la tez oscura. Ahmad sabe, por las alusiones cáusticas y medio en broma del sheij Rachid, que el islam estuvo aquejado antiguamente por los arrebatos y el entusiasmo de los sufíes, pero de ello no encuentra ni el más remoto eco en los canales islámicos que se emiten desde Manhattan y Jersey City; únicamente pasan las cinco llamadas al rezo sobre una diapositiva estática de la gran mezquita de Mehmet Ali de la Ciudadela de Saladino, solemnes tertulias con profesores y mulás con gafas que debaten acerca de la furia antiislámica que ha poseído perversamente al Occidente actual, y los sermones que da un imán con turbante sentado a una mesa tosca, captados por una cámara estática en un estudio estrictamente desprovisto de imágenes.

Es Charlie quien aborda el tema. Un día, en la cabina del camión, mientras van por una carretera, inusualmente vacía, del norte de New Jersey, entre un extenso cementerio y un terreno de prados que ha sobrevivido al tiempo –aneas y juncos de hojas brillantes arraigando en agua salobre–, pregunta:

–Te reconcome algo, campeón. ¿Me equivoco? Últimamente estás muy callado.

–Generalmente estoy callado, ¿no?

–Sí, pero creo que de un modo diferente. Al principio eran silencios del tipo «enséñame», pero ahora son del tipo «¿pasa algo?».

Ahmad no tiene tantos amigos en el mundo como para arriesgarse a perder uno. Desde este momento no hay marcha atrás, lo sabe; tampoco es que el trecho que deba retroceder sea largo. Le cuenta a Charlie:

–Hace unos días, cuando hice el reparto solo, vi algo raro. Vi a unos hombres sacando fajos de billetes de esa banqueta turca que llevé a la costa.

–¿La abrieron delante de ti?

–No. Me fui y luego volví a escondidas y miré por la ventana. Su comportamiento me había parecido sospechoso. Me entró curiosidad.

–Sabes lo que le hizo la curiosidad al gato, ¿no?

–Lo mató. Pero la ignorancia también puede matar. Si tengo que hacer repartos, debería saber qué estoy repartiendo.

–¿Por qué te pones así? –dice Charlie, casi con ternura–. Creía que no querías saber más de lo que puedes controlar. Para ser sinceros, el noventa y nueve de los muebles que transportas son sólo eso, muebles.

–Pero ¿quiénes son el uno por ciento de afortunados a los que les toca el gordo? –Ahmad siente una liberación tensa, ahora que el punto de no retorno ha pasado. Es como el alivio y la responsabilidad, imagina, que sienten un hombre y una mujer cuando se desnudan juntos por primera vez. También Charlie parece sentirlo, su voz suena más ligera tras haberse despojado de una capa de fingimiento.

–Los afortunados –explica– son verdaderos creyentes.

–¿Creen –conjetura Ahmad– en la *yihad*?

–Creen –puntualiza cuidadosamente Charlie– en la acción. Creen que se puede hacer algo. Que el campesino musulmán de Mindanao no tiene por qué morir de hambre, que el niño bengalí no tiene por qué ahogarse en unas inundaciones, que el aldeano egipcio no tiene por qué quedarse ciego de esquistosomiasis, que los palestinos no tienen por qué ser ametrallados por helicópteros israelíes, que los fieles no tienen por qué tragar con la arena y los excrementos de camello del mundo mientras el Gran Satán engorda con azúcares, cerdo y petróleo a precio demasiado bajo. Ellos creen que mil millones de seguidores del islam no tienen por qué corromper sus ojos, orejas y almas con los entretenimientos ponzoñosos de Hollywood ni con el imperialismo económico despiadado para el cual el Dios judeocristiano es un ídolo decrépito, una simple máscara tras la que se oculta la desesperación de los ateos.

–¿De dónde sale el dinero? –inquiere Ahmad al ver que ha llegado a su fin el discurso de Charlie, no tan distinto, después de todo, del panorama mundial que pinta quizá más refinadamente el sheij Rachid–. Y los que lo reciben, ¿qué hacen con él?

–El dinero sale –aclara– de quienes aman a Alá, tanto dentro como fuera de Estados Unidos. Piensa en esos cuatro hombres como semillas depositadas en un terreno, y en el dinero como agua para regarlo hasta que llegue el día en que las semillas se abran y germinen. *Allāhu akbar!*

–¿Y puede ser que el dinero venga –insiste Ahmad– a través del tío Maurice? Con su llegada todo parece haber cambiado, a pesar de que no soporta el trabajo diario en la tienda. Y tu buen padre, ¿hasta qué punto está metido en esto?

Charlie ríe, indulgente; es uno de esos hijos que ha sobrepasado al padre pero sigue honrándolo, como Ahmad ha hecho con el suyo.

–Oye, ¿quién eres, la CIA? Mi padre es un inmigrante chapado a la antigua, leal al sistema que le dio cobijo y prosperidad. Si llegara a enterarse de las cosas de que tú y yo estamos hablando, nos denunciaría al FBI.

Ahmad, en su nueva posición de confidente, intenta hacer una broma:

–Quienes no tardarían en traspapelar la denuncia.

Charlie no se ríe. Dice:

–Lo que me has arrancado es un secreto importante. Asuntos de vida o muerte, campeón. No sé si me habré equivocado al contarte todo esto.

Ahmad intenta minimizar lo ocurrido entre ellos. Se da cuenta de que ha engullido unos conocimientos que no puede escupir. «El saber es libertad», ponía en la fachada del Central High. El saber también puede ser una cárcel, no hay salida una vez que has entrado.

–No te has equivocado. Me has contado muy poco. No fuiste tú quien me llevó de vuelta hasta la casa para mirar por la ventanta cómo contaban el dinero. Podrías haberme dicho que no sabías nada de nada y te habría creído.

–Podría –concede Charlie–. Quizá debería haberlo hecho.

–No. Sólo habrías interpuesto falsedad entre nosotros, allí donde hasta ahora había confianza.

–Entonces dime: ¿estás con nosotros?

–Yo estoy con quienes –dice Ahmad lentamente– están con Dios.

–Vale. Con eso basta. Mantén el mismo silencio que Dios sobre todo esto. No se lo cuentes a tu madre. Ni a tu novia.

–No tengo novia.

–Es verdad. Te prometí que haría algo para arreglarlo, ¿no?

–Dijiste que tendría que echar un polvo.

–Exacto. Me ocuparé.

–No, por favor. No eres tú quien debe ocuparse.

–Los amigos se ayudan –insiste Charlie. Alarga el brazo y aprieta el hombro del joven conductor; a Ahmad el gesto no termina de gustarle del todo, le recuerda a Tylenol acosándolo en el vestíbulo del instituto.

El muchacho declara, con la dignidad viril que acaba de recibir:

–Una pregunta más, y no volveré sobre el tema hasta que tú lo saques. ¿Está en marcha algún plan con esas semillas que necesitan agua?

Ahmad conoce tan bien las expresiones faciales de Charlie que no necesita ni mirar de soslayo para ver que sus labios de caucho van rumiando, como si exploraran la dentadura, y luego despiden un suspiro recargadamente exasperado.

–Como he dicho, siempre hay varios proyectos en fase de

planteamiento, y se hace difícil predecir cómo se van a desplegar. ¿Qué dice el Libro, campeón? «Y los judíos tramaron una intriga, pero Dios tramó contra ellos. ¡Dios es el mejor de los que intrigan!»

–En estas intrigas, ¿tendré algún día un papel que desempeñar?

–A lo mejor. ¿Te gustaría, chaval?

De nuevo, Ahmad se ve en otra encrucijada, siente que una puerta se cierra a sus espaldas.

–Creo que sí.

–¿Sólo lo crees? Te quedas corto.

–Como tú dices, los sucesos particulares no son fáciles de predecir. Pero las líneas están claras.

–¿Las líneas?

–Las líneas de batalla. Los ejércitos de Satán contra los de Dios. Como se asevera en el Libro: «La impiedad es más grave que la lucha».

–Exacto. ¡Exacto! –aprueba Charlie, y sin moverse del asiento del copiloto se da un cachete en el muslo, como para despertarse–. Me ha gustado. Más grave que la lucha. –Es un hombre de natural afable y divertido, y le ha costado mostrarse serio mientras hablaba con Ahmad como dos hombres paseando por el cementerio en el que algún día habrán de reposar–. Una cosa más que habrá que tener en cuenta –añade–. Se nos echa encima un aniversario, en septiembre. Y los que llevan la voz cantante, nuestros generales, por así decirlo, tienen cierta nostalgia por los aniversarios.

Jacob y Teresa han hecho el amor y se tapan los cuerpos desnudos con las sábanas. La brisa que entra por la ventana del dormitorio es fresca. Septiembre se acerca. La vegetación se debilita; empieza a mostrar, como chispas aisladas, las primeras hojas amarillas. Los dos, piensa él tras su cálida inmersión en las carnes de su amante, podrían perder algún que otro kilo. Allí donde no hay pecas, la piel de Teresa es casi excesivamente pálida, como la de una muñeca de plástico salvo por el hecho de que cede si la aprieta con el pulgar, con la consecuente marca rosa que tarda un tiempo en desaparecer. Los vellosos brazos de Jack, y el pecho, le duelen sólo de observar lo fofos y arrugados que están; en casa, el espejo del baño le devuelve la imagen de unas pseudomamas incipientes y abultadas, y bajo los dos remolinos gemelos de pelo negro, su estómago ha sumado un nuevo michelín. En el pecho, los pelos blancos no tienen un solo rizo y despuntan como antenas indecisas: pilosidad de viejo.

Terry se acurruca contra él, le arrima la nariz respingona al sobaco. El amor que él siente por ella lo sacude como el inicio de una náusea.

–¿Jack? –suspira ella.

–¿Qué? –La voz le ha salido más desatenta de lo que pretendía.

–¿Qué es lo que te pone triste?

–No estoy triste –dice–. Estoy follado. Realmente tienes buena mano. Creía que mi viejo chasis estaba para el desguace, pero tú sabes cómo poner en marcha las bujías. Eres fantástica, Terry.

–Como decía mi padre, déjate de paparruchas. No has contestado a la pregunta. ¿Por qué estás triste?

–Quizá porque pensaba... falta poco para el día del Trabajo.* Será más difícil montárnoslo.

Ha aprendido a expresar lo que le cuesta tener engañada a su esposa sin mencionar a Beth, un nombre que, por alguna razón que a Jack se le escapa, Terry odia oír. Si la verdad saliera a la luz, debería ser Beth la celosa e indignada. Terry intuye lo que está pensando.

* El día del Trabajo se celebra, en Estados Unidos y Canadá, el primer lunes de septiembre. Coincide con el fin de las vacaciones escolares. *(N. del T.)*

—Te da mucho miedo que Beth se entere —dice con rencor—. ¿Y qué si lo sabe? ¿Adónde irá? ¿Quién la querría, en el estado en que está?

—¿De eso se trata?

—¿No? Entonces, ¿de qué se trata, jovencito? A ver, dime.

—De no hacerle daño a nadie —indica.

—¿Te crees que a mí no me hace daño? ¿Crees que no duele que alguien se te tire y te deje al minuto siguiente?

Jack suspira. La lucha sigue, la misma lucha de siempre.

—Lo siento. Me gustaría estar más contigo.

De hecho, marcharse antes de empezar a aburrirse va con él. Las mujeres pueden ser muy aburridas. Se lo toman todo como si fuera personal. Se preocupan demasiado por su preservación, por el aspecto que ofrecen, por teatralizar su propia vida. Con los hombres no hacen falta tantas maniobras, simplemente tienes que golpear. Tratar con una mujer es como el jiu-jitsu, hay que vigilar por dónde viene la zancadilla.

Ella nota el derrotero amenazador que están tomando sus pensamientos e interviene, apaciguadora pero no obstante malhumorada:

—De todos modos lo averiguará.

—¿Cómo? —Y sin embargo, Terry anda en lo cierto.

—Las mujeres saben estas cosas —le dice con suficiencia, alardeando de género, acurrucándose más hacia él y jugando molestamente con el vello despeinado de su barriga flácida—. Y mira que me digo: «Ámalo menos, por tu bien, chica, y también por el suyo».

Pero mientras Terry habla, siente un desprendimiento interior y vislumbra el alivio que experimentaría si él de verdad dejara de importarle, si esta burda relación suya con un educador viejo, un perdedor melancólico, llegara, en efecto, a su fin. Con cuarenta años se ha separado de bastantes hombres, ¿y cuántos de ellos querría que volviesen? Con cada ruptura, le parece cuando lo piensa, regresaba a su vida de soltera con cierto descaro y energía, como al ponerse de nuevo ante un lienzo en blanco, tenso, imprimado, tras varios días alejada del caballete. El círculo seccionado en que se había convertido Terry, con un arco abierto en la esperanza de que llegara alguna llamada de un hombre, unos golpes en la puerta, una invasión y una transformación desde fuera, se volvía siempre a cerrar. Este Jack Levy, con lo listo e incluso sensible que es a veces, no tiene arreglo. Está aprisionado bajo el peso de su tristeza de judío culpable, y la aplastará también a ella si no lo impide. Terry necesita a alguien de edad más cercana a la suya, y que no tenga esposa. Estos hombres casados siempre lo están más de lo que dicen al principio. Incluso intentan casarse con ella sin soltar antes a la legítima.

–¿Qué tal le va a Ahmad? –inquiere pseudopaternalmente.

Aún sigue haciendo preguntas sobre Ahmad, pese a que lo que desea ella es dejar de ejercer de madre para pasar a algo que sabe hacer mejor.

–Como últimamente estoy en el turno de noche –explica– y él de reparto, muchos días hasta después de que atardezca, apenas coincidimos. Está más llenito de cara, y también más musculoso, con tanto levantar muebles... Por lo que sé, a ese Charlie a quien aprecia tanto también le gusta acompañarle. Estos libaneses sacan provecho hasta del último centavo. Los negros que contratan no les duran mucho, me ha contado Ahmad. Parece que hace poco lo han promocionado; como mínimo vuelve a casa más tarde y, las pocas veces que lo veo, está preocupado.

–¿Preocupado? –se sorprende Jack, preocupado él también... aunque por la enorme Beth, claro.

Hay que reconocerlo: por mucho que, llegado a este punto, Terry echara de menos los halagos de Jack en la cama, también podría alegrarse de habérselo quitado de encima. Quizá necesite a otro artista, aunque sea como el último, Leo: Leo el desaprensivo, encantado de haberse conocido, un tipo que pintaba con manchurrones y estropajo, exprimiendo a Pollock con sesenta años de retraso, pero nada lento a la hora de devolver empujones y bofetadas cuando estaba desinhibido por el alcohol o las metanfetaminas, aunque al menos la hacía reír y no intentaba cargarla con culpas, insinuando que incluso él podría haber sido mejor madre para Ahmad. O también podría salir con un residente, como ese tío nuevo un poco tartamudo que daba sus primeros pasos hacia la neurocirugía; pero no, hay que reconocerlo, ya es demasiado vieja para un residente, y en cualquier caso éstos siempre pasan de las enfermeras que se follan para intentar pescar a la hija del proctólogo. Aun así, el solo pensamiento sobre el mundo de hombres que hay ahí fuera, incluso a su edad, incluso viviendo en el norte de New Jersey, recubre su corazón con una coraza contra este hombre lúgubre, de buenas intenciones empalagosas, que huele a viejo. Decide que todo ha terminado.

–Está más bien reservado –aclara–. A lo mejor ha encontrado a una chica. Eso espero. ¿No va ya un poco rezagado?

–Hoy en día los chavales tienen más cosas de las que preocuparse que nosotros a su edad. Al menos, que cuando yo era joven... no debería hablar como si fuéramos igual de viejos.

–Oh, sigue. No te preocupes.

–No es únicamente el sida y todo eso; cuando todo es tan relativo y todas las fuerzas económicas los atiborran de gratificaciones instantáneas y recibos pendientes de las tarjetas de crédito, tienen cierta hambre de, no sé, el absoluto. No es algo que pertenezca en exclusiva a la derecha cristiana, al fiscal general Ashcroft y los servicios religiosos matutinos con su tropilla de nostálgicos de Washington D.C. También lo puedes ver en Ahmad. Y en los musulmanes negros. La gente quiere volver a lo sencillo: blanco y negro, bueno y malo...; y las cosas no son tan simples

–Mi hijo no es tan simple.

–Sí lo es, en cierto modo. Como la mayoría de la humanidad. De otro modo, ser humano sería demasiado duro. A diferencia de los otros animales, sabemos demasiado. Ellos, el resto de animales, saben lo justo para hacer su parte y morir. Comer, dormir, follar, tener descendencia y morirse.

—Jack, todo lo que cuentas es deprimente. Por eso estás tan triste.

—Lo único que digo es que los chavales como Ahmad necesitan algo que la sociedad ya no les da. La sociedad ha dejado de suponerles la inocencia. Esos árabes locos tienen razón: hedonismo y nihilismo es lo único que sabemos ofrecer. Escucha las letras de las estrellas del rock y el rap, que además son también chavales, aunque con agentes espabilados. La juventud tiene que tomar más decisiones que antes, porque los adultos no saben decirles qué hacer. No sabemos qué hacer, no tenemos las respuestas que antes teníamos; solamente vamos tirando, intentando no pensar. Nadie quiere tener la responsabilidad, así que los chavales, algunos, la asumen. Incluso lo puedes ver en un vertedero como el Central High, donde el perfil demográfico determina a todos y cada uno de sus alumnos: el anhelo de hacer lo correcto, de ser bueno, de apuntarse a algo, al ejército, a la banda de música, a la pandilla, al coro, a la junta de estudiantes, o incluso a los *boy scouts*. Lo único que quiere el jefe de los *boy scouts*, o los sacerdotes, es, por lo que se ve, metérsela a los niños, pero los chavales siguen acudiendo, esperan que los dirijan. Al verles las caras por los pasillos se te parte el corazón; ves tanta esperanza, tantas aspiraciones, tanto querer ser buenos. Esperan dar algo de sí mismos. Esto es Estados Unidos, todos esperamos algo, incluso los inadaptados sociales guardan una buena opinión de sí mismos. ¿Y sabes lo que terminan siendo los más indisciplinados? Acaban siendo policías y maestros de escuela. Quieren complacer a la sociedad, pese a que digan lo contrario. Quieren ser gente de gran valía. Ojalá pudiéramos decirles qué es la valía. —Su discurso, expeditivo, crispado, pronunciado entre dientes, surgido de su pecho peludo, da un bandazo–: Mierda, olvida lo que acabo de decir. Los sacerdotes y los jefes de grupo de los *boy scouts* no es que sólo quieran abusar de ellos, también quieren que sean buenos. Pero no lo consiguen, los culitos de los niños son demasiado tentadores. Terry, dime, ¿por qué estaré largando así? El desprendimiento interior la empuja a decir:

–Quizá porque intuyes que ésta es tu última oportunidad.

–¿Mi última oportunidad de qué?

–De compartir tus cosas conmigo.

–¿Qué dices?

–Jack, esto va mal. Está afectando a tu matrimonio y a mí tampoco me hace ningún bien. Al principio, sí. Eres un tío genial... no eres sólo un tío que esté conmigo. Después de haber tratado con varios imbéciles, me pareces un santo. Te lo digo de verdad. Pero yo tengo que tratar con la realidad, tengo que pensar en mi futuro. Ahmad ya se ha ido... lo único que necesita de mí es que le ponga algo de comida en la nevera.

–Pero yo sí te necesito, Terry.

–Sí y no. Crees que mis cuadros son sandeces.

–Qué va. Me encantan. Me gusta que los hagas de este tamaño extra. Oye, si Beth...

–Si Beth tuviera un tamaño extra, rompería el suelo. –Y, sentada en la cama, ríe al imaginárselo; sus pechos saltan y quedan destapados, la parte de arriba con pecas, y la de abajo, junto a los pezones, jamás tocada por el sol, por mucho que la lista de hombres que han puesto ahí sus labios y sus dedos sea larga.

«La irlandesa que lleva dentro», piensa él. Eso es lo que le gusta, sin lo que no puede pasar. El nervio, la insolente chispa de locura que le sale a los pueblos reprimidos durante mucho tiempo: los irlandeses la tienen, los negros y los judíos la tienen, pero él la ha perdido. Quería ser humorista pero se ha convertido en el brazo arisco de un sistema que no cree en sí mismo. Levantándose tan temprano todas aquellas mañanas lo que hacía era darse un tiempo en el que morir. Aprender a morir en tus ratos libres. ¿Qué dijo Emerson sobre estar muerto? Al menos no tienes que ir al dentista. Hace cuarenta años, la frase le causó un gran impacto, cuando aún podía leer cosas que le interesaran. Esta pelirroja regordeta aún no está muerta, y ella lo sabe. Pero él tiene que quejarse, acerca de Beth.

–Dejémosla fuera de esto. No puede evitar el estado en que se encuentra.

–Tonterías. Si ella no puede, ¿quién puede, entonces? Y respecto a lo de dejarla fuera de esto, habría estado encantada, Jack, pero a ti te es imposible. La arrastras adondequiera que vayas. En tu cara parece que ponga, lo llevas escrito: «Bien, Señor, esto durará sólo una hora». Me tratas como a una clase de cincuenta minutos. Puedo notar cómo esperas a que suene el timbre. –«Así», piensa ella. Ésta es la manera de espantarlo, de aparecer ante él como una persona repulsiva: atacar a su esposa–. Estás casado, Jack. ¡Para mí estás demasiado casado, joder!

–No –le sale como un gemido.

–Sí –dice Terry–. Intenté olvidarlo pero no me dejaste. Abandono. Por mi bien, Jack, tengo que abandonar. Déjame.

–¿Y qué pasa con Ahmad?

La pregunta la sorprende.

–¿Qué pinta Ahmad en todo esto?

–Estoy preocupado por él. Hay algo sospechoso en esa tienda de muebles.

La mala leche se le está acabando; no ha ayudado mucho el que Jack estuviera ahí, echado en el calor y el sudor de su cama como si aún fuera su amante y tuviera algún derecho de arriendo.

–¿Y qué? –exclama ella–. Todo es turbio en los tiempos que corren. Yo no puedo vivir la vida de Ahmad por él, ni tampoco la tuya. Te deseo lo mejor, Jack, de veras. Eres un hombre dulce y triste. Pero si me llamas o vuelves por aquí después de cruzar hoy esa puerta, lo consideraré acoso.

—Oye, no... –dice él con la voz entrecortada, deseando simplemente que las cosas vuelvan al cauce de hace una hora, cuando ella le recibió con un beso húmedo cuyo efecto le llegó hasta las ingles incluso antes de cerrar la puerta del apartamento. A él le gustaba tener una mujer aparte. Le gustaba su bagaje: que fuera madre, que fuera pintora, que fuera auxiliar de enfermería, compasiva hacia los cuerpos de otras personas. Ella sale de la cama, que huele a ambos.

—Vete, Jack –le pide, situándose fuera de su alcance. Con rapidez y recelo se agacha para recoger algunas ropas de donde las tiró. El tono se va volviendo pedagógico, como de regañina–. No seas plasta. Seguro que con Beth también eres como una sanguijuela. Chupando, chupándole la vida a esa mujer, apretada hasta la lástima que sientes por ti. No me extraña que coma. Te he dado lo que he podido, y ahora debo seguir adelante. Por favor. No me lo pongas difícil.

Él empieza a molestarse y se opone al tono de reprimenda de esta furcia.

—No puedo creerme que esto esté pasando, y sin motivo alguno –protesta. Se siente blando, demasiado flojo y apagado para salir de la cama; la imagen de la sanguijuela le ha calado hondo. Quizás ella tenga razón; él es una carga para el mundo. Intenta arañar tiempo–: Démonos unos días para pensarlo –dice–. En una semana te llamo.

—Ni te atrevas.

Esta orden imperiosa lo irrita. Suelta:

—¿Me puedes repetir el motivo? Me lo he perdido.

—Eres profesor, debes saber lo que es hacer borrón y cuenta nueva.

—Soy responsable de tutorías.

—Bueno, pues date algunos consejos. Arregla tu expediente.

—Si me deshago de Beth, ¿qué pasaría?

—No sé. No mucho, seguramente. En cualquier caso, ¿cómo lo harías?

Es verdad, ¿cómo? Terry ya se ha puesto el sujetador, y se ajusta los vaqueros a tirones airados; la desnudez inerte de Jack se está volviendo, a pasos agigantados, deshonrosa y abyecta. Dice:

–De acuerdo, ya hemos hablado bastante. Siento haber sido un burro. –Sigue tumbado. Le viene a la cabeza una melodía de hace tiempo, de cuando el centro de la ciudad estaba plagado de marquesinas de cine; una cancioncilla repetitiva, escurridiza. Canturrea las notas finales–: Didi-dit-dah-da-daaah.

–¿Qué es eso? –exige ella, enfadada pese a haber ganado.

–No es de los Terrytoons. Es una canción de otros dibujos, de la Warner Brothers. Al final, un cerdo tartamudo salía de un tambor y decía «¡E-e-eso es todo, amigos!».

–No eres tan gracioso, ¿sabes?

Jack se sacude la sábana de encima de una patada. Le gusta la sensación de ser un animal peludo sin ropa, con sus viejos genitales colgando, sus pies de plantas amarillas oliendo a queso; le gusta la llamada de alarma en los ojos saltones del otro animal. De pie, desnudo, el yo sexagenario, avellanado y encorvado de Jack Levy replica:

–Cojones, te voy a echar mucho de menos.

Mientras el aire fresco lame su piel, recuerda haber leído hace años cómo el paleontólogo Leakey, que encontró los más antiguos restos humanos en la garganta de Olduvai, declaró que un ser humano podía capturar y matar con sus propias manos a cualquier presa, incluso a un depredador con dientes, si ésta era más pequeña que él. Jack percibe ahora ese potencial en su interior. Podría reducir a este miembro más pequeño de su propia especie, llevarlo al suelo y estrangularlo.

–Tú eras mi último... –empieza a decir.

–¿Tu último qué? ¿Tu último rollo? Pues es tu problema, no el mío. Pagando también puedes, ya lo sabes. –Su cara pecosa está desafiantemente rosa. No entiende que no tiene por qué pelear con él, que no debe ser grosera ni desfogarse. Él sabe

226

cuándo ha cateado. Siente su carne desnuda como un peso muerto.

–Eh, Terry, tranquila. Mi último motivo para vivir, eso iba a decir. Mi última razón para la *joie de vivre.*

–No me montes el típico numerito de judío llorica, Jack. Yo también te echaré de menos. –Y después aún añade, para hacer daño–: Por una temporada.

Una mañana de principios de septiembre, Charlie saluda a Ahmad diciendo:

–¡Hoy es tu día de suerte, campeón!

–¿Y eso?

–Ya verás. –Charlie lleva unos días serio e incluso brusco, como si algo lo royera por dentro; pero sea cual sea la sorpresa, se muestra tan satisfecho que, visto de refilón, la comisura de su excitada boca se ensancha hasta esbozar una sonrisa–. Lo primero, es hacer un montón de entregas, una de las cuales nos llevará lejos, hasta Camden.

–¿Tenemos que ir los dos? No me importa hacerlo solo.

Ha acabado prefiriendo conducir sin compañía. En la cabina no se siente solo, Dios lo acompaña. E incluso Dios va siempre solo, Él es la más extrema soledad. Ahmad ama a su Dios solitario.

–Sí, tenemos que ir los dos. Hay que llevar una cama nido, ya sabes que, con esas estructuras de metal, pesan una puta tonelada. Y el pedido de Camden es un sofá de dos metros veinte, de pura piel y tachonado, con reposabrazos curvados. Pero no se puede levantar por los extremos; se parten enseguida, como descubrimos uno de tus predecesores y yo. En origen valía más de mil, lo hemos rebajado, es para la sala de espera de una clínica elegante para niños desequilibrados.

–¿Desequilibrados?

–Y quién no lo está, ¿verdad? En fin, con las dos butacas a

juego es una venta de dos mil dólares, y de ésas no tenemos todos los días. Cuidado con el camión cisterna de la izquierda; creo que el cabrón va colocado.

Sin embargo, Ahmad ya había visto el camión, de la cadena de gasolineras Getty, y considerado si el conductor tenía en cuenta el oleaje de la carga y demás factores que requieren precaución. En septiembre hay peligros añadidos en la carretera, ya que los veraneantes al volante parecen competir por ver quién llega antes a la guarida habitual.

–La Excellency está subiendo enteros –explica Charlie– con la de casas nuevas que se venden por más de un millón. ¿Te has fijado que en los concursos de la tele el público ya no se ríe si dices que eres de New Jersey? A este paso nos van a considerar el sur de Connecticut, a sólo un túnel de Wall Street. Mi padre y mi tío empezaron vendiendo material barato para las masas, muebles de álamo contrachapado y tapicerías de vinilo grapadas, pero ahora tenemos a estos tíos trajeados que trabajan en Nueva York pero viven en Montclair y Short Hills, a quienes no les duelen prendas en gastarse dos mil dólares en un tresillo de piel color hueso o tres mil, por ejemplo, en un juego de mesa de comedor y sillas estilo Viejo Mundo con el capricho añadido de una vitrina estilo gótico a juego, todo en madera de roble tallada. Ahora se llevan cosas así, no solíamos tocar este género. Antes nos llevábamos las antigüedades de más calidad de los lotes que salían a la venta tras una herencia y se quedaban en la tienda varios años. Está entrando dinero fresco, incluso en nuestro querido y pobre New Prospect.

–Es bueno –dice Ahmad con prudencia– que el negocio prospere. –Y se atreve a añadir, para armonizar con el optimista humor de Charlie–: Quizá los nuevos clientes esperen encontrar un regalito entre los cojines.

En el perfil de Charlie no se acusa el recibo de la broma. Prosigue sin darle importancia:

–Ya hemos repartido todos los premios. El tío Maurice ha

vuelto a Miami. Ahora somos nosotros los que esperamos una entrega. –De golpe pierde la espontaneidad–: Campeón, tú no hablas con nadie de lo que hacemos aquí, ¿verdad? De la letra pequeña. ¿Te ha interrogado alguien? ¿Tu madre, pongamos? ¿Algún tío con el que salga?

–Mi madre está demasiado ocupada con sus cosas para mostrar curiosidad. La tranquiliza que tenga un empleo fijo, y que ayude en los gastos de casa. Por lo demás, compartimos el apartamento como perfectos desconocidos. –Cae en la cuenta de que eso no es del todo cierto. La otra noche, mientras estaban sentados a cenar, una comida poco habitual, cocinada con esmero, a la vieja mesa redonda donde él solía estudiar, su madre le preguntó si había notado algo «sospechoso» en la tienda de muebles. En absoluto, contestó él. Está aprendiendo a mentir. Para ser honesto con Charlie, le cuenta–: Creo que recientemente mi madre ha sufrido una de sus desventuras amorosas, porque la otra noche se destapó con un repentino interés por mí, como si hubiera recordado que yo también vivo allí. Pero se le pasará. Nunca nos hemos comunicado bien. La ausencia de mi padre siempre ha sido un obstáculo entre nosotros, y después mi religión, que adopté antes de entrar en la adolescencia. Es una mujer de carácter cálido, y sin lugar a dudas se preocupa de sus pacientes del hospital, pero creo que tiene tan poco talento para la maternidad como una gata. Las gatas dan de mamar a sus crías por un tiempo y después las tratan como a enemigas. Aún no he crecido bastante para ser el enemigo de mi madre, pero soy suficientemente maduro para ser el objeto de su indiferencia.

–¿Qué piensa de que no tengas novia?

–Creo que para ella es un alivio, si es que se lo ha planteado. Tener un añadido a mi vida le complicaría la suya. Otra mujer, da igual lo joven que fuese, podría empezar a juzgarla y a encaminarla a cierto patrón de comportamiento convencional.

Charlie lo interrumpe:

–Ahora viene un desvío a la izquierda, creo que no en este semáforo pero sí en el siguiente. Ahí tomamos la Ruta 512 hasta Summit, donde dejamos las sillas y la mesa de cocina color canela. ¿Así que aún no has echado un polvo? –Interpreta el silencio de Ahmad como una confirmación y dice–: Bien. –La sonrisa con hoyuelos ha vuelto a su rostro. Ahmad está tan acostumbrado a ver a Charlie de perfil que se sorprende cuando el hombre se vuelve, en la sombra de la cabina, y le muestra ambos lados de la cara. Luego, Charlie devuelve la mirada al semáforo, que más allá del parabrisas se pone verde–. Llevas razón en lo de los anunciantes occidentales –señala, recuperando un viejo tema–. Nos atiborran de sexo porque significa consumo. Primero la bebida alcóholica y las flores que van con las citas, después la crianza y las compras que lo anterior conlleva, comida para bebé y todoterrenos y...

–Muebles color canela –apunta Ahmad.

Cuando Charlie no hace bromas, se pone tan serio que invita a que lo provoquen. El ojo solitario de su perfil parpadea, en la boca se le dibuja una mueca de bebedor, como si le hubiera subido un regusto agrio.

–Y una casa más grande, iba a decir. Estas parejas jóvenes gastan y se sumen en deudas que crecen y crecen, que es justo lo que quieren los usureros judíos. Es la trampa del «compra hoy y paga mañana», muy atractiva. –Pero no se olvida de la provocación, y prosigue–: Sí, somos mercaderes. Pero la idea de papá era vender a precios razonables. No empujar al cliente a comprar más de lo que se puede permitir. Sería malo para él y en consecuencia para nosotros. De hecho no aceptábamos tarjetas de crédito hasta hace un par de años. Ahora sí. Hay que adherirse al sistema –dice–, hasta que llegue el momento.

–¿El momento?

–El momento en que lo reventemos desde dentro. –Suena impaciente. Parece pensar que el chico sabe más que él.

Ahmad le pregunta:

–¿Y cuándo llegará ese momento?

Charlie reflexiona.

–Llegará cuando todo esté preparado. Puede que nunca o puede que antes de lo que creemos.

Desde el instante en que el otro hombre se ha descubierto al hablar de los usureros judíos, Ahmad se siente en equilibrio sobre un andamio de paja, en el vertiginoso espacio de sus creencias compartidas. Tras haber sido admitido, le parece, a un nivel inusitado de la confianza de Charlie, él a su vez confiesa:

–Yo tengo un Dios al que me dirijo cinco veces al día. Mi corazón no necesita otras compañías. La obsesión por el sexo revela la vacuidad de los infieles, y sus miedos.

Animándose, Charlie manifiesta:

–Oye, no lo critiques hasta que lo pruebes. Bueno, ya hemos llegado. El ochocientos once de Monroe Street. Una mesa y cuatro sillas de cocina, marchando.

El edificio es un híbrido de estilo colonial, ladrillo rojo y madera blanca, en un jardín bien cuidado. La joven señora de la casa, una estadounidense de origen chino, sale por el sendero de losas a recibirlos. Mientras los dos hombres van entrando las sillas y la mesa ovalada, sus dos hijos, una niña de edad preescolar que lleva un mono fucsia con patitos bordados y un bebé, que todavía gatea, con una camiseta manchada de comida y los pañales caídos, observan el espectáculo y arman jaleo, como si les estuvieran trayendo un par de nuevos hermanitos. La joven madre, feliz por la nueva adquisición, intenta darle a Charlie una propina de diez dólares, pero él la rechaza, con lo que le enseña una lección de igualdad estadounidense.

–El placer ha sido nuestro –le dice–. Disfrútelos.

Ese día deben entregar catorce pedidos más, y cuando vuelven de Camden las sombras ya se han alargado en Reagan Boulevard, y el resto de tiendas ya han cerrado. Llegan por el oeste. Junto a Excellency Home Furnishings, en la otra acera de la Calle Trece, hay un negocio de neumáticos que había sido una estación de servicio; la isleta de los surtidores de gasolina sigue donde estaba, pero no los surtidores. Al lado, se levanta una funeraria, cuyas dependencias ocupan lo que era una mansión privada antes de que esta parte de la ciudad se volviera un barrio de servicios. Tiene un amplio porche con toldos blancos y un letrero discreto, UNGER & SON, clavado en el césped. Aparcan el camión en el solar y suben con cansancio a la sonora plataforma de carga, entran por la puerta trasera y se dirigen al vestíbulo, donde Ahmad ficha.

—No olvides —lo avisa Charlie— que te espera una sorpresa.

El recordatorio pilla a Ahmad desprevenido; en el transcurso de la larga jornada se le había borrado de la cabeza. Ya está algo mayor para juegos.

—Te espera arriba —dice Charlie en voz muy baja, para que no lo oiga su padre, que se queda a trabajar hasta tarde en el despacho—. Cuando termines, sal por atrás. Y pon la alarma.

Habib Chehab, calvo como un topo en su mundo subterráneo de muebles nuevos y usados, aparece por la puerta de su despacho. Está pálido incluso después de un verano al sol de Pompton Lakes, con la cara enfermizamente abotargada, pero saluda a Ahmad con jovialidad.

—¿Cómo le va a este chico?

—No me puedo quejar, señor Chehab.

El viejo contempla a su joven conductor, siente la necesidad de añadir algo, de coronar un verano de leal servicio.

—Eres el mejor —dice—. Cientos de kilómetros, muchos días haces trescientos o cuatrocientos, y ni un golpe, ni un rasguño. Y ninguna multa. Excelente.

—Gracias, señor. El placer ha sido mío. —Es una frase, se da cuenta, que le ha oído decir a Charlie ese mismo día.

El señor Chehab lo mira con curiosidad.

—¿Vas a seguir con nosotros, ahora que terminan las vacaciones?

—Claro. ¿Qué voy a hacer, si no? Me encanta conducir.

–Bueno, pensaba que los chicos como tú, listos y obedientes, queríais seguir estudiando.

–Me lo han propuesto, señor, pero de momento no me atrae.

Más formación, teme, podría debilitar su fe. Algunas dudas que le habían surgido en el instituto podrían terminar siendo irreversibles en la universidad. El Recto Camino lo llevaba por otra dirección, más pura. No sabría cómo explicarlo mejor. Ahmad se pregunta hasta qué punto el viejo está al corriente del dinero oculto, de los cuatro hombres en el bungalow de la costa, del antiamericanismo de su propio hijo, de los contactos de su hermano en Florida. Sería raro que no tuviera algún conocimiento de estos movimientos; pero las familias, como Ahmad sabe por la suya, son nidos de secretos, de huevos que se rozan pero que conservan cada uno su vida independiente.

Mientras los dos hombres se dirigen hacia la salida trasera, al aparcamiento y a sus respectivos coches –el padre tiene un Buick, el hijo, un Saab–, Charlie le repite a Ahmad las instrucciones acerca de activar la alarma y cerrar la puerta con el engrasado candado doble. El señor Chehab pregunta:

–¿El chico se queda?

Charlie apoya una mano en la espalda de su padre instigándolo a salir.

–Papá, le he dejado a Ahmad una tarea pendiente en el piso de arriba. Te fías de él para que cierre, ¿no?

–¿Por qué lo preguntas? Es un buen chico. Como de la familia.

–De hecho –Ahmad oye las explicaciones que Charlie le da a su padre en la dársena de carga–, el chaval tiene una cita y quiere lavarse y ponerse ropa limpia.

«¿Una cita?», piensa Ahmad. Ya ha adivinado la sorpresa que le ha preparado Charlie: será un almohadón, como el que transportó, lleno de dinero, una paga extra de final de verano. Pero como queriendo confirmar la mentira de Charlie a su padre, Ah-

233

mad se limpia, en el pequeño aseo que hay junto a la fuente de agua fría, la mugre que se le ha acumulado en las manos durante el día, y se echa agua en cuello y cara antes de ir a las escaleras que, en mitad de la tienda, conducen al segundo piso. Sube los peldaños con pasos silenciosos. En la segunda planta se exponen camas y tocadores, mesitas de noche y armarios roperos, espejos y lámparas. Ve estos objetos a la tenue luz de una lámpara de noche lejana, mientras los faros de los coches que vuelven a casa parpadean en los altos ventanales. Las pantallas de las lámparas apagadas hienden las sombras con sus cantos agudos, del techo cuelgan como arañas las instalaciones eléctricas. Hay camas con cabeceras acolchadas y cabeceras de madera con formas floridas, y también de barras de latón paralelas. Los colchones están dispuestos uno al lado de otro por las dos paredes, en sendas perspectivas de planos que se mantienen tirantes por la rigidez de sus muelles y sus estructuras interiores de metal. Mientras avanza entre las dos superficies proyectadas, le late el corazón y llega a su nariz el prohibido humo de un cigarrillo, y a sus oídos una voz familiar.

–¡Ahmad! No me han dicho que serías tú.

–¿Joryleen? ¿Eres tú? A mí no me han dicho nada.

La chica negra sale de detrás de la pantalla de la lámpara tenue, al pie de la cual se alza, como una escultura, enroscándose lentamente, el humo de su cigarrillo, apagado con prisas en un cenicero improvisado con el papel de aluminio de una chocolatina. Mientras sus ojos se acostumbran a la oscuridad, ve que la chica lleva una minifalda de vinilo rojo y un top ajustado de color negro con escote de barco. Sus redondeces parecen haber sido vertidas en un nuevo molde, más estrecho en la cintura; las mandíbulas también están más enjutas. Lleva el pelo más corto y con mechones oxigenados, como nunca antes en el Central High. Cuando mira hacia abajo, ve que calza unas botas blancas con las costuras en zigzag y las punteras afiladas, de esas nuevas que tienen un montón de espacio sobrante en la punta.

–Lo único que me dijeron era que esperase a un chico al que había de desvirgar.

–Al que había que echarle un polvo, estoy seguro de que te lo ha dicho así.

–Sí, me parece que sí. No es una expresión que oigas a menudo, hay muchísimas otras maneras de llamarlo. El tipo me dijo que era tu jefe y que trabajabas aquí. Al principio habló con Tylenol, pero luego quiso verme para explicarme lo delicada que tenía que ser con el chico en cuestión. Era un árabe alto, con una boca inquieta y misteriosa. Me dije: «Joryleen, no te fíes de este tipo», pero me dio bastante dinero. Unos cuantos billetitos.

Ahmad está boquiabierto; no habría descrito a Charlie como árabe ni como misterioso.

–Son libaneses. Charlie se ha criado como un estadounidense más. No es exactamente mi jefe, es el hijo del propietario, y transportamos muebles juntos.

–Vaya, Ahmad, y perdona que te lo diga, pero en el instituto imaginaba que harías algo un poco mejor que esto. Algo en lo que pudieras usar más la cabeza.

–Bueno, Joryleen, se podría decir lo mismo de ti. Guardo un buen recuerdo de la última vez, ibas vestida con una túnica del coro. ¿Qué haces con esta ropa de puta, y hablando de desvirgar a la gente?

Ella echa la cabeza atrás con un ademán defensivo, haciendo morritos; se ha pintado los labios con un carmín brillante, color coral.

–No es por mucho tiempo –explica–. Sólo unos cuantos favores que Tylenol me pide que le haga a algunas personas, hasta que nos establezcamos y podamos comprarnos una casa y todo eso. –Joryleen mira alrededor y cambia de tema–: ¿Me estás diciendo que una pandilla de árabes es propietaria de todo esto? ¿De dónde sacan el dinero?

–No entiendes de negocios. Pides un préstamo al banco

para comprar el stock, y luego incluyes los intereses en el apartado de gastos. Se llama capitalismo. Los Chehab vinieron en los años sesenta, cuando todo era más fácil.

–Debía de serlo –dice ella, y se sienta rebotando en un colchón con un dibujo de rombos y revestido de un brocado con hilos plateados. Su diminuta minifalda roja, más corta que la de una animadora, le permite a Ahmad ver sus muslos, que quedan ensanchados por la presión del borde del colchón. Sólo puede pensar en sus bragas, aprisionadas entre su culo desnudo y el elegante cutí del tapiz; la idea le oprime la garganta. Todo lo que la rodea parece brillar: el lápiz de labios color coral, el cabello corto, moldeado con gel hasta hacer coletitas como púas de puercoespín, la purpurina dorada en el maquillaje graso de alrededor de sus ojos. Para llenar este silencio, Joryleen habla–: Aquéllos eran tiempos fáciles, comparados con la actualidad y su mercado laboral.

–¿Y por qué no se busca Tylenol un empleo para ganar ese dinero que quiere?

–Lo que tiene en mente es demasiado grande para cualquier trabajo tradicional. Tiene previsto ser un pez gordo algún día, y mientras tanto me pide que ponga un poco de pan en la mesa. No quiere que trabaje en la calle, solamente que le haga un favor aquí y allá, generalmente a algún blanco. Cuando estemos instalados me va a tratar como a una reina, dice. –Desde que terminaron el instituto se ha puesto un arito en una ceja, que se añade a lo que ya tenía, la cuenta de la nariz y la hilera de pendientes que parece una oruga comiendo de la parte superior de su oreja–. Bueno, Ahmad. No te quedes ahí como un pasmarote. ¿Qué te gustaría? Te podría hacer una mamada aquí mismo y zanjar el asunto, pero creo que tu señor Charlie prefería que pillaras cacho del todo, lo cual incluye condón y lavarse después. Me ha pagado por un servicio completo, para que tuvieras lo que te apetezca. Me previno de que serías un poco tímido.

–Joryleen, no soporto oírte hablar así –gimotea Ahmad.

–¿Hablar cómo? ¿Aún tienes la cabeza en el país de Nunca Jamás árabe, Ahmad? Sólo intentaba ser clara. Mejor nos desnudamos y nos echamos en una de estas camas. ¡Tío, tenemos unas cuantas!

–Joryleen, quédate vestida. Te respeto igual que antes y, en cualquier caso, no quiero que me desvirguen hasta que me case como es debido con una buena musulmana, como dice el Corán.

–Pues ella te espera en el país de Nunca Jamás, corazón, pero yo estoy aquí, dispuesta a enseñarte el mundo.

–¿Qué quieres decir con eso de «enseñarme el mundo»?

–Ya verás. Ni siquiera tienes que sacarte esa camisa blanca de moñas que me llevas, sólo los pantalones. Uf, en el instituto me ponían a cien, tan ajustaditos.

Y, con la cara a la altura de su bragueta, Joryleen abre los labios, no tanto como cuando cantaba pero lo suficiente para que él pueda ver sus profundidades. Las membranas interiores y las encías brillan bajo sus dientes, un perfecto arco color perla, con la gruesa lengua pálida al fondo. Abre interrogativamente los ojos cuando vuelve la mirada arriba.

–No seas asquerosa –protesta él, aunque la carne que se esconde tras su cremallera ha reaccionado.

Joryleen pone cara de fastidio, y lo provoca:

–¿Quieres que le devuelva el dinero al señor Charlie? ¿Quieres que Tylenol me dé una paliza?

–¿Lo hace?

–Intenta no dejarme marcas. Los chulos más viejos le explican que cuando lo haces es como si te escupieras a ti mismo. –Deja de mirarle y le golpea suavemente con la cabeza por debajo del cinturón, la menea como un perro secándose.– Venga, precioso. Yo te gusto, está clarísimo.

Con las dos manos –lleva las uñas largas en todos los dedos– toca el bulto que se esconde tras la bragueta. Él da un salto atrás, no tan alarmado por la caricia de Joryleen como por el demonio del consentimiento y la sumisión que crece en su interior, endureciendo una parte de su cuerpo y atontándolo en otra, como si le hubieran inyectado una sustancia espesante en la sangre; ella ha despertado en él una realidad melindrosa, la de un hombre que toma posesión de lo que le pertenece, en acto de servicio a la semilla que transporta en su interior. Las mujeres son sus campos. «Los bienaventurados estarán reclinados en alfombras forradas de brocados. Tendrán a su alcance la fruta de los dos jardines.» Le dice a Joryleen:

–Me gustas demasiado para que te trate como a una puta.

Pero ella se ha puesto zalamera; este cliente difícil la excita, es un reto.

–Deja que me la meta en la boca –dice–. En el viejo Corán no es pecado. Es simplemente cariño natural. Nos han hecho para esto, Ahmad. Y no viviremos eternamente. Nos hacemos viejos, enfermamos. Sé simplemente tú mismo durante una hora, y nos harás un favor a los dos. ¿No te gustaría jugar con mis preciosas y grandes tetas? Aún me acuerdo de cómo me mirabas el escote cada vez que nos encontrábamos en el instituto.

Él se aparta de ella, las pantorrillas se le clavan en la cama de atrás, pero está tan aturdido por la tormenta que le bulle en la sangre que no dice nada cuando en un visto y no visto ella empieza a quitarse el ajustado top, ya lo ha pasado por el cuello, vuelven a liberarse sus cabellos desteñidos a manchurrones, arquea la espalda y se desabrocha el vaporoso sujetador negro. El marrón de sus pechos tiene la oscuridad de las berenjenas en los círculos que rodean sus pezones, que son de color carne. Al vérselos así, desnudos, púrpura y rosa, no tan enormes como habían parecido cuando estaban medio tapados, Ahmad siente que está, no sabe por qué, más cerca de la antigua y amable Joryleen, la que él conocía, si bien ligeramente, con su sonrisa a la vez engreída y tentadora frente a las taquillas.

Con la lengua adormecida y la garganta seca, él comenta:

-No quiero que le cuentes a Tylenol qué hemos hecho y qué no.

-Vale, no lo haré, prometido. De todos modos, tampoco le gusta oír qué hago con los clientes.

-Quiero que te desnudes del todo. Simplemente nos echaremos y hablaremos un rato.

El que haya tomado esta iniciativa, por mínima que sea, hace que Joryleen se amanse. Cruza las piernas, se quita una de sus botas puntiagudas, después la otra, y se pone de pie; las puntas de su pelo con mechas rubias llegan, ahora que va descalza, a la altura de la garganta de Ahmad. Joryleen topa contra su torso mientras, aguantando el equilibrio primero sobre una pierna y después sobre la otra, se baja la falda de vinilo roja y las negras bragas de encaje. Tras hacerlo, mantiene la barbilla y la vista bajas, a la espera, cruzando los brazos delante de los pechos, como si la desnudez la hubiera vuelto más modesta.

Él da un paso atrás y, mientras se regocija mirando a la Joryleen real, descubierta, vulnerable, dice:

-La pequeña Miss Simpatía. Yo me quedaré vestido. A ver si encuentro una manta y unas almohadas.

-Hace calor y el ambiente ya está bastante cargado -apunta-. No creo que necesitemos una manta.

-Una manta para poner debajo -explica él-. Para proteger el colchón. ¿Tienes idea de lo que cuesta un buen colchón?

-Casi todos están protegidos con plástico, pero sería una superficie incómoda para echarse encima, se pegaría a la piel.

-Pues date prisa -protesta ella-. Estoy desnuda: imagina que alguien subiera.

-Me sorprende que te preocupe -contesta él-, cuando vas con tantos tíos.

Ahmad ha asumido una responsabilidad, la de crear un emparrado para él y su hembra; la idea lo excita pero también lo desasosiega. Cuando llega a las escaleras se vuelve y la ve tranquilamente sentada junto a la lamparilla, ve cómo enciende un cigarrillo y el humo caracolea en el cono de luz. Baja corriendo, rápido, antes de que ella se evapore. Entre los muebles de la sala de exposición principal no encuentra mantas, pero coge dos cojines estampados de un sofá de felpilla y sube además una pequeña alfombra oriental, de metro veinte por metro ochenta. Con estos quehaceres apresurados se ha calmado un poco, pero las piernas aún le tiemblan.

–A tiempo –lo recibe Joryleen. Él coloca los cojines y la alfombra sobre el colchón, y ella se echa sobre las cenefas entrelazadas de la alfombra, que está ribeteada de azul: la imagen tradicional, le ha explicado Habib Chehab, de un oasis rodeado por un río. Joryleen, con la cabeza apoyada en un brazo, sobre el almohadón, deja a la vista una axila afeitada–. Tío, esto es raro raro –dice cuando él se acuesta a su lado, sin zapatos pero vestido.

Se le va a arrugar la camisa, pero cuenta con que es un precio que deberá pagar.

–¿Te puedo rodear con el brazo? –pregunta Ahmad.

–Virgen santa, pues claro. Tienes derecho a hacer mucho más.

–Esto –le dice– es todo lo que puedo permitirme.

–Vale, Ahmad. Ahora relájate.

–No quiero que hagas nada que te sea repulsivo.

La ha hecho sonreír, y después reír, con lo que él nota el calor de su hálito en un lado del cuello.

–Ni te puedes imaginar lo difícil que me sería.

–¿Por qué lo haces? ¿Por qué dejas que Tylenol te mande estas cosas?

Ella suspira, un nuevo chorro de vida en su cuello.

–No sabes casi nada del amor. Él es mi hombre. Sin mí, no tiene mucho. Sería un tío patético, y quizá lo amo tanto porque no quiero que llegue a descubrirlo. Para un negro que se ha criado pobre en New Prospect, tener a una mujer que se vende no es ninguna deshonra: es una manera de demostrar tu virilidad.

240

–Sí, pero ¿qué es lo que quieres demostrar tú?

–Que puedo tragar mierda, supongo. Sólo es por una temporada. No tomo drogas, así es como se enganchan las chicas, se drogan para poder aguantar tanta mierda, y luego la adicción se convierte en una mierda aún peor. Sólo fumo un poco de hierba, y una caladita de crack de vez en cuando; no me meto nada por las venas. Cuando las circunstancias cambien, lo dejaré.

–Joryleen, ¿cómo van a cambiar?

–Cuando él salga adelante con algún contacto. O yo diga que no lo quiero hacer más.

–No creo que te lo permita así por las buenas. Tú misma acabas de decir que eres lo único que tiene.

Ella delata la verdad de lo que ha dicho Ahmad con un silencio, un silencio que le suma densidad al cuerpo que él rodea con el brazo. Joryleen aprieta levemente su vientre contra el de él, que nota sus pechos como esponjas de agua caliente a la altura del bolsillo delantero de la camisa, cada vez más arrugada. Fuera de su alcance están los dedos de los pies de la muchacha –cuyas uñas, se ha dado cuenta cuando se desnudaba, lleva pintadas de rojo, mientras que en las de las manos ha combinado longitudinalmente el color plata y el verde–, que le rascan los tobillos en juguetona solicitud. Acepta maravillado esos toquecitos, que se mezclan en sus sentidos con los olores que despiden el pelo, el cuero cabelludo y el sudor de Joryleen y con la abrasión aterciopelada de su voz, tan cerca de su oído. En su respiración percibe una ronquedad que tiene sus propios temblores.

–No quiero hablar sobre mí –le pide–. Me asustan este tipo de charlas.

Debe de ser consciente, aunque con menor intensidad que él, del nudo de excitación que se le concentra bajo la cintura, pero obedeciendo el pacto que él ha impuesto no lo toca. Ahmad nunca ha experimentado el tener poder sobre otra persona, no desde que su madre, sin la ayuda de un marido, tuvo que preocuparse por sustentarlo. Él insiste:

–¿Y qué pasa con el canto coral en la iglesia? ¿Cómo cuadra aquello en esto?

–Pues no cuadra. Ya no canto. Mi madre no entiende por qué lo he dejado. Dice que Tylenol es una mala influencia. No sabe la razón que tiene. Oye: el trato era que podías follarme, no interrogarme.

–Sólo quiero estar contigo, lo más cerca que pueda.

–Anda, tío. Eso ya me lo han dicho antes. ¡Hombres! Son todo corazón. A ver, háblame de ti. ¿Qué tal le va al viejo Alá? ¿Cómo llevas lo de ser santo ahora que las clases han terminado y hemos entrado en el mundo real?

Los labios de Ahmad se retiran unos centímetros de su frente. Decide ser franco con ella sobre este aspecto de su vida que su instinto le suele pedir que proteja de todos, incluso de Charlie, incluso del sheij Rachid.

–Me sigo manteniendo en el Recto Camino –explica a Joryleen–. El islam sigue siendo mi consuelo y mi guía. Pero...

–¿Pero qué, cariño?

–Cuando me dirijo a Alá e intento pensar en Él, caigo en la cuenta de lo solo que está en el espacio sembrado de estrellas que Su voluntad ha creado. En el Corán, se lo nombra el Lleno de Amor, el Subsistente. Al principio pensaba más en lo del amor, pero ahora me sorprende esa subsistencia, entre tanta desolación. La gente siempre está pensando en sí misma –le dice a Joryleen–. Nadie piensa en Dios, en si sufre o no, en si le gusta ser lo que es. ¿Qué hay en el mundo que pueda ver y de lo que pueda sentirse satisfecho? Y cuando reflexiono acerca de estas cosas, cuando intento imaginarme a Dios como un ser humano amable, mi maestro el imán suele decirme que son blasfemias que merecen el fuego eterno del Infierno.

–Cielo santo, cuántas cosas llevas metidas en la cabeza. Quizás Él nos ha dado el uno al otro, para que no estemos tan solos como Él. Más o menos es lo que dice la Biblia.

–Sí, pero ¿qué somos? En el fondo somos animales apestosos, con un montón de necesidades animales y con vidas más cortas que las de las tortugas.

Esto, que mencione a las tortugas, le arranca una risa a Joryleen; cuando ríe, todo su cuerpo desnudo vibra contra el de Ahmad, de modo que él piensa en cómo los intestinos y el estómago y todo lo demás queda metido ahí dentro, dentro de ella, en un lugar que también encierra un espíritu cariñoso, cuyo hálito recibe en un lado del cuello, donde Dios está tan cerca de él como la vena yugular. Ella dice:

–Será mejor que controles todas esas ideas locas que tienes, o te vas a volver majara.

Los labios de Ahmad se acercan a su frente.

–A veces siento el anhelo de unirme a Dios, de aliviar su soledad. –En cuanto termina de pronunciar estas palabras las reconoce como blasfemas; en la sura veintinueve está escrito: «Dios, ciertamente, puede prescindir de sus criaturas».

–¿Te refieres a morir? Me estás asustando otra vez, Ahmad. ¿Qué hace esa polla que se me está clavando? ¿Con tanto hablar no se habrá cansado? –Lo toca con mano rápida, experta–. No, tío, ahí está, aún desea lo suyo. No puedo soportarlo, no puedo estar en vilo. Tú no hagas nada. Que Alá me eche a mí la culpa. La acepto, sólo soy una mujer, pase lo que pase seguiré siendo sucia.

Joryleen coloca una mano en cada nalga del chico, a través de los vaqueros negros, y apretándolo rítmicamente contra sus turgencias lo va elevando y elevando hasta transfigurarlo, en una convulsión, hasta un revés de la bóveda de su yo repleto de nudos, al igual que lo que tal vez ocurra cuando el alma accede, tras la muerte, al Paraíso.

Los dos cuerpos jóvenes quedan juntos, dos alpinistas jadeantes que han subido hasta un saliente. Joryleen dice:

–Vaya, pues mira. En los pantalones te ha quedado una mancha, pero no hemos tenido que usar condón y te mantienes virgen para esa novia tuya con el pañuelo en la cabeza.

—Una *hiyab*. Puede que esa novia nunca llegue a existir.

—¿Por qué dices eso? El aparato te funciona, y además estás de buen ver.

—Es un presentimiento —reponde él—. Quizá tú seas lo más parecido a una novia que yo pueda tener. —En leve tono acusador añade—: No te he pedido que lo hicieras, que me corriera.

—Me gusta ganarme el dinero —contesta Joryleen. A él le sabe mal que ella empiece una conversación relajada, que se aleje de la sutura tensa y húmeda que los ha unido en un solo cuerpo—. No sé de dónde sacas esos malos presentimientos, pero ese amigo tuyo, Charlie, parece que trama algo. ¿Por qué había de prepararte este casquete, si tú no se lo habías pedido?

—Pensaba que yo lo necesitaba. Y quizá tuviera razón. Gracias, Joryleen. Aunque, como has dicho, ha sido impuro.

—Es casi como si te estuvieran cebando.

—¿Quién? ¿Para qué?

—Y yo qué sé, tontín. Pero quédate con mi consejo. Apártate de ese camión.

—Y tú supón que yo te digo que te mantengas alejada de Tylenol.

—No es tan fácil. Es mi hombre.

Ahmad intenta comprenderla:

—Los dos buscamos unirnos, aunque sea con mala fortuna.

—Tú lo has dicho.

La mancha en sus calzoncillos empieza a secarse, se pone pegajosa; con todo, él se resiste cuando Joryleen intenta quitar su brazo de encima.

—Tengo que irme —dice.

Él la abraza más fuerte, con cierta ferocidad.

—¿Te has ganado tu dinero?

—¿Ah, no? A mí me parece que aquí alguien ha soltado un buen chorro.

Él quiere unirse a su impureza.

–No hemos follado. Quizá deberíamos. Es lo que Charlie querría.

–Ya te vas haciendo a la idea, ¿eh? Esta vez es demasiado tarde. De momento te dejamos puro.

La noche ha caído fuera de la tienda de muebles. Están a dos camas de la solitaria lámpara de noche encendida, y a su tenue luz el rostro de Joryleen, apoyado en el cojín de felpilla blanca, es un óvalo negro, un óvalo perfecto que contiene los destellos y los pequeños movimientos de sus labios y sus párpados. A ojos de Dios está perdida, pero da su vida por otro, para que Tylenol, ese matón patético, pueda vivir.

–Haz una cosa más por mí –suplica Ahmad–. Joryleen, no puedo soportar que te vayas.

–¿Qué quieres que haga?

–Cántame.

–Tío. Sí, claro, eres un hombre. Siempre queréis alguna cosa más.

–Sólo una canción. Allá en la iglesia me encantó ser capaz de distinguir tu voz entre todas las demás.

–Y ahora alguien te ha enseñado a camelar. Tengo que sentarme. No puedo cantar tumbada. Tumbarse sólo es para otras cosas.

Eso ha sido innecesariamente grosero por su parte. A la luz solitaria de la lámpara en ese océano de camas, surgen medias lunas crecientes de sombra en la parte inferior de sus contundentes pechos. Tiene dieciocho años, pero la gravedad ya tira de ellos. Él siente la necesidad de alargar el brazo y palpar las prominencias de sus pezones color carne, incluso de pellizcarlos, pues es una puta y está acostumbrada a cosas peores; él mismo se asombra del arrebato de crueldad que le ha salido, en liza con esa ternura que, seduciéndolo, lo apartaría de su fidelidad más íntima. «Quien combate por Dios», dice la sura veintinueve, «combate, en realidad, en provecho propio.» Ahmad cierra los ojos cuando ve, por la tensión de los diminutos

245

músculos de sus labios, con esa delicada orla de carne alrededor de sus bordes, que Joryleen está a punto de cantar.

–«Oh, qué amigo nos es Cristo» –canturrea, con voz trémula y sin las inquietas síncopas de la versión que oyó en la iglesia–. «Él sintió nuestra aflicción...» –Mientras canta, estira la mano, la palma pálida, y lo toca en la frente, una frente amplia e íntegra doblada bajo el peso de más fe de la que muchos hombres pueden soportar, y desviando los dedos, con sus uñas a dos colores, pellizca el lóbulo de la oreja de Ahmad al terminar–: «... díselo en oración.»

La observa volver a vestirse con brío: primero el sujetador, luego, con un movimiento divertido, sus breves braguitas, después, el top ajustado, lo bastante corto para dejar descubierta una tira del vientre, y la minifalda escarlata. Se sienta al borde de la cama para ponerse las botas de puntera, encima de unos finos calcetines blancos que no la había visto quitarse. Para proteger el cuero del sudor, y a sus pies del olor.

¿Qué hora es? Cada día oscurece más temprano. No más tarde de las siete; ha estado con ella menos de una hora. Su madre ya debe de estar en casa, esperándolo para darle de comer. Últimamente le dedica más tiempo. Pero la realidad tiene otras urgencias: debe levantarse y borrar cualquier huella de sus cuerpos en el colchón envuelto en plástico, devolver la alfombra y los cojines a su lugar en el piso de abajo y conducir a Joryleen entre las mesas y butacas, pasar el mostrador y la fuente de agua fría, y salir por la puerta de atrás a la noche, asaltada por los faros de los coches ya no tanto de trabajadores que vuelven a casa como de personas a la caza de algo, de una cena o de amor. La canción de Joryleen y el haber eyaculado lo han dejado tan adormecido que la idea, mientras recorre las doce manzanas que lo separan de casa, de meterse en la cama y no volver a despertar no le parece terrorífica.

El sheij Rachid lo saluda con una expresión coránica: «*fa-inna ma'a 'l-'usri yusrā*». Ahmad, tras tres meses sin acudir a clase en la mezquita y con su árabe clásico un poco oxidado, tiene que descifrar la cita mentalmente y considerar sus posibles significados ocultos. «La adversidad y la felicidad van a una.» La identifica como una aleya de «El consuelo», una de las primitivas suras mequíes que están hacia el final del Libro por su brevedad pero apreciadas por el maestro a causa de su naturaleza lacónica y enigmática. A veces se la ha titulado también «La abertura», y en ella Dios se dirige al propio Profeta: «¿No te hemos infundido ánimo y liberado de la carga que agobiaba tu espalda?».

Su encuentro con Joryleen había sido el viernes previo al día del Trabajo, así que no fue hasta el martes siguiente cuando Charlie Chehab le preguntó en el trabajo:

–¿Qué tal fue?

–Bien –dijo Ahmad por toda respuesta–. Resulta que la conocía, un poco, del Central High. Desde entonces se ha ido extraviando.

–¿Hizo su trabajo?

–Oh, sí. Cumplió.

–Fantástico. Su chulo me prometió que lo haría bien. Qué alivio. Para mí, quiero decir. No me sentía a gusto, contigo sin estrenar. No sé por qué me lo tomé como algo personal, pero así fue. ¿Te sientes un hombre nuevo?

–¡Y tanto! Ahora veo la vida a través de un nuevo velo. De una nueva lente, debería decir.

–Genial. ¡Genial! Hasta tu primer revolcón, realmente es como si no hubieras vivido. El mío fue a los dieciséis. Bueno, de hecho fueron dos: con una profesional, con goma, y luego con una chica del barrio, a pelo. Pero en aquellos tiempos todo era más loco, antes del sida. Suerte que los de tu generación sois precavidos.

–Sí, lo hicimos con protección.

Ocultar su secreto –que seguía siendo puro– a Charlie lo

hizo sonrojarse. No tenía la menor intención de defraudar a su mentor contándole la verdad. Quizá ya habían compartido demasiadas cosas en la intimidad de la cabina mientras el *Excellency* desfilaba por New Jersey al son zumbante de sus ruedas. El consejo de Joryleen de apartarse de ese camión lo seguía lacerando.

Esa mañana, Charlie tenía un aire angustiado, se ocupaba con nerviosismo de varias cosas a la vez. Las arrugas se dibujaban permanentemente en su cara, las fugaces muecas de su expresiva boca parecían excesivas en el escenario donde se encontraba: su despacho tras la sala de exposición, el lugar donde toma el café todas las mañanas y prepara el plan del día. Ahí esperaban los monos verde oliva sin lavar y los impermeables amarillos para días de reparto con lluvia; estaban colgados como pellejos en las perchas. Charlie le hizo saber:

–Durante el fin de semana largo me topé con el sheij Rachid.

–¿Ah, sí? –Tras pensarlo, a Ahmad le pareció normal, teniendo en cuenta que los Chehab son miembros importantes de la mezquita.

–Dice que le gustaría verte en el centro islámico.

–Para castigarme, supongo. Ahora que trabajo, descuido el Corán y también asistir a los servicios del viernes, aunque eso sí, siempre cumplo con el *salat*, no me salto ni uno de los cinco rezos diarios, esté donde esté, mientras sea un lugar impoluto.

Charlie frunció el ceño.

–No es sólo un asunto entre tú y Dios, campeón. Él envió a Su profeta, y el Profeta fundó una comunidad. Sin la *umma*, el conjunto de saberes teóricos y prácticos con que se gobiernan en grupo los justos, la fe es una semilla que no da fruto.

–¿Te pidió el sheij Rachid que me dijeras eso? –Había sonado más al imán que a Charlie.

Con ese gesto suyo repentino y contagioso con que muestra los dientes, el tipo sonrió, como un niño al que hubieran pillado en alguna travesura.

–El sheij Rachid no necesita que nadie hable por él. Y no, no te quiere ver para regañarte; todo lo contrario, te quiere ofrecer una oportunidad. Vaya, cierra esa bocaza, ya estás hablando más de la cuenta. En fin, que sea él mismo quien te lo diga. Hoy terminaremos pronto el reparto y te dejaré en la mezquita. Y así ha llegado ante su maestro, el imán yemení. En el salón de belleza de debajo de la mezquita, pese a estar bien provisto de sillas de trabajo, sólo hay una manicura vietnamita leyendo una revista; y por un resquicio de la larga persiana del escaparate del SE CAMBIAN CHEQUES también puede vislumbrar que tras la alta ventanilla, protegida con una reja, hay un corpulento hombre blanco bostezando. Ahmad abre la puerta que se encuentra entre estos dos negocios, la roñosa puerta verde del número 2781½, y sube el estrecho tramo de escaleras que lleva al vestíbulo donde antiguamente los clientes del viejo estudio de danza esperaban para empezar sus clases. En el tablón de anuncios junto a la puerta del despacho del imán siguen colgadas las hojas impresas de ordenador que anuncian clases de árabe, de orientación al sagrado, correcto y decoroso matrimonio en la era moderna, y de conferencias sobre historia de Oriente Medio pronunciadas por algún que otro mulá que estuviera de visita. El sheij Rachid, en su caftán con bordados de plata, le sale al paso y estrecha la mano de su pupilo con inusitados fervor y ceremonia; parece que el verano no haya pasado por él, aunque en su barba han aparecido quizás algunas canas más, a juego con sus ojos gris paloma.

Al saludo inicial, cuyo significado aún anda rumiando Ahmad, el sheij Rachid añade: *«wa la 'l-ākhiratu khayrun laka mina 'l-ūlā. wa la-sawfa yu'ṭīka rabbuka fa-tarḍā»*. Ahmad reconoce vagamente el fragmento, que pertenece a una de las breves suras mequíes a las que su maestro tiene tanto apego, quizá de la titulada «La mañana», que manifiesta que el futuro, la otra vida, merece mayor estima que el pasado. «Tu Señor te dará y quedarás satisfecho.» Y el sheij Rachid dice luego, en inglés:

—Querido muchacho, he echado de menos nuestras horas de estudio compartido de las Escrituras, hablando de grandes asuntos. También yo aprendía. La simplicidad y la fuerza de tu fe instruía y fortalecía la mía. Hay muy pocos como tú. —Acompaña al joven hasta el despacho y se sienta en la alta butaca desde la que imparte sus lecciones—. Bueno, Ahmad —le dice, cuando ya ambos han tomado asiento en el lugar acostumbrado, alrededor del escritorio, en cuya superficie no hay más que un ejemplar gastado, de tapas verdes, del Corán—, has viajado al amplio mundo de los infieles, lo que nuestros amigos musulmanes negros llaman «el mundo muerto». ¿Han cambiado tus creencias?

—Señor, no soy consciente de que hayan variado. Aún siento que Dios está a mi lado, tan cerca de mí como la vena de mi cuello, y que vela por mí como sólo Él puede.

—¿Y no viste, en las ciudades que has visitado, pobreza y miseria que te llevaran a cuestionar Su misericordia, ni desigualdades de riqueza y poder que arrojaran dudas sobre Su justicia? ¿No has descubierto que del mundo, de su parte americana al menos, emana un hedor a desperdicios y codicia, a sensualidad y futilidad, a desesperación y lasitud, que proviene del desconocimiento de la sabiduría inspirada del Profeta?

Las florituras mordaces de la retórica de este imán, proferidas por una voz de doble filo que parece retirarse mientras avanza, afligen a Ahmad con un malestar familiar. Intenta contestar honestamente, hablando casi como Charlie:

—Supongo que no es la parte más elegante del planeta, y que en buena medida está llena de fracasados; pero, a decir verdad, disfruté recorriéndola. La gente es bastante amable, en su mayoría. Por supuesto es porque les llevábamos cosas que deseaban, y que ellos creían que mejorarían sus vidas. Ha sido divertido trabajar con Charlie. Conoce muy bien la historia de este estado.

El sheij Rachid se inclina hacia delante, apoya los pies en el suelo y, uniendo las pequeñas y delicadas manos, junta las puntas de todos los dedos, quizá para disimular sus temblores. Ahmad se pregunta por qué podía estar nervioso su profesor. A lo mejor siente celos de la influencia de otro hombre en su alumno.

–Sí –dice–. Charlie es «divertido», pero también tiene preocupaciones serias. Me ha informado de que has expresado tu voluntad de morir por la *yihad*.

–¿Lo hice?

–En una entrevista en el Liberty State Park, frente a la parte baja de Manhattan, donde las torres gemelas de la opresión capitalista fueron triunfalmente abatidas.

–¿Eso fue una entrevista? –Qué extraño, piensa Ahmad, aquella conversación al aire libre ha llegado hasta aquí, al espacio cerrado de esta mezquita del centro, desde cuyas ventanas sólo pueden verse muros de ladrillo y nubarrones. Hoy el cielo está bajo y gris, cortado en finas capas que podrían descargar lluvia. El día de aquella entrevista el cielo era de una claridad áspera, los gritos de los niños que estaban de vacaciones reverberaban entre el brillo de la Upper Bay y el blanco cegador de la cúpula del Liberty Science Center. Globos, gaviotas, sol–. Moriré –confirma, tras el silencio– si ésa es la voluntad de Dios.

–Hay una posibilidad –el maestro apunta con cautela– de asestar un duro golpe contra Sus enemigos.

–¿Un complot? –pregunta Ahmad.

–Una posibilidad –repite con escrupulosa precisión el sheij Rachid–. Requeriría la intervención de un *shahid* cuyo amor por Dios sea absoluto, y que esté impaciente y sediento de la gloria del Paraíso. ¿Lo serás tú, Ahmad? –El maestro ha planteado la pregunta casi con pereza, recostándose de nuevo y cerrando los ojos como si la luz fuera demasiado potente–. Sé sincero, por favor.

Ahmad vuelve a sentir que se tambalea, le asalta de nuevo la sensación de hallarse sobre un abismo insondable apoyado tan sólo en un andamio de soportes endebles. Tras una vida vivida

251

siempre en los márgenes, ahora está a punto de traspasar la palpitante frontera que lo llevará a una posición de radiante centralidad.

–Creo que sí –dice el muchacho a su maestro–. Pero no tengo habilidades de guerrero.

–Se ha procurado que adquieras las habilidades necesarias. La misión consiste en conducir un camión hasta cierto lugar y realizar una conexión fácil y mecánica. Los expertos que se ocupan de estos asuntos te explicarán los detalles. En nuestra guerra por Dios, tenemos –explica el imán tranquilamente, con una leve sonrisa divertida– expertos técnicos comparables a los del enemigo, y una voluntad y un espíritu infinitamente superiores. ¿Recuerdas la sura veinticuatro, *al-nūr*, «La luz»?

Cierra los párpados y, al hacerlo, se ven sus diminutos capilares púrpura; es la concentración precisa para evocar y recitar:

–*wa 'l-ladhīna kafarū a'māluhum ka-sarābi biqī'atin yaḥsabuhu 'ẓ-ẓam'ānu mā'an ḥattā idhā jā'ahu lam yajidhu shay'an wa wajada 'llāha 'indahu fa-waffāhu ḥisābahu, wa 'llāhu sarī'u 'l-ḥisāb.* –Al abrir los ojos y ver en el rostro de Ahmad una perplejidad culpable, el sheij, con fina sonrisa asimétrica, traduce–: «En cuanto a los infieles, sus obras son como un espejismo en el desierto: el viajero sediento cree que es agua, hasta que, al acercarse, no encuentra nada. Sí encuentra, en cambio, a Alá, quien saldará cuentas con él». Siempre he creído que era una bella imagen: el viajero sediento que cree que ha visto agua pero solamente encuentra a Alá. Lo deja estupefacto. El enemigo sólo puede luchar por el espejismo de su egolatría, por sus intereses y minucias individualistas; nuestro bando cuenta en cambio con una única y total carencia de interés individual. Nos sometemos a Dios y nos unimos a Él, así como los unos con los otros.

El imán vuelve a cerrar los ojos como si entrara en un trance sagrado, sus párpados se estremecen con el latir del pulso a su paso por los capilares. No obstante, su voz resuena con contundencia.

–Tendrás un tránsito instantáneo al Paraíso –declara–. Tu familia, tu madre, recibirá una compensación, *i'ala*, por perderte, aunque sea una infiel. La belleza del sacrificio de su hijo quizá la incline a convertirse. Todo es posible con Alá.

–Mi madre... ella siempre se ha bastado sola para todo. ¿Podría nombrar a otra persona, a una amiga de mi misma edad, para que reciba la compensación? Podría ayudarla a lograr la libertad.

–¿Qué es la libertad? –lo interpela el sheij Rachid abriendo los ojos y resquebrajándose así el trance–. Mientras residamos en nuestros cuerpos seremos esclavos de ellos y de sus necesidades. Cómo te envidio, querido muchacho. En comparación contigo soy viejo, y es a los jóvenes a quienes corresponde la gloria mayor de la batalla. Sacrificar la propia vida –prosigue, entornando los ojos hasta que sólo se ve un fino resquicio gris, acuoso y brillante– antes de que se convierta en algo ajado y agotado. Qué gozo supondría.

–¿Cuándo –pregunta Ahmad, después de dejar que esas palabras se extingan en el silencio– tendrá lugar mi *istishhad?* –Su sacrificio: está embebiéndose de él, ya lo siente dentro de sí, es algo vivo e indefenso como su corazón, su estómago, su páncreas, que van corroyéndose en sus propias enzimas y sustancias químicas.

–Tu heroico sacrificio –se apresura a engrandecer el maestro–. Dentro de una semana, diría. No me corresponde a mí concretarte los detalles, pero una semana es lo que nos separa de un aniversario, lo cual enviaría un claro mensaje al Satán mundial. El mensaje sería: «Golpeamos cuando queremos».

–Y el camión, ¿sería el que conduzco para la Excellency?

Ahmad no se apena tanto por sí mismo como por el camión: su alegre color calabaza, su florido rótulo, la atalaya del asiento del conductor, desde el que queda al otro lado del parabrisas un mundo de obstáculos y peligros, de peatones y otros vehículos, desde el que los espacios son más fácilmente calibrables que conduciendo un automóvil, con su largo y henchido capó.

—Un camión parecido, con el que no te va a ser difícil conducir una distancia corta. Está claro que el vehículo de Excellency incriminaría a los Chehab si llegaran a quedar fragmentos identificables. Y esperamos que no sea así. En el primer atentado al World Trade Center, quizá seas demasiado joven para recordarlo, se pudo seguir el rastro del camión alquilado con una facilidad risible. Esta vez, las pruebas físicas quedarán aniquiladas; enterradas, como expresó el gran Shakespeare, bajo cinco brazas de agua.

—Aniquiladas —repite Ahmad. No es una palabra que oiga a menudo. Una capa extraña, como de lana transparente, de sabor desagradable, le ha envuelto y obstaculiza la interacción de sus sentidos con el mundo.

En contraste, el sheij Rachid ha salido bruscamente de su trance al percibir la intranquilidad del muchacho. Sin perder tiempo, insiste:

—No estarás allí para apreciarlo. En ese mismo instante ya habrás entrado en la *Yannah*, en el Paraíso, y estarás contemplando la gozosa cara de Dios. Te recibirá como a un hijo suyo. —El sheij se echa adelante con gesto serio, ha cambiado de velocidad—. Ahmad, escúchame. No tienes por qué hacerlo. Lo que le dijiste a Charlie no te obliga, si es que tu corazón flaquea. Hay muchos otros deseosos de alcanzar un nombre glorioso y la garantía de la dicha eterna. A la *yihad* le sobran voluntarios, incluso en este territorio de maldad e irreligiosidad.

—No —protesta Ahmad, celoso de esa caterva de individuos dispuestos a robarle la gloria—. Mi amor por Alá es absoluto. No puedo rechazar esta dádiva. —Al ver cierto estremecimiento en el rostro de su maestro, una pugna entre el alivio y la pena, un vacío de desconcierto, allí donde lo habitual es la serenidad, a través del cual centellea su humanidad, Ahmad se sosiega y comparte esa humanidad con una broma—: No me gustaría que pensara que nuestras horas compartidas estudiando el Libro Eterno han sido en vano.

–Muchos estudian el Libro; unos pocos mueren por él. Y a menos aún se les concede esta oportunidad de demostrar su verdad. –Desde su severa prominencia, el sheij Rachid se sosiega también–. Si hay alguna, incertidumbre en tu corazón, querido muchacho, sácala ahora, no temas recibir castigo. Será como si esta conversación nunca hubiera tenido lugar. Lo único que te pido es silencio, un silencio en el que alguien con más valor y fe pueda llevar a cabo la misión.

El chico sabe que está siendo manipulado, y aun así accede a la manipulación, pues promueve en él un potencial sagrado.

–No, la misión es mía, pese a que en ella me siento reducido al tamaño de un gusano.

–Entonces de acuerdo –concluye el profesor, reclinándose y alzando sus pequeños pies para apoyarlos descubiertos en el taburete de bordados plateados–. Tú y yo no volveremos a hablar de esto. Ni vendrás a verme aquí. Me han llegado noticias de que el centro islámico puede estar bajo vigilancia. Informa a Charlie Chehab de tu heroica decisión. Él se ocupará de que pronto recibas entrenamiento específico. Dile a él el nombre de esta *sharmooṭa* a quien aprecias más que a tu madre. No puedo decir que lo apruebe: las mujeres son nuestros cultivos, pero nuestra madre es la misma Tierra, la que nos otorgó la existencia.

–Maestro, preferiría confiarle el nombre a usted. Charlie tiene con ella una relación que podría llevarlo a no respetar mi voluntad.

Al sheij Rachid le molesta esta complicación, que mancilla la pureza de la entrega de su alumno.

–Como desees –dice fríamente.

Ahmad escribe JORYLEEN GRANT en un trozo de papel, tal y como lo vio inscrito a bolígrafo, no hace muchos meses, sobre el canto de las páginas de un grueso libro de texto. Entonces estaban prácticamente a la par; ahora él se encamina a la *Yannah*, y ella al *Yahannam*, a los fosos del Infierno. Es la única novia de que habrá disfrutado en la Tierra. Ahmad se da cuenta, mientras escribe, de que el temblor ha pasado de las manos del profesor a las suyas. Su alma se siente como una de esas moscas de fuera de temporada que, en invierno, quedan atrapadas en una habitación cálida y zumban y golpean insistentemente contra el cristal de la ventana rociada de la luz del sol de un exterior en el que, si salieran, morirían rápidamente.

Al día siguiente, un miércoles, se levanta temprano, como obedeciendo a un grito que enseguida se desvanece. En la cocina, sumida en la oscuridad de antes de las seis, se encuentra con su madre, que vuelve a estar en el turno de mañana del Saint Francis. Viste castamente: ropas de calle color beis y una rebeca azul echada sobre los hombros; sus pasos suenan amortiguados por las Nike blancas que calza para recorrer, en el hospital, kilómetros de pasillos de duro suelo. Ahmad percibe con agrado que el mal humor que gastaba últimamente –arrebatos de mal genio y descuidos causados por uno de esos misteriosos desengaños cuyas repercusiones atmosféricas él ha soportado desde su tierna infancia– está desapareciendo. No se ha maquillado; la piel de las ojeras se ve pálida, y los ojos, enrojecidos por el baño en las aguas del sueño. Lo saluda con sorpresa:

–¡Vaya, uno que madruga!

–Madre...

–¿Qué, cariño? Que sea breve, en cuarenta minutos tengo que estar en el trabajo.

–Quería darte las gracias por aguantarme todos estos años.

–Anda, ¡con qué cosas más raras me sales ahora! Una madre no aguanta a su hijo: él es su razón para vivir.

–Sin mí habrías tenido más libertad para ser artista, o lo que quisieras.

–Oh, de artista tengo lo que da de sí mi talento. Si no me hubiera visto obligada a cuidar de ti, podría haberme hundido en la autocompasión y los malos hábitos. Y tú has sido muy buen chico, de verdad... Nunca me has dado quebraderos de cabeza, a diferencia de lo que oigo en el hospital todos los días. Y no sólo a las otras auxiliares, sino a los médicos, que mira que tienen formación y hogares agradables. Les dan todo a sus hijos, y sin embargo les salen fatal: destructivos consigo mismos y con los demás. No sé qué parte de mérito ha de llevarse también el que seas mahometano. De hecho, de pequeño ya se podía confiar en ti y no eras nada revoltoso. Todo lo que te proponía te parecía buena idea. Incluso llegué a preocuparme, pensé que eras demasiado manejable; temía que al crecer pudieras caer bajo la influencia de las personas equivocadas. Pero ¡mírate! Un hombre de mundo, que gana mucho dinero, como dijiste que harías, y además guapo. Tienes el atractivo porte larguirucho de tu padre, y sus ojos y su sensual boca, pero nada de su cobardía; él que siempre buscaba atajos para todo.

No le explica nada sobre el atajo al Paraíso que está a punto de tomar. En lugar de eso, dice:

–No nos llamamos mahometanos, madre. Suena como si adorásemos a Mahoma. Él nunca se atribuyó ser Dios; simplemente era Su Profeta. El único milagro que se atribuyó fue el propio Corán.

–Sí, bueno, cariño, el catolicismo también está lleno de distinciones confusas acerca de todas esas cosas que nadie puede ver. La gente se las inventa por pura histeria y luego se van retransmitiendo como un evangelio. Que si las medallas de san Cristóbal o lo de no tocar la hostia consagrada con los dientes, que si decir misa en latín y no comer carne en viernes y santiguarse constantemente; y luego va el Vaticano Segundo, todo lo enrollado que tú quieras, y dice que basta ya, que eso se ha acabado: ¡lo que la gente había creído durante dos mil años! Con lo ridículamente que las monjas habían confiado en todo eso, esperando además que nosotras las niñas también nos lo tragáramos; pero yo lo único que veía era un mundo precioso a mi alrededor, por fugaz que fuera, y quise reproducir en imágenes esa belleza.

–En el islam se considera blasfemia, es un intento de usurpación de la prerrogativa de Dios para crear.

–Sí, lo sé. Por eso no hay estatuas ni cuadros en las mezquitas. A mí me parecen innecesariamente inhóspitas. ¿Para qué nos dio ojos Dios, si no?

Habla a la vez que enjuaga su bol de cereales y lo pone en el escurreplatos, y luego saca antes de hora el pan de la tostadora y lo unta de mermelada mientras bebe el café a grandes tragos. Ahmad dice:

–Se supone que Dios es indescriptible. ¿No te explicaron eso las monjas?

–Creo que no, la verdad. Pero sólo estuve tres años en la escuela confesional, luego pasé a la pública, donde en teoría no se podía hablar de Dios, por miedo a que algún niño judío, al volver a casa, se lo explicara a sus padres, ateos y abogados. –Consulta su reloj, de esfera grande como los de submarinista, con números grandes para verlos bien mientras le toma el pulso a alguien–. Cariño, me encanta tener conversaciones serias contigo, quizá podrías convertirme, aunque no, luego te hacen llevar esas ropas holgadas y calurosas, pero es que al final voy a llegar tarde de verdad y debo darme prisa. Ni siquiera tengo tiempo de dejarte en el trabajo, lo siento, pero de todas formas serías el primero en llegar. ¿Por qué no terminas el desayuno, lavas los platos y luego vas andando a la tienda? ¿O corriendo? Son sólo diez manzanas.

–Doce.

–¿Te acuerdas de cuando solías ir corriendo a todas partes con esos diminutos pantalones de atletismo? Estaba muy orgullosa, mi hijo parecía tan sexy.

–Madre, te quiero.

Emocionada, incluso angustiada al percibir cierto abismo de necesidad en su hijo, pero solamente capaz de salir pitando, Teresa le da un beso en la mejilla a Ahmad y le dice:

–Pues claro, cariño, y yo a ti. ¿Qué es lo que dicen los franceses? *Ça va sans dire.* No hace falta ni decirlo.

Se está poniendo colorado, como un idiota; odia su propia cara ruborizada. Pero no puede quedarse con esto dentro:

–O sea, quería decir que todos estos años me he estado obsesionando con mi padre cuando eras tú quien me cuidaba.

–«Nuestra madre es la misma Tierra, la que nos otorgó la existencia», recuerda.

Ella se palpa el cuerpo para comprobar que lo lleva todo encima, vuelve a consultar el reloj y él nota que la mente de su madre se aleja volando. Su respuesta lo hace dudar de que haya oído lo que le ha dicho.

–Lo sé, querido... todos cometemos errores en nuestras relaciones. ¿Podrás prepararte tú mismo la cena? Se ha vuelto a montar el grupo de dibujo de los miércoles por la noche, hoy tenemos una modelo; ya sabes, cada uno pone diez dólares para pagarle y que nos haga poses de cinco minutos, seguidas de una sesión más larga, se pueden llevar pasteles pero no recomiendan óleos. En fin, Leo Wilde llamó el otro día y le prometí que iría con él. Te acuerdas de Leo, ¿no? Salí con él, un tiempo. Fornido, lleva el pelo recogido en una coleta, unas gafas monas como de abuela...

–Sí, le recuerdo, madre –dice Ahmad fríamente–. Uno de tus fracasados.

La observa salir a toda prisa por la puerta, oye sus pasos rápidos en el vestíbulo y el esfuerzo sordo del ascensor respondiendo a su llamada. En el fregadero, Ahmad lava el plato que ha usado y el vaso de zumo de naranja con entusiasmo renovado, con la meticulosidad de la última vez. Los pone a secar en el escurreplatos. Están perfectamente limpios, como una mañana en el desierto, en la que una medialuna comparte el cielo con Venus.

En el aparcamiento de la Excellency, con el camión naranja recién cargado situado entre ellos y la ventana de los despachos, desde la que el viejo y calvo señor Chehab podría verlos hablando y sospechar que conspiran, Ahmad le dice a Charlie:

–Lo haré.

–Me lo han dicho. Bien. –Charlie mira al muchacho y es como si esos ojos libaneses, esa parte de nosotros que no es del todo carne, le resultaran nuevos, de una complejidad cristalina, quebradizos con sus rayos ambarinos y sus granulosidades; la zona que rodea a la pupila, más clara que el anillo marrón oscuro que bordea el iris. Ahmad se da cuenta de que Charlie tiene esposa, hijos y padre, ataduras a este mundo que a él en cambio no le afectan. A Charlie lo sustentan muchos más lazos–. ¿Estás seguro, campeón?

–A Dios pongo por testigo –responde Ahmad–. Ardo en deseos.

Siempre lo incomoda ligeramente, no sabe por qué, que Dios surja entre Charlie y él. El hombre hace una de sus intrincadas muecas, aprieta los labios y después los separa resoplando, como si hubiera retenido a desgana algo en su interior.

–Entonces tendrás que verte con algunos especialistas. Yo me ocuparé. –Titubea–. Es un poco complicado, no será para mañana. ¿Qué tal los nervios?

–Me he puesto en manos de Dios y estoy muy sereno. Mi voluntad, mis anhelos, están en reposo.

–Perfecto. –Charlie le da a Ahmad un puñetazo en el hombro, en un gesto de solidaridad y felicitación mutua como el de los jugadores de fútbol americano cuando se golpean con los cascos, o cuando los de baloncesto chocan los cinco volviendo a posiciones defensivas–. La máquina se ha puesto en marcha –dice. Su sonrisa irónica y el recelo de sus ojos se mezclan en una expresión en la que Ahmad reconoce una naturaleza híbrida: La Meca y Medina, la inspiración arrebatada y la elaboración paciente de cualquier empresa sagrada en la Tierra.

No al día siguiente, sino al otro, el viernes, Charlie le ordena desde el asiento de copiloto que saque el camión del aparcamiento y gire a la derecha en Reagan Boulevard, y luego, al llegar al semáforo, a la izquierda; debe seguir por la Calle Dieciséis hasta la West Main y entrar en esa parte de New Prospect, que se extiende varias manzanas al oeste del centro islámico, donde los emigrantes de Oriente Medio –turcos, sirios y kurdos que llegaron en el entrepuente de lujosos transatlánticos– se instalaron hace varias generaciones, cuando los talleres de los tintoreros de seda y las curtidurías funcionaban a pleno rendimiento. Los letreros, rojo sobre amarillo, negro sobre verde, anuncian en escritura árabe y alfabeto latino Comestibles Al Madena, Salón de belleza Turkiyem, Al-Basha, Baitul Wahid Ahmadiyya. Los ancianos que pasean por la calle hace tiempo que cambiaron la chilaba y el fez por los trajes oscuros de estilo occidental, deformados por el uso diario; de hecho, quienes eligieron este atuendo fueron los varones mediterráneos, sicilianos y griegos que los precedieron en esta barriada de casas adosadas y aceras estrechas. Los árabes americanos más jóvenes, ociosos y observadores, han adoptado las aparatosas deportivas, los vaqueros holgados varias tallas más grandes y las sudaderas con capucha de los chicos de barrio negros. Ahmad, con su formal camisa blanca y sus vaqueros negros de pitillo, no pegaría mucho. Para estos correligionarios, el islam no es tanto una fe, un portal filigranado hacia lo sobrenatural, como un hábito, una faceta de su condición de clase inferior, extraña en una nación que persiste en verse de piel clara, lengua inglesa y religión cristiana. A Ahmad, estas manzanas le parecen un mundo subterráneo que visita tímidamente, es un forastero entre forasteros.

Charlie parece estar más en su medio, intercambiando alegremente saludos farfullados mientras guía a Ahmad hasta un aparcamiento a rebosar, tras un taller de reparaciones de la cadena Pep Boys y la ferretería Al-Aqsa True Value. Se dirige, alzando los diez dedos, al dependiente de la ferretería que acaba de salir, dando a entender que nadie en su sano juicio podría negarle diez minutos de estacionamiento fuera de la vía pública; para rematarlo, un billete de diez dólares cambia de manos. Mientras se alejan, le dice a Ahmad:

–En la calle, este maldito camión canta más que una furgoneta de circo.

–No quieres que te vean –deduce Ahmad–. Pero ¿quién va a fijarse?

–Nunca se sabe –es la insatisfactoria respuesta. Andan, a un paso más rápido que el habitual en Charlie, por un callejón trasero que discurre paralelo a la West Main y está delimitado con desorden por vallas de tela metálica coronadas de alambre de espino, solares de asfalto con señales de prohibición –PROPIEDAD PRIVADA y RESERVADO A LOS VECINOS–, y los porches y escaleras de viviendas sumisamente encajadas en los patios interiores de este retal de espacio urbano, cuyas paredes de madera originales han sido recubiertas con plafones de aluminio o chapas de metal con dibujos imitando tabiques de ladrillo. Las construcciones que no son viviendas, de ladrillo auténtico y oscurecido por el tiempo, sirven de almacenes y de talleres traseros a las tiendas que dan a Main Street. Algunas tienen ahora caparazones de madera, y las únicas ventanas que no fueron entabladas han sido rotas por delincuentes metódicos; del resto emerge el brillo y el estruendo de pequeñas manufacturas o talleres de reparación que aún siguen en activo. Uno de estos edificios, de obra vista pintada de marrón parduzco, ha cegado por dentro sus ventanas, engastadas en bastidores de metal, con una capa de la misma pintura parduzca. La ancha persiana del garaje está bajada, y el letrero de hojalata que hay sobre el dintel, anunciando con letras toscamente escritas a mano TALLER MECÁNICO COSTELLO. REPARACIONES DE MOTOR

Y CARROCERÍA, se ha desvaído y oxidado hasta hacerse prácticamente ilegible. Charlie llama suavemente a la puerta que hay al lado, de metal tachonado y con una cerradura nueva de latón. Después de un rato considerable, una voz pregunta desde dentro:

–¿Sí? ¿Quién es?

–Chehab –dice Charlie–. Y el conductor.

Habla tan bajo que Ahmad duda que lo hayan oído, pero la puerta se abre y aparece un joven huraño. A Ahmad le parece haber visto antes a este hombre, pero no puede pararse a pensarlo porque Charlie, con la rigidez que surge del miedo, lo toma del brazo bruscamente y lo empuja adentro. El interior huele a hormigón empapado de aceite y a una sustancia inesperada que Ahmad reconoce de cuando trabajó de aprendiz durante dos veranos, de quinceañero, en la brigada de parques y jardines: fertilizante. El olor acre y cáustico le tapona la nariz y los senos; también percibe los efluvios que ha dejado un soplete oxiacetilénico y el hedor a cuerpos de varón encerrados y necesitados de un baño. Ahmad se pregunta si estos hombres –son dos, el más joven y esbelto y uno mayor, más recio, quien resulta ser el técnico– estaban entre los cuatro del bungalow en la costa de Jersey. Sólo los vio unos minutos, en una habitación sin mucha luz y después a través de una ventana sucia, pero exudaban esta misma tensión hosca, la de los corredores de fondo que han entrenado demasiado tiempo. Les molesta que les hagan hablar. Pero han de mostrar la deferencia debida a un proveedor y organizador que está un nivel por encima de ellos. Miran a Ahmad con una especie de terror, como si, al faltarle tan poco para convertirse en mártir, fuera ya un espectro.

«Lā ilāha illā Allāh», los saluda, para tranquilizarlos. Sólo el más joven –y aun siéndolo le saca algunos años a Ahmad– se digna contestarle, *«Muḥammad rasūlu Allāh»*, murmurando la fórmula como si le hubieran arrancado esta indiscreción con un

engaño. Ahmad ve que tampoco se espera de ellos reacción humana alguna, ningún matiz de afinidad ni de humor; son agentes, soldados, unidades. Se yergue, buscando causarles buena impresión, aceptando el papel que le imponen.

En el aire, enclaustrado y espeso, flotan los rastros de la vida previa del edificio como taller mecánico: las vigas del techo, con sus cadenas y poleas para levantar motores y ejes; los bancos de trabajo e hileras de cajones cuyos tiradores han ennegrecido dedos embadurnados de grasa; tableros de clavijas en los que están pintadas las siluetas de herramientas ausentes; fragmentos de alambre, chapa metálica y tubos de caucho tirados donde los dejó la última mano al final de la última reparación; montones de latas de aceite desechadas, junturas, correas de transmisión y envoltorios vacíos en los rincones, detrás de bidones de aceite usados como cubos de basura. En el centro del suelo de hormigón, bajo las pocas luces que están encendidas, hay un camión parecido al *Excellency* en tamaño y forma, en cuya cabina se apelotonan, como los tubos que mantienen con vida a un paciente, alargadores eléctricos. En vez de un Ford Triton E-350, es un GMC 3500, no de color naranja sino blanco crudo, tal y como salió de fábrica. En un lateral están escritas, en mayúsculas negras pintadas con esmero pero no muy profesionalmente, las palabras PERSIANAS AUTO-MÁTICAS.

A primera vista, el camión no le gusta mucho a Ahmad, el vehículo transmite cierto anonimato furtivo, una impersonalidad genérica. Tiene un aspecto destartalado, paupérrimo. En el arcén de la autopista de New Jersey a menudo ha visto viejos sedanes de los años sesenta y setenta, enormes, de dos colores, cubiertos de acabados en cromo, y averiados, junto a los cuales se apiñaba alguna desventurada familia de negros a la espera de que la policía estatal acudiera al rescate y la grúa se llevara su desvencijada ganga. Este camión de color blanco hueso rezuma esa misma pobreza, esos mismos intentos patéticos por estar a la altura de América, por sumarse a la lenta corriente mayoritaria de los cien kilómetros por hora. El Subaru marrón de su madre, el guardabarros recompuesto con masilla y el esmalte rojo raído durante años por el aire ácido de New Jersey, era otro intento patético. Por el contrario, el *Excellency*, con su naranja brillante y sus letras con bordes doradas, tiene una jovialidad límpida; cierto aire circense, como ha dicho Charlie.

El mayor y más bajo de los dos expertos, que resulta imperceptiblemente más amable, le hace una seña a Ahmad para que se asome con él al interior de la cabina. Sus manos, con las puntas de los dedos manchadas de aceite, se desplazan hasta un elemento anómalo entre los asientos: una caja metálica del tamaño de un estuche de puros, pintada de gris militar, con dos salientes en la parte superior a los que están conectados unos cables aislados que se pierden en la parte del remolque. Como el fondo del espacio que queda entre el asiento del conductor y el del copiloto es profundo y de difícil acceso, el aparato no se apoya en el suelo sino en una caja de plástico, de las que se usan para las botellas de leche, puesta boca abajo, y está asegurado a ella con cinta aislante. En un lado del detonador –pues es lo que debe de ser– hay un interruptor amarillo, y en el centro, hundido un centímetro en un hueco donde cabría un pulgar, un botón rojo y brillante. El código de color delata la simplicidad militar, de los procedimientos lo más simples posibles con que se instruye a jóvenes ignorantes, a los que se les pone un botón hundido para evitar detonaciones fortuitas. El hombre le explica a Ahmad:

–Este interruptor, interruptor de seguridad. Mueves a la derecha, zas, así, cargas dispositivo. Luego, aprietas botón y mantienes: ¡bum! Cuatro mil kilos de nitrato amónico atrás. El doble que McVeigh. Necesarios para romper el revestimiento de metal del túnel. –Con las manos engrasadas dibuja un círculo como demostración.

–Túnel –repite Ahmad bobamente, nadie le había hablado de ningún túnel–, ¿qué túnel?

–Lincoln –contesta el hombre, ligeramente sorprendido pero sin más emoción que la de un interruptor encendido–. En el Holland, camiones están prohibidos.

Ahmad lo digiere en silencio. El hombre se vuelve hacia Charlie.

–¿Lo sabe?

–Ahora sí –dice Charlie.

El tipo sonríe a Ahmad, le faltan algunos dientes, está más amable. Con mucha soltura, describe con las manos un círculo más grande.

–Hora punta por la mañana –detalla–. En el lado de Jersey. Túnel de la derecha, único para camiones. Es el más nuevo de los tres, mil novecientos cincuenta y uno. Más nuevo pero no más fuerte. Construcciones antiguas eran mejores. En segundo tercio, punto débil, donde hay una curva. Incluso si revestimiento exterior aguanta y no entra agua, el sistema de aire quedará destruido y todos ahogarán. Humo, presión. Para ti, no dolor, tampoco momento de pánico. Y sí felicidad por el éxito y cálida bienvenida de Dios.

Ahmad recuerda un nombre mencionado hace varias semanas:

–¿Es usted el señor Karini?

–No, no –responde–. No, no, no. Tampoco amigo. Amigo de amigo: todos luchamos por Dios contra América.

El experto más joven, no mucho mayor que Ahmad, oye la palabra América y pronuncia una airada frase en árabe que Ahmad no entiende. Le pregunta a Charlie:

–¿Qué ha dicho?

Charlie se encoge de hombros.

–Lo típico.

–¿Estás seguro de que esto funcionará?

–Como mínimo, provocará un montón de daños. Será un

buen mensaje. Habrá ríos de tinta en el mundo entero. En las calles de Damasco y Karachi la gente bailará, y todo gracias a ti, campeón.

El hombre mayor, aún sin identificar, añade:

–En El Cairo también. –Y vuelve a esbozar su sonrisa de dientes cuadrados, separados, manchados de tabaco. Se golpea en el pecho con el puño y le dice a Ahmad–: Egipcio.

–¡Mi padre también! –exclama Ahmad, aunque en su búsqueda de vínculos sólo acierta a preguntar–: ¿Qué le parece Mubarak?

La sonrisa desaparece:

–Instrumento de América.

Charlie, apuntándose al juego, pregunta:

–¿Y los príncipes saudíes?

–Instrumentos.

–¿Y Muammar El Gaddafi?

–Ahora también instrumento. Muy triste.

Ahmad se molesta porque Charlie se ha entrometido en la conversación entre los que son, después de todo, las piezas clave: el técnico y el mártir; es como si, tras haberse garantizado su martirio, lo quisiera dejar de lado. Un instrumento. Se impone preguntando:

–¿Osama ben Laden?

–Gran héroe –responde el hombre de los dedos engrasados–. No lo pueden capturar. Como Arafat. Un zorro. –Sonríe, pero no ha olvidado el fin de esta reunión. Le dice a Ahmad en el inglés más esmerado de que es capaz–: Enséñame lo que vas a hacer.

Al muchacho lo asalta una sensación gélida, como si la realidad se hubiera librado de una capa de su abultado disfraz. Se sobrepone a su aversión por el feo y liso camión, prescindible como él. Alarga la mano hacia el detonador, tensando la cara en una mueca inquisitiva.

El técnico robusto sonríe y lo tranquiliza:

–No te preocupes. No conectado. Enséñame.

La palanquita amarilla, de sección transversal en forma de «L», le toca la mano, parece, en lugar de que sea su mano quien la toque.

–Giro este interruptor a la derecha. –Está rígido, se resiste hasta que se mueve, como magnetizado, a la posición de apagado, a noventa grados–. Y aprieto hasta el fondo este botón de aquí. –Cierra involuntariamente los ojos, notando cómo se hunde un centímetro.

–Y mantienes apretado –repite su profesor– hasta que...

–¡Bum! –agrega Ahmad.

–Sí –coincide el hombre; la palabra queda suspendida en el aire como una neblina.

–Eres muy valiente –dice en un inglés prácticamente sin acento el más joven, alto y delgado de los dos desconocidos.

–Es un fiel hijo del islam –le explica Charlie–. Todos le envidiamos, ¿no?

Ahmad se irrita de nuevo con Charlie, por comportarse como un propietario donde no tiene ninguna autoridad. La acción sólo pertenece a quien la ejecuta. En la frase de Charlie ha percibido cierta preocupación y ansia de mando, cierta duda acerca de la naturaleza absoluta de la *istishhad* y el estado exaltado, lleno de terror, del *istishhadi*.

Probablemente el técnico ha notado esta ligera falta de acuerdo entre los guerreros, por lo que pone una mano paternal en el hombro de Ahmad, manchando la camisa blanca del muchacho con huellas digitales de grasa, y anuncia a los demás:

–Está en el camino bueno. Ser héroe por Alá.

De vuelta al camión vistosamente naranja, Charlie le confiesa a Ahmad:

–Es interesante ver cómo funcionan sus cabezas. Instrumento, héroe: sin matices intermedios. Como si Mubarak, Arafat y los saudíes no tuvieran todos sus situaciones concretas y sus propias complicaciones a las que enfrentarse.

Charlie ha vuelto a pulsar una nota que a Ahmad, en su recientemente elevada y simplificada percepción de sí mismo, le suena un tanto falsa. El relativismo parece cínico.

—Quizá —replica educadamente— Dios mismo es simple, y emplea a hombres simples para moldear el mundo.

—Instrumentos —dice Charlie lanzando una mirada arisca al frente, a través del parabrisas que Ahmad limpia cada mañana pero que siempre acaba sucio al final de la jornada—. Todos somos instrumentos. Dios bendiga a los instrumentos sin cerebro... ¿o no, campeón?

La firmeza de lo simple es lo que amarra a Ahmad en los remansos que preceden y suceden a los oleajes de terror y exaltación, que terminan precipitándose en la impaciencia inicial por acabar con todo de una vez; dejarlo detrás de uno, sea lo que sea ese «uno» cuando todo termine. Vive en cercana vecindad de lo inimaginable. El mundo, con sus pormenores iluminados por el sol, con el diminuto centelleo de sus engranajes, se cierne sobre él, cercándolo; conforma un reluciente cuenco de vacuidad ajetreada, mientras que en el interior de Ahmad obra el peso de una certeza empapada de negrura. No puede sacarse de la cabeza la transformación que le aguarda, lo que queda detrás, por así decirlo, del obturador de la cámara tras dispararse la fotografía, por mucho que sus sentidos sigan percibiendo el bombardeo habitual de imágenes y sonidos, aromas y sabores. El lustre del Paraíso va filtrándose en su vida cotidiana conforme ésta da sus últimos pasos. Los objetos tendrán ahí otra dimensión, una escala cósmica; de niño, cuando apenas tenía unos años, experimentaba al dormirse una sensación de inmensidad, en la cual cada célula era un mundo, y con ello quedaba probada la veracidad de la religión para su intelecto infantil.

En Excellency ha bajado su volumen de trabajo, lo cual le deja momentos de ocio que debería aprovechar para leer el Corán o estudiar, solícitamente llegados desde la otra punta del océano, los panfletos concebidos e impresos para preparar el fin –las abluciones, la purificación mental del espíritu– del *shahid;* o de la *shahid,* porque ahora a las mujeres, al ser sus negras y holgadas burkas un buen escondite para los chalecos de explosivos, también les han concedido, en Palestina, el privilegio del martirio. Pero su mente va a demasiadas revoluciones como para centrarse en el estudio. Toda su existencia ha quedado reducida a un rapto, quizá como el que se apoderó del Profeta al aceptar que Gabriel le dictara las divinas suras. Cada uno de sus minutos ha asumido el carácter doble de la oración, la autoliberación que efectúa al recluirse y dirigirse a un yo que no es el propio sino el de Otro, un Ser tan cercano a él como su yugular. Más de cinco veces al día encuentra el momento, muy generalmente en el yermo aparcamiento de la tienda, para extender su esterilla en dirección a oriente y tocar con la frente en el pavimento, y recibe cada vez, pese al hormigón, el cercano consuelo de la sumisión. El ceniciento peso oscuro que lo reconcome por dentro sesga su visión del mundo, y adorna cada rama, cada cable del tendido telefónico, con joyas que nunca antes había advertido.

El sábado por la mañana, antes de que abran la tienda, se sienta en un escalón de la plataforma de carga y observa un escarabajo negro debatiéndose panza arriba en el hormigón. El primer sol cae oblicuo y barre la áspera y despejada zona con una suavidad que, del mismo modo que la semilla que aún no ha germinado contiene la flor final, incluye el calor del día que ha de venir. El firme ha permitido que en sus grietas crezcan las malas hierbas, los altos tallos de la estación que toca a su fin, con sus babas lechosas y sus hojas aterciopeladas, húmedas del pesado rocío de otoño. En lo alto, el cielo está despejado salvo por algunos jirones secos de cirros y el desvaneciente rastro de un avión a reacción. Su azul puro mantiene todavía, por alguna razón, el aspecto mullido y pálido de su reciente inmersión en la oscuridad y las estrellas. Las patitas negras del escarabajo se agitan en el aire, buscando a tientas algún asidero para enderezarse, lanzando sombras afiladas por la inclinación matinal del sol. Las patas de la pequeña criatura se menean y retuercen con una especie de furia, y luego se calman al sumirse el escarabajo en una especie de reflexión, como si buscara la lógica que lo ha de sacar del aprieto. Ahmad se pregunta: «¿De dónde ha salido este bicho? ¿Cómo ha caído aquí, si parece que no puede usar las alas?». La lucha se reanuda. ¡Qué nítidas son las sombras de sus patas, proyectadas con amantísima fidelidad por fotones que han viajado ciento cincuenta millones de kilómetros hasta este punto exacto!

Ahmad se levanta del basto escalón de madera y se sitúa ante el insecto con porte altivo, sintiéndose enorme. Pero aun así lo asusta tocar este pedazo de vida misteriosamente caído. Quizá su picadura sea venenosa o se trate de algún diminuto emisario del Infierno que se aferrará a su dedo y no lo soltará. Más de un muchacho –Tylenol, por ejemplo– simplemente aplastaría con el pie esta presencia irritante, pero Ahmad no contempla esa opción: propiciaría un cadáver ensanchado, un amasijo reventado de partículas y fluido vital derramado, y no desea contemplar semejante espanto orgánico. Mira rápidamente alrededor en busca de un instrumento, de algo rígido con lo que darle la vuelta al insecto –quizás el cartoncillo negro que se usa para unir las dos partes de las barras de chocolate Mounds o para dar firmeza a los envases de la mantequilla de cacahuete Reese's–, pero no encuentra nada apropiado. Excellency Home Furnishings procura mantener limpio su aparcamiento privado. A los «músculos» afroamericanos y al propio Ahmad les suelen asignar la tarea de salir a limpiar con una bolsa de basura verde. No divisa ninguna espátula tirada casualmente pero, la idea le sobreviene, se acuerda del permiso de conducir que lleva en la billetera, un rectángulo de plástico en el que una instantánea ceñuda y poco favorecida de él mismo comparte espacio con algunos datos numéricos relevantes para el estado de New Jersey y una reproducción holográfica y a prueba de falsificaciones del Gran Sello nacional. Con él consigue, tras varios intentos vacilantes y aprensivos, dar la vuelta a la diminuta criatura y dejarla sobre de sus patas. La luz del sol arranca chispas iridiscentes, púrpuras y verdes, del caparazón hendido que forman las alas plegadas. Ahmad vuelve a su asiento en la plataforma para disfrutar del resultado de su rescate, su clemente intervención en el orden natural. Vuela, vuela.

Pero el bicho, en la posición que le corresponde, un brillante cuerpo minuciosamente sustentado por sus seis patas sobre el áspero hormigón, apenas puede arrastrarse un trecho equivalente a su tamaño, y luego permanece quieto. Sus antenas se mueven inquisitivamente, después también paran. Durante cinco minutos que parecen una eternidad, Ahmad lo contempla. Devuelve su permiso de conducir, con toda su carga de información codificada, a la cartera. Algunos coches en los que suena a todo volumen música rap circulan veloces, sin que los vea, por Reagan Boulevard; el ruido crece y decrece. En el cielo, que va fraguando, un avión salido de Newark gana altura y retumba. El escarabajo, emparejado con su sombra microscópicamente menguante, sigue inmóvil.

Había agonizado mientras estaba boca arriba, y ahora está muerto, deja atrás una extensión que no pertenece a este mun do. La experiencia, tan extrañamente magnificada, ha sido, Ahmad está seguro, sobrenatural.

5

El secretario está de un mal genio que asusta a su fiel subsecretaria. Sus cambios de humor afectan a Hermione como el oleaje de proa de una lancha motora a una medusa atrapada en su estela. Si hay algo que él odie con todas sus fuerzas, y ella lo sabe, es tener que ir al despacho en domingo; trastoca sus estimadas tardes de ocio con su mujer y la familia Haffenreffer al completo, ya sea en Baltimore viendo un partido de final de temporada de los Orioles o paseando por Rock Creek Park en compañía de sus hijos, todos con la vestimenta adecuada para echar una carrera excepto el quinto, el benjamín, que a los tres años aún va en el cochecito para hacer jogging. La señorita Fogel no puede tener celos de su esposa y de sus niños; casi nunca los ve y son una parte invisible de él, como las partes que le quedan decorosamente ocultas bajo el traje azul y los calzoncillos bóxer. Pero a veces imagina que lo acompaña, y se figura a una presencia más relajada y conyugal que la del estresado combatiente de las sombras confinado a un despacho incómodo. Hermione intuye que lo que más desea el secretario, ahora que el bochorno del verano ha desaparecido al fin y los sicómoros y los plátanos del National Mall tienen en sus grandes hojas el tinte solemne de la monotonía, es estar al aire libre. Lo deduce de la tensa protuberancia en la espalda de su oscurísima americana. Los hombres solían ir a trabajar con trajes azules o marrones –durante semanas enteras, papá salía de la casa de Pleasant Street para tomar el tranvía con el mismo traje marrón de raya diplomática y chaleco–, pero ahora el único color serio es el negro, o el azul marino muy oscuro, en señal de luto por los tiempos pasados de libertad asequible. Últimamente lo han desazonado los triviales y aun así bien aireados lapsos en la seguridad de los aeropuertos. Parece que, para ello, cualquier reportero indecente o cualquier demócrata de la Cámara de Representantes que quiera acaparar titulares sólo tiene que esgrimir triunfalmente la larga lista de cuchillos, porras y revólveres cargados que han burlado los escáneres de rayos X que controlan los equipajes de mano. Ambos, secretario y subsecretaria, han supervisado codo con codo los dispositivos de seguridad, hipnotizándose lentamente con la interminable procesión de fantasmales interiores de maleta reflejados en colores irreales: verdes cian, carnosos tonos melocotón, magentas puesta de sol, y el azul de Prusia que delata el metal. Llaves de coche y de casa dispuestas en abanico como una mano de cartas, con sus llaveros y cadenitas y artilugios de recuerdo; la mirada vacía y sin parpadeos de las gafas de vista cansada con montura metálica metidas en estuches de paño; cremalleras como esqueletos de serpientes en miniatura; los racimos de burbujas correspondientes a las monedas olvidadas en los bolsillos de pantalones; constelaciones de alhajas de oro y plata; las etéreas cadenas de ojetes en zapatos y deportivas; los botones y ruedas dentadas de los despertadores de viaje; secadores de pelo, maquinillas de afeitar eléctricas, walkmans, cámaras diminutas: todo ello aporta su particular diatomea de color azul intenso al pálido baño retocado de rayos catódicos. No es de extrañar que una y otra vez las armas peligrosas se deslicen como un soplo ante los ojos vidriosos de quien se pasa ocho horas descifrando imágenes bidimensionales de neceseres, buscando el tumor de la malicia, la silueta repentina del propósito mortal, en mitad del flujo oceánico y anodinamente cotidiano de las vidas estadounidenses, reducidas a sus más básicas pepitas: los enseres necesarios para una estancia de pocos días en otra ciudad o estado, disfrutando de la comodidad materialista a que corresponde nuestra norma, mundialmente anormal. Tijeras para las uñas o alfileres de costura: mientras éstos son detectados y confiscados, cuchillos de diez centímetros pasan por cañas de bota vistas de perfil, o una diminuta pistola fabricada, en su mayor parte, de plástico, se cuela fijada con cinta adhesiva al fondo de una escudilla de peltre para la que, en caso de pregunta, se esgrime la excusa de que se trata de un regalo para un bautizo que se celebra al día siguiente en Des Moines. Las inspecciones siempre terminan, o deberían terminar, con el secretario dando unas palmaditas en el hombro uniformado a los mal pagados guardianes y diciéndoles que sigan así; que están defendiendo la democracia.

El secretario, enfundado en su traje negro, se vuelve del espléndido ventanal con vistas al parque Ellipse y al National Mall, praderas pisoteadas donde las ovejas de la ciudadanía pacen en chándal, calzones cortos policromados y zapatillas de atletismo de diseño parecido al de las naves espaciales de los tebeos de los años treinta.

–Me pregunto –le confiesa a Hermione– si deberíamos devolver a la región del Atlántico Medio al nivel de alarma naranja.

–Señor, disculpe –dice ella–, pero suelo hablar con mi hermana de New Jersey y no sé si la gente entiende qué debe hacer cuando los niveles suben.

El secretario lo rumia durante un momento, con sus fuertes y entristecidos maseteros, y luego declara:

–No, pero las autoridades sí que lo entienden. Y entonces suben sus propios niveles; tienen un buen repertorio de medidas de emergencia.

Aun así, pese a esa confianza, se siente irritado –ella lo sabe, conoce el modo en que sus hermosos ojos se entrecierran, bajo sus bonitas cejas castañas, extremadamente viriles pero bien perfiladas– por las brechas que quedan entre su solitaria y aislada voluntad y la miríada heterogénea de agentes de la ley, eficientes e ineficientes, corruptos e íntegros, que, como terminaciones neuronales desgastadas, entran en contacto o no con el vasto, indolente y despreocupado pueblo.

Con expresión de impotencia, Hermione apunta:

–Sin embargo, creo que la gente lo agradece de veras cuando percibe que se van tomando medidas, que hay todo un departamento del gobierno dedicado a la seguridad del territorio nacional.

–Mi problema es –se sincera el secretario, impotente a su vez– que amo tanto a este maldito país que no puedo ni imaginarme por qué alguien podría querer hundirlo. ¿Qué pueden ofrecer a cambio estos tipos? Más talibanes, más represión contra las mujeres, más voladuras de estatuas de Buda. Los mulás del norte de Nigeria están convenciendo a la gente para que no vacunen a sus hijos contra la polio, ¡y luego llevan a los chiquillos paralizados al ambulatorio! Esperan a ingresarlos hasta que la parálisis es total, hasta que han agotado todas las posibilidades de las majaderías primitivas que les intentan vender.

–Les da miedo perder algo, algo que les es realmente valioso –dice Hermione, temerosa por traspasar un nuevo grado (los grados son sutiles, y se franquean dentro del estricto decoro que rige a una administración plenamente republicana y cristiana) de intimidad–. Tan valioso que sacrificarían a sus propios hijos por ello. También ocurre en este país. En las sectas marginales, con algún líder carismático que les anula el sentido común. Los niños mueren, y luego los padres lloran en el juicio y los absuelven: en el fondo también son niños. Asusta. El poder abusivo que los adultos ejercen sobre sus hijos asusta. Francamente, estoy contenta de no haber tenido niños.

¿Es esto un alegato? ¿Se está quejando de que, juntos como están aunque sea un domingo espléndido y deseable en la capital de la nación más grande de la Tierra, ella no deja de ser una solterona y él un hombre casado al que su religión ha aprisionado con el voto de estar unido, espiritual y legalmente, a la madre de sus propios hijos? Serán los hijos de su madre, ¿no? Tras formar parte de los engranajes del gobierno de la nación, tras pasar doce o catorce horas al día en la misma habitación o en habitaciones adyacentes, están tanto o más unidos que si estuvieran legalmente casados. En comparación con Hermione, su esposa apenas lo conoce. Este pensamiento la satisface tanto que se ve obligada a borrar rápidamente una sonrisa involuntaria de su cara.

–¡Maldita sea! –estalla el secretario. Ha estado dándole vueltas una y otra vez al peliagudo asunto que lo ha hecho volver al despacho en este supuesto día de descanso–. Odio perder a un topo. Tenemos muy pocos en la comunidad musulmana, ése es uno de nuestros puntos débiles; así nos pillaron con los pantalones bajados. No tenemos suficientes hablantes de árabe, y la mitad de los que tenemos no piensan como nosotros. Debe de haber algo raro en ese idioma; no sé cómo, pero los vuelve tontos. Mire los rumores de Internet: «Cuando el cielo se hienda en el este y se tiña de rojo coriáceo, la luz habrá de aceptarse». ¿Qué puto sentido tiene eso? Con perdón de la expresión, Hermione.

Ella lo absuelve entre dientes, delimitando un nuevo grado de intimidad.

Él prosigue:

–El problema es que nuestra fuente no estaba pasándonos información, se estaba quedando con demasiadas cartas. No seguía el protocolo. Se ve que fantaseaba con una gran revelación y luego la redada, como en las películas, ¿y a que no adivinas quién era el protagonista? Él. Estábamos al tanto de la entrada de dinero por Florida, pero el recaudador ha desaparecido. Éste y su hermano tienen una tienda de muebles rebajados en el norte de New Jersey, pero nadie contesta al teléfono ni abre la puerta. Sabemos algo de un camión, pero no dónde está ni quién será el conductor. Del equipo de explosivos, pillamos a dos de los cuatro, pero no sueltan prenda, o quizás el traductor no nos cuenta lo que dicen. Todos se encubren, incluso los que tenemos en nómina, ya no puedes fiarte ni de tus propios reclutas. Es un lío tremendo, ¡y para colmo el cadáver aparece un domingo por la mañana!

En la Pennsylvania natal de ambos, ella lo sabe, se podía confiar en la gente. Allí un dólar todavía sigue siendo un dólar, una comida es una comida, y un trato es un trato. Rocky tiene el aspecto que corresponde a un boxeador, y los hombres deshonestos fuman puros, llevan trajes a cuadros y guiñan mucho los ojos. En su largo viaje a Washington D.C., ella y el secretario han dejado muy atrás aquella tierra sencilla, de genuina sinceridad, de casas adosadas cada cual con su montante en abanico sobre la puerta y su número contorneado en cristal de colores, una tierra de hijos de mineros que se convierten en *quarterbacks* de éxito, de longanizas chisporroteando en su propia grasa y gachas de cerdo y sémola de maíz empapadas de sirope de arce; de platos que no pretenden pasar por bajos en mortal colesterol. Hermione desea consolar al secretario, apretar su cuerpo enjuto como una cataplasma sobre el dolor de la abrumadora responsabilidad; anhela tener el peso macizo del secretario, que se marca con tiranteces en el traje negro *de rigueur,* sobre su flaco esqueleto, para después mecerlo contra su pelvis. En lugar de eso, pregunta:

–¿Dónde está la tienda?

–En una ciudad llamada New Prospect. A poca gente se le debe ocurrir pasar por ahí.

–Mi hermana vive allí.

–¿Sí? Pues debería irse. Está lleno de árabes; bueno, de árabes americanos. Las viejas fábricas textiles los atrajeron, pero con el tiempo fueron cerrándolas. Tal y como van las cosas, al final en Estados Unidos no se va a fabricar nada. Salvo películas, que cada año son peores. Mi mujer y yo... Conoce a Grace, ¿no? A mi mujer y a mí nos encantaban, íbamos mucho al cine, antes de que llegaran los hijos y tuviéramos que pagar a una canguro. Judy Garland, Kirk Douglas... ésos eran valores infalibles, daban el cien por cien en cada actuación. Ahora, lo único que se oye sobre estos intérpretes mocosos... todos se hacen llamar intérpretes, incluso las actrices... pues es que los pillan conduciendo borrachos o que alguna se queda embarazada fuera del matrimonio. Hacen creer a esas pobres adolescentes negras que traer un bebé al mundo sin un padre al lado es lo más. Pero en el Tío Sam sí que creen. Paga las facturas y no le dan ni las gracias: claro, la asistencia social es un derecho. Si hay algo que va mal en esta nación, y no estoy diciendo que lo haya, hasta en comparación con cualquier otro país, incluidos Francia y Noruega, es que tenemos demasiados derechos y muy pocos deberes. Bueno, cuando la Liga Árabe nos conquiste ya sabrá la gente lo que es tener obligaciones.

–No podría haberlo dicho mejor, señor. –El «señor» pretende recordarle quién es, sus propios deberes en la presente emergencia.

La ha oído. Le da la espalda para contemplar malhumorado la calma dominical de la capital, con la perspectiva a lo lejos de la Tidal Basin y el liso y blanco bulto, como un observatorio sin abertura para el telescopio, del monumento a Jefferson. La gente culpa ahora a Jefferson por no deshacerse de sus esclavos y haber tenido un hijo con una de ellas, pero se olvidan del contexto económico de la época y del hecho de que Sally Hemmings era muy pálida. «Es una ciudad despiadada», piensa el secretario; una maraña de poderes escurridizos, un montón de enormes edificios blancos desperdigados como el banco de icebergs que hundió al *Titanic*. Se vuelve y le dice a la subsecretaria:

–Si esto de New Jersey termina estallando, me quedaré sin plaza en los consejos de administración de los ricachones. No habrá conferencias bien pagadas. Ni adelantos de un millón de dólares por mis memorias. –Es el tipo de confesión que un hombre sólo debería hacer a su esposa.

Hermione se ha quedado estupefacta. Él se ha acercado, pero defraudándola. Con un matiz áspero, intentando recordarle a este apuesto y desinteresado servidor de la cosa pública quién es, le dice:

–Señor secretario, ningún hombre puede servir a dos amos. Mammon es uno, y sería osado por mi parte nombrar al otro.

El secretario comprende, parpadea con sus ojos azules, sorprendentemente claros, y jura:

–Gracias a Dios que la tengo, Hermione. Está claro. Olvidémonos de Mammon.

Se sienta a su exiguo escritorio y presiona con vehemencia los números del intercomunicador eléctrico, de tres en tres, un pitido a cada pulsación, y se reclina en su silla ergonómica para ladrarle al manos libres.

Normalmente, Hermione no llama en domingo. Prefiere hacerlo entre semana, cuando sabe que Jack probablemente no estará. Nunca ha tenido mucho que decirle, lo cual solía molestar un poco a Beth; era como si Herm mantuviera vivos los ridículos prejuicios antisemitas de sus padres, luteranos convencidos. Beth también ha deducido con el tiempo que, entre semana, su hermana mayor tiene la excusa del piloto rojo encendido de la otra línea cuando cree que Beth divaga demasiado. Pero hoy llama mientras suenan las campanas de la iglesia, y Beth se alegra de oír su voz. Quiere compartir con ella las buenas noticias:

–¡Herm, he empezado un régimen y en sólo cinco días he perdido casi seis kilos!

–Los primeros kilos son los más fáciles –replica Hermione, siempre menospreciando lo que hace o dice Beth–. De momento únicamente estás perdiendo agua, que acabará volviendo. La prueba de fuego llega cuando notas los cambios de verdad y decides darte un atracón para celebrarlo. Por cierto, ¿es la dieta Atkins? Dicen que es peligrosa. Estuvo a punto de ir a juicio, lo demandaron miles de personas; por eso su repentina muerte pareció tan sospechosa.

—Tan sólo es el régimen de zanahorias y apio —cuenta Beth—. Siempre que tengo ganas de picotear, cojo una de esas zanahorias mini que venden ahora en todas partes. ¿Te acuerdas de cómo llegaban las zanahorias a Filadelfia, en los camiones de las granjas de Delaware, en un manojo y todavía sucias de tierra? Oh, cómo me molestaba toparme con un grano de tierra mientras masticaba... ¡resonaba en tu cabeza! Pero de eso no hay peligro con estas chiquititas; las deben de traer de California y las pelan para que todas tengan el mismo tamaño. El único problema es que si están mucho tiempo en la bolsa se ponen pringosas. Y lo malo del apio es que después de un par de tallos se te forma una bola de hilitos en la boca. Pero no pienso dejarlo. Es más fácil picar galletas, pero con cada mordisco te entran un montón de calorías, ¡fíjate! Ciento treinta a cada bocado, me quedé pasmada cuando lo vi en el paquete. Como ponen la letra tan pequeña... ¡Es diabólico!

Es raro que Hermione aún no la haya cortado; Beth sabe que es aburrido escucharla hablar de cómo pasa sin comer, pero es lo único en lo que puede pensar; y contárselo a alguien la ayuda, no siente la necesidad de recaer, pese a los arrebatos pasajeros y los dolores de estómago. Su barriga no entiende qué le está haciendo, por qué la castiga, sin saber que durante años ha sido su peor enemiga, repantigada bajo el corazón y pidiendo comida a gritos. *Carmela* ya no quiere echarse en su regazo, ahora Beth está nerviosa e irritable.

—¿Y qué dice Jack de todo esto? —inquiere Hermione. Su voz suena llana y seria, un poco vacilante y solemne, como si sopesara cada palabra. Esta perspectiva de tener una hermana nueva, delgada y presentable es algo sobre lo que podrían hablar entre risitas, como cuando compartían cuarto en Pleasant House, cuando compartían la pura alegría de estar vivas. En cuanto

Hermione se volvió más formal y estudiosa, dejó de saber reírse; se le hacía más difícil alegrarse. Beth se pregunta si será ésa la razón por la que nunca ha encontrado marido: Herm no era capaz de hacer olvidar sus problemas a los hombres. Le faltaba *ballon*, como decía Miss Dimitrova.

Beth baja la voz. Jack está en la habitación leyendo y puede que se haya quedado dormido. El curso ha empezado en el Central High, y él se ha prestado a impartir clases de civismo, dice que necesita tener más contacto con estos chicos a los que se supone que hace de tutor. Se queja de que se están alejando de él. Afirma que es demasiado viejo, pero la que habla ahí es su depresión.

–Pues no mucho –le contesta a Hermione–. Creo que le asusta darme mala suerte. Pero seguro que está contento; lo hago por él.

Herm pregunta, echando de nuevo a su hermana por tierra:

–¿Desde cuándo es buena idea hacer algo porque crees que tu marido lo quiere? Sólo lo pregunto... porque nunca he estado casada.

Pobre Herm, siempre dándole vueltas a lo mismo.

–Bueno, tú ya... –Beth se muerde la lengua; estaba a punto de decir que Hermione estaba prácticamente casada con ese *linebacker* con cara de toro que tiene por jefe–... sabes lo mismo que cualquiera, que cualquier otra mujer. También lo hago por mí misma. Me siento mucho mejor, con sólo seis kilos menos. Las chicas de la biblioteca dicen que notan la diferencia; me apoyan mucho, aunque yo a su edad no podía ni imaginarme que perdería la buena figura. También las ayudo a devolver los libros a las estanterías, en vez de tener mi gordo culo pegado a la silla del mostrador y googleando para chavales que son demasiado vagos para aprender solitos cómo funciona el buscador.

–¿Y qué le parece a Jack que le hayas cambiado la dieta?

–Bueno, he procurado respetar la suya, le sigo dando carne y patatas. Pero dice que un día de éstos también tomará ensaladas sencillas conmigo. Cuanto más viejo se hace, suelta a menudo, más desagradable le resulta comer.

–Eso es el judío que lleva dentro –la interrumpe Hermione.

–No, no creo –apunta Beth, un tanto altiva.

Entonces Hermione se queda tan callada que Beth piensa que la línea se ha cortado. Los terroristas se dedican a volar oleoductos y plantas eléctricas en Irak, ya nada está completamente a salvo.

–¿Qué tiempo os hace por ahí?

–En cuanto sales del edificio, aún te achicharras. En la capital, en septiembre todavía hace bochorno. En los árboles no ves tanto color como el que teníamos en el Arboretum. Aquí, la estación buena es la primavera, con los cerezos en flor.

–Hoy –dice Beth, mientras su estómago hambriento le da una punzada que la obliga a agarrarse al respaldo de la silla– he notado el otoño en el ambiente. El cielo está absolutamente despejado, como –«como el día del 11-S», había empezado a decir, pero para (mencionárselo a la subsecretaria de Seguridad Nacional no sería de mucho tacto) hablarle del fabuloso cielo azul que se ha convertido en mito, en una ironía divina, en una parte de la leyenda estadounidense equiparable al resplandor rojo y deslumbrante de los cohetes.

Las dos deben de estar pensando lo mismo, porque Hermione pregunta:

–¿Te acuerdas de que me hablaste de un joven árabe americano en el que Jack había puesto mucho interés? Uno que en lugar de seguir el consejo de Jack de ir a la universidad se había sacado el permiso de conducir camiones porque el imán de su mezquita se lo había ordenado?

–Vagamente. Hace tiempo que Jack no lo menciona.

–¿Está Jack ahí? ¿Puede ponerse?

–¿Jack? –Nunca había querido hablar con él.

–Sí, tu marido. Por favor, Betty. Podría ser importante.

Y dale con Betty.

–Como te he dicho, quizás esté echando una siestecita. Antes hemos ido a pasear, así hago ejercicio. La actividad física tiene tanto valor como seguir la dieta. Remodela el cuerpo.

–¿Podrías ir a mirar?

–¿Si está despierto? A lo mejor le puedo dar luego el recado. Si es que está durmiendo.

–No, no. Prefiero hablar con él personalmente. Tú y yo podemos charlar esta semana, cuando estés viendo tus culebrones.

–También he dejado de verlos; los asocio demasiado a picar algo. Y cada vez me liaba más, con tantos personajes. Voy a ver si está despierto. –Se ha quedado perpleja e intimidada.

–Betty, aunque esté durmiendo... ¿podrías despertarlo?

–Pues no me gustaría mucho. Por las noches duerme tan mal...

–Tengo que preguntarle algunas cosas inmediatamente, cariño. No pueden esperar. Lo siento. Sólo por esta vez. –Siempre la hermana mayor, sabiendo más que ella, diciéndole lo que tiene que hacer. Como si le hubiera vuelto a leer la mente por teléfono, Hermione advierte cariñosamente a Beth en una voz que suena como la de su madre–: Y oye, pase lo que pase, no te saltes el régimen.

El domingo, Ahmad teme no poder dormir en la que ha de ser la última noche de su vida. Está en una habitación extraña. Ahí, le ha garantizado el sheij Rachid, que lo ha visitado antes esa misma noche, no lo podrá encontrar nadie.

–¿Quién iba a buscarme? –preguntó Ahmad.

Su menudo mentor –a Ahmad le resultaba raro, mientras los dos estaban juntos de pie conspirando, ver que se había vuelto mucho más alto que su maestro, quien durante las lecciones coránicas quedaba magnificado por la butaca de respaldo alto con hilos plateados– hizo uno de sus fulminantes encogimientos de hombros, casi una cuchillada. Esta noche el hombre no llevaba su habitual caftán bordado y reluciente sino un traje gris de estilo occidental, como si se hubiera vestido para un viaje de negocios entre los infieles. ¿Cómo, si no, se explicaba que se hubiera afeitado la barba, su barba entrecana cuidadosamente recortada? Tras ella escondía, vio Ahmad, numerosas cicatrices pequeñas, rastros en su blanca y cerosa tez de alguna enfermedad, erradicada en Occidente pero padecida por un niño yemení. Junto con estas asperezas se reveló algo desagradable en sus labios violeta, un mohín viril y malhumorado que había acechado, sin llamar la atención, cuando éstos se movían tan rápidamente, tan seductoramente, en su escondrijo de vello facial. El sheij no llevaba su turbante ni su 'am,ma de puntilla; quedaban al descubierto unas entradas considerables.

Menguado a ojos de Ahmad, preguntó:

–¿No te va a echar en falta tu madre y alertar a la policía?

–Este fin de semana tiene turno de noche. Le he dejado una nota para cuando vuelva; en ella le digo que voy a pasar la noche a casa de un amigo. Supondrá que es una novia. Siempre da la lata con el tema, insinuando que debería ir con alguna chica.

–Pasarás la noche con un amigo que resultará más verdadero que cualquier repugnante *sharmooṭa*. El eterno e inimitable Corán.

En la mesilla de noche de esta habitación estrecha y apenas amueblada, había un ejemplar encuadernado en piel rosa, de tapa blanda, con el texto original y la traducción inglesa en páginas correlativas. Era lo único nuevo y caro del cuarto: un lugar «seguro» bastante cercano al centro de New Prospect, pues desde su única ventana se veía el tejado abuhardillado de la torre del ayuntamiento. El edificio, con sus multicolores escamas de pez, hacía su aparición entre las construcciones menores como un dragón de mar fantástico, congelado en el instante de salir a la superficie. Tras él, el cielo del atardecer estaba rayado de nubes a las que el sol poniente tintaba de rosa. La imagen solar −el reflejo de su fulgor naranja− se plasmaba en las agallas de cristal, victorianas, de la aguja: ventanas de una escalera de caracol cerrada desde hacía décadas a los turistas. Mientras Ahmad se esforzaba por mirar desde la ventana −de vidrios delgados, viejos, ondulados y llenos de pequeñas burbujas debido a su factura antigua−, vio la agonizante luz del sol derritiendo, eso parecía, la esquina más alta de uno de los edificios rectilíneos y revestidos de cristal que, construidos con posterioridad, albergaban también dependencias municipales. En el chapitel del ayuntamiento hay un reloj, y Ahmad temía que al dar las horas lo mantuviera en vela toda la noche, lo cual haría de él un *shahid* menos eficiente. Pero su música mecánica −un breve fraseo señalando el primer cuarto, cuya última y ascendente nota persistía como una ceja inquisitivamente enarcada; y ejecutando con cada último cuarto el fraseo completo, dando entrada al doliente recuento de la hora− resulta adormecedora, ratificando así, cuando el sheij al fin lo dejó solo, que la habitación era de hecho segura.

Los anteriores inquilinos de esta pequeña cámara han dejado pocas huellas de su paso. Algunas rozaduras en los rodapiés, dos o tres quemaduras de cigarrillo en el alféizar y en la superficie de la cómoda, el brillo producido por un uso repetido en el pomo de la puerta y en la cerradura, cierta esencia animal en la áspera manta azul. La habitación está religiosamente limpia, mucho más que su dormitorio del apartamento de su madre, en el que aún se atesoran posesiones impías: juguetes electrónicos con las pilas gastadas, revistas de deportes y automóviles antiguos, ropas supuestamente reveladoras, por el corte austero y ceñido, de su vanidad adolescente. Sus dieciocho años han acumulado testimonios históricos que atraerán, imagina, el interés de los medios informativos: fotos enmarcadas en cartulina con niños entornando los ojos por el sol de mayo en los escalones rojizos de la escuela de primaria Thomas Alva Edison, la mirada oscura de Ahmad y su boca seria perdida entre filas de otras caras, la mayoría negras y algunas blancas, todas empeñadas en el esfuerzo infantil de convertirse en estadounidenses leales y alfabetizados; fotos del equipo de atletismo, con un Ahmad mayor y algo más sonriente; bandas de certámenes atléticos, con su tinte barato rápidamente descolorido; un banderín de fieltro de los Mets, de una excursión en autobús a un partido en el Shea Stadium, durante el primer curso de instituto; una lista bellamente caligrafiada de los nombres de sus compañeros de lecciones coránicas antes de que quedaran reducidas a único alumno, él; su permiso de conducción C; una fotografía de su padre, esgrimiendo la sonrisa del extranjero que desea caer bien, con un fino bigote que debía de resultar pintoresco incluso en 1986, y con el cabello lustroso y peinado con raya en el medio, servilmente alisado, mientras que Ahmad lucía un pelo de textura y grosor idénticos pero cepillado orgullosamente hacia arriba, con una pizca de gomina. El rostro de su padre, se verá por la tele, era, según las convenciones, más apuesto que el del hijo, aunque un tono más oscuro. A su madre, como ocurre con las víctimas televisadas de inundaciones y tornados, la van a querer entrevistar mucho, primero hablará de forma incoherente, llorando y en estado de shock, pero después ya más calmada, volviendo la vista atrás afligida. Su imagen aparecerá en la prensa; será fugazmente famosa. Quizá repunten las ventas de sus cuadros.

Se alegra de que la habitación franca esté limpia de toda pista sobre su persona. Este cuarto es, a su entender, la cámara de descompresión previa al violento ascenso que le espera, en una explosión tan ágil y poderosa como el vigoroso caballo blanco *Buraq*.

El sheij Rachid parecía reacio a irse. También el sheij, afeitado y con un traje occidental, estaba a punto de partir. No paraba de moverse por la minúscula estancia, abriendo los remisos cajones de la cómoda y cerciorándose de que en el baño hubiera paños y toallas para las abluciones rituales de Ahmad. Se ocupó, puntilloso, de poner la esterilla de los rezos en el suelo, con su *mihrab* entretejido señalando al este, en dirección a La Meca, y no se olvidó de subrayarle que en la diminuta nevera le dejaba una naranja, un yogur y pan para el desayuno: un pan muy especial, *khibz el-ʿAbbās*, el pan de Abbas, amasado por los chiíes del Líbano con motivo de la celebración religiosa de la Ashura.

–Está hecho con miel –le explicó–, semillas de sésamo y anís. Es importante que mañana por la mañana estés fuerte.

–Quizá no tenga hambre.

–Oblígate a comer. ¿Tu fe sigue siendo fuerte?

–Así lo creo, maestro.

–Con este acto glorioso, te convertirás en mi superior. Pasarás muy por delante de mí en las listas doradas que se guardan en el Paraíso. –Sus ojos grises, de largas pestañas, parecían a punto de llorar y flaquear cuando bajó la mirada–. ¿Tienes un reloj?

–Sí. –Un Timex que se compró con el primer sueldo, uno macizo como el de su madre. Tiene los números grandes y manillas fosforescentes visibles por la noche, cuando se hace difícil ver en el interior de la cabina del camión pero en cambio el exterior se ve claramente.

–¿Va a la hora?

–Creo que sí.

Hay una silla en la habitación, con las patas atadas con alambres desde que la cola dejó de sostener los travesaños. Ahmad pensó que sería descortés sentarse en la única silla del cuarto, y en vez de eso, permitiéndose un anticipo del estatus exaltado que iba a ganar, se echó en la cama, cruzando las manos por detrás de la cabeza para demostrar que no tenía intención de quedarse dormido, pese a que en verdad se sintió repentinamente cansado, como si en la sórdida habitación hubiera algún escape de gas soporífero. No se sentía cómodo con el sheij mirándolo con preocupación, y deseaba que el hombre se fuera. Tenía ganas de saborear sus horas solitarias en ese cuarto limpio y seguro, con la única compañía de Dios. El modo curioso en que el imán lo miraba desde una posición elevada le recordaba a Ahmad cómo él mismo se había situado ante el gusano y la cucaracha. El sheij Rachid estaba fascinado con él, como frente a algo repugnante a la vez que sagrado.

–Querido muchacho, yo no te he coaccionado, ¿verdad?

–Pues... no, maestro. ¿A qué se refiere?

–Quiero decir que te has prestado voluntario debido a la plenitud de tu fe, ¿no?

–Sí, y por el odio que siento por aquellos que se ríen de Dios y le dan la espalda.

–Excelente. ¿No te sientes manipulado por quienes son mayores que tú?

Era una idea extraña, aunque Joryleen también se lo había dicho.

–Por supuesto que no. Creo que saben guiarme sabiamente.

–¿Y tienes claro el camino que tomarás mañana?

–Sí. He quedado con Charlie a las siete y media en Excellency Home Furnishings, y me llevará hasta el camión con la carga. Irá conmigo durante una parte del recorrido, hasta el túnel. Después conduciré solo.

Algo feo, una ligera mueca desfigurante, cruzó por la cara afeitada del sheij. Sin la barba y el caftán ricamente bordado, parecía un tipo desconcertantemente ordinario: complexión menuda, comportamiento un poco trémulo, y un tanto marchito, nada joven. Estirado sobre la áspera manta azul, Ahmad era consciente de la superioridad de su juventud, estatura y fuerza, y del miedo que sentía su maestro, como quien teme a un cadáver. El sheij Rachid, dubitativo, preguntó:

–¿Y si Charlie, por alguna desgracia imprevista, no estuviera allí, serías capaz de seguir con el plan? ¿Podrías encontrar tú solo el camión blanco?

–Sí. Sé dónde está el callejón. Pero ¿por qué no habría de venir Charlie?

–Ahmad, estoy seguro de que acudirá. Es un soldado valiente que apoya nuestra causa, la causa del Dios verdadero, y Dios nunca abandona a los que hacen la guerra en Su nombre. *Allāhu akbar!* –Sus palabras se mezclaron con los fraseos musicales y distantes del reloj del ayuntamiento. Con ellos todo quedaba determinado a una distancia, todo se empapaba de una vibración decreciente. El sheij prosiguió–: En una guerra, si el soldado que tienes al lado cae, aunque sea tu mejor amigo, aunque te haya enseñado todo lo que sabes sobre las técnicas de combate, ¿corres a cobijarte o sigues avanzando hacia el fuego enemigo?

–Sigues avanzando.

–Exacto. Bien. –El sheij Rachid volvió su cariñosa, aunque circunspecta, mirada hacia abajo, al muchacho en la cama–. Ahora debo dejarte, mi apreciado discípulo Ahmad. Has estudiado bien.

–Le agradezco que lo diga.

–Nada de lo que hemos visto en nuestras clases, de eso estoy seguro, te ha llevado a dudar de la naturaleza perfecta y eterna del Libro de los Libros.

–Desde luego que no, señor. Nada.

A pesar de que Ahmad ha intuido a veces durante las lecciones que su maestro se había infectado de tales dudas, ahora no tenía tiempo para interrogarlo, era demasiado tarde; cada cual debe enfrentarse a la muerte con la fe que lleve en su interior, con lo que haya almacenado antes del Acontecimiento. ¿Fue su propia fe, se ha preguntado alguna vez, una vanidad adolescente, una manera de distinguirse de todos los demás, de los condenados del Central High, de Joryleen y Tylenol y del resto de los perdidos, de los ya muertos?

El sheij tenía prisa, estaba preocupado, pero con todo le costaba dejar a su alumno; buscaba las últimas palabras.

–También tienes impresas las instrucciones para la purificación final, antes de...

–Sí –dijo Ahmad al ver que el hombre mayor era incapaz de terminar.

–Pero lo más importante –apuntó ansioso el sheij Rachid– es el Sagrado Corán. Si tu espíritu acaso se debilitara en la larga noche que te espera, ábrelo y deja que el Dios único te hable a través de Su último y perfecto Profeta. Los no creyentes se asombran del poder del islam, que fluye de la voz de Mahoma, una voz masculina, una voz del desierto y del mercado: un hombre entre los hombres, que conocía la vida terrena en todas sus posibilidades y aun así escuchó una voz del más allá, y que se sometió a su dictado a pesar de que muchos en La Meca se dieron prisa en ridiculizarle e injuriarle.

–Maestro: no dudaré.

El tono de Ahmad lindaba en la impaciencia. Cuando el otro hombre se marchó por fin, y el muchacho hubo pasado el pestillo, se quedó en ropa interior y llevó a cabo las abluciones en el diminuto baño, donde el lavamanos presionaría el hombro de cualquiera que se sentara en el retrete. En el interior del lavabo, una mancha marrón y larga da su testimonio de que el grifo ha goteado durante años.

Ahmad coge la única silla de la habitación y la acerca a la única mesa, una mesilla de noche de arce barnizado, surcada por canales color ceniza provocados por cigarrillos que se consumieron más allá del bisel. Abre con reverencia el Corán regalado. Sus cubiertas flexibles de bordes dorados quedan abiertas en la sura cincuenta, «Qāf». Cuando lee, en la página izquierda, donde está impresa la traducción inglesa, le vuelve el eco distante de algo que el sheij Rachid ha dicho:

«Pero se asombran de que uno salido de ellos haya venido a advertirles. Y dicen los infieles: "¡Esto es algo asombroso! ¿Entonces, cuando hayamos muerto y seamos polvo...? Eso es un plazo lejano"».

Las palabras le hablan, aunque no tienen mucho sentido. Va a la versión árabe de la página impar, y se da cuenta de que los infieles –qué extraño que en el Sagrado Corán se les dé voz a los demonios– dudan de la resurrección del cuerpo, que es lo que predica el Profeta. Tampoco Ahmad puede figurarse del todo la reconstitución de su cuerpo después de que haya logrado abandonarlo; en vez de eso, ve a su espíritu, esa cosilla que lleva dentro y que no para de decir: «Yo... Yo...», entrando de inmediato en la otra vida, como si se metiera por una puerta giratoria de cristal. En esto, él es como los no creyentes: *«bal kadhdhabū bi 'l-ḥaqqui lamm, jā'ahum fa-hum fī amrin marīj».* «Pero ellos», lee en la versión inglesa, «han desmentido la Verdad cuando les ha venido y se encuentran en un estado de confusión.»

Dios, hablando en su esplendorosa tercera persona del plural, no hace caso de su perplejidad: «¿No ven el cielo que tienen encima, cómo lo hemos edificado y engalanado y no se ha agrietado?».

El cielo sobre New Prospect, Ahmad lo sabe, está cargado de las brumas de los gases de los tubos de escape y la calina del verano, un borrón sepia sobre los tejados dentados. Pero Dios promete que un cielo mejor, inmaculado, existe encima del otro, con llameantes dibujos de estrellas azules. Retoma el discurso la primera persona del plural: «Hemos extendido la tierra, colocado en ella firmes montañas y hecho crecer en ella toda especie primorosa, como ilustración y amonestación para todo siervo arrepentido».

Sí. Ahmad será el siervo arrepentido de Dios. Mañana. El día que casi tiene encima. A escasos centímetros de sus ojos, Dios describe Su lluvia, que hace que crezcan jardines y el grano de la cosecha, «y esbeltas palmeras de apretados racimos para sustento de los siervos».

«Y, gracias a ella, devolvemos la vida a un país muerto. Así será la Resurrección.» Un país muerto. Ése es su país.

La segunda creación será tan simple e incontestable como la primera. «¿Acaso Nos cansó la primera creación? Pues ellos dudan de una nueva creación.»

«Sí, hemos creado al hombre. Sabemos lo que su mente le sugiere. Estamos más cerca de él que su misma vena yugular.» Esta aleya siempre ha tenido un sentido especial, personal, para Ahmad. Cierra el Corán, su flexible cubierta de piel tintada del rojo irregular de los pétalos de rosa, y tiene la certeza de que Alá lo acompaña en esta habitación pequeña y extraña, amándolo, escuchando a escondidas los susurros de su alma, su inaudible tumulto. Siente que la yugular le late, y oye el tráfico de New Prospect, ora murmullando ora rugiendo (motocicletas, tubos de escape corroídos), circulando a manzanas de distancia alrededor del gran mar central de escombros, y luego percibe cómo el ruido se va apagando cuando las campanadas del reloj del ayuntamiento dan las once. Se duerme a la espera del siguiente cuarto, a pesar de que su intención era permanecer en vela arropado en el temblor blanquecino y flotante de su gozo grande y desinteresado.

Lunes por la mañana. El sueño abandona a Ahmad de manera repentina. Otra vez esa sensación de oír un grito desvaneciéndose. Lo desconcierta un doloroso nudo en el estómago, hasta que al cabo de unos segundos recuerda qué día es, y su misión. Todavía está vivo. Hoy es el día del largo viaje.

Consulta el reloj, cuidadosamente depositado en la mesilla al lado del Corán. Son las siete menos veinte. El tráfico ya es audible, el tráfico a cuyo confiado flujo él se sumará y alterará. Todo Occidente, si Dios quiere, quedará paralizado. Se ducha en un compartimento equipado con una cortina de plástico rasgada. Espera a que el agua se caliente, pero al ver que no, Ahmad se obliga a meterse bajo el frío chorro. Se afeita, aun a sabiendas de que el debate sobre cómo prefiere ver Dios las caras de quienes recibe es encarnizado. Los Chehab querían que se presentara al trabajo afeitado, pues los musulmanes con barba, aunque sean adolescentes, asustan a los clientes *kafir*. Mohammed Atta se había afeitado, al igual que casi todos los otros dieciocho mártires. El sábado pasado fue el aniversario de su gesta, y el enemigo habrá bajado las defensas, al igual que los hombres del elefante antes del ataque de los pájaros. Ahmad ha traído su bolsa de deporte, de donde saca ropa interior limpia y calcetines y su última camisa blanca recién salida de la tintorería, agradablemente tensada con varios trozos de cartón.

Reza en la esterilla, la imitación del *mihrab* ensamblada en sus dibujos abstractos lo orienta, salvando la confusa geografía de New Prospect, hacia la sagrada Ka'ba negra de La Meca. Al tocar con la frente la textura de la urdimbre, percibe el mismo y remoto olor humano que en la manta azul. Ahmad se ha agregado a la procesión que formaron todos aquellos que se alojaron, por el oscuro motivo que fuera, en esta habitación antes que él, duchándose bajo el agua fría y salobre, fumando cigarrillos mientras el reloj daba las horas. Ahmad come, aunque el apetito se ha disuelto en la tensión de su estómago, seis gajos de naranja, medio yogur y una ración considerable del pan de Abbas, a pesar de que la dulzura de la miel y sus semillas de anís no le saben demasiado bien a estas horas; el poderoso acto que habrá de acometer lo somete a presión y le agarrota la garganta, como si por ella quisiera salir una multitud dando gritos de guerra. En la nevera deja la parte que no ha comido del pegajoso pan conmemorativo, sobre el pedazo más grande de cartón de la camisa, junto con el envase del yogur y la media naranja, como legándolo al siguiente inquilino sin atraer a hormigas y cucarachas. Su mente se abre paso por una neblina como la que precede al acontecimiento descrito en la sura mequí titulada «La calamidad»: «En el día que los hombres parezcan mariposas dispersas y las montañas copos de lana cardada».

A las siete y cuarto cierra tras de sí la puerta, dejando en el cuarto franco el Corán y las instrucciones concernientes a la purificación para otro *shahid* pero se lleva la mochila, en la que ha guardado la ropa interior sucia, los calcetines y la otra camisa blanca. Recorre un pasillo oscuro y sale a una calle lateral desierta, humedecida por la ligera lluvia que ha caído en algún momento de la noche. Orientándose con la torre del ayuntamiento, Ahmad camina hacia el norte, hacia Reagan Boulevard y Excellency Home Furnishings. Tira la bolsa de deporte en el primer contenedor de basura que encuentra en la esquina.

El cielo no es cristalino sino apagado y gris, un cielo bajo y afelpado que se desangra en cendales vaporosos. Tras la noche, las calles de asfalto tienen un brillo espejeante, que también recubre las bocas de las alcantarillas, los regueros de agua y los pegotes de alquitrán de la calzada. La humedad se adhiere a las hojas, aún verdes, de los arbustos lacios que hay junto a los escalones de entrada y los porches de las casas, y también cala en los revestimientos de aluminio imbricado de sus paredes, infundiéndoles un nuevo color. Todavía no se oye actividad en la mayoría de las viviendas apiñadas frente a las que pasa, aunque de algunas ventanas traseras, donde se encuentran las cocinas, escapa una luz mortecina y el sonido de platos y cazos y de las noticias de la mañana y de la sintonía televisiva de *Good Morning America*, señal de que hay gente desayunando y de que empieza un lunes como cualquier otro en Estados Unidos.

Un perro que no ve ladra a la sombra sonora de Ahmad mientras éste avanza por la acera. Un gato de color melado, con un ojo ciego como una canica agrietada, se acurruca a la entrada de una casa, a la espera de que lo dejen entrar; arquea el lomo y de su entrecerrado ojo sano salta una chispa de oro, ha percibido algo desasosegante en este alto y joven desconocido que pasa. El rostro de Ahmad se estremece al entrar en contacto con el aire, pero la llovizna apenas empapa su camisa. En los hombros nota el tacto del algodón almidonado; los vaqueros negros de pitillo sirven de vainas a sus largas piernas, que parecen flotar en el espacio líquido que lo envuelve de cintura para abajo. Sus zapatillas deportivas beben a lengüetadas la distancia que lo separa de su destino; allí donde la acera es lisa, el relieve elabo-

295

rado de las suelas deja huellas de humedad. «Y ¿cómo sabrás qué es la calamidad?», recuerda, y enseguida tiene la respuesta: «¡Un fuego ardiente!». Hasta Excellency tiene un trecho de casi un kilómetro, seis manzanas de pisos y una corta hilera de comercios: un Dunkin' Donuts abierto, una tienda de comestibles en la esquina con la persiana subida, y una casa de empeños y una correduría de seguros aún cerradas. El ruido del tráfico ya se ha adueñado de Reagan Boulevard, y los autobuses escolares han empezado su ronda, sus rojos intermitentes se activan con ira oscilante mientras engullen a los grupos de niños que esperaban con sus mochilas rutilantes a la espalda. Para Ahmad no habrá vuelta a la escuela. El Central High parece ahora, con todo su estruendo amenazador y sus burlas impías, un castillo de juguete, una miniatura, una fortaleza pueril de decisiones postergadas.

Aguarda a que en el semáforo aparezca el hombrecillo verde antes de cruzar el bulevar. El firme de hormigón le resulta más familiar como la superficie en que se apoyan los neumáticos de su camión que como esta horizontal silenciosa y enigmáticamente moteada que pisan sus pies. Gira a la izquierda y se acerca a la tienda por el este, pasa por delante de la funeraria, con su amplia galería y sus toldos blancos –UNGER & SON, un nombre extraño, muy extraño–, y luego por el taller de neumáticos que un día fue gasolinera, los surtidores arrancados pero con las isletas aún intactas. Ahmad se detiene en el bordillo de la Calle Trece, mirando a la otra acera, al aparcamiento de la Excellency. El camión naranja no está. Hay dos coches que nunca ha visto, uno gris y uno negro, aparcados en diagonal, de un modo descuidado y ocupando mucho espacio; percibe indicios de actividad misteriosa: en el hormigón agrietado alguien ha desperdigado vasos de café y recipientes de comida para llevar, como almejas abiertas, de poliestireno, y luego, con el ir y venir de ruedas, han quedado aplastados como cuerpos de animales atropellados.

Arriba, el sol abrasa las nubes que encapotan el cielo y arroja una luz tenue y blanca, como de linterna estropeada. Antes de que puedan ver a Ahmad –aunque no parece haber nadie en los extraños coches, estacionados arrogantemente– se escurre a la derecha, por la Calle Trece, y la atraviesa sólo cuando queda oculto por la pantalla de arbustos y malas hierbas que han crecido detrás del contenedor oxidado, que no pertenece a Excellency sino a la trastienda de una casa de comidas, decorada como un antiguo vagón restaurante, que cesó su actividad tiempo atrás. Esta reliquia clausurada hace esquina con una calle estrecha, la Frank Hague Terrace, donde en las hileras de viviendas, semiadosadas, reina la tranquilidad entre semana y hasta que termina la escuela.

Ahmad consulta el reloj: las siete y veintisiete. Decide darle tiempo a Charlie hasta menos cuarto, pese a que habían acordado en verse a y media. Pero entonces se le ocurre, con más convencimiento a cada minuto que pasa, que algo ha salido mal: Charlie no aparecerá. El aparcamiento está envenenado, quemado. Ese espacio que quedaba detrás de la tienda solía darle la impresión de que lo observaban desde arriba, pero ahora Dios no vigila, ni tampoco siente Ahmad Su hálito. Es Ahmad quien vigila, conteniendo la respiración.

Un hombre trajeado sale de repente de la tienda a la plataforma de carga, donde algunos de los gruesos tablones aún rezuman savia de pino, y baja por los escalones donde Ahmad tenía por costumbre sentarse en sus ratos libres. Por ahí salieron él y Joryleen aquella noche y se separaron para siempre. El tipo se dirige con brío al coche y habla con alguien por una especie de radio o teléfono móvil desde el asiento delantero. Ahmad oye su voz, como de policía, de alguien a quien no le importa que le oigan; pero esa voz, debido al barullo del tráfico, no le aporta a Ahmad más información que la que podría proporcionarle el canto de un pájaro. Por un instante, su cara blanca se gira en la dirección de Ahmad –un rostro regordete pero no feliz, el de un agente de un gobierno infiel, de una potencia que siente cómo su poder se va disipando–, pero no ve al muchacho árabe. No hay nada que ver, sólo el contenedor oxidándose entre los hierbajos. El corazón de Ahmad late como latía la noche que estuvo con Joryleen. Ahora se lamenta de haber desperdiciado la oportunidad, no en vano Charlie le había pagado para eso. Pero habría sido malvado explotarla, aprovecharse de su condición extraviada, a pesar de que la muchacha no lo veía así, lo que hacía no estaba tan mal y era sólo algo pasajero. El sheij Rachid no lo habría aprobado. Ayer por la noche, el sheij parecía preocupado, lo inquietaba algo que no quiso compartir, algún tipo de duda. Ahmad siempre percibía las dudas de su maestro, pues para él era importante que quien lo aleccionaba no tuviera ni rastro de ellas. Ahora el miedo se apodera de Ahmad. Se nota la cara hinchada. Este bonito lugar, que era su lugar favorito del mundo, un oasis sin agua, ha sido maldecido.

Empieza a andar por la silenciosa Hague Terrace –sus niños en la escuela, sus padres en el trabajo–, recorre dos manzanas y luego vuelve a Reagan Boulevard, hacia el barrio árabe, donde está escondido el camión blanco. Debe de haberse producido alguna confusión, y Charlie seguramente lo espera allí. Ahmad se da prisa, empieza a sudar un poco bajo el indolente sol. Los comercios de Reagan Boulevard venden productos voluminosos: neumáticos, moquetas y alfombras, papel pintado y pintura, electrodomésticos de cocina. Luego están los concesionarios de coches, aparcamientos gigantescos con coches nuevos aparcados cerrando filas como en formación militar; hectáreas de coches, parabrisas y acabados cromados relucen ahora que el sol empieza a calar, a filtrarse, reflejándose la luz en ellos como en un campo de trigo arrollado por el viento, arrancando chispas de las guirnaldas hechas de triángulos brillantes y espirales de serpentina que giran lentamente. Ahora se estila un nuevo método para llamar la atención, una creación de tecnología reciente: unos tubos de plástico fino unidos en segmentos, casi dotados de una extraña vida, que al recibir una ráfaga de aire por debajo se contonean como sometidos a un tormento, moviendo los brazos, en constante agitación, suplicándole al viandante que se detenga y compre un coche o, caso de estar instalados ante una bollería de la cadena IHOP, una caja de tortitas. Ahmad, que es la única persona que va por la acera en este trecho de Reagan Boulevard, se topa con uno de estos gigantes cilíndricos que le dobla en altura, un *yinn* que gesticula histéricamente y esgrime su sonrisa inmóvil y ojos desorbitados. El peatón solitario lo rebasa con cautela y recibe en cara y tobillos el chorro de aire caliente que da apariencia de vida a este monstruo fastidioso, agónico, risueño. «Dios os da la vida», piensa Ahmad, «y después os hará morir.»

En el siguiente semáforo cruza el bulevar. Toma la Calle Dieciséis en dirección a West Main, por un sector mayoritariamente negro como el que vio cuando acompañó a Joryleen a su casa después de oírla cantar en la iglesia. El modo en que abría desmesuradamente la boca, el rosa lechoso de su interior. La última vez que se vieron, en el segundo piso de la tienda, con todas esas camas una al lado de la otra, quizá debería haber aceptado la mamada que ella le propuso. Es más sencillo, había dicho Joryleen. Ahora todas las chicas, no sólo las putas, aprenden a hacerlo; en la escuela siempre se cotilleaba, sin ningún tipo de tapujos, sobre qué chicas no ponían reparos y cuáles decían que les gustaba tragárselo. «¡Manteneos, pues, apartados de las mujeres durante la menstruación y no os acerquéis a ellas hasta que se hayan purificado! Y cuando se hayan purificado, id a ellas como Dios os ha ordenado. Dios ama a quienes se arrepienten. Y ama a quienes se purifican.»

Mientras Ahmad, de blanco y negro, prosigue su camino a paso rápido, casi en marcha atlética y aun así conservando en su andar cierto deje del nativo americano, desenfadado y ligero, observa la pobreza en las calles: sobras de comida rápida y juguetes rotos en la basura, escalones sin pintar y porches aún oscurecidos por la humedad de la mañana, ventanas agrietadas y sin reparar. Junto a los bordillos se alinean coches estadounidenses del siglo pasado, más grandes de lo que jamás hizo falta y que hoy se caen a trozos, con los pilotos traseros rotos, sin tapacubos y con las ruedas deshinchadas obstruyendo los desagües laterales de la calzada. De las habitaciones interiores de las casas salen voces de mujer reprendiendo sin piedad a niños que llegaron a este mundo sin ser invitados y que ahora se congregan, desatendidos, alrededor de las únicas voces amables que los atienden, las del televisor. Los *zanj* del Caribe o de Cabo Verde plantan flores y pintan sus portales y conjuran esperanza y energías del hecho de vivir en Estados Unidos, pero los que nacieron aquí, en el seno de una familia establecida varias generaciones atrás, aceptan la suciedad y la dejadez en señal de protesta, la protesta de los esclavos que hoy día persiste como ansia de degradación, desafiando el precepto, común a todas las religiones, de mantenerse limpio. Ahmad va limpio. La ducha fría de esta mañana es como una segunda piel bajo su ropa, un anticipo de la gran purificación hacia la que se dirige. Su reloj indica que son las diez y ocho minutos.

Avanza veloz pero sin correr. No puede llamar la atención, debe deslizarse por la ciudad sin ser visto. Después vendrán los titulares, la cobertura de la CNN de los países de Oriente Medio en plena celebración, los tiranos temblando en sus opulentos despachos de Washington. Por ahora, el temblor y la misión únicamente son su secreto, su tarea. Se acuerda de sí mismo en las carreras, poniéndose en cuclillas para calentar las piernas y relajando sus brazos desnudos mientras esperaba que la pistola del juez de salida diese la señal y el amasijo de muchachos se fuera deshilando, envuelto en el granizo furioso de sus pisadas, por la anticuada pista de ceniza del Central High; cuando aguardaba el instante en que su cuerpo sería quien rigiese y su cerebro se disolviera en adrenalina, estaba más nervioso de lo que está en este momento, porque lo que hace ahora tiene lugar en la palma de la mano de Dios, en Su vasta voluntad que todo lo abarca. El mejor tiempo oficial de Ahmad en la milla fue de 4:48.6, en un tartán mullido, de color verde con los carriles señalados en rojo, en un instituto regional de Belleville. Llegó tercero, y a continuación sus pulmones se chamuscaron en el fuego provocado por el esprint final, los últimos cien metros; adelantó a dos chicos, pero otros dos quedaron lejos del alcance de sus piernas, espejismos a los que no pudo dar caza.

Después de cinco manzanas, la Calle Dieciséis desemboca en West Main. Ancianos musulmanes pasean como estatuas blandas en sus trajes oscuros y alguna que otra chilaba sucia. Ahmad da con los escaparates del Pep Boys y la Al-Aqsa True Value, y luego tuerce por el callejón que él y Charlie recorrieron para llegar a lo que en su día fue el taller mecánico Costello. Se cerciora de que no hay nadie vigilando mientras se acerca a la puertecita lateral de metal tachonado y pintada de un pardo vomitivo. Ni rastro de Charlie esperándole fuera. Tampoco dentro se oye ruido. El sol ha terminado de atravesar la capota de nubes, y Ahmad percibe el sudor en hombros y espalda; su camisa blanca ha dejado de estar impoluta. El lunes se ha puesto en marcha a media manzana de distancia, en West Main. En el callejón hay un poco de tráfico, coches y peatones. Intenta abrir el pomo de latón nuevo, pero no cede. Prueba suerte de nuevo, exasperado. ¿Cómo pueden unos trocitos de metal necio cerrar el paso a la voluntad de *as-Samad*, el Perfecto?

Dominando su pánico, Ahmad prueba ahora con la puerta grande, la persiana del garaje. En la parte de abajo tiene un tirador que, al ser accionado, mueve dos bielas que a su vez liberan dos pestillos laterales. El tirador no está atrancado, y la puerta lo sorprende al deslizarse hacia arriba a merced del contrapeso, como si levantara el vuelo, un traqueteo ascendente y curvado que se detiene cuando la puerta queda trabada en unos rieles que se pierden en la penumbra del techo.

Ahmad ha traído la luz a la cueva. Charlie tampoco está

dentro, en este lugar mugriento, ni tampoco los dos expertos, el técnico y su joven ayudante. Los bancos de trabajo y los tableros de clavijas están justo donde Ahmad recordaba. La basura y los montones de recambios desechados de la ocasión anterior parecen haberse reducido. Alguien ha limpiado el garaje, lo ha ordenado con alguna finalidad. Reina el mismo silencio que en una tumba tras su último saqueo. El tráfico del callejón arroja en la cueva peligrosos destellos de luz reflejada; distraídamente, algunos transeúntes miran dentro. No hay nadie, pero el camión sí está: el GMC 3500 cuadrangular con su rótulo poco profesional de PERSIANAS AUTOMÁTICAS.

Ahmad abre con cautela la puerta del conductor y comprueba que la caja color gris militar sigue en su sitio, entre los dos asientos, fijada con cinta aislante a la caja de leche. La llave de contacto cuelga del salpicadero, invitando a cualquier intruso a usarla. Los dos gruesos cables aislados todavía salen del detonador y desaparecen en el remolque. La portezuela que lo comunica con la cabina, por la que un adulto sólo podría pasar agachado, está abierta unos diez centímetros, y tras ella los cables se tensan más. Por la abertura, Ahmad huele la mezcla de nitrato amónico del fertilizante con nitrometano de combustible para coches de carreras. Puede ver los tambores de plástico, fantasmagóricamente blancos; tienen una altura que a él le llegaría a la cintura, cada uno contiene ciento sesenta kilos de mezcla explosiva. El plástico blanco y lustroso de los recipientes tiene el brillo de alguna especie de piel. Unos cables amarillos, empalmados entre sí, se desovillan hasta conectarse a los detonadores, potenciados con polvo de aluminio y pentrita, que quedan engastados al fondo de cada tambor. Los veinticinco barriles –los puede contar pese a la penumbra– están dispuestos en un cuadrado de cinco por cinco, esmeradamente unidos con dos vueltas de cuerda para tender la ropa y bien afianzados, para protegerlos de posibles corrimientos, mediante unas ensambladuras que los sujetan a los fiadores y a los barrotes de la estructura del remolque. El conjunto constituye una obra de arte moderno, expeditiva y críptica. Ahmad se acuerda del técnico chaparro, de los finos y gráciles movimientos de sus manos manchadas de aceite, y se lo imagina sonriendo, la dentadura incompleta, con el orgullo inocente de un obrero. Todos ellos, los que participan en este proyecto, son partes de una bella máquina, encajados los unos con los otros. Los demás han desaparecido pero queda Ahmad, quien colocará la última pieza en su lugar.

Con cuidado se aparta de la portezuela de madera, abandonando las hileras de tambores cargados a su fragante oscuridad. Han sido depositados en sus manos. Son, como él, soldados. Está rodeado de compañeros de filas pese a que permanezcan en silencio y no hayan dejado instrucciones. La puerta posterior del camión está cerrada y atrancada. Los operarios encajaron, pasándola por una gruesa grapa soldada a la puerta, la gran hembrilla de un voluminoso candado de combinación, que Ahmad desconoce. Entiende el mensaje: debe tener fe en sus hermanos, pese a que no se explica su ausencia, del mismo modo que ellos confían en él para que siga adelante con el plan. Ahmad es la solitaria herramienta final del Misericordioso, del Perfecto. Lo han equipado con un camión que es el gemelo del que habitualmente conduce, y que le hará el camino recto y llano. Tímidamente, toma asiento en la plaza del conductor. El viejo cuero negro de imitación tiene un tacto cálido, como si apenas un instante antes alguien hubiera estado sentado sobre él.

Una explosión, recuerda de sus clases de física en el Central High, no es más que un sólido o un líquido pasando rápidamente al estado gaseoso, expandiéndose en menos de un segundo hasta ocupar un volumen más de cien veces superior al inicial. No es más que eso. Como si quedara al margen de semejante proceso químicamente impasible, Ahmad se ve a sí mismo, pequeño y preciso, subiéndose a su nuevo camión, encendiendo el motor, dando gas con moderación y sacándolo marcha atrás al callejón.

Lo importuna una insignificancia. Al apearse para bajar la traqueteante persiana de garaje que han dejado abierta –él, el camión y la compañía invisible de sus colaboradores–, Ahmad nota cómo el zumo de la naranja que ha tomado para desayunar, unido al nerviosismo contenido, le presionan la vejiga. Debería descargar antes de emprender el viaje que tiene por delante. Aparca el camión, dejando el motor en marcha, a un lado del callejón, vuelve a subir la persiana metálica y en un rincón, al lado del banco de trabajo y el tablero de clavijas, encuentra el retrete del taller detrás de una puerta descascarillada, sin señalizar. Hay una cuerda con la que se enciende la bombilla, y un sanitario de porcelana clara con un ojo ovalado de dudosa agua que, en cuanto le haya añadido su propio y reducido caudal, vaciará al tirar de la cadena. Se lava las manos escrupulosamente, usando el dispensador de detergente antigrasa. Vuelve afuera y baja la puerta tirando del cordoncillo metálico; es entonces cuando se da cuenta de lo tonto y peligroso que ha sido abandonar el camión, con el motor en marcha, aunque sólo fuera por un minuto o dos. Es víctima de la exaltación tenue de las cosas que terminan; no está pensando con normalidad. Tiene que mantener la cabeza fría e imaginarse a sí mismo como una herramienta de Dios: frío, duro, firme y con la mente en blanco, como debe ser una herramienta.

Consulta su Timex: las ocho y nueve. Cuatro minutos más perdidos. Avanza con el camión, intentando evitar los baches, los arranques y paradas repentinos. Va rezagado respecto del horario que él y Charlie se marcaron, aunque el retraso no supera los veinte minutos. Desde que se ha puesto al volante se ha calmado; el camión ya es parte del flujo del tráfico cotidiano del mundo. Gira a la derecha al salir del callejón y luego a la izquierda en West Main, pasando otra vez por delante del Pep Boys, que exhibe su molesto cartel con los tres hombres dibujados, Manny, Moe y Jack, aunados en el cuerpo de un enano multicéfalo.

La ciudad, que ya ha despertado del todo, centellea y vira

a su alrededor. Ahmad se imagina su camión como un rectángulo encajado en el visor circular de las cámaras televisivas que retransmiten persecuciones desde un helicóptero, enhebrándose por las calles, deteniéndose en los semáforos. La conducción de este camión es diferente de la del *Excellency*, que tenía una oscilación más cómoda, como si el conductor fuera sentado en el cuello de un elefante. Al mando de este vehículo ya no siente esa compenetración. Sus manos no se acostumbran al volante. Cada irregularidad en la calzada hace vibrar toda la estructura. Las ruedas delanteras se desvían continuamente a la izquierda, como si el chasis hubiera quedado torcido tras algún accidente. El peso –el doble del que llevó McVeigh, y mayor y más denso que cualquier mobiliario que haya transportado– lo impulsa hacia delante cuando frena ante un disco rojo y hacia atrás cuando acelera tras el verde.

Para no pasar por el centro de la ciudad –el instituto, el ayuntamiento, la iglesia, el mar de escombros, los chatos rascacielos de cristal que el gobierno construyó como limosna–, Ahmad dobla en Washington Street, llamada así porque en dirección contraria, le explicó Charlie un día, pasa por delante de una mansión que el gran general usó como cuartel general en New Jersey. La *yihad* y la Revolución propiciaron el mismo tipo de guerra, le contó Charlie: la guerra desesperada y atroz que plantean los más débiles, y en la que el más fuerte protesta porque aquéllos infringen las reglas que el bando imperial creó en su propio beneficio.

Ahmad enciende la radio; está sintonizada a una repugnante emisora de rap en la que se gritan obscenidades ininteligibles. Encuentra la WCBS-AM en el dial y escucha al locutor informar, sin que se tome ni un respiro, de que el tráfico en la espiral que desciende al túnel Lincoln es el atolladero de costumbre: arrancar-y-detenerse, paciencia-amigos-paciencia. Siguen parloteos rápidos desde un helicóptero y el estrépito de la música pop. De un manotazo apaga la radio. En esta sociedad diabólica no hay nada decente que pueda escuchar un hombre en su última hora de vida. El silencio es mejor. El silencio es la música de Dios. Ahmad debe permanecer puro para cuando se encuentre con Dios. Un goteo gélido en la parte alta del abdomen le baja hasta las tripas con sólo pensar en encontrarse con su otro yo, tan cercano como la vena yugular, ése al que siempre ha sentido a su lado, un hermano, un padre, pero hacia el que nunca podía volverse directamente, a causa de Su perfecto resplandor. Ahora él, que no tuvo padre, que no tuvo hermanos, lleva a cabo la voluntad inexorable de Dios. Ahmad se apresura, en breve asestará la *hutama*, el Fuego Triturador. Para ser más precisos, como le explicó un día el sheij Rachid, *hutama* significa «lo que rompe en pedazos».

Desde New Prospect sólo hay un enlace con la Ruta 80. Ahmad lleva el camión hacia el sureste, por Washington Street, hasta desembocar en Tilden Avenue, que confluye directamente en la 80, con su zambullida estruendosa de esta hora del día, en dirección a Nueva York. A tres manzanas al norte del nudo de carreteras, en una amplia intersección donde una gasolinera Getty queda justo enfrente de una de la cadena Mobil, que incluye un Shop-a-Sec, Ahmad ve que le hace señas una figura apostada en la acera y un tanto familiar; no gesticula como quien intenta absurdamente parar un taxi –que en New Prospect no circulan por las calles, deben solicitarse por teléfono–, sino que se dirige a él en concreto. No hay duda, lo está señalando, a través del parabrisas, a él; ha alzado las manos como si quisiera detener físicamente algo. Es el señor Levy, lleva una americana marrón que no va a juego con sus pantalones grises. Va vestido con ropas de escuela –es lunes– pero en cambio está aquí, a casi dos kilómetros al sur del Central High.

Este encuentro inesperado bloquea a Ahmad. Lucha por aclarar su mente acelerada. Quizás el señor Levy traiga un mensaje de Charlie, aunque a decir verdad no cree que se conocieran; al responsable de tutorías nunca le gustó que se sacara el permiso de conducción de vehículos comerciales, ni que se pusiera al volante de un camión. O a lo mejor tiene un mensaje de su madre, quien este verano solía mencionar al señor Levy bastante a menudo, en ese tono suyo de voz que delataba su propia vergüenza. Ahmad no quiere pararse, como tampoco se detendría ante uno de esos monstruos fastidiosos y lacerados, hechos de tubos de plástico y aire insuflado, que hechizan a los consumidores para que giren por su calle.

En cualquier caso, el semáforo del cruce se pone en rojo, el tráfico aminora la marcha y el camión debe detenerse. El señor Levy, moviéndose más rápido de lo que Ahmad le creía capaz, va esquivando los vehículos parados en los carriles hasta llegar al camión y, alargando la mano, llama a la ventana del copiloto. Perplejo, y condicionado por no querer faltarle el respeto a un profesor, Ahmad se inclina y quita el seguro de la puerta. Mejor tenerlo dentro, a su lado –razona el muchacho apresuradamente– que fuera, donde puede hacer saltar la alarma. El señor Levy abre de golpe la puerta del acompañante y justo cuando la circulación está a punto de reanudar la marcha se sube al camión y toma asiento en el agrietado sillón negro. Cierra de un portazo. Está jadeando.

–Gracias –dice–. Empezaba a temer que pasaras de largo.

–¿Cómo sabía que me encontraría aquí?

–Únicamente hay un acceso a la Ruta 80.

–Pero éste no es mi camión.

–Ya contaba con eso.

–¿Cómo?

–Es una larga historia. Yo sólo sé algunas partes sueltas. Persianas Automáticas, qué bueno. Claro, dejan paso a la luz. ¿Y quién dice que estos tíos no tienen sentido del humor?

Sigue jadeando. Al fijarse en su perfil, ocupando el lugar donde solía sentarse Charlie, Ahmad queda sorprendido por lo viejo que es el responsable de tutorías visto así, fuera del contexto que el tumulto juvenil del Central High propicia. La fatiga se ha acumulado bajo sus ojos. Sus labios tienen un aspecto flácido, le cuelga la piel de los párpados. Ahmad se pregunta qué debe de sentirse cuando avanzas día a día hacia la muerte natural. Tampoco lo sabrá nunca. Quizá cuando estás vivo tanto tiempo como el señor Levy ni lo notas. Aún sin fuelle, el hombre se endereza, satisfecho por haber alcanzado su propósito de meterse en el camión de Ahmad.

–¿Qué es esto? –inquiere, refiriéndose a la caja metálica gris pegada a la cesta de plástico entre los dos asientos.

–¡No lo toque! –Las palabras han brotado tan bruscamente que Ahmad, por educación, añade–: Señor.

–No lo haré –dice el señor Levy–. Pero tú tampoco. –Permanece en silencio, observando el aparato sin tocarlo–. De fabricación extranjera, quizá checo o chino. Lo que sí es seguro es que no se trata de nuestro viejo detonador LD20 estándar. Estuve en el ejército, ya lo sabes, aunque no me enviaron a Vietnam. Eso me molestó. No quería ir, pero sí demostrar lo que valía. Tú lo entenderás. ¿Quieres demostrar algo?

–No. Y no lo entiendo –dice Ahmad. Esta intrusión repentina lo ha confundido; le parece que sus pensamientos son como abejorros, chocando a ciegas contra los muros del cráneo. Aun así continúa conduciendo con suavidad, planeando con la GMC 3500 por la rampa circular que da a la Ruta 80, donde los coches avanzan prácticamente pegados a esta hora. Se está acostumbrando a los implacables movimientos de su nuevo camión.

–Según tengo entendido, solían meter explosivos en los parapetos de los Vietcongs, dejarlos encerrados y detonar la bomba con uno de éstos. La caza de marmotas, lo llamaban. No es que fuera muy bonito. Pero claro, el asunto en sí tampoco lo era demasiado. Excepto las mujeres, aunque oí que tampoco te podías fiar de ellas. También eran del Vietcong.

A Ahmad le zumba la cabeza. Intenta dejar clara su postura:

—Señor, si hace cualquier movimiento para cortar los cables o interferir en la conducción, voy a hacer estallar cuatro toneladas de explosivos. El amarillo es un interruptor de seguridad, y ahora mismo lo voy a desactivar. —Lo mueve a la derecha, zas, y ambos hombres quedan a la espera de lo que suceda. Ahmad piensa: «Si sucede algo, no nos enteraremos». No ocurre nada, pero ahora ya ha quitado el seguro. Únicamente le falta meter el pulgar en la pequeña cavidad en cuyo fondo está el botón rojo de detonación, y aguardar unos microsegundos para que se queme el polvo incendiario de aluminio y sobrevenga la consecuente reacción en cadena entre el pentrito y el combustible de competición, hasta que exploten los tambores de nitrato. Siente el botón rojo y liso en la punta del pulgar, sin apartar en ningún momento los ojos de la autopista abarrotada. Si este judío fofo hace un solo movimiento para desviarle el brazo, lo apartará como a un trozo de papel, como a un copo de lana cardada.

—No tengo la menor intención de hacer nada —le cuenta el señor Levy, en la voz falsamente relajada con que aconseja a los alumnos que suspenden, a los insolentes, a los que han renunciado a sí mismos—. Sólo quiero contarte unas cuantas cosas que a lo mejor son de tu interés.

—¿Qué? Dígamelo, y yo le dejaré bajar cuando nos acerquemos a mi destino.

—Bueno, supongo que lo principal es que Charlie está muerto.

—¿Muerto?

—Decapitado, de hecho. Truculento, ¿no? Le torturaron antes de hacerlo. Ayer por la mañana encontraron el cuerpo, en las vegas, cerca del canal que pasa al sur del estadio de los Giants. Quisieron que lo encontraran. Junto al cadáver dejaron una nota, en árabe. Evidentemente, Charlie era un infiltrado de la CIA, y lo acabaron descubriendo.

Primero hubo un padre que se esfumó antes de que su memoria pudiera retratarlo, y luego Charlie, que fue amable y le enseñó todo sobre las carreteras, y ahora este judío cansado que parece que se vista a oscuras ha ocupado el lugar de los otros dos, el vacío que tiene al lado.

–¿Qué decía la nota exactamente?

–Oh, no lo sé. Lo mismo de siempre, que quien rompe una promesa lo hace en perjuicio propio. Y que Dios no le negará su recompensa.

–Parece del Corán, la sura cuarenta y ocho.

–También suena como la Torá, pero como tú digas. Hay muchas cosas que no sé. Y soy viejo para aprenderlas.

–Si me lo permite, ¿cómo lo ha averiguado?

–Por la hermana de mi mujer. Trabaja en Washington para el Departamento de Seguridad Nacional. Me llamó ayer. Mi esposa le había hablado del interés que yo mostraba por ti y ellos se preguntaron si no habría una relación. No podían encontrarte. Nadie. Y entonces pensé que quizás esto funcionaría.

–¿Por qué debería creer en lo que me dice?

–Pues no lo hagas. Créelo sólo si encaja con lo que sabes. Y yo intuyo que sí encaja. ¿Dónde está Charlie ahora, si estoy mintiendo? Su mujer dice que ha desaparecido. Y jura que no estaba metido en nada más que los muebles.

–¿Y qué me dice de los otros Chehab, y de los hombres a quienes pasaban dinero?

Un Mercedes azul Prusia se ha puesto a rebufo del camión de Ahmad, lo conduce un tipo impaciente, demasiado joven para haberse comprado un Mercedes, a no ser que estuviera metido en manejos bursátiles, a expensas de los menos afortunados. Esta gente vive regaladamente en las ciudades dormitorio de New Jersey, son los que saltaban de las torres cuando Dios las derribó. Ahmad se siente superior al conductor del Mercedes, y la indiferencia es su respuesta a los bocinazos y los virajes bruscos con que el conductor manifiesta exageradamente su deseo de que el camión blanco circule con menos relajación por el carril de en medio.

El señor Levy contesta:

–Se habrán escondido y dispersado a los cuatro vientos, supongo. Han detenido a dos hombres que intentaban volar a París desde Newark, y el padre de Charlie está en el hospital con lo que supuestamente es un ataque de apoplejía.

–Es diabético, de verdad.

–Podría ser. Dice que ama a esta nación, y que su hijo también, y que ahora su hijo ha muerto por su país. Hay quien cree que fue él quien delató a su hijo. Al tío de Florida, pues bueno, los federales le habían echado el ojo hace tiempo. Todas las fuerzas de seguridad de este país van agobiadísimas, y no se comunican entre ellas, pero no todo se les pasa por alto. El tío hablará, o algún otro. Se hace difícil tragarse que un hermano no tenía ni idea de lo que planeaba el otro. Todos estos árabes se presionan los unos a los otros con la excusa del islam: ¿cómo te vas a negar a la voluntad de Alá?

–No sé. A mí no me fue concedida –Ahmad se expresa con rigidez– la bendición de un hermano.

–Bueno, yo no lo llamaría bendición, si nos tenemos que guiar por lo que veo a diario en el instituto. En alguna parte he leído que los cachorros de chacal se pelean a muerte desde el momento en que nacen.

Ya con menos sobriedad, esbozando una sonrisa al recordarlo, Ahmad le cuenta al señor Levy:

–Charlie era muy persuasivo respecto a la *yihad*.

–Parece ser que era uno de sus numeritos. No tuve el placer de conocerlo. Supongo que era un tipo imprevisible. Su error fue, según me reveló mi cuñada, y ésa sólo repite lo que dice el imbécil de su jefe, a quien adora, su gran error fue que esperó demasiado a tender la trampa. Había visto muchas películas.

–Veía mucho la tele. Le habría gustado dirigir anuncios.

–Lo que quiero decir, Ahmad, es que no tienes por qué hacer esto. Todo ha terminado. Charlie nunca quiso que llegara hasta el final. Te estaba utilizando para pillar a los otros.

Ahmad repasa los oscuros recovecos de todo lo que acaba de oír y llega a la siguiente conclusión:

-Sería una victoria gloriosa para el islam.

-¿Para el islam? ¿Y eso?

-Mataría y causaría molestias a muchos infieles.

-Debes de estar de broma -apunta el señor Levy mientras Ahmad maniobra diestramente para tomar la Ruta 95 sur, pisando el carril interior e impidiendo que el Mercedes lo adelante por la derecha; el grueso del tráfico prosigue su camino hacia el este, hacia el puente George Washington. A la izquierda, la brisa eriza la superficie del río Overpeck, que fluirá hasta desembocar en el Hackensack. El camión ya está en la autopista de peaje de New Jersey, pasando por una zona pantanosa, donde todas y cada una de las parcelas que ha sido posible drenar están explotadas. La autopista se bifurca; los carriles de la izquierda llevan a la salida del túnel Lincoln. Los intrigantes previeron que en el centro del parabrisas hubiera un dispositivo de pago remoto para el peaje: facilitará que el camión pase sin contratiempos por la garita, no dejándole ni un segundo al empleado que cobra el peaje para sospechar del joven conductor.

-Piensa en tu madre. -La relajación ha desaparecido de la voz del señor Levy, transida de un toque de estridencia-. No sólo te va a perder, sino que también va a hacerse famosa por ser la madre de un monstruo. De un loco.

Ahmad empieza a sentir el placer de no dejarse convencer por los argumentos del intruso.

-Nunca he sido imprescindible para mi madre -explica-, a pesar de que, lo admito, cumplió con sus obligaciones en cuanto yo, desgraciadamente, nací. Y respecto a lo de madre de un monstruo, en Oriente Medio se respeta muchísimo a las madres de los mártires, que además reciben una pensión sustancial.

-Estoy seguro de que preferiría conservarte a tener una pensión.

–¿Cómo de seguro está usted, si me permite la pregunta, señor? ¿Hasta qué punto la conoce?

Gaviotas. Al principio cruzan unas cuantas por el campo de visión del parabrisas, después aparecen decenas y decenas, hasta convertirse en centenares, sobrevolando un vertedero. Detrás de su voraz aleteo, más allá del plomizo Hudson, se yergue la silueta pintada de piedra, llena de muescas como una llave inmensa, de la gran ciudad: el corazón de Satán. Iluminadas desde el este, sus torres surgen de las sombras del oeste; en medio, el polvo de una neblina radiante. El silencio del señor Levy presagia un nuevo ataque contra las convicciones de Ahmad, pero por el momento conductor y pasajero comparten sin comentarios la vista de una de las maravillas del mundo, que se desvanece mientras el flujo del tráfico sigue adelante y es sustituida por extensiones relativamente vacías a ambos lados de la 95: marismas con vegetación atravesadas por los reflejos del azul en los canales que transitan entre el barro. En la parte superior del parabrisas, un destello cruciforme y plateado huye del aeropuerto internacional de Newark, tallando en el blanco lechoso del cielo dos estelas paralelas a modo de autopista para los aviones que le sigan, según permita la telaraña que tejen férreamente los controladores aéreos. Momentáneamente, Ahmad se siente eufórico, como un avión derrotando a la gravedad.

El señor Levy estropea el momento al decir:

–Bueno, ¿de qué más podemos hablar? Del estadio de los Giants. ¿Viste ayer el partido de los Jets? Cuando ese chaval, Carter, no amarró el chut inicial, pensé: «Ya estamos otra vez como la temporada pasada». Pero no, remontaron, treinta y uno a veinticuatro, aunque la tranquilidad no llegó hasta que el novato de Coleman se sacó de la manga una intercepción en el último ataque de los Bengals. –Seguramente está desplegando su cháchara simpática de judío, a la que Ahmad hace caso omiso. Con algo más de sinceridad en el tono de voz, Levy confiesa–: No puedo creerme que realmente vayas a asesinar a cientos de inocentes.

–¿Y quién ha dicho que la impiedad es inocente? Los que no creen. Pero Dios manifiesta en el Corán: «Sed severos con los infieles». Quemadlos y aplastadlos, porque han olvidado a Dios. Ellos creen que se bastan a sí mismos. Aman la vida presente más que la venidera.

–Pues mátalos. Pareces lo bastante severo.

–También usted moriría, desde luego. Creo que usted es un judío que ya no practica. No cree en nada. En la tercera sura del Corán se dice que ni todo el oro del mundo puede rescatar a aquellos que un día creyeron y ahora ya no, y que Dios nunca aceptará su arrepentimiento.

El señor Levy suspira. Ahmad puede oír un estertor húmedo, pequeñas gotitas de miedo, en su respiración.

–Sí, bueno, en la Torá también hay un montón de cosas repulsivas y ridículas. Plagas y masacres, directamente infligidas por Yahvé. A las tribus que no fueron suficientemente afortunadas para ser las elegidas... desterradlas, a por ellas sin piedad. El Infierno no se lo habían trabajado mucho, eso llegó con los cristianos. Qué espabilados: los sacerdotes intentan controlar a la gente por medio del miedo. Amenazar con el Infierno: la mejor táctica en el mundo para que cunda el pánico. Es casi una tortura. El Infierno es realmente una tortura. ¿De verdad puede tragárselo así sin más? ¿Dios como el torturador supremo? ¿Dios como el rey del genocidio?

–Como decía la nota junto al cuerpo de Charlie, Él no nos negará nuestra recompensa. Usted menciona la Torá, como corresponde a su tradición. El Profeta tuvo muy buenas palabras para Abraham. Estoy intrigado: ¿fue usted creyente alguna vez? ¿Cómo perdió la fe?

–Yo ya nací sin fe. Mi padre odiaba el judaísmo, y su padre también. Culpaban a la religión de las miserias del mundo, decían que por su culpa la gente aceptaba con resignación sus problemas. Luego se suscribieron a otra religión: el comunismo. Pero eso no te debe de interesar.

–No importa. Es bueno que busquemos algún punto de acuerdo. Antes del Estado de Israel, los musulmanes y los judíos eran hermanos, pertenecían a las fronteras del mundo cristiano, eran los otros, gente curiosa, con sus ropas raras, un simple entretenimiento para los cristianos, afianzados en su riqueza, en sus pieles color papel. Incluso con el petróleo nos despreciaron, estafándoles a los príncipes saudíes lo que pertenecía por derecho a su pueblo.

Al señor Levy se le escapa otro suspiro.

–Ese «nosotros» ha sido un poco a la ligera, Ahmad.

La circulación, ya muy cargada, empieza a hacerse más densa, a ir más lenta. Los carteles indican NORTH BERGEN, SECAUCUS, WEEHAWKEN, RUTA 495, TÚNEL LINCOLN. Pese a que nunca lo ha hecho, con o sin Charlie, Ahmad sigue las indicaciones sin dificultad, incluso cuando la 495, a espasmódico paso lento, lleva a los coches por una espiral hacia el fondo del barranco del Weehawken, hasta casi el cauce del río. Se imagina a una voz a su lado que le dice: «Está chupado, campeón. Esto no es ingeniería aeronáutica».

Mientras la carretera desciende, multitud de vehículos van desembocando desde accesos laterales, procedentes del sur y del este. Por encima de los techos de los coches, Ahmad ve su destino final y común, un largo muro de cantería tostada y las bocas de tres túneles bordeadas de azulejos blancos; en cada uno hay dos carriles. Un letrero indica CAMIONES A LA DERECHA. Los otros camiones –los marrones de UPS, los amarillos de alquiler de la compañía Ryder, furgonetas multicolores de proveedores, camiones articulados resollando y chirriando mientras remolcan sus gigantescas cargas de productos frescos del Garden State*

---

* «Garden State» es la denominación popular para el estado de New Jersey. *(N. del T.)*

para abastecer las cocinas de Manhattan– también se amontonan a la derecha, avanzando lentamente metro a metro, y frenando.

–Llegó el momento de saltar, señor Levy. En cuanto entremos en el túnel no podré parar.

El responsable de tutorías deja las manos sobre los muslos, enfundados en unos pantalones grises que no van a juego con la americana, para que Ahmad vea que no tiene intención de tocar la puerta.

–No creo que me baje. Estamos juntos en esto, hijo. –Su actitud es valiente, pero su voz suena ronca, débil.

–Yo no soy hijo suyo. Si intenta llamar la atención de alguien haré estallar el camión aquí mismo, en el atasco. No es lo ideal pero mataría a unos cuantos.

–Apuesto lo que quieras a que no. Eres demasiado buen chico. Tu madre me contó que ni siquiera podías soportar la idea de aplastar un insecto. Preferías tirarlo por la ventana con un trozo de papel.

–Mi madre y usted parecen haber hablado bastante.

–Simples reuniones. Ambos queremos lo mejor para ti.

–No me gustaba pisar bichos, pero tampoco tocarlos con la mano. Me daba miedo que me picasen, o que defecasen en mi mano.

El señor Levy ríe ofensivamente. Ahmad insiste:

–Los insectos pueden defecar, lo aprendimos en biología. Tienen tubo digestivo y ano y todo eso, igual que nosotros. –Su cerebro está revolucionado, quiere derribar a golpes sus propios límites. Como no parece quedar tiempo para discutir, acepta la presencia del señor Levy a su lado como algo inmaterial, medio real, semejante a su noción de Dios como alguien más cercano que un hermano, o a la idea que tiene de sí mismo como un ser doble medio desplegado, como un libro abierto cuyas páginas están unidas por el lomo en una única encuadernación, pares e impares, leídas y no leídas.

Sorprendentemente, aquí, en las tres bocas (Manny, Moe y

Jack) del túnel Lincoln, hay árboles y vegetación: sobre el embotellamiento, observando el borboteo enmarañado de luces de freno e intermitentes que se encienden y apagan, hay un terraplén con una zona triangular de césped cuidado. Ahmad piensa: «Éste es el último pedazo de tierra que veré»: esa pequeña parcela por la que nadie anda ni va de picnic o que jamás nadie ha mirado con ojos que pronto quedarán ciegos.

Varios hombres y mujeres, con uniformes de un azul grisáceo, están apostados en los márgenes del flujo de tráfico que, coagulado, avanza por centímetros. Estos policías parecen más bien espectadores benevolentes que supervisores, charlando en parejas y disfrutando del sol, renacido pero aún neblinoso. Para ellos, este atasco es el pan de cada día, una parte más de la naturaleza, como la salida del sol, las mareas o cualquier otra repetición mecánica del planeta. Uno de los agentes es una mujer robusta, lleva su rubio pelo recogido bajo la gorra, pero sobresale por la zona de la nuca y las orejas, sus pechos aprietan contra los bolsillos delanteros de la camisa de su uniforme, con su placa y su sobaquera; ha atraído a otros dos varones uniformados, uno blanco y otro negro, con armas colgando de la cintura, que muestran sus dientes en sonrisas lascivas. Ahmad mira su reloj: ocho y cincuenta y cinco. Lleva cuarenta y cinco minutos en el camión. A las nueve y cuarto todo habrá terminado.

Ha maniobrado a la derecha, usando con pericia los retrovisores para aprovechar cualquier mínima vacilación en los vehículos que tiene detrás. El atasco, que hace un rato parecía impenetrable, se ha ido ordenando en carriles que alimentan a los dos túneles con destino a Manhattan. De pronto Ahmad ve que entre él y el acceso subterráneo de la derecha sólo hay media docena de furgonetas y automóviles: primero un camión de mudanzas alquilado de tres metros de altura; luego una caravana de aluminio acolchado y con remaches que, cuando descorra los pestillos y abra un lateral y ponga en marcha su cocina, dará de comer en una acera a multitudes poco escrupulosas; después

317

una hilera de turismos, incluida una furgoneta Volvo de color bronce que transporta a una familia de *zanj*. Con un ademán cortés Ahmad cede el paso al conductor que lo precede.

–No pasarás el peaje –le advierte el señor Levy. Su voz suena tensa, como si un matón de escuela le oprimiera el pecho abrazándolo por detrás–. Pareces demasiado joven para conducir fuera del estado.

Pero no hay nadie en la garita, construida expresamente para dar cabida a un único empleado. Nadie. El semáforo del sistema electrónico de pago se pone verde y Ahmad y su camión blanco son admitidos en el túnel.

Por unos instantes, la luz del interior resulta extraña: los azulejos que recubren el arco no son del todo blancos, más bien de un amarillo enfermizo, y aprisionan la doble corriente de coches y camiones entre sendos muros. El ruido que se origina tiene un eco ligeramente amortiguado por el flujo subterráneo que por allí discurre, como si se deslizaran por el agua. El propio Ahmad se siente sumergido. Imagina el peso negro del río Hudson sobre su cabeza, por encima del techo alicatado. La luz artificial del túnel es generosa pero no purificadora; los vehículos se ven obligados a avanzar a la velocidad del más lento, por una rara oscuridad emblanquecida. Hay camiones, algunos tan altos que con el techo de sus remolques parecen rozar la bóveda, pero también turismos, que en el revoltijo de la entrada se han mezclado con vehículos mayores.

Ahmad baja la vista y mira a la ventana trasera de la furgoneta bronce, una V90. Dos niños sentados en dirección contraria a la marcha le devuelven la mirada, con ánimo juguetón. No van mal vestidos pero sí con un mismo y cuidadoso desaliño, con ropas chillonas que irónicamente son las que llevarían también unos niños blancos que fueran de excursión con la familia. A esta familia de negros le iba bien hasta que Ahmad les cedió el paso.

Después del descongestionamiento inicial al entrar en el túnel, tras la fuga rápida hacia el espacio que han terminado por alcanzar al desenredarse del atasco del exterior, el flujo del tráfico queda detenido por algún obstáculo invisible, por algún contratiempo ocurrido más adelante. La suavidad del avance se ha quedado en mera ilusión. Los conductores frenan, las luces rojas traseras se encienden. A Ahmad no le molesta tener que aminorar la marcha, arrancar y parar. La pendiente del firme, que es inesperadamente desigual y llena de baches para una calzada que no está expuesta a las inclemencias del tiempo, amenazaba con llevarlos demasiado pronto, a él y a su acompañante y su carga, hasta el nadir del túnel, más allá del cual, ya de subida, se encuentra el teórico punto débil, tras dos terceras partes del recorrido. Ahí es donde, según le indicaron, el paso subterráneo describirá una curva y será más endeble. Ahí terminará su vida. Un brillo como de espejismo causado por el calor ha deslumbrado su imaginación: aquel triángulo de césped cuidado, pero sin uso práctico, que colgaba sobre la boca del túnel sigue suspendido en su mente. Sintió lástima por él, nadie lo visitaba.

Se aclara la garganta.

–No parezco joven –le comenta al señor Levy–. Los hombres de Oriente Medio, con los que comparto sangre, maduramos más rápido que los anglosajones. Charlie decía que yo aparentaba veintiún años y podría conducir grandes camiones articulados sin que nadie me obligase a detenerme.

–Ese Charlie decía muchas cosas –replica el señor Levy. Su voz suena tirante, la voz hueca de un profesor.

–¿No podría estar callado, ahora que se acerca el fin? Quizá desee rezar, a pesar de que haya perdido la fe.

Uno de los niños del asiento trasero del Volvo –de hecho es una niña a quien han peinado su tupido cabello en dos coletas redondas, como las orejas de aquel ratón de dibujos animados que en su día fue famoso– intenta atraer la atención de Ahmad con sonrisas. Ahmad no le hace caso.

–No –dice Levy, como si le doliera pronunciar incluso este monosílabo–. Habla tú, pregúntame algo.

–El sheij Rachid. ¿Sabe su informadora qué ha pasado con él, después de que se destapara todo?

–De momento se ha esfumado. Pero no llegará a Yemen, te lo puedo asegurar. A estos capullos no siempre les sale bien todo.

–Vino a verme anoche. Parecía envuelto en cierta tristeza. Aunque, la verdad, siempre estaba igual. Creo que su erudición es más fuerte que su fe.

–¿Y no te dijo que todo se había destapado? A Charlie lo encontraron ayer por la mañana.

–No. Me aseguró que Charlie acudiría, como habíamos acordado. Me deseó suerte.

–Te dejó solo con toda la responsabilidad.

Ahmad percibe el desdén en su tono y afirma:

–Sí, todo depende de mí. –Y se jacta–: Esta mañana había dos coches extraños en el aparcamiento de Excellency. Vi a un hombre, cuya voz tenía el volumen de la autoridad, hablando por un teléfono móvil. Lo vi pero él a mí no.

A propuesta de la niña, ella y su hermanito aprietan sus caras contra la curvada ventana trasera, abriendo mucho los ojos y retorciendo sus bocas, para arrancarle una sonrisa a Ahmad, para llamar la atención.

El señor Levy se hunde en su asiento, fingiendo despreocupación o parapetándose en alguna imagen mental. Dice:

–Otra cagada de tu querido Tío Sam. Ese poli inútil debía de estar encargando más cafés, o contándole chistes verdes a algún colega de la central, quién sabe. Escúchame bien. Hay algo que tengo que decirte. Me follé a tu madre.

Las paredes de azulejos, percibe Ahmad, refulgen con un rojo rosáceo a causa de los reflejos de las múltiples luces de freno. Los coches avanzan de un tirón unos cuantos metros y luego vuelven a frenar.

–Nos estuvimos acostando todo el verano –prosigue Levy al ver que Ahmad no responde–. Era fantástica. No sabía que pudiera volver a enamorarme, que pudiera volver a segregar tantos jugos.

–Creo que a mi madre –replica Ahmad, tras pensar un rato– no le cuesta mucho llevarse a un hombre a la cama. Las auxiliares de enfermería se sienten muy cómodas con los cuerpos, y ella en concreto se ve como una persona moderna y liberada.

–Así que no te fustigues tanto, eso es lo que me estás diciendo, ¿no?, que para ella no tuvo la menor importancia. Pero para mí sí. Ella se convirtió en mi mundo. Perderla fue como si me hubieran operado de gravedad. Me dolió. Estoy bebiendo mucho. No lo puedes entender.

–Sin ánimo de ofender, señor, pero le entiendo bastante bien –dice Ahmad, con cierta altanería–. Pero no es que me entusiasme la imagen de mi madre fornicando con un judío.

Levy ríe, se le escapa una risotada burda.

–Eh, oye, aquí todos somos estadounidenses, ¿no? Ésa es la idea, ¿no te lo enseñaron en el Central High? Los irlandeses, los afroamericanos, los judíos... incluso los árabeamericanos.

–Nómbreme uno.

Levy se queda de piedra.

–Omar Sharif –apunta. Sabe que en una situación más relajada se le ocurrirían otros.

–No es estadounidense. Vuelva a intentarlo.

–Eh... ¿cómo se llamaba ése? Sí, Lew Alcindor.

–Kareem Abdul-Jabbar –lo corrige Ahmad.

–Gracias. No es de tu época, me parece.

–Pero sí un héroe. Venció muchos prejuicios.

–Creía que ése fue Jackie Robinson, pero no importa.

–¿Estamos cerca del punto más bajo del túnel?

–¿Cómo voy a saberlo? Al fin y al cabo, estamos cerca de todas partes. Una vez entras en el túnel se hace difícil orientarse. Antes solía haber polis patrullando a pie por dentro, pero no los he vuelto a ver. Era más bien una cuestión disciplinaria, pero supongo que hasta los polis se olvidaron de la disciplina cuando el resto de la gente también empezó a hacerlo.

El avance se ha detenido por unos minutos. Los coches de detrás y de delante empiezan a tocar el claxon; el ruido viaja a lo largo de los azulejos como aire que atravesara un gigantesco instrumento musical. Parece que al estar parados dispongan de interminable tiempo libre, de modo que Ahmad se vuelve y le pregunta a Jack Levy:

–¿Alguna vez, en sus estudios, ha leído algo acerca del poeta y filósofo político egipcio Sayyid Qutub? Vino a Estados Unidos hace cincuenta años y se quedó sorprendido por la discriminación racial y la inmoralidad manifiesta que reinaba entre los sexos. Llegó a la conclusión de que no hay un pueblo que esté más alejado de Dios y la piedad que el estadounidense. Pero el concepto de *jāhiliyya*, que se refiere al estado de ignorancia anterior a Mahoma, también se extiende a los musulmanes mundanos y los convierte en objetivos legítimos de asesinato.

–Parece un tipo sensato. Lo incluiré en la lista de lecturas optativas, si es que sigo con vida. Este semestre voy a dar un curso de civismo. Estoy harto de pasarme el día sentado en ese viejo almacén de material intentando convencer a sociópatas malhumorados de que no dejen los estudios. Pues que los abandonen, ésa es mi nueva filosofía.

–Señor, lamento decirle que no vivirá. En unos minutos voy a ver el rostro de Dios. Mi corazón rebosa de anhelo.

Su carril de tráfico da un tirón. Los niños del vehículo de delante se han cansado de intentar llamar la atención de Ahmad. El pequeño, que lleva una gorra roja con la visera en punta y una camiseta de rayas de los Yankees, una de imitación, se ha acurrucado y quedado dormido en el incesante arrancar y parar, sedado por los resuellos y chirridos de los frenos de los camiones de este infierno alicatado en que el petróleo refinado se va convirtiendo en monóxido de carbono. La niña de las coletas tupidas, chupándose el dedo, se apoya contra su hermanito y dirige a Ahmad una mirada fría, ya no intenta lograr que se fije en ella.

—Adelante. Ve a ver a ese cabrón —le dice Jack Levy, quien ya no está hundido en el asiento sino erguido y cuyas mejillas han perdido el aspecto enfermizo a causa de la excitación—. Ve a ver la jodida cara de Dios, a mí ya me da igual. ¿Por qué debería importarme? La mujer por la que estaba loco me ha dejado plantado, mi trabajo es una lata, me despierto cada día a las cuatro de la madrugada y no puedo volver a dormirme. Mi mujer... Dios, es demasiado deprimente. Se da cuenta de lo infeliz que soy y se culpa por haberse vuelto ridículamente obesa, y ahora le ha dado por seguir un régimen criminal que va a terminar matándola. Sufre horrores, con esto de no comer. Yo quiero decirle: «Beth, olvídalo, nada logrará devolvernos a como estábamos cuando éramos jóvenes». Tampoco es que fuera algo extraordinario. Nos echábamos unas risas, solíamos divertirnos el uno al otro y disfrutar de las cosas sencillas, salir a cenar un día por semana, ir al cine si nos veíamos con ganas, ir de picnic de vez en cuando a las mesas que hay cerca de las cascadas. El único hijo que tuvimos, que se llama Mark, vive en Albuquerque y no quiere saber nada de nosotros. ¿Quién lo va a culpar por eso? Nosotros hicimos lo mismo con nuestros padres: huyamos de ellos, no nos entienden, nos avergüenzan. Ese filósofo tuyo, ¿cómo se llama?

—Sayyid Qutub. Para ser precisos, Qutb. Era uno de los autores preferidos de mi antiguo profesor, el sheij Rachid.

—Parece interesante lo que dice de Estados Unidos. La raza, el sexo: nos asedian. En cuanto te quedas sin fuerzas, Estados Unidos ya no tiene nada que ofrecer. Ni siquiera te deja morir, ya ves, los hospitales se llevan todo el dinero de Sanidad. La industria farmacéutica ha convertido a los médicos en unos granujas. ¿Para qué ir soportando los achaques de la vejez? ¿Para que alguna enfermedad me convierta en un cliente muy rentable para una panda de ladrones? Mejor que Beth disfrute de lo poco que le puedo dejar; así lo veo yo. Me he convertido en un estorbo para el mundo, le robo espacio. Adelante, aprieta el puto botón. Como le dijo a alguien por el móvil el tío aquel que iba en uno de los aviones del 11-S: será rápido.

Jack alarga la mano hacia el detonador y Ahmad, por segunda vez, se la agarra.

–Por favor, señor Levy –pide–. Me corresponde a mí. Si lo hiciera usted, el significado cambiaría, de una victoria pasaría a ser una derrota.

–Dios mío, tendrías que ser abogado. Vale, deja de estrujarme la mano. Era broma.

La niña de la furgoneta de delante ha visto el breve forcejeo, y a causa de su renovado interés ha despertado a su hermano. Los observan con sus cuatro ojos negros y brillantes. Con el rabillo del ojo, Ahmad ve cómo el señor Levy se frota el puño con la otra mano. Le dice a Ahmad, quizá para ablandarlo con un halago:

–Este verano te has puesto fuerte. Después de la primera entrevista me diste la mano tan floja que fue casi un insulto.

–Sí, ya no le temo a Tylenol.

–¿Tylenol?

–Otro alumno del Central High. Un matón con pocas luces que se ha quedado con una chica que me gustaba. Y yo le gustaba a ella, aunque me tuviera por un bicho raro. De modo que no es usted el único que tiene dificultades con el amor. Uno de los graves errores del Occidente pagano, según dicen los teóricos del islam, es idolatrar una función animal.

–Háblame de las vírgenes. De las setenta y dos vírgenes que satisfarán tus necesidades en el otro barrio.

–El Sagrado Corán no especifica cuántas *ḥūrīyyāt* hay. Únicamente dice que son numerosas, de ojos negros y mirada recatada, y que no han sido tocadas por hombre alguno, ni por ningún *yinn*.

–*¡Yinn!* ¡Aún estamos con ésas!

–Usted se mofa sin saber de qué habla. –Ahmad siente cómo el rubor del odio le recubre la cara, y le espeta al burlón–: El sheij Rachid me explicó que los *yinn* y las huríes son símbolos del amor de Dios hacia nosotros, que se encuentra en todas partes y se renueva eternamente, y que los mortales ordinarios no pueden comprender sin mediación.

–Vale, ya me está bien si tú lo ves así. No vamos a discutir. No se puede discutir con una explosión.

–Lo que usted llama explosión es para mí un pinchazo, una pequeña rasgadura que dejará entrar el poder de Dios en el mundo.

Pese a que parecía que nunca llegaría el momento, con una circulación tan parsimoniosa, el firme se nivela sutilmente y luego una leve inclinación hacia arriba le indica a Ahmad que ya han alcanzado el punto más bajo del túnel, y la curva descrita en las paredes que los preceden, visible a intervalos por entre la alta caravana de camiones, señala el punto débil donde deberá detonar los barriles de plástico, fanáticamente limpios y bien ceñidos, dispuestos en formación cuadrangular. Su mano derecha se aparta del volante y se cierne sobre la caja metálica de color gris militar, con la pequeña depresión en la que encajará su pulgar. Cuando lo apriete, se reunirá con Dios. Dios estará menos terriblemente solo. «Te recibirá como a un hijo suyo.»

–Hazlo –Jack Levy lo apremia–. Voy a intentar relajarme. Joder, últimamente voy muy cansado.

–No sentirá el dolor.

–No, pero sí lo habrá para muchos otros –replica el viejo, hundiéndose de nuevo en el asiento. Pero no puede dejar de hablar–: No es como me lo había imaginado.

–¿Imaginarse qué? –Ha resonado como un eco, tal es el estado purificado y vacío de Ahmad.

–La muerte. Siempre pensé que moriría en la cama. Quizá por eso no me gusta estar ahí. En la cama.

«Desea morir», piensa Ahmad. «Se burla de mí para que yo

lo haga por él.» En la sura cincuenta y seis, el Profeta habla del momento en que «el alma llega a la garganta del moribundo». Ahora es ese momento. El viaje, el *miraj*. *Buraq* está listo, sus alas blancas y resplandecientes provocan un rumor al desplegarse. Pero en esa misma sura, «El acontecimiento», Dios pregunta: «Nosotros os hemos creado, ¿por qué no dais fe? ¿Habéis visto el semen que eyaculáis? ¿Lo creáis vosotros o somos Nosotros los creadores?». Dios no quiere destruir: fue Él quien hizo el mundo.

El dibujo de los azulejos de la pared, y de los del techo, ennegrecidos por los tubos de escape –una perspectiva de incontables cuadrados repetidos, como un enorme papel pautado enrollado hasta volverse tridimensional– estalla y se expande en la imaginación de Ahmad como el gigantesco *fiat* de la Creación, en una sucesión de ondas concéntricas, cada una desplazando a la anterior más y más lejos del punto inicial de la nada, después de que Dios sancionara la gran transición del no-ser al ser. Ésta fue la voluntad del Benefactor, del Misericordioso, *ar-Raḥmān* y *ar-Raḥīm*, del Viviente, del Paciente, del Generoso, del Perfecto, de la Luz, del Guía. Él no desea que profanemos Su creación imponiendo la muerte. Él desea la vida.

La mano derecha de Ahmad retorna al volante. Los dos niños del vehículo de delante, vestidos y cuidados con cariño por sus padres, bañados y confortados cada noche, lo observan con gesto serio, han percibido algo errático en su mirada, algo antinatural en la expresión de su rostro, mezclado con el reflejo de la luna del camión. Para tranquilizarlos, aparta la mano derecha del volante y los saluda, sus dedos se mueven como las patas del escarabajo volteado. Reconocida al fin su presencia, los niños sonríen, y Ahmad no puede evitar devolverles la sonrisa. Mira el reloj: las nueve y dieciocho. Ya ha pasado el momento en que los desperfectos habrían sido mayores; el recodo del túnel va quedando lentamente atrás, y se abre ahora al rectángulo creciente de la luz del día.

–¿Y bien? –pregunta Levy, como si no hubiera oído la respuesta de Ahmad a su último comentario. Vuelve a enderezarse.

Los niños negros, presintiendo de un modo similar el rescate, hacen monerías estirándose la parte inferior de los ojos con los dedos y sacando la lengua. Ahmad intenta sonreír de nuevo y repite el saludo simpático, pero ahora más débilmente; se siente agotado. La brillante boca del túnel se abre para engullirlo a él, a su camión y a sus fantasmas; juntos, emergen a la luz gris pero estimulante de un nuevo lunes en Manhattan. Fuera lo que fuese lo que hacía que la circulación en el túnel avanzase con parsimonia, tan exasperantemente lenta, se ha dispersado al fin, se ha disuelto en un espacio abierto y pavimentado que discurre entre edificios de apartamentos de altura modesta y carteles e hileras de casas adosadas y, a una distancia de varias manzanas, rascacielos de cristal de aspecto frágil. Podría ser un lugar cualquiera de New Jersey; tan sólo lo desdice la silueta, justo enfrente, del Empire State Building, que vuelve a ser el edificio más alto de la ciudad de Nueva York. La furgoneta de color bronce se aleja hacia la derecha, al sur. Los niños están absortos con las vistas metropolitanas, sus cabezas giran de un lado a otro, y no se preocupan de despedirse de Ahmad. Después del sacrificio que ha realizado por ellos, su actitud le parece un desaire.

A su lado, el señor Levy dice:

–¡Colega! –intenta imitar, estúpidamente, el habla de un estudiante de instituto–. Estoy empapado. Me habías convencido. –Intuye que no ha dado con el tono adecuado y añade, más suavemente–: Bien hecho, amigo. Bienvenido a la Gran Manzana.

Ahmad ha aminorado la marcha y después se ha detenido, casi en mitad del amplio espacio. Los coches y camiones de detrás, que se apresuraban por salir a la libertad, se ven obligados a maniobrar bruscamente; hacen sonar el claxon, las ventanillas laterales se bajan y escupen gestos insultantes. Ahmad divisa el Mercedes azul Prusia, que acelera, y se sonríe al pensar que, pese a todos sus airados intentos de adelantamiento, ese ladrón de inversiones, presuntuoso e indigno, que tenía por conductor seguía detrás de él.

Jack Levy se da cuenta de que ahora él está al mando.

–¿Y bien? La pregunta es: ¿qué hacemos? Devolvamos este camión a Jersey. Se alegrarán de verlo. Y de verte a ti, me temo. Pero no has cometido ningún crimen, eso será lo primero que dejaré bien claro, salvo transportar una carga de material peligroso fuera del estado con una licencia de la clase C. Seguramente te la quitarán, pero no está tan mal. De todas formas, no estabas destinado a repartir muebles.

Ahmad reanuda la marcha, entorpeciendo menos el tráfico y a la espera de instrucciones.

–Todo recto, y en cuanto puedas, a la izquierda –le dice Jack–. No quiero volver a pasar por ningún túnel contigo y con esta cosa, gracias. Tomaremos el puente George Washington. ¿No crees que podríamos activar otra vez el interruptor de seguridad?

Ahmad alarga la mano, ahora temerosa de alterar el mecanismo cuidadosamente manipulado. La palanquita amarilla dice «zas»; el formidable cargamento queda en silencio. El señor Levy, aliviado por seguir con vida, sigue hablando:

–Gira a la izquierda después de ese semáforo, debe de ser la Décima Avenida, creo. Estoy intentando recordar si por la autovía del West Side pueden circular camiones. Quizá tengamos que ir hasta Riverside Drive, o mejor subir hasta Broadway y continuar todo recto hasta llegar al puente.

Ahmad se deja guiar, dobla a la izquierda. El camino es recto.

–Estás conduciendo como un profesional –le dice el señor Levy–. ¿Estás bien? –Ahmad asiente.– Sé que te encuentras en estado de shock. Yo también. Pero no creo que encontremos dónde aparcar este cacharro. En cuanto lleguemos al puente, prácticamente estaremos en casa. Confluye en la Ruta 80. Iremos directos al cuartel general de policía, detrás del ayuntamiento. No dejaremos que esos cabrones nos intimiden. Que devuelvas este camión de una pieza los hará quedar bien, sólo con que tengan unas pocas luces lo van a entender. Podría haber sido una catástrofe. Si alguien te amenaza, recuérdales que te metió en esto un agente de la CIA que andaba en un doble juego de dudosa legalidad. Tú eres una víctima, Ahmad, una cabeza de turco. No creo que el Departamento de Seguridad Nacional quiera que los detalles se filtren a la prensa, o que se aireen ante un tribunal.

El señor Levy permanece callado durante una manzana o dos, espera que Ahmad diga algo, pero luego apunta:

–Sé que te parecerá prematuro, pero lo que he mencionado antes de que serías un buen abogado no iba en broma. Bajo presión sabes mantenerte frío. Hablas bien. En los próximos años, los árabes americanos van a necesitar muchos abogados. Oh, oh. Me parece que estamos en la Octava Avenida, pensaba que íbamos por la Décima. Pero no la dejemos, por aquí llegamos a Broadway a la altura de Columbus Circle. Creo que aún lo llaman así, aunque el pobre espagueti ha dejado de ser políticamente correcto. A tu izquierda tienes la Port Authority Bus Terminal; seguramente habrás estado aquí alguna vez. Luego cruzaremos la Calle Cuarenta y Dos. Aún me acuerdo de cuando era una zona caliente, pero me temo que la corporación Disney ha hecho limpieza.

Ahmad quiere fijarse, entre la marea de taxis amarillos y semáforos y peatones apiñados en cada esquina, en este nuevo mundo que lo rodea, pero el señor Levy no deja de tener ocurrencias. Dice:

–Será interesante averiguar si esa maldita cosa estaba realmente conectada o, si los de nuestro bando tenían a algún otro infiltrado, no lo estaba. Era mi as en la manga, pero estoy contento de no tener que haberlo sacado. Gracias a Dios te has acojonado. –Esto suena mal incluso a sus propios oídos–. Bueno, que te has apaciguado, mejor dicho. Que has visto la luz.

A su alrededor, subiendo por la Octava Avenida hacia Broadway, la gran ciudad es un hormiguero de gente, algunos visten con elegancia, muchos otros con desaliño, unos pocos son bellos, pero no la mayoría, y todos quedan reducidos al tamaño de insectos por las imponentes estructuras que los rodean; pero aun así corren, se apresuran, bajo el sol lechoso de esta mañana se abstraen pensando en algún proyecto o idea o esperanza que custodian para sí mismos, algún motivo para vivir otro día, cada uno de ellos empalado vivo en la aguja de la conciencia, clavado en la tabla del ascenso individual, de la propia conservación. Eso y sólo eso. «Estos demonios», piensa Ahmad, «se han llevado a mi Dios.»

Últimos títulos

614.   El cerebro de Kennedy
       Henning Mankell

615.   La higuera
       Ramiro Pinilla

616.   Desmoronamiento
       Horacio Castellanos Moya

617.   Los fantasmas de Goya
       Jean-Claude Carrière y Milos Forman

618.   Kafka en la orilla
       Haruki Murakami

619.   White City
       Tim Lott

620.   El mesías judío
       Arnon Grunberg

621.   Termina el desfile seguido de
       Adiós a mamá
       Reinaldo Arenas

622.   Una vida en la calle
       Jordi Ibáñez Fanés

623. El ejército iluminado
David Toscana

624. Cuerpo a cuerpo
Eugenio Fuentes

625. El corazón helado
Almudena Grandes

626. Secretos de un matrimonio y Saraband
Ingmar Bergman

627. Felicidad obligatoria
Norman Manea

628. Despojos de guerra
Ha Jin

629. Los ejércitos
Evelio Rosero
II Premio TQ de Novela

630. Hoy, Júpiter
Luis Landero

631. Profundidades
Henning Mankell

632. Nadie me mata
Javier Azpeitia

633. Terrorista
John Updike

634. El ángel negro
John Connolly

635. La nostalgia de la Casa de Dios
Héctor Bianciotti